二月河 大河歷史小說
帝王三部曲

개혁군주 옹정황제

【일러두기】
· 번역 원본은 1999년 4월 중국 하남문예출판사가 펴낸 제2판 1쇄본을 사용하였습니다.
· 본문에 나오는 인명과 지명 중 만주어를 제외한 모든 한자는 한글발음대로 표기하였으며, 독특한 관직명은 이해하기 쉽도록 의역한 부분도 있습니다. 그리고 소설 진행상 불필요한 부분은 축역하였습니다.

(개혁군주)옹정황제. 9 / 이월하 저 ; 한미화 옮김. -- 서울 : 산수야, 2005
320p. ;22.4cm.

판권기관칭: 二月河 大河歷史小說
원서명: 雍正皇帝
ISBN 89-8097-122-2 04820 ₩ 8,000
ISBN 89-8097-113-3 (세트)

823.7-KDC4
895.1352-DDC21   CIP2005001229

小說[雍正皇帝]根據與作家二月河的契約屬於山水野. 嚴禁無斷轉載複製.

[옹정황제]의 한국어판 저작권은 작가 이월하와의 독점계약으로 산수야에 있습니다.
신저작권법에 의해 국내에서 보호받는 저작물이므로 출판사의 사전 허락 없는 무단전재와 복제를 금합니다.

二月河 大河歷史小說
帝王三部曲

改革君主
옹정황제

雍正皇帝

⑨

산수야

二月河 大河歷史小說
개혁군주 옹정황제 ⑨

초판 1쇄 발행 2005년 9월 30일
초판 3쇄 발행 2013년 2월 10일

지은이 이월하
옮긴이 한미화
발행인 권윤삼
발행처 도서출판 산수야

등록번호 제1-1515호
등록일자 1993년 4월 30일
주소 서울시 마포구 망원동 472-19호
우편번호 121-826
전화 02-332-9655
팩스 02-335-0674

값 8,000원

ISBN 89-8097-122-2
ISBN 89-8097-113-3(세트)

이 책의 모든 법적 권리는 도서출판 산수야에 있습니다.
저작권법에 의해 보호받는 저작물이므로
본사의 허락 없이 무단 전재, 복제, 전자출판 등을 금합니다.

산수야의 책은 독자가 만듭니다.
독자 여러분들의 소중한 의견을 기다립니다.

9 雍正皇帝

제3부 한수동서(恨水東逝) | 3권

보은(報恩) · 7
후환을 없애라! · 35
천하위공(天下爲公) · 61
고요 속의 태풍 · 87
슬픈 연인 · 116
자미진인(紫微眞人) · 143
비바람은 몰아쳐도 · 168
악비(岳飛)의 후예 · 191
어머니와 아들 · 216
간신(奸臣)의 배후 · 244
요승(妖僧)의 저주 · 270
고혼(孤魂) · 300

27. 보은(報恩)

　홍력 일행은 하루종일 거친 바다에서 수적(水賊)들과의 치열한 생존싸움을 벌였다. 저녁 무렵이 다 되어서야 이들은 비로소 강안(江岸)에 다다를 수 있었다. 누구라 할 것 없이 파김치가 된 상태였다. 간단한 물건들을 챙겨들고 언덕에 올라서서 보니 지세가 움푹하게 파인 울퉁불퉁한 땅 저편에 과연 커다란 읍내가 눈에 들어왔다.
　가까이 가보니 움푹하게 파인 곳에는 벼가 자라고 있었다. 혹시 이 커다란 웅덩이가 물 흐름에 방해가 되어 이곳엔 나루터를 만들지 않았는지도 모를 일이었다.
　멀리 읍내를 바라보니 어둠의 장막이 엷게 드리우기 시작했는지라 어디라 할 것 없이 우중충하고 무거워 보였다. 한 줄기 하얀 연기가 곧게 치솟아 굴뚝을 빠져 나오는 집이 있는가 하면 먹장구름이 뭉게뭉게 피어오르는 것처럼 검은 연기를 토해내는 집들도 있었다. 하루 종일 밖에 나와 지친 몸을 빨리 뉘려는 듯 집을 향해 날갯짓을 재촉하는 이름 모를 새들의 움직임이 바쁘게 보였다.

멀리 역도(驛道)에는 말발굽 소리가 한가롭게 들려왔고, 일을 마치고 집으로 돌아가는 농부들이 나누는 이야기 소리가 도란도란 들려왔다. 가끔씩 하늘이 떠나갈 듯한 호쾌한 웃음소리도 터졌다. 멀리 골목에서 까르르 하는 동네 아이들의 천진난만한 웃음소리가 정겨웠다.

……생사의 변두리에서 몸부림치며 겨우 살아남은 이들은 사람냄새가 풍기는 인간의 향화(香火)가 얼마나 소중한지를 새삼 깨달았다. 저마다 말할 수 없는 감격에 사로잡혀 있었다.

홍력이 걸어가면서 크게 안도하여 긴 한숨을 토해냈다.

"난 오늘 격세지감마저 느껴지네. 오늘 저녁엔 여기서 묵어가세. 갈 길이 그리 급한 것도 아니니 피곤이 좀 풀릴 때까지 며칠 푹 쉬어가도 좋고……. 진봉오, 자네 점괘 한 번 더 봐 보는 게 어때?"

"쑥스럽습니다, 패륵마마!"

진봉오(秦鳳梧)가 뒤통수를 긁적이며 웃었다.

"하루 사이에 두 번씩 위험한 일에 직면하는 경우는 극히 드물지 않습니까? 우리가 그렇게 운이 나쁘지는 않은 것 같습니다. 송괘(訟卦)에서 '대인을 만나면 이롭고, 큰 강을 건너면 불리하다[利見大人, 不利涉大川]'고 했는데, 뒷부분은 우리 모두가 아주 크게 공감했습니다. 패륵께서는 북경으로 돌아가시면 폐하를 알현하실 테고 전 운 좋게 패륵마마의 용사(容赦)를 받았으니 이 모든 것이 송괘 앞부분의 '이견대인(利見大人)'에 해당된다고 볼 수 있지 않겠습니까?"

위험에서 벗어났으니 무슨 말을 해도 즐겁기만 했다. 사람들은 웃으며 말하며 논과 밭을 지나 큰길로 들어섰다. 큰길에서 화살이 날아가 꽂힐 만한 거리를 더 걸어가니 거기서부터는 읍내였다.

시골 장날이 막 파한 듯 가축시장이 섰던 자리에는 아직 굳지도 않은 동물의 분비물들이 그대로 있었다. 길가의 가게들에는 벌써 등불을 내다 걸어 거리는 그리 한적해 보이지 않았다. 칼국수며 물만두, 그리고 구운 떡을 내다 파는 가게들에서는 연신 코를 벌름거리게 하는 고깃국 냄새가 배고픔에 지친 이들을 혼절하게 만들었다. 옷차림이 각양각색이고 행색이 초라한 이들은 오가는 사람들의 구경거리로 충분했으나 아무도 그런 것에 신경 쓸 여유가 없었다.

지친 다리를 끌며 이들은 읍내 서북쪽에서 '왕기객잔(王記客棧)'이라는 여관에 머물기로 했다. 밥도 먹을 수 있고 잠도 잘 수 있는 그런 곳이었다.

색가진(索家鎭)이라는 이 읍내에서 3일 동안 쉬고 난 홍력 일행은 몸도 마음도 점차 회복되어 갔다. 나흘째 되던 날 이른 아침, 그들은 노새와 타교(馱轎), 그리고 특별히 홍력을 위해 말도 한 필 빌렸다. 역시 전문경에서 떠나 올 때의 상인 행색 그대로 출발했다. 황릉(黃陵), 류광(留光), 우시둔(牛市屯)을 거쳐 동북쪽으로 가기로 했다.

그러나 홍력은 류광을 지나오며 문득 하남성의 죽 끓이는 현장에서 만났던 왕씨 일가가 떠올랐다. 그 당시 그들은 이곳 어디 '황대(黃臺)'라는 곳에 산다고 했었다.

길을 가는 행인들에게 물어보니 황대는 강희 56년 한 차례 큰 물난리를 겪고 난 뒤로 읍내 전체가 없어지고 말았다는 것이었다.

보은(報恩)　9

왕씨 일가가 어떻게 사는지 보고 싶었던 홍력으로선 왕씨네를 찾을 수 없게 되자 못내 아쉬워하는 눈치였다.

길에서 만나는 사람들에게 전문경에 대해 물어보기도 했다. 그런데, 저마다 평가가 달랐다. 청렴한 관리라며 엄지를 내두르는 사람이 있는가 하면 가혹하고 난폭하다며 고개를 절레절레 젓는 사람들도 있었다. 몇 사람을 더 붙잡고 물어봐도 대답은 마냥 그 나물에 그 밥이어서 나중에 홍력은 아예 묻고픈 마음마저 없어지고 말았다.

때는 음력 5월에 접어들었는지라 무척이나 더웠다. 점심때가 되자 불가마 같은 태양이 쨍쨍 내리쬐어 숨이 헉헉 막혔다. 하남성 북쪽 지방에는 열흘이 넘도록 비 한 방울 내리지 않아 길에는 발을 내디디기가 무서울 정도로 먼지가 모닥불 연기처럼 피어올랐다. 전에 산동성에서 수해복구 현장에 순찰을 나갔다가 더위를 먹고 쓰러진 적이 있는 홍력은 유난히도 더위에 약했다. 타교(馱轎) 안으로 들어가니 갑갑해서 숨이 막혔고, 말 위에 오르니 땡볕에 눈앞이 아찔해졌다.

오시(午時) 무렵이 되자 홍력은 그늘을 찾아 좀 쉬다가 미시(未時)가 지난 뒤에 움직일 것을 명령했다. 책도 많이 읽고 심성이 낙천적인 진봉오가 우스꽝스러운 얘기를 끊임없이 해대는 통에 그나마 사람들은 여로의 노곤함을 잠시나마 잊을 수 있었다.

이날 진호(鎭虎)라는 마을에 도착하니 막 신시(申時) 중반에 접어든 시각이었다. 류통훈의 말로는 조금 더 걸음을 다그치면 저녁에는 활현(滑縣)에 도착할 수 있을 거라고 했다. 거기서 관부와 접선하여 친병(親兵)들이 호송하여 직예성 보정까지 안전히 도착하는 것이 급선무라고 했다. 황하에서의 악몽이 재연될까 류통훈은 무척이나 두려웠던 것이다. 만에 하나 무슨 사고라도 생기는 날엔 보친왕의 안전을 책임진 신하로서 그 책임은 막중한 것이었기 때문이다.

그러나 이 날 따라 더위는 더욱 기승을 부리는 것 같았다. 점심 때가 한참 지났는데도 전에 햇볕은 시뻘건 혀를 날름거리며 사람들을 주눅들게 만들었다. 길옆의 옥수수며 붉은 수수는 열기를 받아 후줄근해 보였고, 멀리 바라보이는 곳마다 집이며 나무들 모두 생기라곤 전혀 없어 보였다. 채소 이파리들이 돌돌 말려 올라갔고, 매미들도 귀찮은 듯 어디론가 자취를 감춰버려 길에는 적막함마저 감돌았다.

"그 정신 사납던 매미소리도 이럴 때는 그립구나!"

무더운 날씨임에도 불구하고 옷차림이 전혀 흐트러지지 않은 홍력이 말 위에서 연신 땀을 훔치며 옆의 노새 등에 앉아있는 류통훈에게 말했다.

"앞으로 40리 안에는 읍내도 없고 마땅히 쉬어갈 곳도 없다고 하네. 누구 하나 더위 먹고 쓰러져도 구호를 받을 수조차 없을 것이네. 우리도 힘들지만 인부들과 노새나 말도 버티지 못할 것 같네. 가려면 자네 혼자서 가게. 난 하늘이 두 쪽 난다고 해도 여기서 쉬어가야겠네."

류통훈이 사방이 온통 청사장(靑紗帳, 여름과 가을의 옥수수, 수수밭을 일컬음)으로 둘러싸인 주위를 살펴보더니 조심스레 웃으며 말했다.

"쉰네도 참기 힘든 건 마찬가지입니다. 다그치려고 했던 건 패륵마마를 위해서였습니다! 그럼 저 앞마을에 들러서 물도 마시고 시원한 그늘에서 밥도 먹고 쉬면서 상의해 보는 게 어떻겠습니까."

 길 옆에 수수밭이 있는 걸 발견한 진봉오가 뛰어들어가더니 대여섯 가닥을 뚝뚝 꺾어왔다. 그리고는 물기가 많아 보이는 부분을 홍력에게 주고 나머지는 류통훈에게 주었다. 그리고 몇 개 더 남은 수숫대를 타교에 앉아 있는 온씨네에게 가져다주는 것도 잊지 않았다. 입으로 수숫대 껍질을 조심스레 발라내던 진봉오가 웃으며 말했다.

 "웃길 수 있을지는 모르겠지만 제가 뭐 하나 들려드릴까 합니다. 북쪽에 사는 사람과 남쪽에 사는 사람이 중간에서 만났다고 합니다. 북쪽 사람이 자기네 사는 곳이 얼마나 추운가를 설명하면서 이렇게 허풍을 떨었다고 합니다. '우리 거기는 문고리에 손을 대면 그대로 얼어붙고, 바위에 걸터앉으면 엉덩이가 들러붙어 일어나질 못하고, 오줌 눌 땐 시원스레 갈기기도 전에 처마 밑의 고드름처럼 얼어붙어 중간다리가 여간 괴로운 게 아니라니까!' 그러자 남쪽 사람도 허풍을 떨어 말하길, '우리가 사는 동네는 얼마나 더운지 돼지 한 마리 팔아 요긴하게 쓰려고 읍내 데리고 나가는 길에 고기 익는 냄새가 나서 봤더니 이놈이 글쎄, 통구이가 돼 있지 않겠는가? 그뿐인가? 옥수수 자루를 메고 가다가 뻥! 하는 소리와 함께 놀라 자빠지면 그건 저절로 뻥튀기가 됐다는 얘기라네……'라고 했답니다."

 진봉오의 말에 홍력이 껄껄 웃었다. 타교 속에서도 들었는지 영영이 창문 밖으로 고개를 내밀어 홍력 등을 바라보며 흐느적거리며 웃어 보였다.

 한바탕 웃고 나니 과연 더위가 한풀 꺾인 것 같은 느낌이 들었다. 류통훈이 말 위에서 멀리 전방을 가리키며 말했다.

"저 앞 두 갈래 길목에 잎이 우거진 큰 회자나무가 보이시죠? 저기서 쉬어 가는 것이 어떻겠습니까?"

"그렇게 하지!"

홍력이 두 손을 이마에 대고 바라보니 과연 길이 동북, 서북쪽으로 두 갈래로 뻗어 있었다. 그 옆에는 보기만 해도 스르르 잠이 올 것만 같은 잎이 무성한 커다란 회자나무가 팔을 한껏 벌리고 있었다. 잠시 더위를 식혀가기에는 더할 나위 없을 것 같았다.

홍력은 말을 달려 단숨에 나무 밑에 도착했다. 뜨끈뜨끈한 말 등에서 미끄러지듯 내려 목을 옥죄고 있던 단추를 끌러 한 손으로 연신 부채를 부치면서 홍력은 고개를 들어 이 거대한 나무의 수관(樹冠)을 주의 깊게 바라보았다. 그 사이 뒤따라온 사람들을 향해 홍력이 웃으며 말했다.

"이 나무는 수령이 1천 6, 7백 년이라네! 자네들, 저 돌비석을 보게. 그렇게 적혀 있지 않나! 그런데 이 근처에 이 나무 빼고는 나무 그림자도 찾아볼 수 없는데, 장사에 좀 눈 뜬 사람이라면 이 밑에 자리를 만들어 놓고 찻잔 몇 개, 수박 몇 통 가져다 놓고 장기판을 벌여놓으면 장사가 그만일 텐데, 왜 이렇게 방치해 두고 있지?"

그러자 가마꾼 하나가 곰방대에 불을 붙여 연신 길게 빨아들이고는 말했다.

"전에는 이 근방에 나무들이 참 많았습니다. 전 중승 이전에 아시라부인가 뭔가 하는 사람이 순무로 오면서 숲이 우거져 도둑떼들의 온상이 된다 하여 하루아침에 불살라버려 이곳 사람들의 놀이터나 다름없던 냇물도 다 말라버렸지 않습니까. 여름에 동네 사람들이 모여 마실 나올 만한 곳도 없고, 빨래터도 없고 하니 사람들이 다 떠나버리고 말았습니다. 지금 있는 사람들은 거의 그 뒤에 새로 이사온 사람들입니다. 수재(水災)를 입어 오갈 데 없는 사람들이 주로 여기 모여 산다고 합니다. 조정에서 보조해 준 덕분에 이곳의 황무지를 개간하여 농사를 짓고 산다고 하는데, 황무지가 그냥 황무지입니까? 전에 살던 사람들이 옥토라고 생각해 왔던 좋은 땅들이 수년간 방치됐던 것일 뿐이죠. 후유…… 윗대가리들은 대체 무슨 생각을 하고 사는지 모르겠습니다."

가마꾼은 당연히 홍력이 누구인지를 모르고 있었다. 홍력은 그저 웃기만 할뿐이었다. 류통훈이 회자나무 밑에 있는 돌비석을 보니 거기엔 '한나라 광무제가 심은 나무[漢光武帝手植]'라고 적혀 있었다. 그러나 낙관엔 '명나라 홍치제 2년[明弘治二年]'이라고 되어 있었다.

진봉오는 서둘러 가마꾼에게 물었다.

"이 부근에 씻을 수 있는 곳이 없겠소? 시원한 수박밭이라도 있었으면 좋겠는데."

가마꾼이 우물대고 있는 사이 저쪽 오솔길에서 열두 살 가량 되어 보이는 여자아이 하나가 맨발에 짚신을 신은 채 머리채를 달랑거리며 걸어오고 있는 것이 보였다. 겨드랑이엔 바구니를 끼고 있었고, 노래까지 흥얼대는 것이 대단히 발랄해 보였다. 나무그늘 밑에 서 있는 사람들을 이상하게 바라보던 여자아이가 동쪽을 가리키며 말했다.

"저기 가면 가축을 먹일 수 있을 정도의 물은 있습니다. 물이 너무 얕아 목욕은 할 수 없습니다."

이에 진봉오가 물었다.

"꼬마야, 여기 수박밭은 없어?"

"저기 있습니다."
여자아이가 홍력을 유심히 쳐다보며 대답했다.
"저의 아버지가 수박농사를 짓고 있습니다. 모셔다 드릴까요?"
"그래, 그래!"
진봉오가 좋아라 하며 여자아이를 따라나섰다. 여자아이는 다시금 홍력을 힐끔 훔쳐보고는 고개를 숙이고 생각에 잠긴 듯 떠나갔다.
여자아이는 수수밭을 가로질러 한참 걸어나갔다. 담배 한 대를 태울 만큼의 시간이 걸려서야 수박밭이 나타났다. 여자애가 바구니를 내려놓으며 "아버지!" 하고 부르자 수박밭 옆의 수수밭에서 호미자루를 든 사내가 나타났다. 그러자 여자애가 애교를 부려 나무라듯 말했다.
"이 날씨에 더위라도 드시면 어떡하려고 그러세요? 집에 들어가셨다가 해 떨어질 무렵에 나오시라니깐요!"
"괜찮아!"
사내가 땅에 털썩 주저앉아 곰방대를 꺼내 들었다. 진봉오가 가까이 다가가자 여자애가 사내의 귓전에 대고 귀엣말을 했다. 그러자 사내가 흠칫 놀라며 다그치듯 물었다.
"분명해? 틀림없어?"
"너무 닮았어요."
여자애가 잠시 머뭇거리더니 말했다.
"그 날 죽 내주는 천막 밑에서 우리 모두가 그 분 앞에 꿇어앉아 있었잖아요. 그 당시 제가 맨 앞에 앉아 똑똑히 봤거든요. 눈 밑에 주근깨가 몇 개 있는 것까지는 아까 너무 멀어 못 봤지만요. 좀 있다 돌아갈 때 그 자리에 있으면 제가 한번 찬찬히 뜯어볼게요……."

그사이 눈앞에 다가온 진봉오를 의식하여 여자아이는 더 이상 말하지 않았다.

이 수박밭의 주인이 바로 홍력이 찾고자 하는 그 왕씨였다. 홍력 대신 이위가 농사경비를 마련해주어 고향을 떠나 오갈 데 없던 이들 2백 명을 고향으로 돌려보냈던 것이다.

"수박 드시게요? 저쪽에 있는 수박이 닭똥을 거름으로 주어 맛이 다른 것보다 좀 나을 겁니다. 수박은 얼마든지 있으니 맘껏 드십시오!"

진봉오가 수박밭을 기웃거리자 왕씨가 친절하게 말했다.

"한 2백 근 정도 필요하오."

진봉오가 수박 하나를 따 주먹으로 내리쳤다. 그러자 수박이 새빨간 속내를 드러내며 단내를 확 풍겼다. 진봉오가 게걸스레 한 입 베어먹고는 엄지를 내둘렀다.

"너무 맛있다! 한 근에 얼마요?"

"밖에 나오면 너나없이 고생인데……."

왕씨가 쑥스러운 듯 뒤통수를 긁적이며 말했다.

"제가 2백 근을 날라드릴 테니 한 조(弔, 엽전 1,000문)만 주십시오!"

그러자 진봉오가 흔쾌히 답했다.

"좋소! 나도 같이 가서 얼른 따야지, 우리 주인이 애타게 기다릴 텐데!"

진봉오와 함께 수박을 따며 왕씨가 물었다.

"외람되지만 객관(客官)께서는 무슨 장사를 하시는지요?"

"뭐 비단장사도 해봤다, 도자기 장사도 해봤다 대충 잡을 수 없소."

"부디 돈 많이 버십시오. 혹시 남쪽에서 오시는 길인가요?"
"남쪽에도 갔다 북쪽에도 갔다. 동에 번쩍 서에 번쩍 한다오."
두 사람이 이같이 주고받으며 수박을 따느라 여념이 없을 때 갑자기 수수밭의 수숫대가 요동을 치더니 윗통을 벗어 젖힌 사내가 뛰어 나왔다. 마치 자기 집 수박인 양 뚝 따서 반으로 쪼개어 게걸스레 베어먹으며 사내가 말했다.

"무슨 놈의 수박밭이 길옆에 있어야 잘 찾아먹지, 이런 데 있으면 누가 안대? 아이고 목말라 죽는 줄 알았네! 어이, 상(常) 장궤(掌櫃, 오늘날의 사장), 나 여기 있소. 아우들 데리고 오게!"

그러자 멀리서 응답소리와 함께 수수밭을 난장판으로 만들며 이십여 명의 사내들이 나타났다. 저마다 흉측하게 드러낸 살찐 윗몸에서는 기름이 번지르르 했다. 이들은 주인인 왕씨는 염두에 두지도 않은 듯 수박밭을 마구 헤집으며 수박을 따냈다. 잘 익지 않은 수박은 그 자리에서 공 차듯 저 멀리 차버리곤 하며 행패가 이만저만이 아니었다.

진봉오가 주먹을 불끈 쥐자 왕씨가 애써 화를 가라앉히며 목소리를 낮춰 말했다.

"참으십시오. 저것들이 저마다 칼을 찬 걸 보면 말……말도둑이 틀림없습니다!"

순간 진봉오가 흠칫 놀라며 손에 들었던 수박을 떨어뜨리고 말았다. 어떻게 이 자리를 뜰까 불안에 떨며 머리를 굴리고 있을 때 상 장궤라 불리는 사내가 다가와 물었다.

"이보시오. 이렇게 셋이 일가족인가?"
"아닙니다."

왕씨가 딸을 감싸안으며 고개를 숙이며 대답했다.

"이 분은 수박 사러 온 손님입니다. 수박밭의 주인은 접니다……."

"여기서 연진현(延津縣)까지는 얼마나 되나?"

"관도(官道)로 가면 70리 가량 되는 것 같습니다."

"관도 말고 곧장 가로질러 가면?"

"40리 길은 안 되겠습니까?"

왕씨가 말을 이었다.

"이런 수수밭을 가로질러 가면 너무 힘이 들 텐데요."

상 장궤가 뭔가를 다시 물으려 할 때 내내 진봉오에게서 시선을 떼지 않던 사내 하나가 진봉오를 가리키며 고함을 쳤다.

"저자는 황하에서 한바탕 붙었던 그놈들과 한 패거리잖아? 씨팔, 세상은 좁기도 해라!"

"그렇다, 왜?"

상 장궤가 아직 무슨 영문인지 몰라 정신을 차리기도 전에 진봉오가 손에 들었던 수박을 상 장궤 얼굴에 힘껏 내던지고는 걸음아 날 살려라 하며 줄행랑을 놓았다. 강도들도 저마다 들었던 수박을 내던지고 칼을 빼들고 진봉오의 뒤를 쫓았다.

그 중 수박을 열심히 먹던 강도가 수박에 미련을 버릴 수 없는 듯 왕씨를 칼로 위협하여 말했다.

"수박 둘러메고 따라 나서!"

그러자 왕씨가 수박을 들고 한 쪽으로 가서 조용히 딸에게 말했다.

"행아(杏兒)야, 어서 엄마한테 가서 알려!"

한편 홍력 일행은 이쪽에서 무슨 일이 일어나는지는 전혀 모른

채 진봉오가 수박을 들고 나타나주기만을 목이 빠지게 기다리고 있었다. 그러나 기다리는 진봉오는 나타날 줄 모르고 멀리서 갑자기 크고 작은 고함소리가 진동을 했다. 다시 고개를 돌려보니 진봉오가 정신없이 수수밭에서 뛰쳐나오고 있었다.

홍력 일행을 발견한 진봉오는 곧 엎어질세라 두 팔을 내저으며 소리를 질렀다.

"도, 도둑떼를 만났습니다. 어서 준비하고 일어나요, 일어나……!"

하지만 그는 그만 그루터기에 걸려 넘어지고 말았다. 그러나 다시 벌떡 일어난 그의 얼굴은 온통 먼지투성이였다. 그는 얼굴을 쓰윽 문지르고는 수수밭을 가리키며 말했다.

"도둑떼들이 많습니다! 넷째마마, 서둘러 앞마을로 먼저 피신해야겠습니다!"

그사이 머리를 정수리에 얹고 우람한 상체를 드러낸 채 창과 칼을 손에 든 도둑떼들은 벌써 길가로 모습을 드러냈다. 류통훈이 헤아려보니 고작 스물 몇밖에 안 되었다. 형씨 네 형제에, 무예실력이 어디가 끝인지를 알 수가 없는 온씨와 두 딸이면 충분히 감당하고도 남을 것이라고 류통훈은 자신했다. 그는 침착한 표정으로 아뢰었다.

"패륵마마, 온씨 모녀와 형씨 형제들이 엄호할 것이니, 어서 떠나십시오!"

그러나 상 장궤 무리는 서둘러 덮치지 않았다. 길 한가운데 서서 엄지와 검지를 동그랗게 하여 입안에 집어넣고 날카로운 소리를 내보냈다.

잠시 후 남쪽 어딘가에서 같은 소리로 화답해오는가 싶더니 수수밭이 진저리치는 소리가 들려왔다.
"어서 가! 누구라도 감히 도망쳤다간 몽둥이에 맞아 죽을 줄 알아!"

가마꾼들이 겁에 질려 부들부들 떨자 류통훈이 무섭게 으르렁댔다. 이때 온씨가 한 손에 장검을 든 채 두 손을 나팔 모양으로 만들더니 멀리 있는 도둑들에게 고함을 질렀다.

"이봐 날강도들아! 너희들, 산동성의 단목세가(端木世家)라는 이름을 못 들어봤더냐? 너희들이 감히 단목 어른의 표창(鏢槍)을 빼앗으려는 거냐?"

"웃기지 마라, 이년아! 단목세가는 칼을 봉한 지 30년도 넘었어!"

상 장궤가 크게 웃으며 말했다.

"그깟 수작으로 우릴 속이려고? 듣자니 네 년이 우리 애들을 많이 잡았다는데, 내가 꼼짝 않고 여기 서 있을 테니 표창 세 개를 던져 날 쓰러뜨려 봐! 성공하면 내가 사내 자존심을 걸고 순순히 길을 비켜줄 테니!"

이때 영영은 벌써 손바닥에 바둑알을 만지작거리며 목표물을 겨누고 있었다. 그러나 거리가 너무 먼 것이 맘에 걸리는 듯했다. 연홍이는 탄궁(彈弓, 고무줄 새총)과 철환(鐵丸)을 숨기고 있었고, 온씨는 틀어 올린 머리 속에서 종이봉지 하나를 꺼냈다. 그 속에는 두께가 매미 날개같이 얇은 하얗게 날이 선 철표(鐵鏢)가 들어있었다. 그녀는 매미날개 철표를 꺼내 손에 들고 말했다.

"너희들이 내가 단목가의 문하라는 걸 믿지 못하는데, 어디 한 번 믿게 해 주마!"

말이 떨어지는 동시에 철표는 잠자리처럼 날아올랐다. 그러나

상 장궤의 머리 위에서 맴돌기만 할 뿐 떨어져 꽂힐 기미를 보이지 않았다. 긴장한 상 장궤가 고개를 잔뜩 치켜들고 매미 철표만을 뚫어지게 지켜보고 있을 때 온씨가 목소리를 낮춰 연홍에게 명령했다.

"쏘아!"

그러자 연홍이 뾰족한 철환을 탄궁에 실어 힘껏 고무줄을 당겼다. 그와 동시에 영영이 내던진 검은 바둑알도 출렁거리는 상 장궤의 가슴을 향해 날아갔다.

머리 위에서 맴도는 철표만을 신경 쓰고 있던 상 장궤는 뱃가죽과 가슴 근처에 대여섯 곳이나 철환과 바둑알에 강타를 당하고 말았다.

하지만 상 장궤는 꿈쩍도 하지 않았다. 배에도 가슴에도 부어오른 흔적조차 없을 정도로 멀쩡했다. 그의 뛰어난 기공실력에 사람들은 경악하고 말았다.

이때 철표 하나가 다시 상 장궤를 겨냥하여 날아갔다. 상 장궤가 손을 뻗어 잡으려고 했지만 워낙 속도가 쏜살같은 데다 나비처럼 오르락내리락 하며 좀처럼 종잡을 수가 없었다. 머리 위와 눈앞에서 두 개의 철표가 정신없이 왔다 갔다 하는 바람에 상 장궤는 차츰 당황하기 시작했다.

눈앞의 철표를 잡으려고 하니 머리가 따끔해지며 기절할 것만 같았다. 벌써 철표의 습격을 받은 것이었다. 정수리를 만져보니 피가 질펀했다. 그사이 눈앞에서 날던 철표는 또 불시에 얼굴을 습격했다. 눈이며 코에서 피가 하염없이 흘러내렸다. 상 장궤는 겁에 질린 나머지 벌렁 나가 넘어져 연신 뒷걸음쳤다.

이때 온씨가 또 하나의 철표를 꺼내 보이며 냉소를 터뜨리며 말했다.
"이래도 못 믿겠어? 또 하나 보내줄까?"
이에 상 장궤가 다급히 두 손을 내밀어 흔들며 말했다.
"알았소. 단목 어른 댁의 표창 맛을 보았으니 됐소. 저기 차 속에 기생오라비가 우리 아우들이랑 원수지간인가 본데, 저놈만 남겨두고 자네는 갈 길을 가도 되겠소!"
그러자 온씨가 냉소하며 말했다.
"웃기고 자빠졌네! 저 분이 우리 표주(鏢主)인데 어찌 내버려두고 가!"
"상형!"
상 장궤가 다소 망설이는 기색을 보이자 황수괴의 제자가 급히 턱밑으로 기어들며 말했다.
"다른 사람은 못 믿는다고 해도 저까지 못 믿으시겠습니까? 그 기생오라버니 몸값이 자그마치 은 50만 냥이라니깐요! 우리 황수괴형이 혼자 꿀꺽하려고 하지만 않았더라도 벌써 수중에 들어갔을 거예요. 그랬더라면 상형은 한 푼도 못 건졌을 거구요! 저 계집들이 아무리 날고 긴다고 해도 우리 40명이 한꺼번에 덮치면 별 수 없을 거예요. 이런 기회는 두 번 다시 없어요!"
그러자 온씨가 소리쳤다.
"상씨, 당신 혹시 산동성 귀몽정채(龜蒙頂寨)의 흑무상(黑無常) 아니야? 2년 전 8월 15일에 우리 단목 어른께 선물 사들고 왔었잖아? 설마 그깟 잡귀 황수괴 때문에 우리 단목가의 눈밖에 나는 그런 바보 같은 짓은 안 하겠지?"
흑무상이 고개를 숙이고 잠시 고민에 빠졌다. 아무리 생각해 봐도 은 50만 냥의 유혹은 대단한 것이었다. 그는 마침내 뭔가를 결심한 듯 손을 홱 저어 말했다.
"덤벼라! 우리가 처음에 마음먹었던 대로 해보자!"
그러자 도둑떼들이 한꺼번에 새까맣게 덤벼들었다. 형씨네가 앞에서 홍력을 호위하고 온씨네 모녀 셋이 철표와 바둑알로 흑무상 무리의 공격을 무기력하게 만들었다.
쌍방은 어쩔 수 없는 대치상태에 빠지고 말았다. 누군가가 돌파구를 찾아야만 했다. 이때 앞마을에서 징소리가 요란하게 울려퍼지는 가운데 개 짖는 소리와 사람들의 고함소리가 크게 울려퍼졌다. 어떤 사람들인지, 무슨 난리가 난 건지 통 알아들을 수가 없었다.
난데없이 한 무리의 도둑떼가 더 나타난 줄로 알고 당황해진 류통훈이 길 북쪽 비탈진 곳에 토지묘(土地廟) 하나를 발견하고는 큰소리로 고함을 질렀다.
"다들 토지묘로 물러갑시다!"
지은 지 얼마 안 되는 것 같은 자그마한 절이었다. 기둥의 붉은 칠도 아직 완전히 마르지는 않은 것 같았다. 사람들은 들어가자마자 홍력을 호위하여 정전(正殿)으로 들어갔다. 형씨네 형제들이 대문을 지켰고, 온씨네 세 모녀는 뜰 앞의 느릅나무 밑에서 날카로운 시선을 번뜩이며 동향을 긴밀히 주시하고 있었다. 사람들의 왁자지껄하게 떠드는 소리며 쟁기들끼리 부딪치는 소리가 이젠 코앞에서 들려왔다.
온씨가 휙 지붕으로 날아올랐다. 그러던 그녀가 덩실덩실 춤을 추었다.
"패륵마마, 이곳의 충의로운 향민(鄕民)들이 강도들과 대적하고 있사옵니다!"

알고 보니 왕씨의 딸 왕행아가 마을로 달려가 그 어머니에게 사실의 자초지종을 들려주었고, 마을 전체가 홍력의 은혜를 입었다고 해도 과언이 아닐 이 동네 사람들은 남녀노소 할 것 없이 달려나왔던 것이다.

백여 명이 넘는 향민들이 삽이며 낫, 호미, 괭이 등 쟁기들을 마구 휘둘러대며 덤벼들자 마흔 명 안팎의 도둑떼들은 혼란에 빠지기 시작했다. 시간이 지나면서 도둑들은 점점 지쳐가기 시작했다. 이성을 잃고 덤벼대는 향민들을 당해낼 도리가 없는 듯 몇몇은 비틀비틀 도망치기 시작했다.

이때 홍력이 큰소리로 명령했다.

"형건업, 여긴 괜찮으니 자네들 전부 뛰어들게. 도둑들에게 숨 돌릴 기회를 주어선 안 되네. 하나도 살아서 도망가게 해선 안 돼!"

"예, 알겠습니다!"

네 형제가 기세가 등등하여 달려들자 이에 더욱 용기를 얻은 향민들은 지칠 줄 모르고 때리고, 밟고, 찌르며 도둑떼들과의 사투에 여념이 없었다. 그사이 도둑들은 대여섯 명이 더 쓰러져 나갔고, 나머지는 뿔뿔이 흩어져 수수밭을 헤집고 도망가기에 바빴다.

이에 다급해진 류통훈이 고함을 쳤다.

"향민 여러분, 절대 후환을 남겨서는 안 됩니다! 도망가는 자를 뒤쫓아가서 붙잡아 오도록 하십시오. 한 사람 잡아오면 땅 열 무(畝)씩 상으로 내린다고 우리 패륵마마께서 말씀하셨습니다!"

땅을 준다는 말에 향민들은 앞다투어 우르르 수수밭으로 뛰어들었다. 형씨네 형제들은 흑무상만을 노리고 있었다. 사방에서 포위하여 고약처럼 끈질기게 달라붙었다.

비틀비틀 뒷걸음치며 도망갈 틈새를 노리고 있던 흑무상이 미처 우물을 발견하지 못하고 실족하여 풍덩 빠지고 말았다. 나머지 도둑들도 기진맥진한 데다 무기를 빼앗기면서 투지마저 잃어버리고 말았다. 게다가 지형에도 익숙하지 않았기에 반시간도 못 되어 전부 뒷덜미를 잡히고 말았다.

홍력은 토지묘에 이들을 가둬놓고 건장한 향민 30명을 선발하여 번갈아 가며 지키게 했다. 그리고 격투 중에 다친 백성들을 무휼(撫恤)하기 위해 땅과 은을 내주었다. 그렇게 날이 어둑해질 무렵에야 겨우 한숨을 돌린 홍력 일행은 더위도, 배고픔도 잊은 채 연이은 신변의 위협에 경황이 없었다.

이때 이곳 활현의 현령인 정영청(程榮靑)이 소식을 접하고 아역(衙役)들을 데리고 달려왔다. 향민들은 승리를 자축하여 돼지며 양을 잡아 왕씨네 마당에서 잔치를 열었다.

홍력, 류통훈, 정영청이 상석에 앉고 왕씨 일가와 진봉오가 아랫자리에 앉았다. 사람들은 연신 술잔을 비우고 채우며 즐거워했다. 향민들은 춤추고 노래까지 부르며 어둠의 장막이 완전히 드리워져서야 저마다 여흥이 도도한 채로 집으로 돌아갔다.

내내 좌불안석이던 정영청은 사람들이 흩어지자 홍력을 따라 방안으로 들어오며 연신 사죄를 했다.

"전 중승께서 차질이 없도록 하라며 누누이 강조하셨는데, 하필이면 여기서 이런 봉변을 당하게 했으니 이놈은 정말 입이 백 개라도 아뢸 말씀이 없사옵니다. 이놈의 죄를 물어주시옵소서, 패륵마마!"

정영청은 털썩 무릎을 꿇었다.

"이네들은 다른 성에서부터 우릴 쫓아서 내려온 도둑들이네."

홍력이 천천히 말을 이었다.
"게다가 자네는 우리가 어느 길을 택할지도 몰랐을 테니 어쩔 수 없지."

왕씨가 더운 물수건을 내오고 행아가 발을 담글 더운물을 떠왔다. 홍력이 지친 발을 대야 속에 담그고 수건으로 얼굴을 문지르며 잠시 생각하더니 입을 열었다.

"여기가…… 회수촌(回水村)이라는 부락이지. 실로 의기투합이 잘 되는 용감무쌍한 향민들이었네. 자네가 평소에 그만큼 교화시켰다는 걸 증명하는 셈이지. 그러니 자네도 이번에 도둑떼들을 무찌르는데 일조를 한 셈이네."

행아가 무릎을 꿇어 자신의 발을 꼼꼼히 씻겨주자 홍력이 내려다보며 칭찬을 했다.

"영특하기도 해라, 귀엽고 예쁘장한 것이!"

그리고는 다시 정영청에게 말했다.

"나머지는 자네가 알아서 처리하고 전문경에게는 도둑떼들의 습격을 받은 상대가 우리라는 말은 절대 꺼내지 말게."

"그렇게 되면…… 쇤네가 공로를 독식하는 게 될 것이온데, 감히 쇤네가……."

"잔소리하지 말고 그렇게 하도록 하게."

홍력이 자리에서 일어나 편한 신발로 바꿔 신고 두 팔을 머리 위로 길게 뻗으며 말했다.

"죄수들은 내일아침 자네가 직접 자네 현으로 압송해가도록 하게. 필히 엄히 처벌해야 하네!"

말을 마친 홍력은 천천히 뜰로 걸어나오며 하늘에 깜빡이는 별들을 바라보았다.

"넷째마마!"

류통훈이 조심스레 아뢰었다.

"주동자인 흑무상은 우리가 데려가야 할 것 같습니다."

"왜?"

홍력이 고개를 들고 물었다. 어둠 속에서 얼굴은 잘 보이지 않았다. 류통훈의 뜻을 알아차린 진봉오가 대신 말했다.

"이것들이 그 멀리에서부터 넷째마마를 죽어라 쫓아온 것은 분명 누군가의 사주를 받았기 때문입니다. 데리고 가서 자백을 받아내야 할 것이고, 패륵마마께서 친히 처벌을 하면 그 동안 놀란 가슴이 조금은 위로를 받을 게 아닙니까."

진봉오의 말이 끝나기도 전에 그 뜻을 알겠다는 듯 홍력이 머리를 끄덕였다.

"이 원수를 어찌 안 갚을 수가 있겠나? 정영청, 자네는 도둑떼들의 두목인 흑무상이 항민들에게 주살된 걸로 위에 보고 올리도록 하게."

정영청은 홍력이 자신이 도둑떼들에게 시달렸다는 사실을 비밀에 붙이고자 하는 바람에 도둑떼를 소탕한 공로가 고스란히 자신에게로 돌아와 대외적으로 비춰진다는 사실에 연신 쾌재를 부르며 물러갔다.

정영청이 물러가자 홍력이 형건업에게 명령했다.

"가서 흑무상을 내 앞으로 끌고 오게!"

말을 마친 홍력은 곧 방으로 들어갔다. 왕씨 일가 다섯 명이 전부 시립해 있는 모습에 홍력이 웃으며 말했다.

"여기선 자네들이 주인이고 우리는 손님이라네. 그러지 말고 들어가서 쉬도록 하게."

보은(報恩)

"그렇지 않사옵니다. 쇤네들은 물론, 이 회수촌 마을의 절반 이상은 패륵마마를 죽 끓이는 현장에서 뵌 사람들이옵니다. 모두가 패륵마마를 은인으로 높이 우러러 모시고 있사옵니다!"

그사이 쟁반에 수박을 곱게 담아 나오며 행아가 말했다.

"찬물에 띄워 놓았던 것이옵니다. 차가울 때 어서 드시옵소서!"

홍력이 자상하게 웃어 보이며 한 입 베어 물었다. 시원하고 달콤한 느낌이 입안 가득 퍼졌다. 행아의 머리를 쓰다듬어 내리며 홍력이 말했다.

"영특하고 귀엽기도 해라! 엄마가 널 보내놓고 마음 둘 데를 모를 것을 생각하니 그렇지, 그게 아니면 당장 북경으로 데려가고 싶은데!"

그러자 왕씨가 급히 말했다.

"그 당시엔 저이가 애를 불길 속으로 밀어 넣으려 하니 쇤네가 입에 거품을 물 수밖에 없었사옵니다. 하지만 패륵마마께서 데려가 주신다면야 이 누추한 가문의 무한한 광영일 것이온데, 이년이 어찌 마다하겠사옵니까! 이것아, 패륵마마께서 북경으로 데려가 주신다는데, 어서 머리 조아려 고맙다고 인사하지 못하고 뭘 꾸물거려!"

행아가 얼른 엎드려 수없이 머리를 조아렸다. 그리고는 일어나 홍력이 벗어놓은 옷을 들고 나갔다. 왕씨네 일가도 물러갔다.

이때 형건업이 초주검이 된 흑무상을 데리고 들어왔다.

"흑무상!"

홍력의 눈짓을 받고 자리에 앉은 류통훈이 위엄 있는 목소리로 물었다.

"자네, 무슨 죄를 지었는지 알고 있어?"

"알다마다!"

흑무상이 기진맥진해 있으면서도 고개를 빳빳이 치켜들고 말했다.

"목을 쳐야 마땅한 죄를 지었소. 하기야 이 바닥에 들어서는 날부터 오늘을 각오하긴 했다만……."

"목만 친다면 간단하고 좋지. 문제는 당신이 재물을 노려 사람을 죽인 것이 아니라 당금 폐하의 넷째황자인 보친왕마마를 모해(謀害)하려고 했다는 것이야! 그러니 어찌 목이 달아나는 것으로 끝낼 수가 있겠어?"

순간 흑무상이 경악을 금치 못했다. 그는 전혀 믿어지지 않는다는 표정으로 홍력을 바라보았다. 청포(青袍) 차림의 초라한 행색의 상인(商人)은 온 데 간 데 없고 월백색(月魄色)의 비단 장포를 단정하게 차려입고 노란 허리띠를 두른 이목구비 단정한 용자봉손(龍子鳳孫)이 눈앞에 위엄있게 앉아 있었던 것이다.

어찌할 바를 몰라서 한참 동안 넋이 나가 있던 흑무상이 다시 말했다.

"패륵마마가 아니라 폐하일지라도 이미 지은 죄는 되돌릴 수도 없으니 흔쾌히 죗값을 치르겠수다!"

그러자 홍력이 끼어 들어 물었다.

"듣자니 자네가 그 유명한 채화적(采花賊, 여자들을 훔치는 도둑)이라며?"

이에 흑무상이 정신없이 도리질하며 왕방울 같은 눈을 슴벅이며 떠들어댔다.

"어떤 미친놈이 그런 개 같은 소리를 떠들고 다녔사옵니까! 관리들도 죽여봤고, 소금을 싣고 가는 배를 덮친 적은 있어도 나약한

보은(報恩) 29

여자들에게는 절대 손대지 않사옵니다! 이놈들도 아무리 막가는 인생이라지만 지킬 것은 칼같이 지킨다는 걸 믿어 주시옵소서!"

"도둑들에게도 도(道)가 있다고 장자(莊子)가 말했지. 들어갈 때 용감하고, 나와서 의리 있고, 나눌 때 인(仁)을 지키라고 했지……."

홍력이 중얼거리듯 이같이 말하고는 다시 목청을 가다듬으면서 말을 이었다.

"사실 목을 치고, 능지처참(陵遲處斬)에 처하고, 토막을 내 죽이는 것 모두가 가장 잔혹한 형벌은 아니네. 그 옛날 위충현(魏忠賢)이 집정하였을 때는 툭하면 살아있는 사람의 가죽을 벗기곤 했지. 류통훈, 자네도 들어서 잘 알지?"

류통훈이 홍력의 뜻을 알아차리고는 말했다.

"익히 들어왔습니다. 산사람을 머리끝부터 가죽을 쫙 벗겨서 거적 위에 펴서 햇볕에 말렸다고 들었습니다!"

홍력이 일부러 꺼낸 가슴 섬뜩한 말에 흑무상은 안색이 창백해져서 고개를 떨구고 말았다.

"자네가 지킬 건 지킨다고 떳떳하게 말하는 걸 보니 그래도 구제받을 여지는 있는 사람이군."

홍력이 마침내 고개를 떨군 흑무상을 차가운 표정으로 바라보며 말했다.

"우리 부처님께서는 자비로움으로 칠거지악(七去之惡)을 저지른 인간을 구제해 오셨지. 이 세상엔 구제불능의 마음은 있어도 구제불능의 인간은 없다고 하셨네. 왕신(王臣)과 비적(匪賊)은 단지 일념(一念)의 차이라네. 아직 젊어서 혈기왕성하고 남다른 재주도 있으니 그 재주를 지금부터라도 좋은 일을 통해 빛을 보게 했으면 하는 바람이네. 부디 이 자리를 환골탈태(換骨奪胎)하여 거듭 태어나는 계기로 삼게!"

서릿발같은 위엄 속에 형제 같은 자상함을 지닌 홍력의 인간적인 가르침에 흑무상은 크게 감명을 받은 듯 연신 머리를 조아리며 말했다.

"다시 태어날 기회를 주신 패륵마마를 위해 이놈은 남은 삶을 살겠사옵니다! 사실 이 흑무상도 피도 눈물도 없는 구제불능은 아니옵니다. 강희 45년 산동성에 보기 드문 풍작이 들었사온데, 땅주인이 소작세를 엄청나게 올려서 받는 바람에 분쟁이 생긴 적이 있사옵니다. 그 와중에 주인이 이놈의 형제들을 다 죽여버리는 참극이 벌어지고 말았사옵니다. 홧김에 이놈은…… 그 마을을 전부 불태워버리고, 도둑떼들의 종용을 받고 귀몽정산채(龜蒙頂山寨)로 들어갔사옵니다……."

과거의 아픔이 떠오르는 듯 흑무상은 코를 벌름거리며 애써 눈물을 참더니 급기야 땅을 치며 통곡했다. 이 광경을 먼발치에서 지켜보던 온씨네 모녀도 눈시울이 붉어졌다.

"귀몽정산이라면 여기서 가까운데."

류통훈이 말투를 부드럽게 하더니 흑무상을 똑바로 쳐다보며 물었다.

"어찌하여 하남성까지 원정을 갔단 말인가?"

이같이 말하며 류통훈은 홍력을 힐끔 쳐다보았다. 그러자 흑무상이 눈물을 닦으며 대답했다.

"이번에 유일하게 의리없이 도망간 놈 있지 않습니까? 별명이 무쇠주둥이라고, 그놈의 애비가 살아생전에 저랑 의형제를 맺었습니다. 얼마 전 이 무쇠주둥이가 저를 찾아와 먹을 만한 물건이

떴다는 겁니다. 어떤 부자의 사주를 받았는데, 일이 성사되면 50만 냥을 주겠다고 했다는 것입니다……."

"그 사람이 누군데? 돈 50만 냥을 걸고 사주했다는 자 말이야."

"아뢰옵니다, 패륵마마! 그건 정말 모르옵니다."

"모르다니?"

"정말 모르옵니다!"

흑무상이 초조한 표정을 지으며 다급히 말했다.

"이놈이 무쇠주둥이에게 물었더니, 그자도 궁금해 죽겠다고 했사옵니다. 아무튼 어마어마한 사람임에는 틀림없는 것 같다고만 했사옵니다. 오는 길 내내 북경 말씨를 쓰는 도사(道士) 하나가 막후에서 지휘를 했사옵니다. 턱 밑에 수염 한 가닥 없고, 말로는 북경의 어느 귀인댁에서 시중들고 있다고 하는 것 같았사옵니다. 그 외엔 정말 아는 것이 없사옵니다."

이쯤하여 홍력은 고통스럽지만 자신의 추측이 사실이라는 걸 알 수가 있었다. 평소에 마냥 싹싹하기만 하던 셋째 홍시가 자신에게 이런 식으로 마수를 뻗쳐 왔다는 사실이 믿어지지 않았다. 하지만 이 모든 것이 엄연한 현실임에야!

잠시 감정을 추스르고 난 홍력이 흑무상에게 말했다.

"자네가 날 속이지 않은 이상 나도 자네를 진심으로 대하겠네. 난 이미 자네를 용사(容赦)해 주기로 했네. 날 떠나 나름대로 새로운 삶을 살아도 좋고, 날 따라와도 흔쾌히 받아주겠네."

흑무상이 믿어지지 않는다는 듯 두 눈이 휘둥그레졌다.

"자네 입장을 고려한다면 아무래도 날 따라가는 게 나을 성싶네."

무표정한 홍력이 말했다.

"자네가 '화려한' 과거가 있기 때문에 관부(官府)에서는 아직 자네를 붙잡으려고 할 것이네. 일당들이 전부 붙잡혔는데, 자네만 돌아간다는 것도 별 재미가 없을 테고. 자넨 어찌 생각하나?"

"이놈은 죽으나 사나 패륵마마의 곁을 지켜드리겠사옵니다!"

흑무상이 추호도 주저함이 없이 단호하게 말했다.

"정말 앞길이 막막하지 않은 다음에야 이 태평성세에 누가 산 속으로 숨어들어 살려고 하겠사옵니까?"

그러자 홍력이 미소를 지으며 머리를 끄덕였다. 그리고는 진봉오를 가리키며 말했다.

"저 친구도 죄를 지은 몸이지만 내가 용사해 주어 기꺼이 받아들였다네. 보아 하니 나도 공덕은 제대로 쌓은 것 같네. 물론 자네의 악명은 드높다고 할 수밖에 없겠고, 그 죄명은 실로 용사받을 수 없는 것이지. 그러니 일단 북경 근교의 밀운(密雲)에 있는 우리 황장(皇莊)으로 가서 농장을 지키고 있게. 시간이 흘러 이 사실이 세간으로부터 잊혀질 무렵에 개명(改名)하여 세상 밖으로 나오도록 하게. 자네 실력을 유감없이 발휘할 수 있도록 군중(軍中)으로 보내줄 테니 한번 잘해 보게. 누가 아는가? 오늘의 비적 두목이 내일의 어엿한 장군으로 변신해 있을지?"

홍력은 흑무상이 마음의 짐을 벗어 던지고 새롭게 거듭나길 원하는 마음에서 힘과 용기를 불어 넣어준 것이다. 흑무상은 굵직한 눈물을 흩뿌리며 연신 머리를 조아렸다.

"패륵마마께서는 실로 이놈의 재생부모(再生父母)이시옵니다······."

"난 여태 지의(旨意)를 받고 흠차(欽差)의 신분으로 방방곡곡을 떠돌아 다녔지만 언제나 미복 차림이었지. 이는 알만한 사람은 다 아는 바이네."

홍력이 촛불을 지그시 바라보며 한숨을 내쉬며 말을 이었다.

"'천금을 가진 자는 몸을 숙이고 앉지 않고, 명을 아는 자는 위험한 담벽 밑에 서 있는 어리석음을 범하지 않는다[千金之子坐不垂堂, 知命者不立乎險牆之下]'라고 했던 진봉오의 말에 공감하네. 정영청더러 내일 나랑 함께 떠나자고 하게. 그리고 사람을 파견하여 이불(李紱)더러 이곳까지 날 마중 나오라고 전하게. 괜히 집 앞에서 낭패를 당하느니 편히 수레에 앉아 친병들의 호위를 받으며 북경성으로 들어갈 거네!"

28. 후환을 없애라!

홍력이 구사일생으로 북경에 돌아왔을 때는 벌써 5월 하순이었다. 그는 활현(滑縣)에서부터는 역도(驛道)로 들어와 이불(李紱)이 보정부(保定府)에서 파견한 친병들의 호위를 받았다. 이들은 북경 근교의 풍대(豊臺) 대영(大營)까지 홍력 일행을 호송했다. 이불은 자신의 중군을 파견하여 한시도 홍력의 곁을 떠나지 못하게 했을 뿐더러 길에서의 상황을 수시로 보고 받고 홍력을 좀더 편하게 해주기 위해 갖은 노력을 다했다.

홍력은 총독(總督)이 타는 팔인대교(八人大轎)에 앉아 철통 같은 경비에 둘러싸여 북경으로 향했다. 이불은 또 유난히 더위를 싫어하는 홍력을 위해 대교의 뚜껑을 수시로 여닫게끔 개조했고, 행군 길 내내 현지 역관들에서는 얼음물에 담갔던 냉수며 과일들을 쾌마(快馬)로 날라 왔다.

북경 근교에 도착하여 홍력은 노하역(潞河驛) 역관(驛館)에 머물렀다. 세수를 마치고 나자 밖에서 "예부상서 우명당이 뵙기를 청하였나이다"라고 아역이 아뢰었다.

"어서 들라하게."

홍력이 이같이 하명하며 급히 류통훈 등에게 주의를 주었다.

"오는 도중에 겪은 일들을 절대 입밖에 내선 안 되네……."

홍력의 말이 끝나기도 전에 우명당(尤明堂)이 벌써 콧수염을 달싹거리며 들어섰다. 그가 뜰 한가운데 엎드려 예를 갖춰 인사하는 모습을 보며 홍력이 반색하여 말했다.

"면례(免禮)하고 어서 들게!"

"예, 패륵마마!"

나이가 60대 후반인 우명당은 체구가 왜소한 편이었다. 나이에 비해 혈색이 좋고 눈빛이 맑아서 보기에는 50살 가량밖에 되어 보이지 않았다.

우명당은 강희 33년에 진사(進士)에 합격한 이래로 20년 동안 줄곧 경관(京官)으로 있었다. 강희 말년에 호부에서 대대적인 국고환수 운동을 펼칠 무렵에야 이친왕(怡親王)은 비로소 낭관(郎官)들 중에서 우명당을 발탁하여 불과 몇 년 사이에 예부상서(禮部尚書)로 키워 주었던 것이다. 그 동안 우명당은 묵묵히 중앙기추 부문의 일을 협조해 왔고, 굳이 성총을 따지자면 전문경보다 앞설 정도로 황제의 믿음을 한 몸에 받고 있었다.

홍력의 앞에서 다시 예를 갖춰 문후를 올리고 난 우명당이 웃으며 말했다.

"신은 한군(漢軍) 양황기(鑲黃旗) 소속이옵고, 주군(主君)의 포의노(包衣奴)이옵니다. 패륵마마께 면례를 명 받았사오나 그러고 나면 신이 몇 날 며칠 편하게 발을 뻗고 잠을 못 잘 것 같아 결국엔 문후를 올리게 되었사옵니다. 패륵마마, 잊으셨사옵니까? 전에 장친왕(莊親王)의 문하인 공부(工部)의 낭관 구가상(瞿家祥)이 언제 한번 장친왕을 배알하러 간 자리에서 면례를 명 받았다 하여 정말로 문후를 올리지 않았다고 하지 않사옵니까. 그 일로 집에 돌아와 침식을 전폐한 채 고민을 하다 못해 급기야는 정신까지 황홀해지지 않았사옵니까! 다신 주인을 뵐 면목이 없다고 하면서 말이옵니다. 다 죽어 가는 그 친구를 위해 장친왕께서 병상까지 찾아가셔서 기회를 주었다지 않사옵니까. 결국 그 친구는 두 손으로 자기의 뺨을 마구 때리면서, "이 화냥년 구멍으로 나온 더러운 놈아, 어서 장친왕께 문후를 올리지 못해?" 하며 한바탕 자기 손으로 자신의 뺨을 때리고 입에 담지도 못할 욕설을 퍼붓고 나서야 겨우 진정을 찾고 다시 훅훅 털고 병상에서 일어났다고 하지 않았사옵니까? 사람은 뭐니뭐니 해도 이 마음의 병이 없어야 하옵니다!"

우명당은 손짓 발짓 다 해가며 수다스럽게 한바탕 떠들어댔다. 홍력의 등뒤에 시립하고 서 있던 류통훈과 진봉오는 그 당시 구가상의 꼬락서니를 상상하며 입을 감싸쥐고 웃었다.

홍력은 기분이 대단히 좋아 보였다. 얼음물에 담갔던 여지(荔枝)라는 열대 과일을 가져오게 하여 친히 껍질을 발라 우명당의 입에 넣어주며 다시 물었다.

"관보엔 자네가 어가(御駕)를 수행하여 봉천(奉天)으로 갔다고 하던데, 어찌하여 여기 있는가? 셋째형은 성 안에 있나, 아니면 창춘원에 계시나? 장상(張相, 장정옥)은 또 어디 있고?"

이에 우명당이 웃으며 아뢰었다.

"신은 어가를 수행하여 막 출발하기 직전에 폐하께서 북경에 남으라는 지의를 내리셨사옵니다. 만인(滿人) 상서(尙書)인 아룽거의 부친 묘소가 봉천에 있으니, 아룽거가 따라가는 것이 겸사겸사 해서 더 나을 것 같다고 하셨사옵니다. 셋째마마께선 요즘 안팎으로 불철주야 다망하시옵니다. 지금은 태후마마께 문후를 올리러 들어가셨는데, 창춘원으로 돌아오셨는지는 잘 모르겠사옵니다. 장정옥은 하루에 몇 만 자(字)는 족히 될 상주문들을 읽어 절략(節略)을 만들어 운송헌 셋째마마께로 결재받으러 다니랴, 술직차 북경에 들어온 외성(外省) 관원들을 접견하랴 정신이 없사옵니다. 실로 정력이 대단한 사람이옵니다. 신 같았으면 진작에 쓰러졌을 것이옵니다. 방금 전에도 만났사옵니다. 좀 있다 문후를 올리러 올 거라고 했사온데, 아마 셋째마마를 모시고 함께 오려고 그러는 것 같사옵니다."

홍력은 어쩐지 갑자기 이름 못할 상실감이 엄습해 왔다. 옹정이 요즘 들어 자신에게 달아보내는 주비(朱批) 내용이 좀 석연치 않았던 것이다.

　셋째황자가 역시 형은 형일 수밖에 없네. 일을 똑 부러지게 하는 것이 결코 자네를 능가하면 했지 못하진 않네.

그런가 하면 이런 내용도 있었다.

　이렇게 사소한 일에까지 정성을 기울였다는 것 때문에 홍시를 다시 보는 계기가 됐네. 다른 아들들도 홍시만큼만 해주었으면 짐이 무슨 걱정이 있겠나? 다들 홍시만 같다면 실로 우리 국가사직(國家社稷)의 복이 아닐 수 없네.

또한 이런 내용도 있었다.

　셋째 홍시가 전에는 언행에 거품이 많고 실속이 없는 게 흠이었는데, 이젠 거의 찾아볼 수 없을 정도로 개선된 것 같네.

　……홍력에게 보내는 주비에 홍시에 대한 칭찬이 수도 없이 많았다. 홍력은 상대적으로 박탈감과 상실감에 허덕일 수밖에 없었다. 대신 홍력에게는 칭찬보다는 교훈적인 거시적인 훈수를 내렸었다.

　홍력, 자네는 군주가 된다는 것의 어려움을 알아야 하네. 항상 얇은 얼음 위를 걷듯이 심연의 변두리를 가듯이 조심조심 주춤주춤 하는 그 어려움을 알아야 한다는 거네. 머리카락 같은 섬세함으로 매사에 임해도 실수가 속출하는데, 대충대충 했다간 큰 사고를 내고 말 거네.
　자네는 이 나라의 보배인 만큼 항상 자애하고 자중해야 하네. 크고 바른 마음을 가지고 용기를 내어 일해 보세. 짐은 용주(庸主)가 아닌 이상 절대 조삼모사(朝三暮四)하는 일은 없을 거네.

　……이렇듯 홍력에게도 용기와 격려의 뜻을 전해오긴 했으나 홍력 스스로가 느끼기에 부황(父皇)은 그래도 홍시에게 마음을 더 주고 있는 것 같았다. 이번에 북경으로 들어오는 길에 겪은 모든 파란은 홍력으로 하여금 홍시를 경계하는 마음이 백 배로 생기게 했다. 뒤에선 친동생을 음해하려는 추악한 짓을 벌여놓고도 겉으론 황제가 비운 빈자리를 자기가 최선을 다해 메워 가는

모습을 보이며 문무 관원들의 인정을 받아 챙기는 홍시를 생각하니 홍력은 등골이 오싹해지는 것을 느꼈다!

어느덧 얼굴에 웃음기가 깡그리 사라진 홍력이 한숨을 내뱉으며 말했다.

"아바마마께선 옥체가 흠안(欠安)하신 상태로 북경을 떠나셔서 심히 우려스럽네. 남경을 떠나기 전에 수 차례 알아봤는데, 좀처럼 용하다는 의생이 나타나지가 않더군. 십삼숙도 많이 그리웠었는데, 요즘은 좀 어떠한가?"

짧게 침묵하는 동안에 홍력이 그 많은 생각을 했을 줄은 알 리가 없는 우명당이 상체를 숙이며 아뢰었다.

"이친왕께서도 넷째마마를 그리워하고 계시옵니다! 어제 신이 청범사(淸梵寺)로 문후를 다녀왔사온데, 이친왕께서는 '홍력을 밖에 너무 오래 있게 해서는 안 되는데, 내가 폐하께 주장을 올려 하루 속히 북경으로 불러오는 게 좋겠다고 말씀을 올렸었는데……'라고 하셨사옵니다. 이에 신이 '이불이 그러는데 보친왕께서 내일 북경에 도착하실 거라고 하옵니다' 라고 말씀을 올리니 이친왕께선 '어릴 때 꼬맹이들을 무릎에 올려놓고 목마 태우고 참 예뻐했었는데, 꼼지락꼼지락 하던 것들이 얼마나 귀여웠다고. 정말 보고 싶군! 돌아오는 대로 나 이 늙은이 성화부터 받아달라고 하게. 이러다가 언제 선제를 따라 갈지 모르겠으니까 그러네'라고 말씀하셨사옵니다."

이같이 말하는 우명당은 어느새 암담한 표정으로 변해 있었다. 가슴이 뭉클해진 홍력도 어느새 눈물이 그렁그렁해졌다. 무게를 이기지 못하고 툭 굴러 내린 눈물을 급히 닦아내며 홍력이 웃으며 말했다.

"조금 있다가 셋째형과 장상을 만나보고 곧바로 청범사로 갈 것이네."

홍력이 이같이 말하고 있을 때 희색이 만면한 홍시가 장정옥을 데리고 역관의 이문(二門)을 들어섰다. 홍력이 빠른 걸음으로 마중 나가 안뜰의 계단 앞에서 한 쪽 무릎을 꿇어 인사했다.

"셋째형, 어서 오세요. 보고 싶었습니다!"

그리고 이번에는 장정옥에게 말했다.

"장상은 볼 때마다 마르는 것 같아 맘이 아프네. 그래도 기력은 아직 좋아 보여서 다행이네!"

"넷째, 오느라 수고 많았어!"

홍시가 덥석 홍력의 두 손을 잡았다.

"햇볕에 많이 탔네. 갈 때보다 좀 빠진 것 같기도 하고. 지난번 덕왕(德王)이 북경에 왔길래 우황 여덟 냥, 사향 한 근, 그리고 얼음 등을 특별히 준비해 사람을 시켜 남경(南京)에 있는 자네한테로 가져다주라고 했더니, 자네가 온다 간다 소리도 없이 떠나버렸다며 편지를 보내왔더군. 우리 아우는 정말 대단하네. 이 날씨에 미복 차림으로 말을 타고 돌아오다니! 그래도 보기에 건강해 보여서 좋네. 며칠동안 아무 생각하지 말고 푹 쉬도록 하게……"

홍력을 바라보는 홍시의 두 눈에선 오랜만에 아우를 만난 반가움이 가득 묻어 났다. 홍력은 크게 감동을 받은 듯했다. 홍시의 손을 잡고 놓을 줄 몰랐다. 홍력이 웃으며 말했다.

"고마워요, 형! 형도 이 여름을 나려면 보약을 드셔야 하는데, 남겨 두었다가 형이 드시죠. 형이 좋아하는 찻잎 두 근을 사왔어요. 산지에서 정종(正種)을 구했어요! 개봉(開封)에 남겨두고 왔는데, 곧 부쳐줄 거예요."

홍력은 다시 장정옥을 돌아보며 말했다.

"자네 몫도 한 근 있다네, 그리고 송지(宋紙) 세 묶음에 휘묵(徽纆)도 한 통 사왔지, 다 자네 주려고! 대신 그림 한 장 멋있게 그려 줘야 하네? 세상에 공짜는 없다는 거 알지?"

장정옥이 웃어서 한 줄이 된 눈을 가늘게 뜨고 말했다.

"정말 황송하옵니다. 서화(書畵) 실력이야 넷째패륵께서 이 늙은이보다 열 배는 더 훌륭하신데, 그런 말씀은 마시옵소서!"

군신, 형제간의 감동어린 재회의 장면을 지켜보며 장정옥과 류통훈은 그런 대로 느낌이 괜찮았다.

하지만 이런 장면을 처음 보는 진봉오(秦鳳梧)는 자신이 이 나라 권력핵심의 주요 인물들 사이에 끼어 있다는 사실이 도무지 실감나지 않는 눈치였다. 또한 그는 홍시의 자상하고 인간적인 매력에 감동을 받은 나머지 그가 황하에서부터 줄곧 친아우 홍력을 괴롭혀온 막후 조종자라는 사실을 전혀 믿을 수가 없었다. 그는 나름대로 홍력과 류통훈이 지나치게 민감한 게 아닌가 하고 생각했다.

진봉오가 이런저런 생각에 잠겨 있을 때였다. 자리에 앉은 홍시가 떠다니는 찻잎을 찻잔 뚜껑으로 살살 밀어내더니 진봉오를 가리키며 물었다.

"이 친구는 전혀 낯선 얼굴인데, 넷째 자네가 이번에 데려왔나?"

"아, 이 친구요?"

홍력이 허허 웃으며 말했다.

"이름이 이한삼(李漢三)이고, 자(字)는 세걸(世杰)이에요. 어릴 적에 장사하는 부모를 따라 하남성으로 갔다가 가세가 기우는 바람에 고생을 무척 했나 봐요. 우연한 기회에 하도아문(河道衙門)에서 일하게 되면서 지금은 아주 하무(河務)와 수리(水利)에 일가견이 있는 기술자랍니다. 문장에도 능하고 괜찮은 친구예요. 하남성(河南省) 하도(河道) 원흥오(阮興吾)가 저희 문생이잖습니까. 큰물에서 놀면 잘 클 친구라면서 데려가 줬으면 하기에 달고 왔어요."

홍력이 낯빛 하나 변하지 않고 꾸며대는 말에 조금 당황하긴 했지만 이런 공 하나 제대로 받아넘기지 못할 진봉오가 아니었다. 그는 침착하게 말했다.

"모두 원 어른의 후애(厚愛)와 넷째마마의 크나크신 배려 덕분이옵니다. 소인이 무슨 덕이 있고 재주가 있어 감히 이런 자리에 설 수 있겠사옵니까? 부디 앞으로 많은 가르침을 내려주시옵소서."

진봉오의 말이 끝나기 바쁘게 홍력은 서둘러 술상을 봐 오게 했다. 조정의 규정대로라면 흠차가 임무를 완수하고 돌아왔을지라도 연회는 베풀지 않는 것이 원칙이었다. 그러나 이번에는 옹정이 북경에 없는지라 술 마시고 황제를 알현할 일도 없고, 형제간에 오랜만에 만나 정겨운 자리를 가졌는지라 주위에서도 달리 말리지는 않았다.

잠시 후, 조촐하지만 정갈한 음식상이 마련됐고, 홍시와 장정옥, 류통훈 등이 모두 자리에 앉았다. 진봉오가 연신 술을 따르며 권했다. 홍시와 홍력은 술잔을 들어 그동안 쌓인 그리움을 녹여냈고, 류통훈과 우명당은 입안 가득 제덕(帝德)과 군은(君恩) 타령이었다. 장정옥은 언제나 그러하듯 남들이 취해도 혼자 깨어 있는 사람답게 "이한삼 선생에게 하무에 대해 가르침을 받고자 한다"며 이

후환을 없애라!

것저것 하남성 하도에 대해 묻고 또 물었다.

홍력은 홍시와 술잔을 주고받으며 즐거움에 겨워 있는 것 같았지만 신경은 온통 좌불안석인 진봉오와 하무에 대해 집요하게 물어보는 장정옥에게로 쏠려 있었다. 그런 홍력의 마음을 알아서인지 진봉오는 교묘하게 화제를 자신이 능한 문장과 시사(詩詞) 쪽으로 돌려 제법 장정옥을 휘두르고 있었다. 워낙 책더미 속에서 묻혀 살다시피 한 진봉오인지라 가끔씩 툭툭 던지는 하무에 대한 장정옥의 질문을 용케도 무리없이 소화해 내곤 했다. 전에 하무의 대부로 일컫는 진황(陳潢)의 〈하방술요(河防術要)〉를 읽었던 것이 크게 도움이 됐다.

궁금증도 많은 데다가 책임감도 투철하고, 의심 또한 수준급인 장정옥의 질문에 응수하느라 진봉오가 땀을 쏟고 있을 무렵 홍시가 홍력의 여독을 염려하여 일찍 쉬라며 자리에서 일어났다.

사람들을 모두 보내고 나서 홍력이 이마의 땀을 훔치며 진봉오를 향해 엄지를 내두르며 말했다.

"아휴! 심장이 다 떨려. 거짓말을 밥먹듯 하는 사람들은 참 대단해. 그런데, 자네 오늘 보니 제법 능청스럽더군. 오늘부터 자네는 진봉오가 아닌 이한삼이네!"

때는 더위가 기승을 부리는 한여름이었다. 해시(亥時)를 훌쩍 넘겼음에도 날은 어둡지 않았다. 이들을 보내고 윤상을 만나러 청범사로 가려던 홍력은 그러나 방문을 나서는가 싶더니 곧 되돌아왔다.

등나무 의자에 반쯤 기대어 천장을 뚫어지게 바라보며 생각에 잠겨 있는 홍력을 보며 류통훈과 진봉오는 물러가지도 못하고 그저 시립하고 있는 수밖에 없었다.

"이보게, 연청(延淸, 류통훈의 호)!"
한참 후에, 실로 오랜 침묵 끝에야 홍력이 한숨을 내쉬며 말했다.
"우리가 셋째황자를 괜히 의심한 건 아닐까."
류통훈은 진봉오를 바라보았다. 진봉오 역시 류통훈에게 시선을 두고 있었다.
 이번에 사방팔방 그 어디든 홍력이 가는 곳마다 도둑떼들은 기막히게 잘도 찾아왔었다. 대개의 도둑들은 재물을 탐하는 반면에 이들은 홍력의 목숨을 노렸고, 한 상대에게 지나치게 집착하는 모습이 석연치가 않았다. 가장 의심스러운 것은 뭐니뭐니 해도 이 넓은 땅덩어리에서 홍력의 행방을 묘하게도 잘 찾아내어서 습격을 가해온다는 것이었다. 누군가 조정의 실세의 사주를 받은 게 틀림없다는 설이 설득력을 얻고 있는 이때, 가장 먼저 홍시를 의심해오던 홍력이 왜 갑자기 마음이 흔들리는 걸까?
 두 사람은 잠시 어리둥절해졌다. 그러나 명민한 그들은 곧 이것은 홍력이 그냥 해본 소리라는 걸 알 수가 있었다. 홍력은 이 사실에 대해 소문을 내고 싶지가 않았고, 류통훈과 진봉오에게도 만에 하나 발설하는 날엔 본인은 절대 '괜히 의심한' 책임을 지지 않을 것이라고 분명히 못을 박은 셈이었다.
 한참동안 생각하고 난 류통훈이 말했다.
"저도 넷째마마의 말씀에 공감하옵니다. 이런 일은 친형제간에 도무지 있을 수 없는 일이옵니다. 저희들이 입을 잘 간수할 것을 약속드리오니 안심하시옵소서, 패륵마마."
 홍력이 의자에서 몸을 벌떡 일으키더니 천천히 부채를 부치며 말했다.

"그 당시로서는 한 번쯤은 의심을 해 볼 수도 있었지. 선제(先帝) 때 워낙 형제끼리 시끄러웠으니 말이네. 그러나 세상이란 워낙 요지경 같아서 알다가도 모를 일이 어디 한두 가지겠나. 누군가가 불난 집에 도둑질하러 들어가기 위해 우리 형제 사이에 불씨를 지피고 있는지도 모르지. 내가 지금 '괜한 의심'을 운운하고 있는 것은 간통죄는 현장을 덮쳐야 하고, 도둑은 장물을 확보해야 한다는 점에 입각했기 때문이네. 말이란 주워 담을 수 없는 물과 같지 않은가! 류통훈, 자네는 형옥관(刑獄官)을 지냈기 때문에 이 도리를 잘 알 거네. 난 인의(仁義)로 군주와 아랫사람들을 대하는 만큼 자네들은 절대 내 뜻을 오해하지는 말게."

연꽃 위에 내려앉은 이슬방울처럼 굴러갈지, 떨어질지 종잡을 수 없고, 물 한 방울 새지 않게 도배하고 있는 소년 홍력의 말에 두 사람은 속으로 탄복해마지 않았다. 연신 고개를 숙이며 그들은 알겠노라고 다짐했다.

"진봉오, 자네는 보아 하니 역리(易理)에 능한 것 같네."

홍력이 생각에 잠긴 채 말했다.

"'군주에게 비밀이 없으면 그 나라를 잃게 되고, 신하에게 비밀이 없으면 자기 몸을 잃게 된다[君不密則失其國, 臣不密則失其身]'라고〈역경(易經)〉에서 말했지. 여기서 '밀(密)'자란 기밀만을 뜻하는 게 아니네. 밀(密)자엔 '주도면밀하다'라는 뜻도 있네. 군자란 모름지기 면면을 주도면밀하게 다 살펴야 한다는 뜻이지. 그래야 어딘가에 꽁꽁 숨겨진 열쇠를 찾아 문을 열 수 있다는 거네. 그렇지 않고 아무 열쇠나 가지고 마구 열쇠 구멍을 쑤셔대서야 백날을 쑤셔 봤자 문이 열리겠나? 언젠가 우리가 필요로 할 때 열쇠를 금방 찾아낼 수 있게끔 맘속으로 생각하고 있자 그 말이네.

알겠는가?"

"무슨 말씀인지 잘 알겠사옵니다!"

둘이 이구동성으로 대답했다. 이들은 내심 소년 홍력의 지혜와 도량에 감복했다.

잠시 후 홍력이 웃으며 말했다.

"그럼 됐네. 오늘 이후로 우린 이 사실을 가슴속 어딘가에 꽁꽁 묶어두고 입밖엔 내지 않기로 하세. 통훈이 자네는 내일 부(部)로 돌아가도록 하게. 진(秦)…… 아니, 이한삼 자네는 잠시 내 곁에 남도록 하고. 일단 기적(旗籍)에 넣어주고, 치고 들어갈 기회가 생기면 내가 추천해줄 테니 그리 알게. 내가 술좌석에서 했던 말들을 자네가 정리하여 개봉 하도아문의 원흥오에게 서신을 보내게. 나의 가노(家奴) 출신이니, 좀 솔직하게 말해도 괜찮을 거네. 약점을 잡힐 정도까지는 쓰지 말게."

말을 마친 홍력은 곧 자리에서 일어나며 하명했다.

"수레를 대어라!"

한편 노하역관에서 나온 홍시는 집으로 돌아가던 중 생각을 달리 하여 장정옥의 집으로 방향을 틀었다. 셋째패륵부와 장정옥의 집은 거의 비슷한 방향에 있었기에 홍시의 대교(大轎)가 장정옥의 뜰에 내려섰을 때 장정옥은 아직 정원에 들어오지 않고 밖에 서 있었다.

홍시가 수레에서 내려보니 몇몇 외성 관원들이 뜰에 모여 대화를 나누고 있었다. 홍시가 보니 대학사(大學士) 윤태(尹泰)의 모습도 끼어 있었다. 그는 계단을 오르며 멀리서 저만치에서부터 활짝 웃으며 말했다.

"윤태(尹泰), 자네도 왔는가?"

그제서야 홍시를 발견한 윤태가 급히 다가와 문안인사를 올렸다. 관원들도 따라서 예를 갖추었다. 홍시가 한 손으로 윤태를 일으키며 말했다.

"우리 사이에 뭐 이런 걸 다 하고 그러나! 어서 일어나게. 지난번 홍주가 자네의 문후인사를 받았다 하여 폐하께 혼이 난 걸 알면서도 그러나! 내가 폐하께 끌려가 혼나는 걸 보고 싶어서 그러나?"

이같이 말하며 홍시는 연신 껄껄 웃었다.

"그러게 말입니다. 신도 방금 윤형(尹兄)에게 한 소리 하고 있던 중이었습니다!"

장정옥은 홍시가 갑자기 찾아온 이유가 궁금했으면서도 겉으론 웃으면서 말했다.

"둘째아들 계영이 걱정에 달려온 것 같은데, 아비로서 자식 위하는 마음이야 너나 없겠지만…… 자네도 알다시피 도원(道員)에서 안찰사(按察使)로 진봉(進封)하는 건 내 맘대로 되는 일이 아니라니까. 일단 소속 성(省)에서 추천해 올리면 우리가 자료를 만들어 어람(御覽)을 청하고, 다시 지의에 따라 움직이게 되는 거지. 그러니 차분히 좀더 기다려 보게. 올해 안휘성(安徽省) 고공사(考功司)에서는 아직 관원들에 대한 고평(考評)이 올라오지 않은 상태이네! 한 가닥 희망이라도 있으면 내가 절대 자네를 실망시키는 일은 없을 거네. 내가 그 집 마나님한테 차 한 잔도 얻어먹지 못하는 처량한 신세가 되어서는 안 되지."

장정옥의 말을 통해 홍시는 윤태가 또 둘째아들 윤계영(尹繼英) 때문에 관직을 부탁하러 왔다는 것을 알 수가 있었다.

윤태의 슬하엔 아들 셋이 있었으나 장자(長子)는 일찌감치 요절했다. 그 중 셋째 윤계선(尹繼善)은 남다른 재주와 비상한 머리로 스무 살 남짓한 나이에 양방진사(兩榜進士) 1갑(一甲)에 급제하여 한림원(翰林院)에서 편수(編修)를 거쳐 지부(知府), 도대(道臺), 포정사(布政使) 순으로 승승장구했다. 그렇게 해서 순무(巡撫) 자리에 올랐을 때는 나이 서른도 채 되나마나 했을 때였다.

처음에 관직에 오를 때는 아비 윤태의 후광이 어느 정도 작용하긴 했지만 한 번 밀어주니 윤계선은 날개 돋친 호랑이요, 물 만난 고기로 정가에서 자신의 영역을 쌓아갔다. 강서성에서 비적들을 소탕할 때도, 광동성에서 탐관오리들을 처단할 때도, 남경의 치하 현장에서도 윤계선은 유감없이 자신의 재능을 발휘하여 조정의 인정을 받게 되었고, 그의 명성과 치적은 일찌감치 자신의 아비 윤태를 능가했다.

그러나 윤태로서는 아쉬움이 컸다. 그것은 윤계선이 적출(嫡出)이 아니라는 것이었다. 그 이름도 유명한 윤태가 집에서는 마누라 치마폭에 싸여 이리저리 쓸려 다니는 공처가(恐妻家)였던 것이다. 큰마누라와의 사이에서 낳은 둘째아들 윤계영은 시험에서 연신 낙방하여 마흔 살에 돈을 주고 겨우 감생(監生) 자리에나마 앉게 된 무능하기 짝이 없는 골칫덩어리였다.

심성이 비뚤어진 큰마누라는 시기와 질투로 툭하면 윤계선의 어머니 황씨를 괴롭혔고, 두 여인 사이에서 윤태 영감의 고뇌는 이루 말할 수가 없었다. 윤계영에게 '쓸만한' 관직을 구해주라는 큰마누라의 성화에 못 이겨 윤태는 급기야 옹정을 찾아가 아쉬운 소리를 했고, 황자 시절에 육경궁에서 여러모로 자신의 공부를 도와주었던 윤태의 청을 거절하지 못하고 옹정은 '은음(恩蔭)'을 허락했었다. 이런 사실을 알고 있는 홍시는 다시 장정옥을 붙잡고 청을 드는 윤태의 꼴을 우습게 여기면서도 일부러 웃으며 이같이 말했다.

"계영의 일은 곧 성사될 거네. 나도 폐하께 따로 말씀을 올려볼 테니 그리 걱정하지는 말게. 그건 그렇고 그 집 셋째아드님 윤계선이 곧 백작(伯爵)으로 승진하게 됐다네. 굉장한 경사가 아닐 수 없지. 혼신의 노력을 기울여 제방을 잘 쌓아놓은 덕에 황하가 집적대다가는 물러가고 말았다지 뭔가! 넷째패륵한테서 올라온 주장(奏章)을 받고 폐하께서 그날저녁 흰 술 한잔을 마셨다는 거 아닌가. 계선이에 대한 폐하의 평가는 굉장하셨네. 그리고 이런 아들을 둔 윤태 자네에 대해서도 칭찬하셨네. 한 가문에 명신(名臣)이 둘씩이나 나올 수 있다는 것이 결코 흔한 일이 아닐세. 우리 대청(大淸)의 역사에는 물론〈이십일사(二十一史)〉를 뒤져봐도 거의 없을 거네. 언제 우리가 경하(敬賀)차 방문할 테니 뒤뜰에 묻어놓은 30년 된 소흥주(紹興酒)도 그땐 꺼내놔야 하네?"

"폐하의 성은은 실로 우리 윤씨 문중을 빛내신 근본이옵니다."

윤태가 황송하여 말했다.

"이 늙은이와 견자(犬子)들은 실로 하루하루를 성은에 겨워 사나이다!"

윤태의 수미(壽眉)와 은실 같은 턱수염은 가볍게 떨렸고 얼굴엔 뭐라 형언할 수 없는 복잡한 표정이 서려 있었다. 굳어진 듯 그 자리에 꼼짝도 않고 있던 윤태가 한참 후에 한숨을 지으며 힘겹게 발걸음을 떼어놓으며 말했다.

"일 보십시오. 전 그만 가봐야겠습니다. 늙은 것이 주책을 떨어서 면목이……"

그러자 홍시가 등뒤에서 소리쳤다.
"살펴 가게! 그 술 아무나 주지 말고!"
산전수전을 다 겪고 파란만장한 삶을 살아온 장정옥은 윤태의 고뇌를 읽을 수가 있었다. 그러나 겉으론 내색하지 않고 회중시계를 꺼내보더니 말했다.
"셋째패륵께서 무슨 일로 걸음을 하셨는지는 모르겠사오나 오늘저녁은 얘기 나눌 시간이 없을 것 같사옵니다."
그리고는 좌중을 둘러보며 말했다.
"여러분들 중에서 내일 북경을 떠나는 사람들 중 꼭 할 말이 있는 사람만 남도록 하게. 그리고 나머지는 내일 천천히 얘기하지."
말을 마친 장정옥은 곧 방 안으로 들어갔다.
"장상!"
장정옥을 따라 서재로 들어온 홍시가 하녀에게서 찻잔을 받아들며 단도직입적으로 말했다.
"난 한가해서 마실이나 다니는 그런 황자가 아니네. 이번에 넷째가 하남성 경내에서 연이어 강도들의 습격을 받아 하마터면 목숨을 잃을 뻔했고, 도망치듯 북경에 돌아왔다는 사실을 장상은 알고 있소?"
막 찻잔을 받아든 장정옥은 흠칫 놀라 뜨거운 물을 손등에 쏟고 말았다. 급히 찻잔을 쟁반에 내려놓으며 홍시를 뚫어지게 쳐다보던 장정옥이 숨을 길게 들이마시며 말했다.
"과연 그런 일이 있었단 말입니까? 그런데 전문경은 무슨 배짱으로 일언반구도 주해 올리지 않고 있었단 말입니까!"
"그건 기밀에 속하니까 그럴 수밖에 없었겠지."

홍시의 목소리는 나지막했지만 또랑또랑하게 들렸다.

"상세한 내막은 나도 잘 모르오. 강을 건너면서 도둑배를 탔고, 하루 종일 그 험한 경풍해랑(驚風駭浪)속에서 강도들과 악전고투 했다는 것밖에는. 그것도 부근에서 고기를 잡던 어부들이 개봉부에 사실을 알려서야 알게 되었다는데, 개봉부에서 제보를 받았을 때는 사건 4일째 되던 날이었다네. 현장에 가서 물귀신 차림을 하고 몸에 상처를 여러 군데 입은 강도들의 시체를 일곱 구(具)나 건져 올렸다고 하네. 방금 조사결과가 나왔는데, 강도들은 황수괴라는 두목이 이끄는 무리들이고, 넷째는 누군가 고수(高手)의 도움을 받아 탈출했을 걸로 보인다고 하네. 그 패거리들이 워낙 극악무도한데도 불구하고 수많은 사상자를 냈지만 넷째는 털끝 하나 다치지 않고 무사히 돌아왔다는 사실이 이를 뒷받침해 주고 있네!"

장정옥은 오랫동안 말이 없었다. 마음속은 뒤죽박죽이 돼 있었다. 이는 결코 거대한 배후가 의심되는 큰 사건이 아닐 수 없었다. 강희제(康熙帝)가 첫 번째 남순(南巡) 길에 올랐을 때 가짜 주삼태자(朱三太子)에 의해 행궁(行宮)에서 큰 곤욕을 치를 뻔한 사건 외에는 몇 십년 동안 천하는 태평성세에 길들여져 있었다. 황자가 아니라 남래북왕(南來北往)하는 일반 상인들도 강도떼의 습격을 받았다는 소문이 거의 들리지 않고 있는 실정이었으니 재상으로서 장정옥의 충격은 이루 말할 수 없는 것이었다.

재상으로서의 책임 소재를 떠나 장정옥은 다른 면에서도 의문을 품었다. 이렇게 큰 사건을 홍시가 자신은 진작에 알고 있었으면서도 지금에 와서야 통보하는 식으로 알려주는 의도가 무엇일까? 관할 경내가 서로 접양(接壤)하고 있으면서도 등을 돌리고 있는 이불과 전문경인데, 전문경이 사방으로 공격을 받고 있는 상황에서 하필이면 그 경내에서 황자를 모해하려는 사건이 발생했다는 것은 과연 우연의 일치라고만 봐야 하나?

여기까지 생각이 미친 장정옥이 천천히 숨을 내쉬며 말했다.

"음양이 조화롭지 못하여 강도떼들이 창궐하여 날뛰는 건 모두 재상으로서 신의 책임입니다. 이 일은 직접 당사자인 넷째마마께 여쭤본 뒤라야 폐하께 주명(奏明)할 수 있을 것 같습니다. 형부에서 직접 팔을 걷어붙이든지, 이위(李衛)를 시키든지 하루속히 사건의 진상을 규명해야겠습니다."

"사건 발생일로부터 오늘이 12일째인 것 같네."

홍시가 손가락을 꼽으며 말했다.

"소문을 내서 득될 게 없는 일이네. 폐하의 신정(新政)에 대해서 조야(朝野)에선 의견이 분분하다네. 사악한 무리들이 신정 반대세력들에 편승하여 도처에서 악성소문을 퍼뜨리고 다니는 실정이라네. 태산이 붕괴될 조짐을 보인다느니, 큰 호수가 범람하고 지진이 일어날 것이라느니, 혜성(彗星)이 나타났다느니 별의별 섬뜩한 소문이 다 나돈다네. 한마디로 '황제가 도리를 모르면 하늘에서 경종을 울린다[人君無道, 天象文警]' 뭐 이런 맥락에서 갖은 소문들을 조작해내는 것 같네. 이 마당에 이번 사건을 터뜨리고 나서는 날엔 그야말로 붙는 불에 키질이라고 해야 하나? 아무튼 득될 게 하나도 없을 거네. 난 아바마마가 북경을 비운 동안 정무를 직접 챙겨온 황자로서 그 책임이 두려워서가 아니라 아바마마의 대정(大政)에 무익한 경우라고 판단하여 조용히 덮어두는 게 낫겠다는 거지!"

그는 차 한 모금을 마시고는 잠시 침묵했다. 장정옥의 얼굴을 힐끗 훔쳐보니 터질 것만 같던 팽팽함이 한결 느슨해진 것 같았다. 아직은 이렇다 할 실수를 하지 않은 황자로서의 홍시를 믿었고, 요즘에 와서 부쩍 여의치 않아 보이는 옹정의 건강을 염려한 장정옥이 마침내 웃으며 말했다.

"신이 아무리 정성을 다하여 폐하를 모신다고 해도 아들만 하겠습니까? 이번에 운송헌에서 몇 가지 사건을 패기 있게 정확하게 처리하시는 셋째마마의 모습에 크게 감명을 받았습니다. 호북성(湖北省)에서 가짜 옹정전(雍正錢)을 주조하는 소굴을 덮쳐 주범들을 엄벌에 처한 이래로 호북은 물론 호남성의 식량가격도 많이 안정됐다고 합니다. 항주(杭州)의 방직공들이 파업한 사건을 처리함에 있어서도 주범을 효수형(梟首刑)에 처한 것이 좀 지나치다 싶었지만 생각해 보니 패륵마마의 판단이 역시 정확했던 것 같습니다!"

장정옥은 수십 년 동안 재상 자리에 있으면서 황자(皇子)에서부터 주현(州縣)의 낮은 관리들에 이르기까지 누구랑 각별히 친한 사람도 없고, 그렇다고 누굴 멀리 하는 경우도 드물었다. 한마디로 적도 없고 친구도 없었다. 그는 "맞는 말 만 마디보다 하나의 침묵이 값지다"라는 신조를 지키며 살아왔다.

그런데, 오늘처럼 이렇게 사람을 앞에 두고 칭찬하는 것은 처음이었다. 그런 장정옥을 잘 아는지라 홍시의 기쁨은 이루 말할 수 없었다. 그러나 일부러 미간을 찌푸려 보이며 근엄한 표정으로 말했다.

"후생(後生)이 세상구경을 해봐야 얼마나 했겠소. 장상(張相)이야말로 진정한 이 나라의 동량(棟梁)이고 기둥임은 만천하가 다 아는 일인데! 지난번 폐하께서 팔의 통증을 호소하셔서 넷째랑 찾아가 뵈었더니 다행히 의생(醫生)들의 처치를 받고 나서 괜찮아 보였소. 그 자리에서 폐하께선 '장정옥이 몸이 안 좋아서 짐의 마음이 무겁네. 짐과는 일심동체인 고굉인데!'라고 말씀하셨소. 그제야 우리는 장상도 건강이 여의치 않다는 걸 알게 되었소. 장상이 백작(伯爵)에 봉해진 사실을 두고 예부에서는 야전(野戰) 공훈이 없고, 지방을 다스린 경력도 없어 마땅히 표(票)를 작성하기 힘들다며 작은 거부 반응이 있었소. 하지만 폐하께서는 '무슨 가당치도 않은 소리! 천리 밖을 결승(決勝)할 수 있으면 그게 바로 큰 공로이지. 누구도 장정옥을 그런 식으로 매도했다간 짐의 눈밖에 나는 수가 있어!'라고 예부의 입을 막아버리고 말았소."

그는 장정옥에게 듣기 좋은 말을 해주느라 머리를 쥐어짰다. 그러나 그는 장정옥이 성부(城府)가 얼마나 깊은 사람인지를 간과하고 있었다. 일개 천황귀주(天璜貴冑)가 이런 식으로 낑낑대며 신하를 받쳐 올린다는 것이 대체 얼마나 신분에 금이 가고 가볍게 보이는지를 홍시는 전혀 생각지 못하는 것 같았다.

하기야 한참 정신이 없을 때는 망언을 남발하고 가벼운 행동을 밥먹듯 하는 홍시이고 보면 그의 행동이 그리 새삼스러울 것도 없었다.

입안 가득한 술이며 음식 찌꺼기의 고약한 냄새에 애써 고개를 외면하며 장정옥이 말했다.

"저는 '선시(善始)'는 그나마 자신할 수 있으나 '선종(善終)'은 아직 지켜봐야겠습니다. 열심히 일하여 신하로서의 도리를 다하는 것만이 폐하의 성은에 보답하는 길이라고 생각합니다."

장정옥의 담담한 이 한마디에 홍시는 잠시 할 말을 잃었다. 그러나 곧 화제를 바꾸었다.

"폐하께서 언제쯤 돌아오실지 모르겠소. 이쪽에서는 미리미리 어가(御駕)를 맞을 준비에 들어가야 할 텐데. 난 이런 생각을 해봤소, 직접 승덕(承德)으로 가서 날도 더운데 피서산장(避暑山莊)에서 아예 여름을 나시고 가을에 북경으로 돌아오시는 것이 어떠시겠느냐고 폐하께 권유해 드릴 생각이오. 넷째도 돌아왔으니 정무를 맡겨 놓고 코에 바람이나 넣을 겸 구경도 하고 한 번 나가볼까 하오."

"넷째마마께선 이제 막 북경으로 돌아오신 흠차 대신의 신분이므로 일단 폐하를 먼저 뵙고 술직(述職)을 마쳐야 다른 일을 볼 수가 있습니다."

장정옥은 그제야 비로소 홍시가 찾아온 이유를 알 것 같았다. 그는 웃으며 말했다.

"셋째패륵께서도 지의를 받고 폐하를 대신하여 정무를 보고 계신데, 다른 누군가에게 마음대로 정무를 넘길 수는 없지 않겠사옵니까? 이불이 전문경에 대한 탄핵안과 이에 따른 전문경의 주변(奏辯, 자신의 주장을 밝힌 주장)이 여러 부서에 넘겨진 지 며칠 됐는데, 이에 관한 대원(大員) 여러분들의 의사를 들어보는 것이 시급한 것 같습니다. 폐하께서 귀경하시는 대로 이 일부터 물어오실 것입니다."

홍시를 바래다주고 나서 장정옥이 시계를 보니 자명종이 열시를 가리키고 있었다. 평소에도 이 시간은 자리에 눕기에는 이른 시각이었다. 내일 북경을 떠난다며 늦게라도 만나야 하겠다던 두 관원들을 불러 물었어도 전혀 급한 일이 아니었다. 별일도 아닌 걸 가지고 관가에서 제 목소리를 낼 수 있는 관원들을 찾아가 한 번이라도 얼굴도장을 찍어야 유익무해하다는 지방관들의 심리를 너무나 잘 아는 장정옥은 그럼에도 그들의 말을 끝까지 다 들어주고는 몇 마디 당부의 말과 함께 물러가게 했다.

서재에 홀로 앉아있노라니 마음이 갑갑해지기 시작했다. 홍력이 신변의 위협을 느꼈다는 사실은 아직 정확한 건 밝혀지지 않았지만 강도들의 시체가 많이 발견됐다는 사실은 그 당시 급박하고 험악했던 광경을 떠올리기에 충분했다.

홍력, 그는 백여 명도 넘는 황족 자제들 중에서 유일하게 성조(聖祖, 강희제)의 서재로 들어가 글공부를 배우고, 어린 나이 때부터 정무(政務)가 무엇인지에 대해 성조로부터 몸소 가르침을 받은 황자였다. 게다가 옹정의 아들들 중에서 유일하게 친왕(親王)으로 봉해진 황자였다. 장님이 아니고서는 어느 누구도 성의(聖意)의 귀추를 짐작해낼 수가 있는 경우였다.

차라리 단순히 재물을 노린 사건이라면 자신이 그 책임을 지고 처벌을 받고 전문경, 이위가 범인들을 처리하는 것으로 사건을 매듭지을 수 있겠지만 그렇지 않을 경우엔 어찌 한단 말인가? 또 다른 황자의 난을 예고하는 사건은 아닐까?

옹정 형제들간의 피가 질펀한 탈적(奪嫡)의 현장을 넌더리나게 보아 왔던 장정옥으로서는 등골이 오싹해지지 않을 수가 없었다. 그게 과연 사실이라면 남은 여생만큼은 평안하고 무사한 태평재상이 되고자 했던 자신의 염원은 철저히 풍비박산이 나고 말 것이다!

생각할수록 머리가 터질 것만 같았다. 그러나 이 사건에 대해 아직은 뭐라고 섣부른 판단을 내릴 수 있는 단계는 아니라는 데 장정옥은 일말의 기대를 걸고 있었다.

그러나 홍시한테서 전해들은 말을 옹정에게 비밀로 한다는 건 절대 불가능한 일이라는 생각이 들었다. 전문경이 입을 봉하고 있을 리가 만무한 건 둘째 치고라도 홍시 자신이 벌써 밀주문을 쓰고 있을지도 모를 일이었다!

그 순간 장정옥의 수척한 얼굴에 한 가닥 미소가 스치고 지나갔다. 펴놓은 종잇장에 한참 시선을 박고 있던 장정옥이 붓을 들어 천천히 뭔가를 적어 내려가기 시작했다.

신 장정옥이 폐하께 삼가 문후올리옵니다. 무릎꿇어 비밀을 주하옵니다. 방금 황삼자(皇三子) 홍시가 이 밤에 신의 집을 다녀갔사옵니다…….

두 사람의 대화내용을 상세히 기록하고 난 장정옥은 끝에 이렇게 덧붙였다.

홍시의 경충(敬忠)과 효제(孝悌)가 언표(言表)에 흘러 넘쳤나이다. 하오나 신은 이번 일이 결코 예사로운 일은 아니라고 생각하오니 무작정 덮어두는 것만이 능사는 아니라고 생각되옵니다. 사건 전말이 분명히 드러나지는 않았사오나 신은 직무에 소홀히 한 책임을 져야 마땅하다고 생각하여 폐하께서 엄히 처벌해 주시길 바라옵니다. 신이 당사자인 황사자와 면담 후에 상세한 내용을 다시 주해 올리도록 하겠사옵니다. 소청(所請)한 내용에 대해서는 정당성 여부를 폐하의 성재(聖裁)에 따르도록 하겠사옵니다.

다 쓰고 난 장정옥이 다시 한 번 읽어보고는 만족스런 표정을 지으며 붓을 내려놓았다. 그는 시원스레 기지개를 켜며 하품을 했다.

장정옥의 예상은 적중했다. 그가 하품을 하는 동안 홍시는 이미 밀주문(密奏文)을 다 베껴 봉투에 넣고 있었다. 그러나 이 밀주문은 홍시 자신이 아닌 셋째패륵부의 막료가 대신 써주었다. 밀주문은 대필불가였기에 홍시가 한 부 베꼈을 뿐이었다.

그는 이 사건과 관련하여 전문경이 올린 상주문을 요약하여 올렸고, 자신이 직접 이 사건을 처리한 과정을 부연 설명했다. 그러나 장정옥과의 대화내용은 생략했다. 그저 "군기처대신 장정옥에게 이 사실을 알렸다"고만 했고, "아바마마의 용체를 걱정하여 천천히 사실을 주하겠다는 홍력의 효심에 크게 감동하여 눈물을 쏟았다"고 했다.

밀주문을 베끼고 난 홍시 역시 길게 하품을 했다. 그리고는 옆에 있던 막료에게 말했다.

"발송하도록 하게!"

"예, 셋째마마!"

막료가 밀주문을 들고 나가려고 했다. 그러나, 홍시가 이내 다시 불렀다.

"잠깐!"

막료는 발걸음을 멈추고 홍시를 바라보았다. 그는 보정(保定) 사람으로서, 이름은 광청행(曠淸行)이었고, 나이는 서른 살 중반이었다. 12살에 입학하여 연거푸 다섯 차례씩이나 향시에 낙방한 영락(榮落)한 수재였다. 하지만 다른 사람을 대신하여 시험을 볼 때는 백발백중이라고 하여 불명예스럽지만 '새총'이라는 별명을 가지고 있었다. 부정으로 벌어들인 돈이 수만 냥에 달한 사실이 이불에 의해 들통나는 바람에 그는 그 즉시 수재명단에서도 제외

되고 말았다. 그런 그를 이불이 장정옥에게 이만저만 얘기하는걸 귀동냥해 들은 홍시가 자기네 집으로 보쌈을 해 왔던 것이다. 문장 좋고, 사유가 민첩하여 막료감으로는 더할 나위 없는 사람이었다.

"숨통이 끊겼는지 하나씩 확인했지?"

"예, 확인했습니다. 다 죽었습니다."

광청행이 말했다.

"이제 우리 일을 아는 자들은 거의 없습니다. 도둑들 중에 무쇠주둥이라고 하는 그자만 산동성(山東省) 포두고(抱犢崓)로 도망가 버렸습니다. 사실 그놈도 별로 아는 건 없습니다."

그러자 홍시가 험악하게 이를 악물어 보이며 말했다.

"포두고의 황구령(黃九齡)을 매수하여 무쇠주둥인지 뭔지 하는 놈을 없애버리라고 해! 절대 후환을 남겨선 안 돼! 가 보게!"

29. 천하위공(天下爲公)

　장정옥과 홍시의 밀주문이 봉천(奉天)에 도착했을 때는 옹정의 어가(御駕)가 이미 그곳을 떠나 승덕(承德)으로 출발한 뒤였다. 밀주문은 봉천에서 다시 승덕으로 보내져 옹정이 그곳에 도착한 이튿날에야 비로소 군기처대신 어얼타이의 수중에 들어갈 수가 있었다.

　강희황제 때부터 내려온 제도에 의하면 어가가 행궁에 머무를 때는 그날 불침번인 어전시위와 건청문 시위대신, 그리고 장경(章京, 사무관)들은 주야로 번갈아 가며 행궁을 지켜야 했다. 어얼타이와 주식(朱軾)은 둘 다 영시위내대신(領侍衛內大臣) 직책을 겸하고 있었기에 밀주문이 든 노란 함을 받자마자 어얼타이는 곧 주식이 머물고 있는 서재로 찾아갔다.

　문을 밀고 들어서며 어얼타이는 웃으며 말했다.

　"중당 어른, 어젯밤엔 넷째패륵의 문안 상주문과 이위의 상주문이 도착하더니, 오늘은 셋째패륵과 장상한테서 밀주함이 왔다오. 우리 같이 폐하를 뵈러 가는 게 어떻겠소?"

"추심(秋心, 어얼타이의 호), 자네 왔군!"

침대에 눕듯이 비스듬히 기댄 채 신선수(神仙手)라는 나무망치로 등을 가볍게 두드리고 있던 주식이 어얼타이의 목소리를 듣고 일어나 앉더니 웃으며 말했다.

"이제 막 아침을 먹었소. 이 몸이 갈수록 말썽이라네. 어제 수레가 좀 심하게 들썩이는가 싶더니 어디 삐끗하기라도 했는지 등허리가 아파서 도무지 잠을 잘 수가 있어야지. 폐하께선 지금 몽고의 왕공들을 접견하고 연회를 베풀고 계시는 중이니, 점심때는 돼야 끝나지 않을까 싶소."

그러는 주식과는 달리 어얼타이는 이번에 천리 길을 수행하느라 바람에 그을리고 햇볕에 타서 피부가 구릿빛으로 변해 건강미가 흘러 넘쳤고, 고질병인 기침이 기적같이 며칠동안 잠잠했다. 주식의 말에 그는 미소를 지었다.

"난 아무래도 몇 살이라도 더 젊어서 그런지 이번에 어가를 수행하고 오면서 기침이 뚝 떨어진 것 같소. 운남성(雲南省)을 떠나올 때는 피까지 토하니까 사람들이 폐결핵이라며 겁을 주더니만 몸뚱아리를 좀 움직이니 감쪽같이 나은 것 같소. 밥 잘 먹고 적당히 운동하고 마음을 편안히 하면 낫지 못할 병이 어딨겠소? 중당 어른, 허리 통증은 어제오늘 일은 아니잖소. 혈색은 홍광이 만면한 것이 대단히 좋아 보이는데! 난 강희 51년에 이곳 피서산장(避暑山莊)에 한 번 다녀가고는 이번이 두 번째요. 중당 어른도 아마 8, 9년 됐지? 좀 이르지만 나가서 이 좋은 경치 구경이나 하면서 자리가 파하면 폐하께 밀주함을 올리고 오는 게 어떻겠소?"

어얼타이의 말에 주식이 흔쾌히 대답하며 태감더러 조복(朝服) 갈아입는 걸 시중들라고 명령했다. 둘은 가마 대신 말을 택했다. 산장 남쪽에 있는 여정문(麗正門)에 도착하여서는 편문인 덕회문(德匯門)을 통해 화원으로 들어섰다.

때는 음력 6월이라 더위가 이글거리는 화구(火球), 그 자체였다. 피서산장이 있는 승덕은 커얼친 몽고 남쪽에 위치하고 있고, 연산(燕山) 산기슭에 있었다. 워낙 지세가 높아 기류가 찬 데다 서쪽에 연산보다 더 높은 태행산맥(太行山脈)이 가로막혀 더위를 막아주고 있었다. 게다가 열하(熱河)가 이곳에서 발원하고, 네 개의 강줄기가 만나 승덕을 가로질러 가기 때문에 이곳은 피서성지(避暑聖地)로 선택받은 곳임에 틀림없었다.

두 사람이 산장으로 들어서서 보니 거대한 아름드리 나무들이 울창한 숲을 이루었고, 가지끼리 뒤엉켜 그물 사이로 하늘을 쳐다보는 것 같은 느낌이 들었다. 습기가 많고 바위 마다엔 새파란 이끼가 뒤덮여 있었다. 가끔씩 들려오는 매미울음 소리가 '지금은 여름'이라는 사실을 깨닫게 했을 뿐 어디를 보아도 이 청량세계가 여름과는 거리가 멀었다.

울울창창한 나무들에 둘러싸여 습기가 많은 맑은 공기를 힘껏 들이마시고 나니 온몸의 잠자던 세포들이 다같이 깨어나 합창하는 것 같은 상쾌한 느낌에 사로잡혔다. 어얼타이가 어리둥절하여 이리저리 기웃거리는 모습을 보며 주식이 웃으며 말했다.

"팔대산장(八大山莊)과 열두 개의 행궁(行宮) 사이에 점점이 널려 있는 천문만호(天門萬戶)를 다 구경하자면 아예 여기 눌러 살아야 되겠지? 이 산장에만 경치가 이루 말할 수 없는 36경(三十六景)이 있는데, 폐하께서는 그중 연파치상재(煙波致爽齋)에 계시지. 우리가 방금 들어올 때 보았던 둑이 물막이 둑이라 하여 이름이 '지경운제(芝徑雲隄)'라네. 그리고 우리가 지금 서 있는 이 곳은 '무서청량(無暑淸涼)'이라는 곳이고. 좀더 앞으로 가서 연훈산관(延薰山館)을 지나면 그 뒤에 커다란 연못이 나오네. 그 길을 따라가면 송학청월(松鶴淸越)이니, 서면운산(西面雲山)이니, 북침쌍봉(北枕雙峰)이니…… 명승절경들이 이루 말할 수 없이 많다네. 다 구경하려면 아예 눌러 앉는 편이 낫다니까!"

"여기 와 보니 마음이 싹 가라앉는 것이 그 무슨 욕망이나 미움 같은 것이 다 부질없이 느껴지네."

어얼타이가 한숨을 내쉬며 말을 이었다.

"출장입상(出將入相)을 하면 뭘 하고, 개부건아(開府建牙)면 뭘 하겠어! 여기 이 물 한 줌, 바위 하나와 벗하며 신선처럼 사는 것보다 낫겠소? 나 정말 여기 눌러 살까 보오."

어얼타이의 감탄에 주식이 웃으며 말했다.

"그거야 식은 죽 먹기 아니겠나? 이곳에 상주하고 있는 병사들은 모두 982명이라네. 적당히 실수를 범해 이곳으로 쫓겨나 수호병이 되면 자네 꿈이 실현되지 않겠는가? 사실 나도 처음 이곳에 왔을 땐 자네랑 같은 생각을 했네. 그러나 며칠만 있어 보게, 또 북경의 홍루금분(紅樓金粉)이 그리워진다네. 사람이란 원래 만족을 모르는 존재가 아니겠나."

두 사람은 이 정자, 저 정자에 앉아보고 기이하게 생긴 나무들을 만져보기도 하며 격의없는 대화를 나누었다. 어얼타이는 간간이 감탄을 연발했다.

"성조께서는 실로 안목이 대단하시오. 절경도 절경이거니와 경사(京師)와 멀지도 가깝지도 않고, 몽고와 봉천과도 적당한 거리에 있는 이런 곳을 어떻게 물색하셨을까!"

이에 주식이 대답했다.

"그러기에 성조께서는 '인(仁)'황제라 불리기에 추호도 손색이 없다는 거지! 사실 애초에 이곳에 산장을 만들 때는 몽고 왕공들이 황제를 알현하기 편리한 요소도 고려했다고 들었네. 고사기(高士奇) 재상이 생전에 계실 때 내가 여쭤봤거든. 만국의 면류(冕旒)들이 천자를 알현하는데 경사로 찾아오는 게 당연하지 무슨 이유로 천자께서 몇백 리 여독에 시달리시면서까지 이곳으로 접견을 나오시게 만드냐고, 아무리 생각해 봐도 예의가 아닌 것 같다고 했지. 그랬더니 고사기 재상이 말씀하시길, '이는 천자의 인덕(仁德)이네. 몽고인들은 천연두를 앓고 난 사람을 숙신(熟身)이라 하고, 아직 천연두를 앓지 않은 사람은 생신(生身)이라 하여 경사에 들어올 수가 없었네. 그래서 성조께선 이를 적극적으로 배려하셨고. 외번(外藩)들에 대한 특별한 선물이라고 할 수 있었겠지. 사실 몽고의 왕공들만 제대로 다독이면 변환(邊患) 걱정은 없었다네. 그러니 역시 성조께선 심모원려가 대단하셨던 분이지. 선현(先賢)들의 지혜(智慧)와 인덕(仁德)은 희조(熙朝)를 따를 후세가 잘 없을 테지' 라고 말씀을 하셨소."

말을 마친 주식은 멀리 서북쪽의 전우(殿宇)들을 가리키며 웃으며 말했다.

"저리로 가 보세. 사자원(獅子園)이라는 곳인데, 당금 폐하께서 잠저(潛邸)하시던 곳이라네. 그 당시 보친왕(寶親王, 홍력)이 호종(扈從)하셨지, 사자원 바로 옆에서."

옹정의 잠저(潛邸)였던 곳으로 간다는 생각에 어얼타이가 의식적으로 장포 자락을 손으로 털며 옷차림을 단정히 했다. 표정도 금세 정숙하게 바뀌었다.

주식을 따라 다가가 보니 다섯 개의 커다란 기둥이 받치고 있는 거대한 건물에 주홍색의 대문이 굳게 닫혀 있었다. 금테를 두른 검은 편액에 흰 글씨로 '사자원(獅子園)'이라고 적혀 있었다. 옹정의 친필로 된 영련(楹聯)은 이렇게 적혀 있었다.

日往月來明至道
花香鳥語露眞機

해가 가고 달이 바뀌면 도가 트이고,
꽃이 향기롭고 새들이 지저귀는 속에 서 있으면 진기가 드러난다.

궁전 전체와 남쪽의 서원에서는 녹음이 우거진 숲속에서 새소리만 재잘거릴 뿐 어디에도 인기척은 들리지 않았다. 담벽엔 덩굴들이 무성했고, 계단 앞은 방초(芳草)들이 가슴 시리게 푸르렀다. 마치 누군가에게 이 방에서 살았던 주인의 평범하지 않은 이력을 말해주고 있는 것 같았다.
"왜 사자원이라고 했을까?"
어얼타이가 물었다.
"이곳에 사자를 사육했었나?"
주식이 산봉우리 하나를 가리키며 말했다.
"저기 저 산이 마치 사자가 웅크리고 앉아 있는 것 같지 않소? 저 봉우리가 '사자봉'이거든. 이 궁저(宮邸)는 저 봉우리 이름을 따서 지은 것이네……."
주식이 이같이 말하고 있을 때 멀리서 태감 하나가 종종걸음으로 달려오며 소리쳐 불렀다.

"주 중당 어른, 어 중당 어른! 연회가 끝났습니다! 폐하께서 두 분 중당 어른을 부르십니다!"

주식이 바라보니 한 무리의 사람들이 만학송풍전(萬壑松風殿) 앞의 가산(假山) 쪽에서 나오고 있는 모습이 보였다. 연회가 그쪽에서 있었던 모양이었다. 어얼타이와 주식이 빠른 걸음으로 다가갔다.

기분좋은 술자리였는 듯 몇몇 몽고 왕공들의 홍광만면한 낯빛이 활기가 넘쳤다. 뭐라고 알아듣지도 못할 몽고말로 웃고 떠들며 우르르 몰려나오고 있었다. 주식은 곧 어얼타이와 함께 길을 비켜서서 그들이 지나가기만을 기다렸다.

"아니, 이게 주 중당이 아니시오!"

그중 왕공 한 명이 주식을 알아보고는 손가락으로 가리키며 부르더니 인사를 했다.

"강희 48년에 한 번 뵌 적이 있는데. 폐하의 스승으로서 학문이 마치 저 하늘의 구름 같고, 이 땅의 양떼들 같은 사람이지!"

그제야 상대방인 온두얼 칸[汗, 왕]을 알아본 주식이 급히 다가가 읍하여 예를 갖추고는 웃으며 화답했다.

"대칸 어르신께서도 오셨습니까! 저의 학문은 구름같이 높지도 못하고 양떼처럼 많지도 않습니다. 실로 과찬이십니다. 잠깐 소개해 올리겠습니다. 이 친구는 서림각라(西林覺羅)·어얼타이라고, 폐하께 모범총독의 칭호를 수여받고 지금은 군기처대신으로 있습니다. 문재(文才), 무략(武略)을 겸비하고 학문이 마치…… 대초원 같은 친구입니다!"

주식의 농 섞인 말에 어얼타이가 빙그레 웃으며 다가가 여러

천하위공(天下爲公) 67

왕공들에게 예를 갖춰 인사했다. 그리고는 웃으며 말했다.
 "막북(漠北) 몽고에서 그 수천 리 모랫길을 오시느라 실로 노고가 이만저만 아니었겠습니다. 왕공 여러분들의 충정에 절로 고개가 숙여집니다."
 "폐하께서 우리한테 얼마나 잘해 주시나!"
 온두얼 칸의 얼굴에 국화꽃 같은 주름이 번졌다. 밖으로 심하게 휜 짧고 굵은 다리를 득의양양하게 옮겨 놓으며 온두얼 칸이 말했다.
 "이번에도 사료 10만 석과 찻잎 만 근을 하사하셨지 뭔가! 처링 아라부탄…… 폐하께선 그 자식은 처먹을 때만 조용한 이리라고 하셨네. 그 새끼가 감히 우리 동몽고 문 앞에서 기웃거렸다간 커얼친, 카라친, 짜저터…… 우리 몽고 왕공들이 단결하여 이렇게 비틀어버릴 거야!"
 온두얼 칸이 두 손으로 힘껏 비트는 시늉을 했다. 잔뜩 힘이 들어간 입 모양이 우스꽝스러웠다. 왕공들끼리 웃고 떠들며 지나가자 어얼타이가 그들의 등뒤를 향해 푸훗! 하고 웃음을 터뜨렸다.
 고무용과 장오가가 마중을 나오자 두 사람은 곧 '만학송풍전'으로 들어갔다. 정전을 돌아 열 몇 그루의 은행나무가 있는 옆에서 멈춰섰다. 동쪽 서재로 들어갔던 고무용이 잠시 후 나오더니 말했다.
 "두 분 중당 어른, 안으로 드십시오."
 옹정은 술을 마시지 않은 듯 낯빛이 그대로였다. 미색 비단 두루마기를 입고 머리엔 구슬 달린 생사조관(生絲朝冠)을 쓰고 있었다. 허리엔 진주가 박힌 말꼬리 모양의 허리띠를 두르고 한여름임에도 비단 두루마기엔 조끼를 걸치고 있었다. 그런 옷차림으로 반쯤 안락의자에 기댄 채 턱과 귓전에는 더운 물수건을 올려놓고 있었다. 교인제가 옆에서 시중들고 있었다.

두 사람이 들어서자 옹정은 손짓으로 창가의 나무걸상을 가리키며 앉으라고 명령했다. 그리고는 미소를 머금고 말했다.

"짐이 그 옛날 머물렀던 곳에 다녀왔나? 어얼타이는 처음이니 여기저기 잘 둘러보지 그랬나. 가만, 두 사람 배고프겠는데…… 고무용, 간식 좀 내오게!"

태감에게 지시하고 난 옹정이 이번엔 교인제에게 말했다.

"더운 물수건은 더 이상 올리지 말게. 이 사람들이 가져온 노란 밀주함을 열어보게. 열쇠는 짐의 베개 밑에 있으니."

"예, 폐하."

교인제가 나지막이 대답하고는 어얼타이의 손에서 밀주함을 받아들었다. 그리고는 이위의 상주문과 홍력의 문안상주문을 옹정에게 두 손으로 받쳐 올리고는 방금 들어온 두 개의 밀주함을 들고 저만치 물러앉아 열어보기 시작했다. 이 일에 대단히 익숙해 있는 듯 동작이 세련돼 있었다. 옹정이 홍력의 문안상주문을 다 읽고 나자 교인제가 밀주문 전용봉투에 들어있는 서간(書簡)을 조용히 옹정의 면전에 내려놓았다. 이위의 상주문을 훑어보고 한 쪽에 내려놓으며 옹정이 웃으며 말했다.

"아무튼 이위는 참 재밌는 친구라네. 일전에 관제사(關帝祠)를 지었다며 누군가에게 대필을 시켜 기막힌 생화묘필(生花妙筆)의 상주문을 올렸더니, 오늘은 또 호산춘사(湖山春社)가 낙성됐다며 짐더러 글을 써달라고 조르는 걸 좀 보게."

이에 어얼타이가 웃으며 말했다.

천하위공(天下爲公) 69

"이위가 신에게도 편지를 보냈사옵니다. 국사 때문에 노심초사하시는 폐하께서 강남으로 오셔서 편히 쉬어 가시게끔 명물(名物)을 만들어 놓겠다고 했사옵니다."

들뜬 표정으로 이같이 말하던 어얼타이가 어느새 굳어진 옹정의 낯빛을 보고는 뚝 입을 다물고 말았다.

수건을 교인제에게 넘겨주며 옹정이 홍시와 장정옥의 밀주문을 가리키면서 말했다.

"자네들도 읽어보게. 다른 곳도 아닌 하남성 경내에서 이런 일이 발생하다니 실로 믿어지지가 않는구만."

자리에서 벌떡 일어난 옹정은 신발을 꿰고 뒷짐을 진 채 방안을 서성거렸다. 급히 밀주문을 하나씩 들고 읽어본 어얼타이와 주식 두 사람은 가슴이 쿵 하고 내려앉는 긴장감에 휩싸이고 말았다. 둘은 재빨리 시선을 마주치고는 밀주문을 맞바꿔 보며 옹정에게 뭐라고 말해야 할지를 고민했다.

"이런 일이 발생할 줄은 정말 몰랐사옵니다."

어얼타이가 말했다.

"몇십 년 태평성세에 이런 일은 처음이옵니다. 시퍼런 백주(白晝)에 그것도 한 개 성의 담벽 밑에서 감히 수적(水賊)들이 황자를 노리다니요! 천만다행스럽게 넷째마마께서 덕이 높으셔서 안전하게 탈출하셨으니 망정이지 만에 하나 무슨 사고라도 났더라면 전문경은 어찌할 뻔 했사옵니까?"

교인제(喬引娣)는 처음 창춘원(暢春園)으로 들어왔을 때부터 거의 매일 보는 홍력이 나이에 비해 점잖고 멋지게 보였다. 시간이 흐를수록 그 명민함과 인정스러움에 매료된 교인제는 홍력에게 퍽 호감을 갖고 있던 중이었다. 그런 홍력이 큰 사고를 당할 뻔했다는 소식에 그녀는 옹정에게서 받아든 수건을 그만 쟁반에 떨어뜨리고 말았다. 그 모습을 옹정에게 들킨 그녀가 고개를 떨구었다.

"바깥세상이 그렇게 무섭나요? 금존옥귀의 넷째마마를 모시는 아랫것들은 대체 뭘 하고 있었길래 그런 일이 다 발생하다뇨? 섬뜩하네요…… 하마터면 넷째마마를 다신 못 볼 뻔하다니!"

그러자 주식이 입을 열었다.

"넷째마마께선 미행(微行)을 너무 즐기십니다. 백룡어복(白龍魚服)은 어부금조(漁夫禽鳥)에 제압당하게 돼 있다고 했거늘! 그리고 전문경도 그렇지, 지금 사면초가(四面楚歌)에 빠져 있으면서도 무슨 일을 이토록 치밀하지 못하게 하는 건지 모르겠사옵니다!"

"그렇게 호들갑 떨 일은 아니네."

옹정이 숨을 길게 내쉬었다. 창 밖의 녹음(綠陰)을 응시하며 사람들에게 들려주듯, 자신에게 말하듯 중얼거렸다.

"이런 일을 한 번 겪어보는 것이 육경궁(毓慶宮)에서 일 년 동안 학문을 익히는 것보다 더 나을 거네! 생각하면 아찔하긴 하지만 털끝 하나 안 다치고 멀쩡하게 돌아왔지 않은가?"

옹정은 마치 저 멀리서 거둬들이듯 시선을 거두며 껄껄 웃으면서 말을 이어나갔다.

"원래 인생 길이란 이렇게 험악하다네. 짐도 전에 미행 나갔다가 도둑굴에 들어가는 바람에 하마터면 큰일 날 뻔했지. 그때는 이위가 어렸었는데, 그래도 그 친구가 아니었더라면 짐은 오늘날 이 자리에 서서 자네랑 마주하고 있지 못했겠지?"

그때 자신은 소복(小福)이를 수소문하기 위해 찾아다니던 중

여관에 잘못 들었던 것이었다. 옹정은 가슴이 뭉클해져서 교인제를 힐끗 바라보았다. 그러나 아무 말도 할 수가 없었다. 찻잔을 들어 한 모금 마시고는 옹정이 다시 말을 이었다.

"아직은 사건의 전말이 확연히 드러나지 않았네. 요즘 홍력과 전문경한테서 오는 상주문에 유의하도록 하게."

어얼타이가 급히 허리를 굽혀 알겠노라고 대답한 다음에 덧붙였다.

"전문경이 셋째패륵껜 편지를 보냈으면서 아직 상주문을 올리지 않은 걸 봐서는 지금 사건을 조사중인 것 같사옵니다. 이불과의 사이가 대단히 껄끄러운 마당에 자신의 경내에서 이런 일까지 발생하여 심정이 대단히 불편할 것 같사옵니다. 당사자인 넷째패륵께서도 나름대로 고민이 많으실 줄로 아옵니다. 첫째, 폐하께 심려를 끼쳐 드릴까 봐 주저하실 테고, 둘째, 이 사건이 전문경의 관성(官聲)과 관련돼 있는지라 자칫 한 사람의 정치생명을 단축시키지는 않을까 하는 우려도 있을 것 같사옵니다. 그리고……."

이 대목에서 갑자기 자신의 실수를 깨달은 듯 어얼타이는 뚝 하고 입을 다물어버리고 말았다.

"이 사람이!"

옹정이 갑자기 눈을 부릅뜨며 고함을 질렀다.

"그게 짐에게 아뢰는 말버릇인가? 무슨 말을 하다가 마는가?"

어얼타이는 난감한 나머지 얼굴이 새빨개졌다. 그는 사실 '넷째 마마는 이 사건이 정쟁(政爭)으로 비화되지는 않을까 우려한다'라고 말하려던 참이었다. 그러나 이 말을 내뱉으면 곧 홍시가 지목 받게 될 테고, 그 파장은 상상을 초월할 터여서 자신이 책임질 수 있는 한계를 벗어날까 걱정했던 것이다. 그는 한참 후에야 말길을 돌려 말했다.

"넷째마마께선 폐하의 치화(治化)에 오점을 남길까 우려하여 이 일이 크게 조명되는 걸 원치 않으실 수도 있사옵니다."

물론 옹정이 듣기엔 석연치가 않았다. 이번에는 주식이 공수(拱手)하며 말했다.

"보친왕께서는 일 년 넘는 바깥생활에서 심신이 지쳐 있을 줄로 아옵니다. 충분한 휴식기를 가져야 할 것 같사옵니다. 여긴 북경에서 가까우니 폐하께서 이리로 부르셔서 조석으로 시봉을 받으시며 사실의 경위를 직접 보고 받는 것이 어떨까 하옵니다."

주식의 말을 듣고 난 어얼타이는 속으로 감복해마지 않았다. 똑같이 이 일에 대한 옹정의 의중을 시탐했으면서도 자신은 어찌하여 말을 그런 식으로밖에 못했을까 하는 아쉬움도 컸다.

"아직은 홍시를 운송헌에 계속 있으라고 하게."

두 대신의 속마음에 유의하지 않은 듯 옹정이 이같이 말했다.

"홍력이 이번에 겪었던 일을 가지고 옆에서 너무 호들갑들 떨지 말게. 짐이 일생 동안 겪었던 것에 비하면 이는 자그마한 곤액(困厄)에 불과하네. 곤액…… 자네들은 책을 많이 읽어서 잘 알겠지만…… 나쁜 건 아니지 않은가? 천지(天地)는 회명(晦冥)으로부터, 일월(日月)은 박식(薄蝕)으로부터, 산천(山川)은 붕갈(崩竭)로부터 액을 당한다고 했거늘, 그럼에도 아직 건재하지 않은가! 천지도 액에서 자유롭지 못하거늘 하물며 작고 작은 우리 인간임에야! 이제 열 여섯 살, 아직 세상사가 얼마나 험악한지를 모르는 나이에 적당히 겪어보는 것도 나중을 위해선 좋은 일이라고 하겠네! 홍력은 잠시 운송헌으로 돌아가지 말고 북경에 있으면서 천하의 전량(錢糧)을 책임지고 병부(兵部)를 겸하게끔 지의를 작성하게."
 어리둥절한 표정으로 있는 어얼타이를 몰래 툭 치며 주식이 급히 대답했다.
 "알겠사옵니다, 폐하."
 "자네들, 먼저 간식을 먹고 있게. 짐은 옆방으로 가서 상주문을 읽고 있을 것이니."
 옹정이 웃으면서 말을 이었다.
 "짐이 떡하니 지키고 있으면 코로 들어가는지 입으로 들어가는지도 모를 게 아닌가!"
 이같이 농담을 하며 옹정은 곧 인제를 데리고 병풍 너머에 있는 서재로 건너왔다.
 폭이 좁고 긴 서재였다. 서쪽엔 창이 통유리로 되어 있어 훤하고 바깥 경치가 한 눈에 들어왔다. 창문을 끼고 밖으로 태감과 시위들의 방이 한 줄로 늘어서 있었다. 수시로 부르기에 더 없이 편할 것 같았다. 북쪽과 동쪽은 산을 깎아 만든 천연 담벽이 깎아지른 절벽 같았다. 당초 강희는 경관도 좋고 안전한 점을 높이 사 이곳을 자신의 서재 겸 거처로 택했던 것 같았다. 방 안에는 벽면을 가득 채운 수십 폭의 그림이 돋보일 뿐 등나무 의자와 어안(御案), 그리고 자명종 빼고는 달리 장식이고 할 것도 없었다. 황궁의 다른 서재들과는 달리 결코 호화롭지 않은 소박한 문묵(文墨)의 기운이 방안 가득 넘치는 그런 곳이었다.
 "교인제!"
 어안 위에 종이를 펴놓고 찻잔을 들고 온 인제를 향하여 옹정이 벽면을 가득 메운 그림을 가리키며 말했다.
 "이 그림들을 절대 우습게 봐선 안 되네. 굳이 가격으로 따지자면 양심전(養心殿) 하나를 사고도 남을 만큼 비싼 물건들이라네!"

이에 교인제가 말했다.

"소녀는 그림에 대해선 잘 모르옵니다. 어제 들르긴 했지만 대충 훑어보고 말았사온데, 대체 무슨 그림이길래 그리 어마어마한 가격을 매기시는 것이옵니까?"

그러자 옹정이 웃으며 말했다.

"희조 때의 명수(名手) 주나영(周羅英)의 그림이라네. 매 폭의 그림마다에 성조의 글이 실려 있지 않은가. 고사기의 시도 한 수 들어있고. 이것 보게, 〈경도(耕圖)〉 스물 세 폭, 〈직도(織圖)〉 스물 세 폭, 합하여 〈경직사십육도(耕織四十六圖)〉라는 건데, 굉장하지 않은가? 이건 침종(浸種)하는 장면이고, 이건 밭갈이, 이건 서래질 하는 모습이라네. 여기 이건 탈곡하는 데 쓰는 거, 이건 또 아마 모를 내는 데 필요한 공구라지……"

흥이 도도하여 설명하는 옹정의 말을 들으며 인제가 웃어 보였다. 그리고는 손가락으로 가리키며 말했다.

"수확하는 장면, 탈곡에서부터 바람에 찌꺼기 날리는 장면, 창고에 낟알을 옮기는 장면…… 정말 상세하게 묘사되어 있사옵니다! 하온데 여기 이 여인은 무슨 나뭇가지를 꺾고 있사옵니까?"

그러자 옹정이 웃으며 말했다.

"자넨 산서(山西) 사람이라서 모르나본데, 이건 뽕나무 잎을 따는 장면이라네. 그 밑엔 누에를 길러 누에실을 뽑아 옷을 만들기까지의 과정을 쭉 그린 거고!"

그러자 인제가 웃으며 말했다.

"이것이 어찌 그리 어마어마한 가격이 나간다는 말씀이옵니까?"

이년은 뭘 몰라서 그런지 별 것 아닌 것 같사옵니다! 모내기를 하고 씨 뿌리고 낟알 거둬들이는 것이라면 현장에 가면 더 생생하게 볼 수 있을 텐데."

"물론 자네 입장에서야 별 것 아니라고 생각되겠지."

옹정이 다소 우울한 기색을 보이며 말했다.

"고향에서 이런 장면을 자주 보아왔으니 말일세. 하지만 짐은 심궁(深宮)에서만 살다 보니 처음 이 그림들을 접했을 때 그 희열을 잊을 수가 없다네! 자네가 짐에게 따졌듯이 금존옥귀의 황실 자제들이 고래등같은 궁궐에서 살면서 나가면 두둥실 구름이나 타고 다니며 금의(錦衣) 차림에 정식(鼎食)이나 먹고사니 어찌 세상 돌아가는 이치에 목마르지 않겠나! 진 혜제(晉惠帝) 때 있었던 일인데, 어느 날 수많은 사람들이 굶어 죽었노라고 신하가 주장을 올렸더니 이 한심한 황제가 하는 말, '굶어죽다니? 쌀죽을 끓여 먹고 고기를 먹으면 되지 굶어 죽을 때까지 뭘 했나? 미련하긴!' 황제가 이 정도라면 천하가 망하지 않고 배기겠나? 자네, 이제 이 그림들을 벽면에 도배한 이유를 알겠는가?"

교인제는 맑디맑은 눈망울로 옹정을 바라보았다. 그녀는 방금 옹정이 홍력에 대해 두 대신에게 했던 말뜻을 이해할 것 같았다. 위험이 따르더라도 천하에 꿈이 있는 자라면 직접 미행을 하며 세상사에 관심을 가져야 한다는 것이었다. 한참 후에 교인제는 한숨을 지으며 거두절미하고 말했다.

"사람과 사람은 정말 다르옵니다."

옹정은 말없이 어안 앞으로 돌아와 붓끝에 주사(朱砂)를 묻혔다. 그리고는 홍력의 문안상주문을 잡아당겨 그 옆에 주비(朱批)를 달기 시작했다.

3일에 보낸 청안상주문을 잘 받아보았네. 자넨 당분간 천하의 전량(錢糧)을 전담하고 군무(軍務)를 보게 될 거네. 짐이 곧 지의를 내릴 거네. 이번에 동남 지방을 순시하고, 황하의 조운(漕運)이 순항하게끔 소통이 완료됐고, 짐의 신정(新政)도 가시적인 성과를 거두고 아직 이렇다 할 민분(民憤)이 올라온 건 없네. 아무튼 자네의 발길이 닿는 곳마다 굵직한 느낌표를 찍어주고 싶네. 물론 이위와 윤계선 등 유능한 관리들의 노력의 결실이기도 하겠지만 거시적인 것에 착안하여 세무적인 것에까지 신경 쓴 자네의 공로도 크다고 생각되네. 강남이 안정을 찾아가면 만천하가 그를 본받게 된다네. 이것이 짐이 자네를 내보낸 의중임을 자넨 알겠는가? 여기 있는 짐은 모든 일이 순조롭고 편안하다네. 오늘 몽고 왕공들을 접견하여 은혜를 내리고 서로간의 화합을 다져 의를 더욱 견고히 하는 자리가 됐네. 모두들 조정과 뜻을 같이 하여 흑심을 품은 외세들을 힘껏 족칠 것을 맹서했네. 항상 어느 자리에 서 있든 짐의 깊은 마음을 잘 헤아려 주었으면 하네.

한 번 읽어보고 난 옹정은 만족스레 주사를 듬뿍 찍었다. 그리고는 가장자리를 손으로 문질러 조금씩 털어내고는 다시 적어내려 갔다.

황하에서 험악한 경우를 당했다는 사실을 접했네. 옛날 두홍점(杜鴻漸)이 무주선사(無住禪師)에게 '무의(無意), 무념(無念), 무망(無妄)이란 무엇이냐'고 물으니, 무주가 대답하여 말하길, '그건 법문(法門) 세 구절이면 깨우칠 수 있다'고 했다네. 무의는 곧 계(戒)이고, 무념은 정(定), 무망은 법(法)이라고 말일세. 원명거사(圓明

居士), 자네는 이를 정력(定力)으로 삼아 놀란 가슴을 달래고 안정을 취하도록 하게. 정력으로 안 되는 일은 없다네. '안지약소(安之若素)' 네 글자를 하사하네. 무궁무진한 것을 터득할 수 있으리라 믿어 마지 않네.

글을 다 쓰고 난 옹정은 다시 이위의 상주문을 펼쳐들었다. 그리고는 그 옆자리에도 주비를 달았다.

　　호산춘사(湖山春社)가 준공되었다는 상주문을 받고 마음이 그리로 줄달음치네. 짐은 언젠가 남순(南巡)을 떠날 테지만 지금은 시기가 아니라고 생각하네. 신정(新政)이 널리 보급되고 순항을 할 때라야 짐은 비로소 만천하와 더불어 환호작약하여 마음 편히 남행을 할 것 같네. 그때 만나 자네랑 여기저기 자네의 작품도 구경하러 다닐까 하네. 이곳 풍광도 자네의 춘사보다 못하지는 않을 거네. 시간을 내어 자네의 작품에 글을 하사하여 금상첨화를 꾀하는 자네를 기쁘게 해줄까 하네. 다시 만날 그날을 기약하세.

여기까지 쓰고 난 옹정은 고개를 들어 인제에게 말했다.
"창문을 열어 젖히게."
"예, 폐하!"
부지런히 글을 쓰던 옹정이 갑자기 창문을 열라는 말에 인제가 급히 다가가 수시로 여닫게끔 만든 창문을 열어 젖혔다. 싱그러운 자연의 향이 솔솔 불어와 코끝을 간지럽혔다.
　두 팔을 벌려 눈을 지그시 감고 향기에 도취되어 있던 옹정이 갑자기 창문 옆 햇살이 빗질하는 곳에 서 있는 인제를 뚫어지게 바라보았다. 팔이 짧은 매화꽃이 수놓아진 적삼 사이로 드러난 팔목이 백설 같았다. 연두색 긴 치마가 바람결에 한들거리며 수양버들 같은 허리를 더욱 가늘어 보이게 했다. 톡 건드리면 터질 것만 같은 봉선화 같았다. 집어삼킬 것만 같은 옹정의 불타는 눈빛에 인제가 얼굴을 붉히며 고개를 떨구었다. 적삼 자락을 돌돌 말았다 폈다 하며 연분홍 혀를 홀랑홀랑 내밀 때면 영락없는 소복이었다.

옹정이 알아듣지도 못할 소리로 중얼거리는 듯했다.
"폐하……?"
"아니네."
인제의 물음에 옹정이 어색한 웃음을 지어 보이더니 자리로 돌아와 앉았다. 그리고는 시선을 다른 데로 두며 속삭이듯 말했다.
"자네는 갈수록 고와진다고 말했네."
인제의 고개는 점점 더 떨어졌다. 얼굴은 홍당무가 되어 갔다. 흐뭇한 미소를 지은 채 그 모습을 유심히 지켜보던 옹정이 웃으며 물었다.
"그래, 십사마마를 만났더니 뭐라고 그러던가? 이 구중궁궐에 자네 같이 간 큰 사람은 없다는 걸 모르지? 지의를 받고 다녀왔으면 보고 올려야지. 짐이 직접 물을 때까지 입을 쓱 닦고 있으면 되나!"
"아직 다녀오지 않았사옵니다."
"아니 왜? 가고 싶지 않았나?"
옹정이 놀랍다는 듯이 눈을 크게 떠보이며 다그쳐 물었다.
"노비는 십사마마께서 계신 곳을 알 수가 없었사옵니다."
교인제가 고개를 살랑살랑 저으며 말했다.

천하위공(天下爲公) 79

"고무용네가 알려주려고 하지 않았사옵니다······."
"그런 일이 있었나?"
옹정이 놀라는 기색을 보이면서도 고무용네의 행실이 그리 기분 나쁘지만은 않은 듯 실소하여 말했다.
"자네가 뭘 몰라서 그러네. 짐의 지의를 받았으면 그냥 가는 거네. 고무용네가 자네를 어찌 막겠나!"
말을 마친 옹정은 곧 바깥을 향해 소리쳐 불렀다.
"고무용, 들게!"
병풍 밖에 대기하고 있던 고무용이 급히 달려 들어왔다.
"북경에 돌아가는 대로 자네가 인제를 데리고 십사마마한테 다녀오도록 하게."
그렇게 지시하고 난 옹정은 말투를 한결 부드럽게 하여 인제에게 말했다.
"가서 몇 시간 더 있다가 와도 괜찮네. 간 김에 필요한 물건은 없는지 꼼꼼하게 챙기고 하인들 중에 무례하게 구는 자는 없는지도 알아보도록 하게. 돌아와서 짐에게 보고하도록 하고."
이때 고무용이 조심스레 아뢰었다.
"어얼타이와 주식 두 중당이 간식을 잘 먹었다면서 밖에서 대령하고 있사옵니다."
"들라하게."
옹정이 담담하게 말하고는 한숨을 내쉬며 자리로 돌아와 앉았다. 교인제는 감동과 괴로움이 교차했다. 자신을 향한 옹정의 일거수일투족에서 그녀는 이제야 비로소 옹정의 속마음을 알 것 같았다. 자신을 향한 감정이 얼마나 깊고 두터운 것인지를 알 것 같았다. 때론 자상한 아버지 같고, 때론 믿음직한 큰오빠 같기도 했다.

이렇듯 성격 좋고 맘씨 고운 사람이 어찌하여 동복형제인 십사황자와 같은 하늘 아래에서 살 수 없는 원수지간이 되고 말았을까? 지저분한 당쟁이 기력을 소진시키는 이 궁궐을 벗어나 평범한 일상 속에서 옹정과 같은 오빠가 있었으면 얼마나 좋을까 하고 교인제는 망상에 가까운 생각을 해 보았다.

"차를 내어 오너라!"

옹정의 말이 들리는 순간 그녀는 화들짝 놀라며 급히 대답하고는 물러갔다.

어얼타이와 주식더러 자리에 앉으라고 명령하고는 옹정이 물었다.

"전문경과 이불의 상주문을 육부로 내려보냈는데, 읽어보고 나서 다들 뭐라고 그러던가?"

이에 주식이 상체를 숙이며 아뢰었다.

"육부에서는 아직 보고서가 올라오지 않았사옵니다. 급하시면 신이 독촉을 하겠사옵니다."

"자네들 생각은 어떠한가?"

옹정이 차갑게 물었다.

"주식, 자네는 그렇게 많은 문생들을 키워서 내보냈는데, 그 사람들로부터 이불과 전문경 사이에 대해 궁금해하는 편지를 못 받았을 리가 없을 텐데?"

재상이 된 이래로 이같이 날카로운 옹정의 질문을 받아보기는 처음인 주식의 이마며 콧등에 땀이 송글송글 돋았다. 그는 마른침을 꿀꺽 삼키며 아뢰었다.

"신이 감히 주군을 기만할 수는 없사옵니다. 서신은 적지 않았사오나 옆구리를 찔러 성의(聖意)를 물어올 뿐 다른 말은 없었사옵니다. 폐하께오선 어제(御製) 〈붕당론(朋黨論)〉을 통해 만천하의 신하들에게 절대 무리를 만들어 사사로운 이득을 챙기려 해서는 아니 된다고 강조하셨사옵니다. 신은 과거시험의 주시험관을 지낸 적이 많았는지라 더더욱 사제지간의 선을 분명히 해야 했사옵니다. 그리하여 이런 편지들을 받고도 답신을 전혀 하지 않고 있사옵니다. 하오나 폐하께서 신의 의견을 물어오신 이상 신은 본인의 뜻을 주명해야 한다고 생각하옵니다. 신은 전문경과 이불 모두 정인(正人)이라고 생각하옵니다. 둘은 다만 정견이 달라 티격태격할 뿐 나름대로 둘 다 취할 바가 있는 것 같사옵니다. 크게 질책할 바는 아닌 것 같사옵니다."

"자네의 뜻은 둘 다 좋은 사람들이다? 알겠네!"

옹정이 다시 어얼타이에게 물었다.

"자네 생각은 어떠한가?"

"신은 두 사람과 모두 사적인 친분을 운운할 정도로 가깝지는 않사옵니다. 당연히 애증도 없사옵니다."

어얼타이가 말했다.

"전문경이 날카로운 의지로 매사에 진작(振作)하고 시폐(時弊)를 바로 잡기 위해 원혐(怨嫌)을 두려워하지 않는 사람이라는 건 만천하가 보아서 인정하는 사실이옵니다. 유홍도가 하남성에서 보내온 주장을 보니 전문경은 주군의 성은에 보답하고자 하는 마음이 지나치게 간절한 나머지 공로에 성급하여 가끔씩 실찰(失察)하는 경우가 있다고 했사옵니다. 황무지 개간에 박차를 가한 것은 좋은 뜻이었으나, 전문경의 성급한 마음을 이용한 아랫것들이 치적을 자랑하느라 지나치게 백성들을 들볶는 바람에 백성들로 하여금 외성(外省)을 떠돌게 했다고 말했사옵니다. 이불은 방금 주식 어른이 말한 대로 정인(正人)이옵니다. 호북에서 신정을 널리 알리어 탁월한 치적을 쌓았사옵니다. 그러나 그는 겉으로 드러나는 하남성의 문제점만을 크게 부각시켜 전문경을 궁지로 몰아넣으려 하는 속 좁은 행태를 보임으로써 둘 사이의 공방이 점점 치열해지는 게 아닌가 안타까운 생각을 해 보았사옵니다. 이상은 신의 우견이었사오니 맞다고 할 수는 없사옵니다. 모든 건 폐하의 성재(聖裁)에 따르겠사옵니다."

찻잔을 든 채 두 사람의 말을 듣고 난 옹정이 한참 동안 침묵하던 끝에야 입을 열었다.

"방금 주 중당이 붕당에 대해 말을 꺼내니 그 피해를 고스란히 입고 살아온 짐으로선 다시 들어도 감회가 마냥 새롭기만 하네. 말년의 성조께서 권근(倦勤)하실 때부터 시작된 '여덟째당'의 악랄한 짓은 20년 동안 지속되었지. 그 와중에서 조정과 백성들을 위해 제대로 된 일을 한다는 것이 하늘에 오르는 것보다 더 힘들었지. 홍력이 이번에 위기를 겪은 것만 보더라도 참 기상천외하지 않나? 다른 성(省)에 연고를 둔 도둑들이 어찌하여 하필이면 하남성 경내로 들어와 일을 저질러 전문경의 뒤통수를 치고 가느냐 이거지! 물론 우연의 일치라고 볼 수도 있겠지만 이불과 전문경의 정쟁이 가열되어 가는 시점에서 이건 분명히 예사롭게 넘길 일이 아니네. 비록 아키나, 싸쓰헤, 윤제 세 사람은 날개 꺾인 새와 같은 신세이지만 그 일당들은 완전히 일망타진된 게 아니지 않은가? 자네들이 주장을 읽어보아서 알겠지만 사천, 호북, 운남, 귀주 등의 성들에서는 조정의 신정을 빗대어 비난하는 격문들이 수도 없이 나붙는다고 하지 않은가? 북경에도 끔찍한 '궁위밀문(宮闈密聞)'이 나도는데, 심지어는 커룽둬는 짐의 '은밀한 부분'을 너무 많이 알고 있어 짐이 그 물증을 없애버리려고 잡아먹지 못해 안달이라나?"

탁!

갈수록 치밀어 오르는 분노를 주체하지 못하고 옹정이 마침내 탁자를 힘껏 내리쳤다. 그는 벌겋게 달아오른 얼굴을 보이며 이를 악물며 말했다.

"짐이 자기네들한테 인(仁)을 베풀었으면 감지덕지하지는 못하더라도 이런 식으로 짐의 뒤통수를 노리는 게 아니지! 보아하니 아키나의 무리들을 이런 식으로 편하게 가둬두기만 해서는 안 되겠네. 그들은 국법을 어긴 자들인 만큼 가법에 따라서만 처리할 것이 아니라 즉각 명지(明旨)를 내려 육부더러 이들에게 마땅히 내려야 할 죄를 정하라고 해야겠네. 천하위공(天下爲公)이라 했거늘, 죽어 마땅한 자는 죽어야 하지!"

전문경과 이불의 정쟁을 논하던 중 갑자기 윤사, 윤당에게로 화제가 돌아가자 주식과 어얼타이는 적이 당황한 눈치였다. 윤사는 아직 끝나지 않은 건가? 라는 의문이 고개를 들었으나 옹정이 크게 노해 있는지라 감히 말을 붙일 수가 없었다.

한참 후에 주식이 말했다.

"폐하, 이불은 아키나 등의 일당이 아니옵니다."

"사실인지 아닌지는 밝혀질 때가 있겠지."

옹정이 자리에 눌러앉으며 말했다.

"이불의 편에 서서 전문경에게 침을 뱉는 자들을 보게. 하나같이 그 옛날 염친왕부를 자기 집 안방 드나들 듯하던 자들이 아닌가? 이들은 짐의 탄정입무, 화모귀공, 관신일체납량 등 신정(新政)이 하루아침에 휴지조각이 되어 짐의 우스운 꼴을 보는 것이 목적인가 본데, 꿈 깨라고 하게! 짐은 뿌리깊은 성조의 뜻을 받들어 정도를 걷고 있네!"

옹정의 두 눈에서는 분노서린 불꽃인지 눈물인지 모를 빛이 번쩍였다. 그는 다시 한숨을 쉬었다.

"그들은 불학무술(不學無術)하여 성세(盛世)의 은우(隱憂)를 모른다네. 화모귀공을 실행하지 않으면 탐하지 않는 관리가 없을 것이고, 국고를 환수하지 않으면 나라의 곳간이 텅텅 비어 언젠가는 그로 인한 피해가 고스란히 자기네들한테로 돌아간다는 걸 전혀 생각하지 않는단 말일세. '궁하면 변하고, 변하면 통하고, 통하면 오래간다[窮則變, 變則通, 通則久]'고〈역경(易經)〉에서 말하지 않았던가? 몽고인들이 중원에 입주하여 90년만에 망한 건 왜일까 생각해 봤나? 바로 자기네들의 썩어빠진 방식을 고집하며 변통(變通)이란 무엇인지를 몰랐기 때문이지. 우리 대청도 입관한 지 벌써 90년이 다 되어가지? 경각심을 높여야 하네. 이불은 자기가 바르게 서 있다고 자부하여 다른 사람에 대해 과격해지는지는 모르지만 아무튼 짐의 아픈 구석만을 찾아가며 찔러주고 있어. 종잡을 수 없는 간사함과 조금만 밀어주면 정신없이 기어오르는 악습을 지닌 한인들의 한계를 벗어나지 못한 점이 짐은 크게 유감스럽게 생각되네. 설령 그 뒤에 별다른 음모가 없었을지라도 제갈공명이 읍참마속(泣斬馬謖)을 하듯 짐 역시 눈물 흩뿌리며 이불을 죽이지 말라는 법은 없지 않는가?"

옹정의 격분에 찬 말을 들으며 주식과 어얼타이는 가슴이 섬뜩해졌다. 글자마다 송곳이고, 구절마다 혈흔이 가득했다. 두 사람은 자리에서 나와 길게 무릎을 꿇으며 아뢰었다.

"폐하의 심모원려를 신들은 이제야 알 것 같사옵니다."

"알았으면 됐네. 짐의 뜻을 정리하여 육부로 보내게. 이불이라는 이름은 잠시 거론하지 말게. 그네들더러 짐의 뜻에 비추어 의정(議政)해 보라고 하게. 무슨 의견들이 나오나 보게."

말을 마치고 난 옹정은 고개를 번쩍 쳐들었다. 다시 뭔가 말하려는 듯 입을 움찔거리던 옹정이 손사래를 치며 말했다.

"그만 물러가게. 더렁태와 장오가에게 전하게. 모레…… 모레 신시(申時)에 북경으로 출발할 거라고 말일세."

"폐하!"

"국사가 어지러우니 편히 쉴 수가 없구만."

옹정이 아쉬운 표정이 역력한 눈빛으로 창 밖의 풍광을 바라보며 말했다.

"풍광이 아무리 좋으면 뭘 하나, 고향이 아닌 것을. 북경으로 돌아가야지!"

30. 고요 속의 태풍

옹정의 어가(御駕)가 북경을 향해 출발했다는 조서(詔書)가 북경에 도착한 당일, 홍시는 태감 진구(秦狗)로부터 옹정과 어얼타이, 주식 등이 열하원(熱河園)에서 나눈 대화내용이 상세히 기록된 첩자(帖子) 하나를 받았다. 그는 곧 막료 광청행을 서화청에 위치한 '고우헌(鼓雨軒)'으로 불렀다.

서재에서 몇몇 막료들과 함께 홍시가 외관(外官)들에게 보내는 답신을 정리하고 있던 광청행은 부랴부랴 달려왔다.

"셋째마마, 찾아계시옵니까?"

"이 날씨가 예사롭지 않네. 속옷이 흠뻑 젖었네."

홍시가 얼음물에 담갔던 수박을 광청행에게 건네주며 말했다.

"자, 먼저 이것 먹고 불부터 끄고 보자고! 저기, 진구가 보낸 편지네. 읽어보도록 하게."

말을 마친 홍시는 곧 대나무 의자에 벌렁 드러누워 부채를 부치며 눈을 지그시 감았다.

  몇 장이나 되는 진구의 편지를 이리저리 뒤적이며 반복하여 읽고 난 광청행은 말없이 고우헌 밖으로 천천히 걸어나갔다. 처마 밑에 서서 연못가에서 하늘거리는 버드나무에 시선을 박고 있던 그는 숨이 턱턱 막히는 더운 기운이 확확 밀려오고 귀청을 때리는 매미소리가 여간 시끄러운 게 아니었지만 전혀 느끼지 못하는 것 같았다.

  한참 후에야 되돌아 온 그는 홍시를 향해 웃으며 말했다.

  "셋째패륵께서 지난번 진구에게 3백 냥을 괜히 주고 왔다며 아까워하시더니 소나 인간이나 먹은 만큼 싸게 돼 있다니깐요! 이 편지 한 통이 어찌 3백 냥 값어치만 나가겠습니까? 만 냥 주고도 살 수 없는 게 아니겠습니까?"

  "내가 3백 냥 주고 배가 아파 그랬던 건 아니지."

  홍시도 웃으며 말했다.

  "궁중의 규제가 워낙 엄격하여 태감이 사사로이 왕공들을 만나고 다녔다간 가차없이 목을 친다고 하지 않았는가! 괜히 일이 크게 번질까봐 그랬지! 넷째는 이런 짓 안 하고도 소식이 영통하길 바람 같잖은가?"

  그러자 광청행이 머리를 저었다.

  "주인께서는 넷째패륵과는 비교할 수가 없습니다. 그의 생모는 귀비(貴妃)이고, 태후(太后)에게도 말발이 섰던 사람이었습니다. 그 자신도 강희 51년부터 성조의 슬하에서 공부를 해오면서 그 과정에서 얼굴도장 찍어놓은 비선(秘線)들이 좀 많겠습니까? 게다가 오랫동안 운송헌(韻松軒)에서 정무를 봐오면서 점수를 따두려는 자들이 들락거리며 한두 마디씩만 날라도 그게 어딥니까?

그러니 굳이 셋째마마처럼 돈을 뿌려가면서도 불안해 할 이유가 어디 있겠습니까?"

듣는 홍시는 씁쓸하기 이를 데 없었다. 그는 몰래 점성술사들을 불러들여 자신의 팔자를 점쳐 보았지만 누구라 할 것 없이 대단히 고귀한 팔자라고 했다. 그는 가끔씩 거울을 들여다보며 점성술사의 말과 결부시켜 생각해 보기도 했다. 학식이나 재주, 심지나 외모 어느 것 하나 홍력에게 처지는 면이 없거늘 어찌하여 부황은 홍력에게로 저울대가 기우는 걸까? 두서없이 이런저런 생각에 잠겨 있을 때 광청행이 말했다.

"진구가 이렇게 기특한 짓을 한 걸 보면 꼭 그 3백 냥 때문만은 아닙니다. 넷째패륵께서 밖에 나가 있고, 폐하마저 자리를 비운 마당에 홀로 정무를 처리해 나가시는 셋째패륵의 진가와 전망을 요것이 엿보았던 것입니다! 그같이 영악한 놈에게 외관(外官)들이 용돈 셈으로 약간씩 찔러 넣어주는 돈이 좀 적어서 돈 몇 푼에 휘둘리겠습니까?"

"이불이 위태로워."

홍시가 유유자적 부채를 부치며 말했다.

"팔숙, 구숙, 십숙…… 다들 개탄스럽구만! 사실 이들은 다 같은 길을 걷는다곤 볼 수 없는데. 이불은 문장 실력이나 인품이나 전문경보다 훨씬 나은데, 참으로 안 됐구만."

"여덟째마마도 이젠 첨벙댈 기운조차 없습니다."

광청행이 귀신불 같은 빛을 뿜어내며 말했다.

"폐하께선 붕당을 가장 무서워하고 혐오스러워 하십니다. 염친왕이 비록 날개가 꺾여 저러고 있지만 과거의 세력들은 요소요소에 건재하다고 생각하고 계십니다. 전문경이 사면초가에 몰리는 것도 '여덟째당'의 연장선 위에서 생각하시기에 폐하께서는 누가 뭐라고 해도 전문경을 감싸고 도시는 겁니다. 그럴 수밖에 없습니다. 폐하에게 위협으로 다가오는 세력들이 폐하의 신정책에 대한 불만을 전문경을 통해 칼을 대기 때문에 폐하께선 전문경을 공격하는 사람은 바로 폐하 자신에게 칼끝을 겨냥한 것이라고 단언하시어 찍어버리려고 하실 수밖에 없지 않겠습니까? 이를 간파한 여덟째당의 지조없는 자들은 벌써 자신들의 설자리를 마련하느라 여덟째마마를 마구 헐뜯고 있습니다!"

홍시가 눈을 번쩍 뜨며 벌떡 일어나 앉았다. 그리고는 부채질도 잊은 채 말했다.

"음, 바로 그거야! 폐하의 뜻에 우리도 편승해야 해."

그러자 광청행이 웃으며 말했다.

"우린 지친 호랑이를 타고 앉아 힘껏 주먹질해야 하며, 한 편으로는 운송헌의 정무를 똑 소리나게끔 처리해야 합니다. 폐하께서 싫어하시는 여덟째당의 잔여 세력들을 발로 차다 보면 폐하께서는 우리에게 마음을 주시게 돼 있습니다. 넷째마마와 다섯째마마에 대해서는 적당한 예와 성의를 보이며 방어하는 마음 자세를 잃지 않는 게 중요합니다. 다 같은 아들인데, 누가 효심이 뛰어나고 능력이 있는지는 폐하께서도 척하면 삼천리 아니겠습니까!"

한참 동안 멍하니 넋이 나가 있던 홍시가 드디어 입을 열었다.

"내 생각엔 폐하께서 홍력에게 전량(錢糧)과 병부(兵部)를 맡기신 걸 보면 그더러 군사를 이끌고 처링 아라부탄과 한판 붙어보라는 뜻인 것 같네!"

"그건 저도 공감합니다."

광청행이 낯빛을 흐리며 말했다.

"전 셋째마마 문하로 들어온 이래로 내내 염친왕과 당금 폐하의 보위 쟁탈전이 어찌하여 인망이 훨씬 높았던 염친왕의 패배로 끝났는지에 대해 생각해 왔습니다. 많은 이유가 있겠지만 그 중 가장 중요한 건 폐하께선 시종 기추 부문에서 실질적인 정무를 봐온 반면 염친왕은 그 변두리에서 인심을 수매하는 데만 급급했기 때문입니다. 그 권력요직에 있는 인물들은 염친왕의 귓전에 엎드려 정신이 혼미해질 정도로 바람을 불어넣어 주었을 뿐 결정적인 순간엔 하나도 쓸만한 인간이 없었습니다. 십만대군을 거느리고 서녕에 있었던 십사마마조차도 조서 한 장에 끽소리 못하고 북경으로 돌아오고 말았습니다. 셋째마마께선 절대 그 전철을 밟아선 아니 됩니다."

"그럼 그렇고 말고! 이 바닥에선 이기면 왕후가 되고 패망하면 도둑이 되는 수밖엔 없다고 했네. 나 홍시가 어찌 선배들의 교훈을 잊을 수가 있겠나?"

이를 악물고 웃는 홍시의 표정이 섬뜩했다.

"밖에 누구 없느냐!"

그는 자리에서 일어서며 소리쳐 불렀다.

몇몇 하녀와 어멈들이 허둥지둥 달려왔다. 순간 홍시가 이마를 치며 한심하다는 듯이 실소하고 말았다. 이곳이 운송헌인 줄로 착각했던 것이다.

"창춘원으로 갈 것이니 수레를 대어라. 장방(帳房, 금전출납을 관리하는 곳)에 알려 서가(西街)에 있는 뜰 세 개 짜리 집을 내가 광청행에게 선물하기로 했으니, 쓸만한 애들 스무 명 정도 골라서 보내라고 하라."

그렇게 지시를 하고 난 홍시는 곧 수레를 타고 떠나갔다.

점심때가 다 되어 가는 시각이라 열기는 기승을 부렸다. 길에는 행인들을 찾아보기가 힘들었고, 개들마저 혀를 길게 빼문 채 헐떡대고 있었다. 더위에 지친 나머지 열병을 앓고 난 듯한 사람들이 집집마다 문을 활짝 열어놓고 남자들은 웃옷을 벗어 던지고, 여자들도 가능한 한 편하게 입고 있었다. 다행히 성을 벗어나니 그나마 사람을 질식케 하는 숨막히는 기운은 좀 덜한 것 같았다. 역도 양옆의 빽빽한 백양나무들은 약간의 바람에도 시원하게 몸을 흔들어댔고, 가끔씩 강바람이 습기라도 실어다주곤 했다. 창춘원이 가까워질수록 숲이 울창한지라 바람도 한결 시원하게 느껴졌다.

쌍갑문에 도착하여 수레에서 내린 홍시가 막 안으로 발걸음을 옮기고 있을 때 북쪽 그리 멀지 않은 곳에서 가볍게 떨리는 종소리가 겹겹이 둘러쳐진 백양나무 숲을 타고 은은히 들려왔다. 순간 홍시는 주춤했다. 며칠 동안 더위와 씨름하느라 이친왕께 문안인사 올리는 걸 깜빡했다는 생각이 들었다. 그는 다시 수레에 올라 지시했다.

"먼저 청범사로 가게."

교부들에게 들려 시원한 바람에 땀을 씻으며 반 리쯤 가니 청범사에 도착할 수 있었다. 수레에서 내려 안으로 들어가던 홍시는 때마침 종종걸음으로 걸어나오는 중년의 스님과 맞닥뜨렸다. 땟국물이 흐르는 누런 보퉁이를 옆구리에 낀 그 사내는 청범사의 주지스님 법인(法印)이었다.

"이봐, 중! 쳐죽고 싶은 사람 나오라는데 어딜 그리 급히 가나?"

"셋째마마! 아미타불!"

홍시를 알아본 법인이 얼굴 가득 웃음을 지어 보이며 다가왔다. 그리고는 민둥머리에 송글송글 돋친 땀을 닦으며 머리를 땅에 대고 절을 하며 말했다.

"그간 무고하셨습니까? 한동안 못 뵈었습니다! 이 중은 지금 북옥황묘(北玉皇廟)로 가고 있는 중입니다. 보름 동안 비 한 방울 안 내리니 어디 숨이 막혀 살겠습니까? 십삼마마께서도 어젯밤 통 잠을 못 이루시더니 오늘 북경성의 모든 사원의 큰스님들더러 옥황묘로 가서 기우제를 지내라고 하명하셨습니다. 수공(修空) 방장께서 먼저 가셨는데, 대종사(大鐘寺) 주지 오심(悟心)의 가사(袈裟)가 우리보다 더 멋있어 보이더라시며 저더러 십삼마마께서 하사하신 노란색 목면(木棉) 가사를 가져오라고 하셨습니다. 우리 청범사엔 십삼마마께서 계시온데, 어디 다른 절에 처져서야 되겠습니까."

산문으로 들어가려던 홍시가 법인의 말을 듣고는 멈춰 서서 웃으며 말했다.

"출가인들이 무슨 그런 것에 아웅다웅하고 그러나! 탐욕과 어리석음과 화냄 등 중생들이 범하는 잘못을 하나도 내버리지 못했으면서 어찌 중생을 제도할 수 있겠어? 불조(佛祖)께서 자네들 같은 제자를 인정하시겠나? 기우제를 지내려면 법사전(法事錢)이 얼마나 필요하나?"

그러자 법인이 손가락을 펴 보이며 말했다.

"원래는 십삼마마께서만 5만 냥을 출자하시는 줄 알았는데요, 이것도 국사를 위한 일이라며 3천 냥을 더 보태주셨습니다. 그리고 부처를 믿지 않는 장상은 그 마님과 따님이 각각 천 냥씩 후원해 주셨습니다. 그리하여 총 6만 5천 냥으로 예상하고 있습니다."

"내가 5천 냥을 더 보태지."

홍시가 말했다.

"가서 오심 큰스님더러 경건한 마음으로 기도하여 사흘 내에 하늘을 감화시켜 감로(甘露) 같은 빗물을 내리게 하는 날엔 내가 예부더러 표창을 내리게 할 뿐더러 국고에서 은 만 냥을 더 하사할 것이라고 전하게, 알겠는가?"

말을 마친 홍시는 곧 산문(山門)으로 들어갔다. 장정옥과 방포, 윤상이 차례로 입주한 이래, 일반 향객들의 발길은 끊어진 지 오래된 청범사였다. 그리하여 문 앞을 지키고 있는 이들은 모두 이친왕부의 태감과 호위들이었다. 홍시가 성큼 들어서자 이들이 일제히 절을 하여 영접하였다.

"십삼마마께선 낮잠 주무시고 계신가?"

홍시가 묻자 태감이 급히 아뢰었다.

"저희 마마께오선 연이어 며칠째 낮잠을 주무시지 않고 계시옵니다. 원래 계시던 곳은 대비전(大悲殿)과 가까워 스님들의 경 읽는 소리가 귀찮으시다며 정심정사(淨心精舍)로 처소를 옮기셨사오나 불경 소리가 너무 안 들리는 것도 울적해지신다고 하시어 지금은 정심정사의 서원(西院)에 계시옵니다. 소인이 모시고 가겠사옵니다!"

그러나, 태감은 서쪽 낭하에서 북으로 꺾어지는 것이 아니라 산문으로 들어서자마자 서쪽으로 가는 길을 택했다. 낭하 뒤편의 좁은 길을 따라 북으로 화살이 날아가 꽂힐 만큼 걸어가니 동향의 자그마한 정원이 무성한 숲 속에 어렴풋이 가려져 있는 모습을 볼 수가 있었다.

뜰에는 온통 대나무가 울창했고, 한적하고, 고요했다. 대문에는 검은 편액에 흰 글자로 네 글자가 적혀 있었다.

淨心精舍

　홍시가 태감을 향해 말했다.
　"자넨 그만 물러가게, 내가 알아서 들어갈 테니."
　"황공하옵니다, 패륵마마."
　태감은 물러갈 생각을 하지 않고 조심스레 입을 열었다.
　"장상(張相)께서는 그 누가 십삼마마를 뵈러 오더라도 반드시 모시고 다니라고 했사옵니다."
　"나도 예외가 아니라고 했던가?"
　홍시가 웃는 듯 마는 듯한 표정을 지었다.
　"그만 물러가게! 장상이 뭐라고 하면 날 찾아오라고 하게."
　말을 마친 홍시는 곧 방 안으로 들어갔다. 태감은 감히 따라 들어오지 못하고 밖에 서 있었다.
　방 안에는 탕약 냄새가 진동했다. 강렬한 햇볕에 적응된 두 눈은 방 안에서 아무 것도 볼 수가 없었다. 잠시 그 자리에 서 있노라니 그제야 검은 장막이 걷히는 듯 큰 베개 위에 비스듬히 기대있는 윤상이 보였다.
　한여름임에도 불구하고 복부엔 얇은 담요를 두르고 있는 윤상은 말 그대로 피골이 상접한 얼굴이었다. 궁녀가 무릎을 꿇어앉아 약사발을 받쳐들고 있었고, 윤상의 아들 홍교(弘晈)가 온돌 언저리에 걸터앉아 약을 한 숟가락씩 떠 조금씩 윤상의 입 안에 넣어주고 있었다.
　홍시를 향해 고개를 끄덕여 예를 표한 홍교가 눈을 감고 말이 없는 윤상에게 조용히 말했다.
　"홍시 셋째형이 아버지를 뵈러 왔습니다."

홍시가 급히 무릎을 꿇어 문안을 올렸다.
"십삼숙, 조카 홍시가 숙부님께 문후를 올리러 찾아뵈었습니다!"
"오, 홍시냐?"
그제야 윤상이 애써 눈꺼풀을 조금씩 밀어 올리며 홍시를 바라보더니 기운없는 목소리로 입을 열었다.
"이 날씨에 여기까지 찾아오느라 고생이 많았네. 어서…… 일어나 앉게."
홍시가 대답과 함께 일어나 창가의 나무의자에 앉으며 조심스레 말했다.
"승덕 쪽에서 서신이 왔습니다. 폐하께선 6월 3일에 출발하시어 9일에 북경에 도착하신다고 합니다. 요 며칠은 어가를 맞을 준비에 통 경황이 없어 숙부님을 찾아 뵙지 못했습니다. 그저 방 선생과 장상께 대신 문후를 올려달라고 했을 뿐입니다."
윤상이 미약하게나마 머리를 끄덕여 보이며 말했다.
"안 그래도 방금 방포에게서 어가의 귀경에 대해 들었네. 자네들은 어가를 맞기 위해 바쁠 텐데, 난…… 난 아무 도움도 못 되고, 이렇게 폐만 끼치니……."
윤상은 가벼운 기침과 함께 스르르 눈을 감았다.
이젠 한 줌이 되어 있는 십삼숙을 바라보는 홍시의 마음도 편치 않았다. 옹정의 형제 스물 네 명 가운데서 가장 파란만장한 삶을 살아온 윤상이라는 것을 잘 알기에 그 서글픔은 더했다.
아직 강보에 쌓여 있을 때 윤상의 생모는 별다른 이유도 없이 어느 날 갑자기 출궁하여 비구니가 되어 버렸다. 그 뒤로 소년 윤상은 형제들의 굴욕과 모독 속에서 잡초처럼 살아왔다. 심지어 웬만한 태감들도 눈을 부라릴 정도로 따돌림받는 윤상을 유독 자신의 아버지 옹정만은 관심과 배려를 아끼지 않았다고 한다.

역경 속에서 자라온 윤상은 강인하고 고집스런, 그리고 협객의 기질을 지닌 어른으로 성장하여 불의를 보면 팔을 걷어붙이고야 마는 유명한 '협왕(俠王)'으로 궁중에서 자신의 형상을 심어냈다. 강희는 그 인품의 정직함과 어떤 외압에도 굴함이 없는 당당함을 높이 사 "우리 집엔 천리마가 있으니, 그가 바로 목숨 내건 십삼낭이다"라고 칭찬을 아끼지 않았다고 한다.

걸음마다에 영풍(英風)을 달고 다니며, 보무도 당당하던 윤상은 강희제가 붕어하던 날, 그 결정적인 순간에 몸소 풍대 대영으로 가서 병권을 탈취하는 데 성공했다. 그리고 옹정이 순조롭게 보위에 오르는데 지대한 공헌을 했던 것이다.

동에 번쩍, 서에 번쩍 하며 자신의 진가를 유감없이 발휘하던 그 협왕의 영웅풍채를 더 이상 볼 수 없다는 생각에 홍시는 숨죽여 길게 한숨을 내쉬었다. 그러나 그는 웃으며 위로의 말을 잊지 않았다.

"십삼숙, 지금은 아무 생각하지 마시고 마음을 편안히 하여 몸조리를 잘 하셔야 합니다. 곧 나아지실 테니 그런 말씀은 하지 마십시오. 홍교, 지난번 내가 가 신선을 청해보라고 한 건 어떻게 됐느냐?"

"그렇지 않아도 가사방 신선이 이제 곧 도착하실 거예요."

홍교가 웃으며 말했다.

"방포와 장정옥이 잡귀라며 막고 나서지만 않았더라도 진작에 청했을 텐데. 밖에서 가 신선에 대해 많이 들었는지 얼마 전부터는 굳이 말리지는 않았어요. 그런데 가 신선이 또 북경을 떠나 어딘가로 운유(雲遊)를 떠났다고 해요. 알아봤더니, 이틀 전에 다시 백운관(白雲觀)으로 돌아왔다고 하네요. 두 번씩이나 찾아가서야 겨우 오늘 오후로 시간을 정할 수가 있었어요."

홍교가 이같이 말하고 있을 때 윤상이 갑자기 눈을 감은 채 중얼거리듯 말했다.

"왔어, 왔어…… 사람은 겉만 봐선 모른다더니, 옛말 그른 데 하나도 없구만!"

홍교와 홍시는 깜짝 놀라 주위를 두리번거리며 살폈다. 사위엔 숲만 우거져 있을 뿐 아무런 동정도 없었다. 둘은 느닷없이 모골이 송연해지기까지 했다.

입을 실룩거리며 두 사람이 어찌할 바를 모르고 있을 때 밖에서 귀에 익은 오리 같은 목소리가 들려왔다.

"신선 어른, 어서 이쪽으로 드시죠."

말소리와 함께 주렴이 걷히는 듯하더니 가사방은 어느덧 홀연히 나타났다. 홍교가 반색하여 맞이했다.

"혹시 가 신선이세요? 어서, 어서 오세요."

가사방(賈士芳)은 언제나 그러하듯 검은 장삼에 검은 단화 차림이었다. 뇌양건(雷陽巾)이라고 하여 머리에 두른 수건은 너무 커 이마까지 덮고 있었다. 길고 마른 얼굴은 방금 씻은 듯 물기가 덜 마른 것 같았고, 낯빛은 핏기가 없이 창백했다. 문 어귀에서 세 사람을 향해 웃어 보이며 가사방이 말했다.

"빈도는 이미 십삼마마와는 신회(神會)하였습니다. 두 분은 셋째패륵과 일곱째마마시죠?"

"그래요. 종실에서는 항렬을 세우는 방법이 조금 달라 나를 여섯째라고 부르는 사람도 있어요."

홍교가 놀라운 시선으로 가사방을 아래위로 훑어보며 말했다.
"이분이 셋째패륵이고요."
이때의 윤상은 어느새 두 눈을 크게 뜨고 눈앞의 기인을 뚫어지게 바라보고 있을 뿐 아무 말도 없었다.
가사방이 윤상의 침대 앞으로 다가가 땅에 머리를 대고 절을 한 다음 말했다.
"십삼마마, 빈도의 절을 받으십시오! 십삼마마의 병은 빈도를 만나는 순간 이미 다 나았습니다. 어떠십니까? 느낌이 오지 않습니까?"
"그렇소. 난 벌써 어지럼증이 싹 가신 것 같소. 눈도 침침하지 않고."
"싹 가신 것 같은 것이 아니라 싹 가셨습니다. 마음이 청명하니 눈도 편안할 수밖에요. 십삼마마, 위가 줄어들어 음식을 좀 드셔야 합니다! 뭐 좀 드시지요, 떡 같은 거라도."
"떡 말이오?"
윤상의 두 눈이 반짝 빛났다. 그는 옆사람이 들을 정도로 군침까지 꿀꺽 삼키며 말했다.
"그래, 바로 그게 먹고 싶었던 거야! 그렇지 않아도 어째 속이 영 허전하다고 했어!"
기적 같은 모습을 보이는 아버지 윤상을 바라보며 눈이 휘둥그레져 있던 홍교가 급히 지시했다.
"어서 계화(桂花)떡을 내어 오너라!"
가사방은 미소를 머금고 윤상이 계화떡 두 개를 냉큼 먹어치우는 모습을 바라보더니 직접 은병을 들어 물을 따라 건넸다. 윤상은 꿀꺽꿀꺽 단숨에 마셔버리고는 시원한 표정을 지으며 밝게 웃었다.

"아마 이렇게 맛있게 음식을 먹어본 적은 2년만에 처음인 것 같네. 정말 고맙소! 자네 기공을 내보인 것도 아니고, 부적을 태워 잡귀를 내쫓는다든지 하는 것도 없이 어찌 이리도 내 병을 싹 고쳐줄 수가 있단 말이오!"

윤상의 칭찬에 가사방은 고개를 숙여 예를 표했다.

"십삼마마, 〈도장(道藏)〉의 36부 경전은 모두 187만 6천 3백 80권으로 되어 있습니다. 그 중〈동진경(洞眞經)〉만을 공부한 자는 '상련술(上煉術)'밖에 모를 것이고,〈동본경(洞本經)〉만을 공부한 자는 '안마법(按摩法)'밖엔 아는 것이 없을 테고,〈동신경(洞神經)〉만을 독파한 자는 '황정(黃庭)'의 도(道)에 대해서만 조금 알뿐입니다. 빈도는 만법을 달통하였으니 어찌 어느 한 가지에만 얽매일 수가 있겠습니까?"

가사방은 자신있는 말투로 느릿느릿 말을 이어나갔다.

"짐짓 갖은 해괴망측한 행동으로 남을 현혹케 만드는 짓거리는 도가의 하승 잡배들이나 하는 못된 짓입니다. 십삼마마께서는 그들에게 속으셨습니다! 그만 누워계시고 이젠 일어나 움직이고 싶지 않으십니까?"

"물론 일어나고야 싶지."

"홀로 일어설 수 있으시겠습니까?"

"자신이 없네."

"아닙니다. 충분히 일어설 수 있습니다."

가사방이 얼굴 가득 미소를 지으며 말했다.

"길에 나가면 수많은 사람들이 걸어다니는데, 일세의 영웅이신 십삼마마께서 걸음을 걷지 못하시겠습니까? 일어나셔서 스스로 땅을 디뎌보십시오. 괜찮으시면 신발을 신고 몇 발짝 걸음을 떼어 보십시오."

윤상이 듣기에 가사방의 말은 마치 요원한 곳에서 들려오는 것 같았다. 그러나 귓전에는 그렇게 똑똑히 들릴 수가 없었다. 오장 (五臟)이 미세한 소리를 내며 마치 한 줄기 강렬한 열기가 오랫동안 얼어붙었던 얼음장을 녹이듯 오장육부의 혈관을 녹이는 것 같았다.

한 번 땅을 딛고 내려서고 싶은 욕구가 굴뚝같이 치밀었다. 그는 저도 모르게 벌떡 베개를 밀치고 일어나 앉았다. 분명히 설 수도 있을 것 같은 자신감이 솟구쳤다!

"나, 이젠 일어나 앉을 수 있어!"

아이처럼 환호성을 지르며 윤상은 두 팔을 뻗었다. 그리고는 천천히 신발을 꿰고 주위의 만류도 뿌리친 채 일어섰다. 몸이 더 이상 뒤뚱거리지 않고 중심이 잡혔다. 발걸음도 저절로 옮겨졌다. 윤상은 두 팔을 마구 흔들며 좋아라 외쳤다.

"나, 이젠 다시 걸을 수도 있어! 하하하하……!"

그는 마침내 예전처럼 두 발을 힘있게 내디디며 행진하듯 문 밖을 나섰다.

정심정사의 모든 태감, 궁녀들은 저마다 경악을 금치 못했다. 방금 전까지만 해도 몸도 뒤척이지 못하고 물 한 모금 넘기기 힘들어하던 윤상이 횡하니 밖으로 뛰쳐나와 있다는 사실은 그야말로 신선이 인간 세상에 내려오지 않고서는 불가능하다고 생각할 정도였다!

홍교는 경건한 마음에 거의 오체투지(五體投地)에 가까운 숭배어린 시선으로 어마어마한 괴력을 자랑하는 가사방을 우러러보더니 급기야 털썩 무릎을 꿇었다. 그리고는 길게 엎드려 연신 머리를 소리나게 세 번 조아리고는 말했다.
"그대는 과연 살아있는 신선이시오! 우리 아버지 목숨을 구해주신 은혜를 내가 두고두고 잊지 않을 것이오. 당장 백운관을 능가하는 도량 하나를 지어주겠소!"
"이건 목숨을 구해준 것이 아니라 그저 병을 치료해 주었을 뿐입니다."
가사방이 오랜만의 바깥출입에 감격을 금하지 못하며 산책을 즐기고 있는 윤상을 바라보며 미소를 지었다.
"누구나 목숨은 자생자멸(自生自滅)하는 것입니다. 큰 선행을 베풀었거나 큰 죄를 짓지 않은 한은 천명(天命)에서 그리 크게 벗어나지는 않는 법입니다. 십삼마마께서는 천명이 다하지 않으셨으니 당연히 털고 일어나실 수 있었던 겁니다."
이 모든 광경을 빠짐없이 지켜보고 난 홍시는 경이로움에 할 말을 잃고 말았다. 한참 멍하니 가사방의 일거수일투족만을 바라보고 있던 홍시가 말했다.
"폐하께서도 옥체가 여의치 않으신데, 가 신선을 추천하고 싶소!"
이때 윤상이 방으로 돌아와 말했다.
"땀을 쫙 뺐더니 날아갈 것 같구만!"
이같이 말하며 윤상은 다소 무거워 보이던 겉옷을 벗어버렸다. 당황한 홍교가 막 말리려고 할 때 가사방이 말했다.
"괜찮습니다. 이젠 쾌유하셨습니다. 방금 거사께서 빈도에게 도량을 하사하신다고 허원(許願)하셨는데, 매인 데 없이 구름처럼 떠돌아다니는 것이 빈도의 삶이거늘 그런 건 필요 없습니다. 다만 지금 백운관에 기거해 있으면서 손님 신분이라 다소 불편할 따름입니다. 은혜를 베푸시려거든 거사께서 그곳의 장 진인께 말씀 올려 빈도의 적(籍)을 백운관에 두게 해 주셨으면 그걸로 빈도는 크게 만족합니다."

"그거야 어려울 게 뭐 있겠나? 내가 돌아가자마자 순천부(順天府)에 명하여 처리하도록 할 것이오."

이에 홍시가 웃으며 말했다.

"장 진인이 칙봉(勅封)만 아니었더라도 가 신선에게 백운관 주지를 맡길 텐데!"

"도장(道長), 여기에 남아있으면 안 되겠소?"

윤상이 온돌 맞은편 의자에 앉아 땀을 닦으며 미소를 가득 머금은 채 말했다.

"죽어가는 사람을 살리고, 백골(白骨)에 살이 붙게 하는 것은 실로 대단한 재주가 아닐 수 없소. 대개 도장처럼 괴력을 가진 사람들은 밖에 나가 소인배들의 질시와 모함을 받기 십상이오. 여기에 남아서 내가 잘 모실 테니 양생지도(養生之道)에 대해서도 좀 가르쳐 주오. 그러면 용체가 흠안하신 폐하를 위해서 침전을 찾는 일도 훨씬 편하지 않겠소?"

그러자 가사방이 윤상을 마주하고 앉아 웃으며 말했다.

"세상 만사는 인연으로 이어져 있습니다. 폐하의 옥체가 빈도에 의해 원기를 회복하실 것이라면 폐하께선 당연히 빈도를 부르실 것입니다. 십삼마마께서도 전혀 빈도를 믿어주지 않으셨다면 빈도 역시 속수무책이었을 것입니다. 황공합니다만 빈도는 한운야학(閒雲野鶴)의 삶에 길들여져 있어 어디에도 얽매일 수가 없습니다."

그는 자리에서 일어나 홍교에게 말했다.

"십삼마마께서 드시고 계시던 약은 계속 드셔도 좋고, 드시지 않으셔도 무방합니다. 음식은 당기는 대로 드시고 적당히 운동을 겸하십시오. 이것저것 구속하지 말고 맘 내키는 대로 하게 해 주십시오. 항간의 돌팔이들이나 이것은 피하라, 저것은 하지 말라 하면서 사람을 괜히 주눅들게 만들어 우울증을 유발하곤 하는 겁니다. 그럼 빈도는 이만 물러가겠습니다. 백운관에 아픈 사람들이 많이 기다리고 있습니다!"

가사방이 서둘러 떠나려 하자 그제야 홍시도 자신이 마냥 이러고 앉아 있을 때만은 아니라는 생각이 들었다. 그는 급히 가사방을 따라나섰다. 홍교가 바래다주어서 밖으로 나온 홍시가 금시계를 꺼내며 가사방에게 말했다.

"이친왕께서는 필히 따로 후사할 것이오. 난 달리 선물할 것도 없고…… 이 금시계가 어떻겠소?"

그러자 가사방이 무뚝뚝한 표정으로 말했다.

"빈도는 세상에서 시간에 가장 둔감한 사람입니다. 시계는 패륵마마껜 꼭 필요하겠지만 빈도에겐 전혀 용처가 없습니다. 셋째패륵께서 원하시는 바가 무엇인지는 대충 알겠습니다. 솔직히 말씀 올리면 군왕(君王)이나 제후(諸侯)의 명은 하늘에 달려 있습니다. 인간세상의 술사들이 그것을 예측한다는 것은 능력 밖의 일입니다."

말을 마친 가사방은 곧 연기처럼 사라졌다. 홍시는 안 들은 것이나 마찬가지인 가사방의 말에 씨익 웃어 보이고는 수레에 올라탔다.

홍시가 창춘원 입구에 들어섰을 때 마침 광록사(光祿寺) 사경

(寺卿)인 홍안(弘晏)이 쌍갑문 입구에서 두리번거리고 있는 모습이 보였다. 그는 강희의 황장자(皇長子)인 윤제(允禔)의 큰세자로서 홍(弘)자 돌림 형제들 가운데서는 명실공히 큰형이었다.

나이는 마흔 대여섯 살 가량 되었다. 아버지 윤제가 연금당해 있을 때 그는 멀리 흑룡강에서 파해(巴海) 장군을 따라 군사훈련을 받고 있었다. 강희가 붕어했을 당시 그는 또 악종기(岳鐘麒)의 군중에서 일했고, 연갱요(年羹堯)가 몰락했을 때는 강서성에 있었다.

그는 성격이 소심하여 뒤에서 남의 흉은 털끝만큼도 보지 않았고, 만나는 사람마다 먼저 웃어보이며 다가서곤 했다. 큰 사건이 있을 때마다 현장을 멀찌감치 떠나 있었고, 본인의 훌륭한 인간성에 힘입어 그는 아비로 인해 연루당하지 않았을 뿐더러 전보다 직품이 올라갔다.

수레에서 내려선 홍시가 저벅저벅 걸어가며 불렀다.

"큰형! 여기서 누굴 기다리세요?"

"셋째아우구나!"

홍안이 종종걸음으로 달려왔다. 볼살이 털썩거렸다. 가까이 다가온 홍안은 반갑게 웃어 보이며 말했다.

"지금은 자네가 이곳의 주인인데, 자넬 찾아왔지 누굴 찾아왔겠나?"

홍시가 주변에서 부산스레 오가는 사람들을 의식하여 웃으며 말했다.

"형, 우리 들어가서 천천히 얘기해요."

두 형제는 어깨를 나란히 하고 안으로 들어갔다. 노화루(露華樓)에 있는 장정옥에게로 가는 관원들이 대단히 많았다. 그리고 창춘원 각 부서에서 일하는 태감들도 황급히 길을 비켜서고 문안 올리고 각양각색이었다. 운송헌에 들어가서야 홍안은 비로소 마음이 편해졌다.

밖에서 몇몇 관원들이 엎드려 접견을 기다리고 있는 모습을 보며 홍안이 앉아 마자 웃으며 본론부터 꺼냈다.

"호부(戶部)에서 오는 길이라네. 종학(宗學)의 교실이 두 군데나 피폐해져서 손을 봐야겠네. 다행히 올해 비가 적게 내렸으니 망정이지 하마터면 내려앉을 뻔했네. 적어도 5천 냥은 가져야 수선(修繕)할 수 있을 것 같네. 그 밖에 황실 자제들이 하반기 학비도 은 만 냥은 가져야 할 텐데, 평군왕(平郡王), 영군왕(英郡王)이 각각 5천 냥, 2천 냥씩 낸다고 하긴 했는데……."

"뭘 그리 복잡하게 말해요."

홍시가 웃으며 말했다.

"한마디로 돈이 필요해서 온 거 아니에요? 얼마나 필요한지 말만 해 보세요."

"역시 아우는 오늘날의 섭정왕이야!"

홍안이 좋아라 웃으며 말했다.

"손 큰 거 하며 기백이 넘치는 거 하며 어느 모로 보나 멋있어. 방금 같이 걸어오면서 호가호위(狐假虎威)일지라도 좋았어! 한 5만 7천 냥 정도가 필요한데……."

그러자 홍시는 히죽 웃으면서 대수롭지 않은 듯한 표정을 지었다. 그리고는 즉석에서 종이 한 장을 꺼내어 몇 글자 적더니 건네주었다.

"보시다시피 난 해야 할 일이 많으니 형을 오래 붙잡아두지는 못하겠어요. 갖고 가셔서 요긴하게 쓰세요. 그리고, 우린 같은 주군을 모신다는 것만 명심하세요. 호가호위 따위는 운운하지 마시고……. 그밖에 다른 일은 없죠?"

홍시가 적어준 쪽지를 들고 일어서서 밖으로 나가려던 홍안이 다시 멈춰서며 말했다.

"내무부에서 어제 전해온 소식에 의하면 둘째숙부의 상태가 너무 안 좋다는 것 같았어! 어제는 그나마 멀건 죽이라도 넘겼었는데, 오늘은 물도 못 넘긴다고 하네. 지금쯤 태의원에서 나갔을 텐데, 이숙(二叔)은 인사불성이라네. 가끔씩 정신이 들 때마다 폐하를 한 번만 알현하게 해달라고 조른다고 하네. 폐하께선 지금 북경에 계시지도 않은데 이 일을 어쩌면 좋지?"

"무슨 뜻인지 알겠어요."

홍시가 미간을 찌푸렸다.

"형의 아버지도 둘째백부님 옆방에 갇혀 있잖아요. 지금은 미쳐서 사람도 알아보지 못한다면서요? 솔직히 거기 다녀오고 싶어서 그러는 거죠?"

"아니야! 그건 아니야, 절대 아니야!"

홍안이 기겁을 하며 저만큼 뒷걸음치더니 두 손을 죽어라 내저으며 말했다.

"우리 아버지는 난신(亂臣)이고, 적자(賊子)야. 난 이 나라의 충량(忠梁)인데 무슨 소리야? 삼강(三綱)에서 군신(君臣)간의 대의(大義)를 첫째가는 덕목으로 가르치거늘, 내가 어찌 그 사람을 보고싶어 하겠어!"

그러자 홍시가 말했다.

"자식이 아버지를 그리워하는 게 무슨 죄가 된다고 큰형은 그리 기겁을 하고 그래요? 요즘은 참 어찌 되려고 이러는지 세상이 복

고요 속의 태풍 107

잡하네요. 아키나는 구역질 증세가 더해가고 있고, 보정(保定)에 있는 싸쓰헤는 복통을 호소한다지를 않나, 장가구(張家口)에 있는 윤당은 어지러워서 일어서지도 못한다질 않나, 십삼숙과 이위는 각혈에 시달리고, 전문경은 간이 심각하게 안 좋다지, 아마? 게다가 큰백부는 미쳐서 돌아가고, 둘째숙부는 병이 위독하다고 하니……"

홍시가 말을 끝맺지 못하고 허탈한 표정을 짓더니 그만 웃어버리고 말았다.

"다들 지쳐서 병이 난 거예요. 폐하께서……"

그는 옹정도 지쳐서 병이 났다고 말하려다가 "이 때문에 무척 속상해 하신다"라고 말머리를 돌려버렸다.

잠시 서성거리던 홍시의 얼굴에 어느새 웃음기가 싹 가셨다.

"일단 가 보세요. 두 백부님한테는 내가 태의원에 하명하여 가장 용하다는 낭중(郎中)을 두 명 파견해 보낼 테니까. 함안궁(咸安宮)과 상사원(上駟院) 모두 민감한 곳인 만큼 내무부(內務府)와 종인부(宗人府)에서 직접 관장하고 있어요. 가서 내가 지시했다고 하여 두 곳의 태감들을 전부 교체시키라고 하세요. 지금 조정은 다사한 때라 다 죽어가는 사람들이 괜히 엉뚱한 일에 연루되어 더 처참한 꼴을 당할라."

자신의 아비 윤제는 제쳐두고라도 둘째숙부 윤잉은 그래도 40년 동안 태자 자리에 앉아 있었던 사람이니 다 죽어간다고 하면 홍시와 홍력이 한 번쯤이라도 문안차 다녀올 줄로 알았던 홍안이었다. 그 기회에 자신도 따라가 먼발치에서나마 아비의 얼굴을 보고 싶었던 것이다.

그러나 홍시의 태도는 겸손하면서도 단호하여 달리 말을 붙여

볼 엄두가 나지 않았다. 가슴이 서늘해진 홍안은 서운한 표정을 애써 감추며 물러갔다.

"살펴가세요, 큰형. 무슨 일 있으면 절 찾으시고요!"

운송헌을 나서는 홍안의 뒷모습을 바라보던 홍시가 옆에 있던 태감들에게 지시했다.

"들어올 때 보니 구문제독(九門提督) 투리천이 밖에서 기다리고 있는 것 같던데, 들여보내게."

태감이 대답과 함께 밖에 나가 한 바퀴 돌고 들어오더니 공손하게 아뢰었다.

"패륵마마, 안에 손님이 계시는 걸 보더니 투 군문은 먼저 장 중당을 뵈러 갔다고 합니다. 잠시 후에 다시 찾아뵐 거라고 말했답니다."

순간 불쾌감이 홍시의 가슴을 스쳤다. 그는 잠시 생각하여 웃으며 말했다.

"그럼 순천부 부윤 탕경오(湯敬吾)를 들여보내게."

"탕경오입니다."

어느새 안으로 들어선 탕경오가 상체를 숙이며 인사를 올렸다. 그 옆에는 상서방(尙書房) 주사처(奏事處)의 사관(司官)인 이문성(李文成)이 이미 겉봉이 뜯어진 상주문들을 한아름 내려놓으며 인사하고는 말했다.

"패륵마마, 신은 방금 풍화루에서 오는 길입니다. 이 상주문들은 장 중당께서 읽어보시고, 방 선생이 적요(摘要)를 하여 오늘 중으로 폐하의 처소로 긴급 발송할 상주문입니다. 장 중당께서는 패륵마마더러 특히 직예성 보정의 후스리로부터 올라온 주장을 유심히 읽어보라고 하셨습니다."

"탕경오, 자네 앉게."

홍시가 탕경오더러 자리에 앉으라는 손시늉을 하고는 목록부터 살펴보았다. 산동, 산서, 직예의 번사들에선 '오랜 가뭄으로 가을 세수(稅收)가 걱정'이라는 내용과 함께 조정에서 구제량을 미리 준비하여 보내주는 것이 바람직할 것 같다고 했다. 나머지는 약속이라도 한 듯 일제히 전문경과 이불의 정쟁에 대한 의견을 적어 올린 것이었다.

홍시는 대충 훑어보고 책상 위에 올려놓았다. 이문성이 물러가려 하자 홍시가 불러세웠다.

"악종기의 군중에서 쇠가죽 천막이 2천 장 필요하다고 했는데, 군기처에서 결재를 내렸나? 목록에 없어서 말이네. 장상더러 내가 좀 있다가 건너간다고 전하게."

이에 이문성이 급히 대답했다.

"쇠가죽 천막에 대해서는 장 중당께서 이미 처리해 주신 걸로 알고 있습니다. 그리고 패륵마마, 폐태자 윤잉이 위독하다고 합니다. 방금 보친왕께서 장상과 방 선생과 함께 그 쪽으로 떠나셨는데, 지금쯤은 아마 길에 계실 겁니다!"

순간 홍시는 갑자기 무시당하는 느낌이 들었다. 잠시 마음을 진정시킨 홍시가 손사래를 쳤다.

"물러가게."

투리천이 다리를 조금씩 절며 불규칙적인 장화발 소리와 함께 들어서자 홍시가 손을 들며 무표정한 얼굴로 말했다.

"인사는 면하게. 방금 사람을 시켜 자네를 찾았었네. 탕경오도 있고 하니 우리 얘기 좀 나누지."

탕경오가 기침을 하여 목청을 가다듬고 있을 때 투리천이 먼저 입을 열었다.

"제가 먼저 말씀드리겠습니다. 더위는 점점 기승을 부리는데, 저희 군중엔 상비약도 아직 내려오지 않고 있습니다. 여름 군복도 가을도 못 가 다 해질 것 같습니다. 제가 가 봤더니 군사들이 험담을 해대고 난리도 아니었습니다. 이질이 번져 고생하는 병사들도 많아 군사연습도 제대로 이뤄지지 못하고 있는 실정입니다. 셋째 패륵께서 부디 빠른 시일 내에 긴요한 의약품을 보내주셨으면 합니다. 급합니다."

이번에는 탕경오가 웃으며 말했다.

"저도 같은 얘기를 하려던 참이었습니다. 덕화문(德化門)에 있는 병사들과 풍대 대영의 병사들이 서로 약품 수량을 확보하겠노라고 대판 싸우기까지 했다고 합니다. 약가게 앞에서 싸워 가게 창문이 박살나고 주인이 울며불며 저한테까지 찾아와 하소연을 하는 겁니다. 그 약가게는 우리가 오랫동안 거래해온 가게로서, 어떻게든 좋게 해결해야 할 텐데 셋째마마와 투 군문, 장우(張雨) 군문께 여쭤보려던 참이었습니다."

"그 일은 나도 들어서 알고 있네."

홍시가 투리천을 힐끗 쳐다보며 말했다. 그는 거만하고 오기가 다분해 보이는 투리천이 자신을 은근히 얕잡아 보고 있다고 생각했다.

그러나 투리천은 동북에서 러시아군과 맞서 싸우면서 혁혁한 전공을 세운 유명한 고담장군(孤膽將軍)이고, 뉘민 사건 때도 위세를 떨쳤는 바 옹정의 두터운 신임을 받고 있는 만주 사내였다. 결코 홍시가 목덜미를 잡고 뒤흔들 수 있는 호락호락한 상대가 아니었다.

홍시는 잠시 생각하더니 웃으며 말했다.

"가게 집기를 부순 건 순천부에서 보상을 해줄 것이네. 투 장군, 자네는 주모자를 붙잡아 엄히 처벌해야 할 것이네. 이런 일로 민심을 들뜨게 해서는 안 되니 말일세. 장우한테는 내가 가서 말할 테니, 자네는 자네 쪽에만 신경써서 처리하도록 하게. 주동자들은 항쇄를 씌워 군중을 끌고 다니도록 하게!"

투리천은 홍시에게 달리 불만은 없었다. 그러나 "항쇄를 씌우라"는 홍시의 말에 투리천은 냉소하듯 말했다.

"저희 쪽에는 이미 다 끝난 상황입니다. 세 주동자는 효수형에 처했고요. 나머지 열 네 명은 사흘 동안 항쇄를 채워 놓았습니다. 믿지 못하시겠으면 탕 어른이 직접 가 봐도 좋겠소. 패륵마마, 지금 저희가 가장 시급한 건 의약품입니다. 이 사건과는 별개로 시급히 내어주셔야 합니다."

"좀 있다 호부더러 빠른 시일 내에 처리하게끔 할거네."

홍시가 말을 이었다.

"내가 자네를 보자고 한 건 다른 일이 있어서이네. 아키나와 싸쓰헤, 윤제는 북경에 있든 어디 있든 자네 두 사람의 수중에 잡혀 있지 않나? 죄를 지어서 집까지 압수수색 당한 자들인데, 가족이며 아랫것들까지 가득 데리고 있다는 것은 너무 불합리하다고 생각하네. 형(刑)을 사는 사람이 그렇게 편해서야 되겠나? 그 중 어떤 가인들은, 예컨대 하주, 야치부, 궁푸치, 우다리 등은 밖으로 나돌아 다니며 온갖 악소문을 퍼뜨리고 다녀 궁중을 욕되게 하고 폐하를 비방하는 짓을 서슴지 않는다고 하네. 여태까지 악인을 방조한 죄는 제쳐두고라도 요즘 하고 다니는 짓거리들만 가지고도 더 이상은 북경에 놔둘 수가 없네!"

홍시가 여러 불량가인(不良家人)들을 지목했다. 섬기던 주인들이 실각하여 연금당하자 그 밑에 젖줄을 대고 빨아먹고 살던 가인들이 주인들의 처지에 불복하여 도처로 다니며 시비를 전도하는 경우는 전부터 종종 있는 일이었다. 윤사네 염친왕부에 있던 2천 명의 가인들도 주인의 그 옛날 문생들을 찾아가 갖은 핑계를 대며 돈을 꾸는가 하면 주루(酒樓)에서 술을 마시고 조정을 빗대어 욕하고 다니기가 일쑤였다…….

그런 사실을 홍시가 한 삽에 파헤쳐 저 멀리 북경 밖으로 내던져 버리면 투리천과 탕경오로서는 더할 나위 없이 속 편한 일이 아닐 수 없었다.

탕경오가 먼저 박수를 치며 호응했다.

"패륵마마, 대찬성입니다! 이 빠진 사발이 금이 간들 뭐가 대수랴 하는 식으로 마구 저지르고 다니는 걸 보면 저도 아찔할 때가 많습니다! 멀리 내쫓아버리면 저희들도 편할 뿐더러 팔…… 아니, 아키나네도 더 큰 화를 덮어쓸 위험에서 조금이나마 자유로워지지 않겠습니까?"

이때 투리천이 끼어들며 물었다.

"패륵마마, 이 결정이 폐하의 지의에 따른 것입니까? 넷째패륵께서 계실 때 분명히 못박아 두셨습니다. 아키나와 싸쓰헤 등과 관련된 결정은 크든 작든 간에 무조건 주청을 올려야 한다고 말입니다."

"가노(家奴)들을 처치하는데, 무슨!"

홍시가 무뚝뚝하게 내뱉었다.

"본인들의 털끝 하나 건드리지 않고 곁가지만 쳐버리겠다는데, 뭐가 문젠가! 내가 수령(手令)을 적어줄 테니, 내일아침 즉각 착수하도록 하게. 이에 따른 모든 책임은 내가 질 거네."
 지의도 없이 몇천 명에 달하는 사람들을 밖으로 유배보낸다는 것은 아무래도 무리라고 투리천은 생각했다! 그는 잠시 생각하더니 다시 물었다.
 "어가(御駕)는 언제쯤 북경에 도착하십니까? 혹시라도 오해는 하지 마십시오. 패륵마마의 뜻에는 저도 충분히 공감합니다만 워낙 간단한 일이 아닌지라 저로서는 반드시 폐하께 주청을 올려야겠습니다."
 "폐하께서 언제 도착하시는지 난 모르네."
 홍시가 차가운 표정으로 말했다.
 "자넨 직주권이 있는 구문제독이니 굳이 주청을 올리겠다면 나도 달리 막을 방법은 없네."
 이같이 퉁명스레 내뱉으며 홍시는 곧 고개를 돌려 후스리의 주장을 펼쳐 들었다.
 별로 기분 좋은 자리가 아니었다. 투리천과 탕경오는 무거운 마음을 안고 조용히 물러났다. 운송헌 앞의 가산(假山) 옆에서 두 사람은 약속이라도 한 듯이 발걸음을 멈췄다.
 투리천이 먼저 입을 열었다.
 "자기가 모든 책임을 진다고 하니 시키는 대로 하지!"
 이 시각 궁전 안에서 주장을 읽어보던 홍시의 눈빛이 심상찮았다. 후스리의 주장에 따르면 직예총독 이불이 5월 23일 연회를 베풀어 자신을 초대한 자리에서, '윤당의 죄는 목을 쳐야 마땅한 중죄인 것만은 틀림없소. 우리 신하된 아랫것들은 폐하의 뜻을 미리미리 파악하여 일을 처리해야지, 폐하로 하여금 난감하게 해서는 안 되오. 자네가 이 일을 관장하고 있으니 알아서 처리하도록 하게'라고 했다는 것이었다.
 "싸쓰헤를 죽이고 싶다 이거지? 그러면서도 자기 손에는 피를 묻히고 싶지 않고!"
 홍시의 표정이 험상궂게 변했다.
 "너무 똑똑해도 탈이군! 그리도 똑똑한 자가 어찌 자기 등이 섬뜩한 줄은 모를까!"

31. 슬픈 연인

홍시가 느닷없이 윤사의 뒤통수를 강타하고 나섰다. 경화(京華)는 진동했다.

윤사, 윤당, 윤제의 세 패륵부에는 아직 잔여 가인(家人)들이 4천 명은 족히 남아 있었다. 그런데, 투리천이 돌연 구문제독아문의 병사들을 거느리고 출동하여 각 패륵부를 습격하여 사람들을 내쫓아 한 곳에 집결시켰다. 순천부에서는 곧 윤사의 가인들은 운남성과 귀주성으로, 윤당의 가인들은 광서성으로, 윤제의 가인들은 호남성과 사천성 일대로 보내질 것이라고 선포했다.

가인들 중에는 혈혈단신들보다는 남녀노소 가족을 데리고 있는 사람들이 더 많았다. 하루아침에 예고도 없이 삶의 터전을 빼앗기고 난 이들은 울면서 하소연도 해 보고, 악을 쓰며 땅에 주저앉아 보기도 했다. 그러나 남의 처마 밑에서 머리를 숙이지 않을 수는 없었다. 결국 칼을 든 병사들의 무자비한 위협을 견디다 못한 이들은 피난 아닌 피난길에 오를 수밖에 없었다.

압송하기 위해 나선 병사, 아역들까지 5천 명에 육박하는 사람들의 대이동이 시작되었다. 마치 전쟁포로들을 방불케 하는 긴긴 행렬이 눈물바다를 일구며 떠나가는 처절한 모습에 사람들은 저마다 옷섶으로 눈물을 찍어냈다.

그러나 이를 바라보는 관가와 백성들의 시각은 달랐다. 백성들은 '겉으로 드러나는' 현상만 바라보며 가슴 아프고 애달파 했지만 관원들은 이 사건이 도마 위에 오를 수밖에 없었던 이유를 '음미'하기에 바빴다.

장정옥과 방포가 노화루(露華樓)에 도착하자마자 받은 첫 번째 상주문은 바로 아키나와 싸쓰헤에 대한 빗발치는 탄핵안이었다. 조금 여지를 둔 사람들은 "가노들을 종용하여 비리를 저지르게 하였는 바 전혀 회개할 줄 모른다"라고만 했지만 언사가 과격한 사람들은 윤사 일당의 10대, 20대 죄상을 만천하에 공개한다는 식으로 이들이 제위를 노리다 못해 대역죄를 일삼기까지 했으니 십악불사(十惡不赦), 구제불능(救濟不能)이라며 목을 쳐야 마땅하다고 성토했다. 또 어떤 관원들은 옹정의 붕당론에 편승하여 이불이 주시험관의 직무를 남용하여 사제지간이란 명목으로 무리를 만들어 군부를 우습게 아니 전명세와 마찬가지로 간사하기 이를 데 없는 '명교죄인(名敎罪人)'이라며 지탄했다. 점심때가 채 되지 않은 이른 시각임에도 내용이 거의 비슷한 탄핵안은 백여 건이나 올라와 있었다.

장정옥은 벌써 3일 사흘 낮, 사흘 밤을 방포와 함께 자금성이 아닌 청범사에 머물러 있었다. 때문에 홍시가 운송헌에서 대체 무슨 짓을 일삼는지는 전혀 모르고 있었다. 그러니 일시에 이렇게

슬픈 연인 117

많은 주장을 받아든 그는 당황하지 않을 수 없었다.

어질러진 책상을 대충 정리하고 장정옥이 경황없이 풍화루(風華樓)로 방포를 찾아 떠나려 할 때 계단을 밟는 소리와 함께 방포가 들어섰다. 그는 장정옥을 향해 읍해 보이더니 히죽 웃으며 말했다.

"대왕이 하룻밤 광풍을 일으키니 나무들이 파란을 겪는구만! 나도 상주문 더미에 깔려 죽는 줄 알았다오."

이에 장정옥이 화답했다.

"심상치가 않소. 대체 무슨 일이라도 난 거요?"

"방금 주장을 올려오는 태감에게 물었더랬소."

방포가 녹두알 같은 푸르스름한 빛을 발하는 두 눈을 슴벅이며 말을 이었다.

"세 패륵부의 가인들을 전부 운남, 사천, 귀주 쪽으로 내쫓는다는 운송헌의 지령이 있었다고 하네!"

장정옥이 눈을 가느다랗게 좁히며 창 밖을 응시했다. 한참 후에야 그는 가볍게 숨을 들이마시며 내뱉었다.

"이제야 이 상주문들의 내력을 알 것 같소. 셋째패륵이 저렇게 박력이 있는 사람인 줄은 내 일찍이 몰랐소!"

이때 태감 진구가 종종걸음으로 달려 들어오자 장정옥이 짜증스레 손사래를 치며 고함을 질렀다.

"나 지금 방상(方相)과 의사중이니, 오늘 오전에는 어느 누구도 들여보내지 말게. 다들 물러가라고 하게!"

"그게…… 저……."

진구가 더듬거리며 말했다.

"여덟째마마의 복진께서 쳐들어 왔습니다. 셋째패륵께서 운송헌에 안 계시는 걸 알고는 이리로 쫓아온 것 같습니다."
 진구의 말이 떨어지기 바쁘게 아래층에서 여인의 악에 받친 고함소리가 들려왔다.
 "우리 그이가 아직은 민왕(民王)의 왕작(王爵)을 박탈당하지 않았어! 왜 이래? 설령 이름이 '아키나'로 바뀌었다고 해도 그 존엄을 따라가려면 넌 멀고도 멀었어! 나도 아직까지는 당당한 팔복진(八福晉)이고, 일등고명부인(一等誥命夫人)이야! 설령 더 이상 고명(誥命)이 아니더라도 난 안친왕(安親王) 군주(郡主)의 공주(公主)야! 이 신분이면 장정옥을 못 만날까? 홍시, 요 쥐새끼 같은 것이 어디로 숨었어? 장정옥? 별 볼일 없어…… 저리 비키지 못해!"
 이어서 찰싹! 따귀를 때리는 소리가 귀청을 울렸다. 누군가 여인의 서슬에 귀싸대기를 얻어맞은 모양이었다. 장정옥과 방포가 미처 정신을 차리기도 전에 벌써 계단을 오르는 어지러운 발자국 소리가 들려왔다.
 붉은 보석을 박은 겹층으로 된 조관(朝冠)에는 일곱 개의 동주(東珠)가 반짝거렸다. 다섯 개의 맹수 발톱과 금룡 무늬가 수놓아져 있는 길복(吉服)에 금술이 달린 긴치마를 받쳐입고, 푸른 비단을 댄 꽃신을 신은 그녀는 마흔 살을 넘긴 나이임에도 용모는 여전히 수려했다. 외꺼풀 눈을 매섭게 부릅뜨고 가느다란 눈썹을 거꾸로 치켜올리고 장정옥을 노려보는 그녀가 바로 윤사의 정실부인이자 안친왕의 무남독녀인, 경사(京師)의 왕부에서 내로라 하는 악바리 여인이었다.
 전혀 거리낄 것 없는 장정옥의 냉담한 눈빛에 겁을 집어먹은 듯 여인이 갑자기 털썩 땅에 주저앉더니 발을 굴러대며 통곡을 하기 시작했다!

장정옥이 급히 태감에게 명령했다.

"어서 복진을 부축하여 일으켜라! 이보시오, 복진! 방금 복진이 얘기했듯이 그대들은 존엄이 있는 사람들이잖소. 그러니 괜히 존엄을 구기지 말고 할 말이 있으면 천천히 알아듣게 해 보시오……."

몇몇 태감들이 막무가내로 발버둥치는 복진을 겨우 걸상에 앉혀 놓았다. 그러나 여인은 코까지 풀어대며 눈물, 콧물 범벅이 되어 하소연을 해댔다.

"맘씨 좋은 장 중당, ……이 마당에 제가 무슨 '존엄' 따위를 운운하겠습니까! 저 영감탱이가 저렇게 되지 않았을 때는…… 장 중당도 저희 집에 자주 오셨지 않습니까? 그때 제가 요 모양 요 꼴은 아니었지 않습니까? ……장상께서는 우리 대청(大淸)의 가장 높은 관직에 제일 오래 앉아 있는 관리 아닙니까? 그 동안 보셔서 아시겠지만 명주(明珠)도, 소어투도 태감과 가노들까지 연루당해 몇 천리 밖으로 유배당하는 비참한 경우는 아니었지 않습니까? 복도 지지리도 없는 영감탱이! 평소에 쌓은 덕은 다 어디로 갔어? 아파서 죽는다고 해도 물 한 사발 떠다주는 사람도 없이 다 내쫓다니……."

팔복진이 땅을 치며 통곡하고 있을 때 셋째황숙 윤지가 들어섰다. 윤지를 발견한 여인은 무릎걸음으로 윤지에게로 다가가더니 길게 엎드려 죽어라 머리를 조아리며 목놓아 울었다.

"셋째아주버니…… 한 번만 봐주십시오! 다른 건 몰라도 그 옛날 형제끼리 술 마시고 바둑 두던 정분을 생각해서라도 다 죽어가는 사람…… 제발 걷어차지만 말아주세요……."

"팔복진, 그만 울고 일어나오. 여기서 이래봤자 형신과 방 선생이 해줄 수 있는 일이 아니오."

윤지가 침통한 눈빛으로 팔복진을 바라보며 말했다.

"방금 내가 여덟째패륵부로 갔었는데, 여덟째의 건강이 낙관할 수가 없다고 하더군. 내가 우리 집에서 태감 스무 명을 보냈으니 얼마간 부리도록 하게. 폐하…… 폐하께선 승덕을 떠나셨다고 하니 이제 곧 북경에 도착할 것이오. 그때 가면 은지(恩旨)가 내려질 것이니, 기다려 보오."

팔복진은 한바탕 소란을 피우고 나니 한결 마음이 편해진 눈치였다. 윤사와 부부간의 정은 보통이었으나 평생 떵떵거리고 살다가 하루아침에 날개 잘린 봉황 신세가 되고 보니 억장이 막혀 한 번 난동을 부려본 것이었다. 윤지가 그나마 체면을 살려주자 그녀는 더 이상 죽치고 앉아 있을 명분이 없는지라 얼굴을 감싸쥐고 흐느끼며 물러갔다.

윤지는 길게 한숨을 내쉬며 털썩 의자에 주저앉더니 한참 동안 말이 없었다.

아직 전모가 밝혀지지 않은 미묘한 사안의 한가운데 서 있는 방포와 장정옥도 난감하기만 할 뿐 감히 뭐라고 먼저 말할 수도 없는 상황이었다. 세 사람이 마주 앉아 침묵을 지킨 지 한참만에 방포가 드디어 입을 열었다.

"셋째마마, 방금 폐하께서 귀경길에 오르셨다고……."

"상유(上諭)는 벌써 도착했네. 먼저 상서방으로 보냈네."

윤지가 말했다.

"난 열여섯째한테서 오는 길이오."

그가 느릿느릿 말을 이어나갔다.

"지금 북경성이 여덟째네에 대한 사건 때문에 의논이 분분하네. 그런데 폐하께서 지의를 내리신 것도 아니고, 홍력도 전혀 모르는 일이라고 하던데, 홍시가 무슨 배짱으로 나서서 이렇게 일을 저지르는지 모르겠네!"

장정옥과 방포는 여전히 말을 아꼈다. 홍시가 '따로국밥'인 것은 두 말 하면 잔소리였다. 그러나 사전에 홍시는 쥐도 새도 모르게 황제의 밀조(密詔)를 받지는 않았을까? 두 사람은 그것이 심히 조심스러운 눈치였다.

"폐하께선 6월 7일 진시(辰時)에 북경에 도착하실 거네. 예부와 함께 어가를 영접할 준비나 잘해 놓게."

윤지는 속으로 냉소하며 자리에서 일어나며 덧붙였다.

"홍시는 지금 전에 홍력이 쓰던 회금헌(會琴軒)에 있네. 홍력은 지의에 따라 이제부터 호부(戶部)와 병부(兵部)를 관장하게 됐네. 앞으로 이러한 상주문이 올라오면 곧바로 회금헌에 전달하도록 하게."

윤지가 떠나려 하자 장정옥과 방포는 자리에서 일어나 인사를 하며 물었다.

"다른 상주문은 어떻게 처리할까요?"

"종전대로 운송헌으로 보내면 되지!"

윤지는 고개도 돌리지 않고 떠나가 버렸다.

휑뎅그렁한 노화루에는 방포와 장정옥만 남았다. 하나는 환해(宦海)의 오랜 재상(宰相)으로서, 하나는 제실(帝室)의 문안영수(文案領袖)로서 둘 다 하나를 보면 열을 아는 혜안을 가진 사람들이었다.

한참 침묵 끝에 방포가 눈을 가늘게 뜨고 말했다.

"어제 관보(官報)를 보니 손대포가 곧 북경에 돌아온다더군."

'손대포(孫大炮)'란 어사 손가감(孫嘉淦)의 별명이었다. 항상 바른 소리를 잘하고 누구에게든 직격탄을 서슴없이 내뱉는다고 하여 붙여진 관가의 별명이었다.

옹정 원년에 호부 주전사(鑄錢司)의 말단 관리였던 그가 돈을 주조할 때 동(銅)과 다른 함유물의 비중을 놓고 호부상서였던 거다훈과 양심전 앞에서 멱살을 잡고 대판 싸웠던 사실은 그 당시 출범한 지 얼마 안 되는 옹정호의 최대 사건이었다. 그러나 옹정은 그 죄를 묻기는커녕 오히려 연신 손가감의 직급을 올려 주었다. 그러던 그가 운남과 귀주 두 성의 관풍사(觀風使)로 있던 중 이젠 북경으로 돌아온다는 것이다.

꽉 막힌 현실에 '손대포'가 시원스레 바람구멍을 뚫어주길 은근히 기대하는 방포의 숨은 뜻을 알아차린 장정옥이 웃으며 말했다.

"글쎄, 말단에 있을 땐 사고를 쳐봐야 더 이상 굴러 떨어질 곳도 없으니 대담하게 할 말을 대포처럼 내쏘던 사람들도 관직이 높아질수록 배짱도 전 같지 않고 간도 작아지는 것 같더라고. 차라리 정무에 관해서라면 입을 열기 쉬울지 모르나 천가(天家)의 골육들 사이의 일에 간여하기는 여간 힘든 게 아닐 것이오."

"내가 보기엔 유홍도(俞鴻圖)도 예사 인물은 아닌 것 같소."

방포가 웃으며 말했다.

"손가감은 장상이 생각하는 그런 사람이 아니오. 전에 북경을 떠날 때 바래다주는 길에 말하는 걸 들어보니 충신이라면 언제든지 목을 떼어놓을 각오가 되어 있어야 한다며 각오가 대단했는 걸!"

장정옥이 묵묵히 머리를 끄덕이더니 한참 후에야 말했다.

"셋째패륵의 비위를 맞추기가 여간 힘들지 않을 것 같소. 하지만 배짱이 두둑한 사람이 곁에 있어주면 우리도 훨씬 수월할 테지."

방포는 더 이상 대답이 없었다. 홍시가 홍력보다 까다롭다는 것은 주지하는 바였다. 그는 자신의 마음을 열어 보이는 법이 없어 사람들이 홍력에게 다가서듯 맘 놓고 가까이 할 수가 없는 그런 존재였다.

옹정은 승덕으로 출발하기에 앞서 "홍력은 비록 밖에 있지만 북경에 있는 것과 마찬가지네. 보친왕의 지령이라면 반드시 받들어 실행하라"라며 누누이 강조했었다. 그러나 지금에 와서는 정무에 관한 모든 대권을 홍시에게 맡기고, 보친왕은 달랑 호부와 병부만을 관장하게 하다니! 대체 옹정의 진의는 무엇일까? 홍력이 옹정의 눈밖에 날 만한 잘못이라도 저지른 걸까? 방포는 고민스러웠다.

장정옥의 책상 위에는 구리로 새로 주조된 호부(虎符)가 놓여져 있었다. 그것은 악종기가 청해, 감숙, 산서, 섬서, 호남, 호광 등 6개 성의 병마를 통괄한다는 병부(兵符)였다. 그 물건에 시선이 닿는 순간 방포의 작은 눈이 반짝 빛났다. 황제가 승덕에서 동몽고의 왕공들을 접견했고, 악종기에게 이같은 중임을 맡긴다는 것은 처링 아라부탄을 토벌할 계획을 세우고 있다는 뜻이 아닐까? 그게 과연 사실이라면 천하의 전량(錢糧)과 병부, 호부를 홍력에게 맡겼다는 것은 시사하는 바가 크지 않을 수 없었다!

방포가 이같은 생각에 잠겨 있을 때 장정옥이 길게 한숨을 내쉬며 말했다.

"우리 신하들은 죽어라 일을 시켜도 좋고 욕을 얻어먹어도 좋은

데, 주인이 줏대가 없어 항상 지각변동의 위험 속에서 살 때가 가장 괴롭지."

"걱정할 거 없네."

방포가 부싯돌에 불을 그어 곰방대를 갖다대어 불을 붙였다. 그리고는 짙은 담배 연기를 안개처럼 토해내며 말했다.

"걱정 붙들어 매시게! 우리 주군은 절대 쉬이 마음이 오락가락 하는 사람이 아니라오!"

6월 6일, 드디어 옹정의 어가는 북경 근교 순의현(順義縣) 경내에 있는 이가욕(李家峪) 행궁에 도착했다.

이가욕은 삼면이 산으로 둘러싸여 있고, 두 갈래의 계곡이 깊은 곳이었다. 두 계곡이 만나는 곳에 커다란 백사장이 있었다. 여기서 조금만 더 가면 통주현(通州縣)이었다. 통주까지는 도착해야 북경에 다 온 셈이었다. 그 옛날 강희가 동순(東巡)을 마치고 북경에 돌아올 때마다 문무백관들은 모두 통주로 나가 어가를 영접하곤 했었다. 이곳에서 축시(丑時) 경에 출발하면 진시(辰時)에는 정확히 북경에 도착할 수 있었다.

백사장이 시원하게 트이고 물이 충족하여 여러모로 편한 점을 이용하여 명주(明珠)는 재상으로 재직하던 중에 이곳에 역관(驛館)을 건립했고, 그 후에 규모를 늘려 행궁으로 만들었던 것이다. 비록 사치스럽진 않았지만 고래등같은 기와집 세 칸에 아홉 기둥이 덩실한 대전에 별채만 2백 칸은 되는 곳이었다.

옹정 일행이 행궁에 도착했을 때 해는 산 정상에서 오락가락하고 있었다. 어얼타이는 옹정의 처소를 사려거(思黎居)로 정해 놓고는 재상 주식더러 어가를 동무하게 하고, 자신은 친히 행궁 주변을 돌며 관방을 배치하고 순시에 들어갔다. 그리고 장오가더러 수행병들을 제대로 배치하도록 지시했다.

북경에서는 당일 올라온 주장 목록과 어가를 영접하는 예부(禮部)의 일정을 보내왔다. 어얼타이는 그것을 대충 훑어보고는 곧 옹정에게 문후를 올리러 발걸음을 재촉했다.

"자네, 오는 길 내내 수고가 많았네."

주식과 바둑을 두던 옹정이 어얼타이가 들어서자 바둑알을 집어들고 생각에 잠긴 듯하면서도 웃으며 말했다.

"내일 북경에 도착하면 짐이 7일 동안 휴가를 내줄 테니 실컷 쉬도록 하게."

말을 마친 옹정이 다시 교인제에게 물었다.

"물이 다 끓었나 보게. 목욕은 천천히 하고 일단 발부터 담가야겠네."

교인제가 다소곳한 동작으로 나가더니 주전자를 들고 들어와 아뢰었다.

"차방(茶房)에 있던 더운물이옵니다. 이것으로 씻으면 느낌이 더 좋을 것이옵니다."

인제가 주전자의 더운물을 대야에 따르고 찬물과 섞어 온도를 적당히 하여 준비해 놓고 옹정의 양말을 벗겼다. 그러자 옹정이 웃으며 말했다.

"차방에 있는 물은 옥천산(玉泉山)에서 수차(水車)로 날라온 귀한 물이 아닌가! 차를 마시기에도 아까운 물로 발을 씻다니, 두 번 다시는 안 되겠네."

그사이 예부로부터 올라온 상주문을 다 읽고 난 어얼타이가 두 손으로 주식에게 건네며 말했다.

"예부에서는 운송헌의 지령을 받들어 육부(六部)에선 주관 상서와 시랑 한 명을 통주로 파견할 뿐 다른 아문에서는 정상적인 업무를 본다고 합니다. 그 밖에 대리사(大理寺), 이번원(理藩院), 도찰원(都察院), 한림원(翰林院), 국자감(國子監)에서는 사관(司官) 이상의 관원들이, 종인부(宗人府), 내무부(內務府), 태상사(太常寺), 태복사(太僕寺), 광록사(光祿寺), 홍려사(鴻臚寺), 흠천감(欽天鑑) 등 비교적 한가한 아문에서는 9품 이상의 관원들이 모두 통주로 어가를 영접하러 나온다고 합니다."

"인원이 모두 얼만가?"

"2천 명 남짓하옵니다."

"적지 않은 숫자인데?"

옹정이 웃으며 말했다.

"이런 날씨에 집단으로 더위 먹일 일이 있나?"

주식이 상주문을 가볍게 내려놓으며 아뢰었다.

"하오나 노신(老臣)의 우견으로는 어가를 영접하는 자리인 걸 감안하면 지나치게 조출한 것 같사옵니다. 육부의 9품 이상 관원들은 전부 영접하러 나와야 한다고 생각하옵니다."

그러자 옹정이 웃으며 말했다.

"스승 어른, 또 엉뚱한 고집을 부리는군! 머리 수가 뭐 그리 중요하나? 짐이 그 옛날 성조를 모시고 다닐 때 성조께서는 어떨 땐 아예 하나도 못 나오도록 지의를 내리신 적도 있었는 걸!"

"그때와는 정황이 다르옵니다."

주식이 정색하며 말을 이었다.

"성조께서는 재위 61년 동안 지방으로 순시를 자주 떠나셨사옵니다. 말년에는 거의 해마다 봉천을 다녀오셨지요. 하오나 폐하께선 이번이 처음이시지 않사옵니까? 만천하가 떠들썩하게끔 성대한 예를 갖춰야 마땅하다고 생각하옵니다. 육부의 일이 아무리 중요하다고 해도 주군을 존대하여 모시는 것보다는 중요하지 않을 것이옵니다. 이것이 첫 번째 이유이옵니다."

"아하! 그럼 두 번째 이유도 있단 말인가?"

"그렇사옵니다."

주식이 평온한 말투로 입을 열었다.

"노신 역시 선제를 호종(扈從)하여 남순, 동순, 북순에 여러 차례 다녀온 경험이 있사옵니다. 예부에서 정한 영송(迎送) 절차가 너무 번잡스러울 때 폐하께서 적당히 줄이는 경우는 있었사오나 신하들이 스스로 주장하여 예를 간소화하는 경우는 없었사옵니다. 이는 첫 번째 이유보다 더 중요하옵니다. 인신(人臣)들로 하여금 결코 바람직하지 못한 선례를 열지 못하게 막아 주시옵소서!"

옹정의 얼굴에 어느덧 웃음이 사라졌다. 그는 열심히 발을 주물러 주고 있던 두 궁녀를 가벼운 발길질을 해 물러나게 했다. 그리고는 스스로 발바닥을 맞붙여 비비기 시작했다. 그리고는 한참 후에야 입을 열었다.

"세상 만사는 나름대로의 이치를 벗어나선 안 되지. 스승 어른의 말이 맞네. 입장을 바꿔 생각했을 때 짐이 신하라면 성조의 어가를 대충 영접하지는 못할 거네. 짐이 지금 말한 뜻을 지의로 작성하여 쾌마 편으로 홍시에게 전달하도록 하게. 권력이란 아무렇게나 써먹으라고 주는 게 아닌데……. 흠차(欽差)가 밖에 나왔다가 들어가도 육부에서는 이 정도는 할 텐데 말이야. 만승지존(萬乘之尊)인 짐이 이 화구(火球)를 이고 왔다갔다 고생이 이만 저만 아닌데, 자기네들은 여태 그늘 밑에 누워 있다가 한 번 나왔다 들어간다고 종아리에 금이라도 간단 말인가?"
"그것도 아닌 것 같사옵니다."
주식이 웃으며 아뢰었다.
"셋째패륵께서 악의는 절대 없다고 생각되옵니다. 다만 성의(聖意)를 깊이 헤아려 열심히 정무에 임하다 보니 사소한 것에 발목 잡혀 큰 일을 깜빡하신 것뿐이라고 생각되옵니다. 따끔하게 일침을 놓으면 셋째패륵께선 금세 이치를 터득할 것 같사옵니다."
옹정과 주식 사이의 대화 내용에 귀기울이며 어얼타이는 어느덧 소매를 걷어붙이고 먹이 질펀하도록 붓을 날리기 시작했다.

짐은 처음 나온 동순 길이 찌는 듯한 더위에 그리 낭만적이지만은 않은 것 같네. 하기야 외번(外藩)들을 만나 단합을 도모하고 결속을 다지는 동순의 목적은 달성했으니 마음은 홀가분하네. 자네들은 북경에 남아 정무를 보는 느낌이 짐에 비하면 수월하다고 생각하는가, 아니면 더 어렵다고 생각하는가? 홍시, 자네는 지금 실수하고 있네. 사려가 주도면밀하지 못하다는 거네. 북경에 있는 모든 아문의 9품 이상 관원들은 어느 누구도 빠짐없이 통주로 나와 어가를 맞도록 하게. 그것이 인신(人臣)으로서의 존군경천(尊君敬天)의 도리가 아니겠는가!

두 발을 더운물에 담근 채 편안히 발가락을 움찔거리며 어얼타이가 작성한 조유(詔諭)를 듣고 난 옹정이 덧붙였다.
"'명분(名分)'이라는 것은 성인(聖人)이 어떤 생각으로 만드셨는지는 모르지만 사람이 살아가는 데는 꼭 필요한 것이라고 생각되네! 그 옛날 둘째형이 폐위 당하고 연갱요가 북경에 돌아와 들곳, 날 곳을 모르고 아무 문전에나 기웃거릴 때도 짐이 이렇게 발을 씻고 있었지. 그때 짐이 한 쪽에서 무릎을 꿇고 있는 연갱요에게 말했었지. '짐이 편히 앉아 궁녀들에게 발을 맡기고 시원한 차를 마시고 있을 때 자네는 무릎관절이 물러터지도록 무릎꿇고 있어도 이건 뱃속에서부터 정해진 명분이라는 거네. 하늘은 짐이랑 자네를 만들 때부터 군신 사이로 명분을 지정해 주었기 때문이네.' 짐은 그만하면 알아듣게끔 경고를 했다고 생각했었네. 하지만 그는 짐의 말귀를 알아듣지 못했고, 결국엔 멸문지화를 자초했네. 짐에겐 효자 노릇을 톡톡히 해내고 있는 밀주함이 있지. 자네들에게도 하나씩 주었지. 요즘 북경에 어떤 일이 일어나고 있는지 알고들 있나?"

"조금은 들어서 알고 있사옵니다."

어얼타이가 상체를 숙이며 말했다.

"아키나, 싸쓰헤, 윤제의 가노들이 전부 북경에서 쫓겨났다는 사실과 이불과 커룽둬를 참핵하는 주장, 아키나 일당에게 더 큰 죄를 물어야 마땅하다는 등등의 주장들이 빗발치고 있다는 것쯤으로 알고 있나이다. 가족들이 보내온 편지를 통해 들었사옵니다."

그러자 주식이 나섰다.

"노신에게 오는 편지는 대부분 외성(外省)에서 관원들이 보내는 편지이옵니다. 폐하께서 신을 높은 자리로 끌어올려 주시니 잘 보이려고 아우성들을 치고 있사옵니다. 신은 그네들더러 편지를 보내는 건 막지 않겠으나 인사상의 문제라든지 민감한 사안에 대해선 절대 언급하지 말라고 했사옵니다. 그랬더니 직예성은 극심한 가뭄으로 농작물이 다 타들어 갔다느니, 여기저기서 기우제를 지내느라 야단법석이라느니, 대충 그렇고 그런 내용뿐이었사옵니다……. 개중에는 눈물나는 사연도 더러 있었사옵니다. 남궁현(南宮縣)에서는 정체불명의 세 도사가 나타나 독특한 기우제를 지낸다고 하며 수선을 떨더니 결국 비다운 비가 한바탕 내렸다고 하옵니다. 도사들은 이를 기회 삼아 자기네들의 '홍양교(紅陽敎)'인가 뭔가 하는 사이비 종교를 선전하던 중 관부에 붙잡혔다고 하옵니다. 그랬더니 7천여 명의 백성들이 감옥 앞에 모여 죽치고 앉아 이들을 풀어줄 것을 요구하는 집단청원을 하고 있다고 하옵니다. 북경에서만 다사한 것이 아닌 것 같사옵니다."

대야에서 발을 꺼내 수건을 들고 있던 두 궁녀에게 발을 맡긴 옹정이 신발을 신고 두어 발짝 옮기더니 웃으며 말했다.

"어떤 일은 커다랗게 보이나 실속은 그리 크지 않고, 어떤 일은 사소한 것 같으면서도 결코 사소하게 치부해버릴 일이 아니라네. 남궁현령은 자네 학생이지? 사제지간의 관계도 깨끗하게 정립된다면 짐은 붕당으로 여기지 않을 뿐더러 격려까지 해줄 용의가 있네. 그 세 요인(妖人)들이 본질을 떠나서 일단은 비를 뿌리는데 결정적인 역할을 한 것이 사실이라면 풀어주라고 하게. 산동성, 직예성, 산서성 어디라 할 것 없이 가뭄이 심각한데, 이들을 끌고 다니며 바람을 불러오고 비를 모셔오게끔 하라고 하게. 성공하면 다른 데로 옮기고 실패하면 그 자리서 항쇄를 씌우도록 조치하라고 하게. 윤상도 요즘 들어 이런 것에 흠뻑 매료돼 있더군. 어제 문안상주문을 올렸는데, 건강에 큰 차도가 보였다며 가씨 성을 가진 도사가 은인이라고 하더군……."

"가사방이라는 사람이옵니다."

어얼타이가 한마디 끼어들었다.

"맞네, 가사방이라고 했네."

옹정의 얼굴에 웃음기가 스치듯 사라졌다.

"과연 진짜 특이한 재주를 가진 사람인지는 조만간에 드러나겠지만 일단 지켜보자고. 성인은 귀신에 대해 존이불론(存而不論)이라고 했지, 귀신이 아예 존재하지 않는다고는 하지 않았네. 춘추전국시대(春秋戰國時代)의 혼란한 여건 속에서 백성들이 도탄에 빠져 허우적대는 모습을 보며 나라를 구제할 생각에만 전념했지, 귀신에 대한 연구에 몰두할 여력이 없었을 것이라고 생각하네."

세 사람은 각 지역의 가뭄피해 상황에 대해 의견을 주고받았다. 옹정은 내일아침 일찍 기침해야 한다며 이들에게 물러가라고 명했다.

북경에 도착하여 5일째 되던 날, 교인제는 고무용의 안내하에 북옥황묘(北玉皇廟)로 가서 십사황자 윤제를 만나보라는 지의를 받았다. 옹정은 지의를 통해 교인제에게 당부를 했다.

윤제는 국법을 어긴 자이고, 아키나 일당이라는 걸 명심하게. 지금 조야(朝野)에서는 그들을 엄벌에 처하라는 목소리가 한층 높아지고 있는 실정이네. 자네가 진실되게 그 사람을 사랑한다면 지금부터라도 본분을 지키고 진정으로 개과천선하는 모습을 보이라고 권유하게. 그렇지 않고 끝까지 짐의 인내를 시험하려 들었다간 짐도 마지막 칼을 뽑을 수밖에 없을 거라고 하게. 짐은 사적인 관계 때문에 공적인 것을 함부로 하는 사람이 아니니까.

그렇게만 당부했을 뿐 윤제를 만나는 데 있어 달리 가혹한 조건은 달지 않았다. 비록 옹정이 순순히, 그리고 담담하게 보내주는 모습을 보이고 있지만 내심 안타깝고 불안해한다는 걸 인제는 그 복잡한 눈빛에서 읽어낼 수 있었다. 교인제는 좋아라 하며 달려나가야 마땅했지만 문득 가슴속이 저려오는 걸 어쩔 수 없었다. 언제부터인가 자신보다 나이가 배는 더 많은 중년의 황제가 밉지 않고 도리어 다정다감하게 느껴졌던 인제였다.

북옥황묘가(街)는 예전 모습 그대로였다. 십사패륵부 앞의 넓은 호수도 여전히 푸르고 거울같이 맑았다. 언덕의 수양버드나무 밑에 관원들이 접견을 기다릴 때 앉았던 돌의자들이 한여름의 햇볕에 눈부시게 빛나고 있었다. 바람 한 점 없어서인지 모든 풍광들이 전혀 변함이 없어 보였다.

모든 것이 그나마 평화롭던 시절에 윤제와 단둘이서 해가 지는 호숫가에 앉아 황혼의 절경에 도취돼 있던 그때가 눈앞에 선했다. 바로 저 세 번째 버드나무 밑에서 함께 시를 읊조리기도 하고, 노래도 부르고, 어떤 태감의 걸음걸이를 흉내내며 얼마나 깔깔대고 즐거워했던가? 경물(景物)은 여전한데 그 옛날의 모습들은 어디로 갔나? 교인제는 가슴 깊은 곳에서부터 한숨을 끌어올렸.

고무용은 교인제를 데리고 흰 종이로 가위표시가 되어 봉해져 있는 정문(正門)을 돌아 의문(儀門)을 통해 서화청으로 들어왔다. 문지기 태감이 몇 번씩이고 내무부에서 내준 통행증을 확인하고 나서야 그들을 들여보내 주었다.

"십사마마께선 서화청 뒤편 호숫가에서 낚싯대를 드리우고 계십니다! 따라오시죠."

어린 태감이 말했다. 윤제더러 나와서 지의를 받으라고 하면 괜히 길길이 날뛸까 걱정되어 고무용은 그저 머리를 끄덕이며 태감을 따라나섰다. 윤제는 돌계단에 걸터앉아 맨발을 물 속에 담근 채 낚시찌만을 멍하니 바라보고 있었다. 고무용이 조심스레 다가가 목소리를 낮춰 말했다.

"십사마마, 쇤네 고무용이 문후올리옵니다!"

"고무용?"

윤제가 힐끗 고개를 돌려 쳐다보더니 다시 수면으로 눈길을 끌어오며 심드렁한 목소리로 말했다.

"무슨 일인가?"

"쇤네 폐하의 지의를 받고 십사마마께 몇 가지 전해 올리러 왔사옵니다. 온 김에 십사마마께서 필요하신 물건은 없는지 알아보라고 하셨사옵니다."

"음."

윤제는 여전히 등을 돌린 채 앉아 있었다. 고무용이 다시 조심스레 입을 열었다.

"폐하께오선 7일에 북경으로 돌아오셨사옵니다."

"음."

"폐하께오선 봉천에서 외조공(外祖公)이신 오아(烏雅) 대왕님을 접견하셨다고 하옵니다. 어른께서는 대단히 안강하셨고, 몇몇 외삼촌과 이모님들께서도 모두 건강하시다고 하옵니다. 모두들 십사마마께 문안을 올렸다고 하옵니다."

"음."

"요즘 북경은 다사하길 이를 데 없사옵니다."

고무용이 말을 이었다.

"커룽둬는 이미 아얼타이에서 불려와 어제부터 감금에 들어간 상태이옵니다. 각 부서의 관원들이 분분히 주장을 올려 여덟째,

아홉째, 열째 마마를······."

낚싯대에 올려놓은 윤제의 손이 눈에 띄게 떨리기 시작했다. 그러나 여전히 응답이 없었다.

"폐하께오선 십사마마를 또다시 불어닥치는 광풍으로부터 보호해 주시고자 하옵니다."

고무용이 덧붙였다.

"십사마마께서 패륵부에 계시면 위험하다고 판단하시어 함안궁(咸安宮)으로 모시라고 하셨사옵니다. 함안, 함안, 말 그대로 '모두들 안녕(安寧)'이란 뜻이니 길운을 비는 뜻에서 그리 하라고 하셨사옵니다······."

그 말을 들은 윤제는 신경질적으로 낚싯대를 물 속에 처넣어버렸다. 그리고는 벌떡 일어났다. 고무용을 향해 돌아서던 윤제가 순간 붉은 칠을 한 기둥 옆에 서 있는 교인제를 발견했다. 순간적으로 멍하니 굳어진 안색이 창백했다!

장장 2년만의 만남이었다. 두 사람 모두가 여기서 이렇게 어색한 만남을 가질 줄은 꿈에도 몰랐다. 운명의 장난이라도 이건 너무 가혹한 것이었다! 인제는 윤제를 마주한 순간 온몸의 피가 거꾸로 솟구치는 것 같았다. 결국 몸을 지탱하지 못하고 윤제의 발 밑에 쓰러질 것만 같았다. 그녀는 애써 감정을 추스르며 한 걸음 다가가 몸을 낮춰 만복(萬福)하라는 인사를 올렸다.

"십사마마······."

목에 솜뭉치를 쑤셔 박은 듯 말이 나오지 않았다.

"고무용, 자네가 말한 여덟째마마란 아키나를 말하는 거지?"

윤제가 인제를 힐끗 일별했다. 순간이지만 처량한 빛이 스쳤다. 그러나 그는 이내 마음의 평정을 회복한 듯 입가에 소름끼치는 웃음을 걸며 말했다.

"손발이 묶여 다 죽어가는 사람인데, 또 뭘 잘못했단 말인가?"

고무용이 윤제의 서슬에 감히 얼굴도 들지 못했다. 무릎을 꿇어 윤제의 신발을 신겨주며 조심스런 웃음을 지으며 말했다.

"쇤네가 몇 냥 짜리 물건인지는 십사마마께서 잘 아시지 않사옵니까? 이는 조정의 대사이온데, 쇤네가 무엇을 알겠사옵니까! 아무튼 폐하께서는 십사마마를 여덟째마마와는 동일하게 여기지 않을 거라고 하셨사옵니다. 함안궁으로 옮기시게 배려하신 것도 그 일환인 줄로 알고 있사옵니다."

"같은 엄마 뱃속에서 나왔다고 그러겠지! 폐하께 전하게. 내겐 빨리 죽어버리는 것만이 대사라고 말이네. 자네가 보다시피 서녕(西寧)에서 올 때보다 훨씬 살이 쪘지 않은가. 두루뭉실하게 살만 쪄 서시(西市, 사형장)로 끌려가기만을 고대한다고 전하게. 옛말에 '풀을 베려면 뿌리를 뽑고, 악을 제거하려면 끝장을 보아라[斬草除根, 除惡務盡]'라고 했거늘, 어찌 나 같은 악의 씨를 남겨두지 못해 안달이래? 하나를 죽여도, 열을 죽여도 마찬가지일 텐데, 날 살려두었다가 담을 넘어 도망가 잔여 세력들을 끌어 모아 난을 일으킬 것이 두렵지도 않단 말인가?"

고무용은 그저 대역무도(大逆無道)하기 이를 데 없는 말을 듣고만 있을 뿐 감히 끼어 들 엄두도 못 냈다. 윤제의 말이 끝나길 기다려서야 겨우 어색한 웃음을 지어 보이며 말했다.

"패륵마마께서 홧김에 그리 말씀하시지만 두 분은 그 누구보다도 가까운 친형제이옵니다. 팔이 부러져도 힘줄은 이어져 있다고 했사옵니다! 폐하께선 절대 패륵마마께서 생각하시는 그런 분이 아니옵니다. 이런 말씀은 올리는 게 아니옵니다만 솔직히 폐하께서 나쁜 마음을 잡수셨다면 독주 한 잔이면 끝낼 일이 아니옵니까? 하오나 폐하께오선 교인제 처녀가 십사마마를 몹시 그리워 하신다며 저더러 데리고 가라고 하셨사옵니다. 조금이나마 패륵 마마를 위로해 드리려는 마음이 깃들어 있지 않겠사옵니까? 인제 처녀, 내가 방들이 새는 곳은 없는지 둘러보고 올 동안 패륵마마랑 회포를 풀도록 하게."

고무용이 물러가자 인제가 눈물범벅이 된 얼굴을 들어 처절한 목소리로 불렀다.

"주인님, 그 동안 고생이 많으셨죠……"

교인제는 말을 잇지 못하고 그만 허물어지듯 바위 위에 주저앉고 말았다.

윤제는 만경풍파가 가슴을 때리는 것 같았다. 눈보라가 휘몰아치는 어느 날, 산신묘에서의 첫 만남에서부터 패륵부에서 손잡고 가야금을 가르쳐 주었던 정겨웠던 순간들, 그리고 마릉욕에서 생이별을 해야만 했던 가슴 저미는 과거가 머리 속으로 스치고 지나갔다. 적적하고 고달팠던 순간들을 다정하게 위로해 주었던 그 여자, 원림(園林)을 거닐며 달밤에 시 읊고 가야금 타며 서정을 수놓던 정겨운 여자……. 그러나 이젠 자신의 철천지원수인 옹정을 시봉(侍奉)하고 있단 말인가!

다시 인제를 보니 뽀얗게 살이 오른 얼굴에 여전히 매혹적인 보조개, 조금 통통해져 더 여성스러워 보이는 몸매 등이 자신과 헤어질 때보단 훨씬 성숙되고 매력적으로 보였다.

순간 이름 모를 질투가 치솟아 올랐다. 조롱하는 듯 입 끝을 치켜올리며 코웃음과 함께 윤제가 말했다.

"그쪽 물이 좋긴 좋은가 보네! 내 품에서 떠날 때보다 더 좋아 보이는 걸 보니."

"십사마마!"

인제는 설마 윤제가 삐딱한 시선으로 자신을 바라볼 줄은 상상조차 해보지 않았는지라 그 비아냥거림을 전혀 느끼지 못했다. 그녀는 그저 간절한 소망이 담긴 눈빛으로 재빨리 윤제를 뜯어보며 말했다.

"패륵마마께서도 혈색이 좋아 보이시옵니다. 몰라보게 초췌해졌으면 어떡하나 걱정했는데……. 조금만 더 참고 기다리시옵소서. 이제 곧 재앙도 물러갈 것이옵니다……. 사실 폐하께선 나쁜 사람이 아니옵니다. 항상 패륵마마를 염두에 계시고 있사옵니다…… 분명 구름이 걷히고 해가 뜨는 날이 있을 것이옵니다……."

"나 혼자 멍청하게 상사병에 걸릴까봐 자네가 죽은 걸로 생각하고 있었는데, 오늘 보니 과연 자네는 과거는 잊은 채 옹정의 품에서 잘 살고 있나 봐! 그런데 옹정도 너무 짜다? 껴안으면 부서질까, 놓으면 날아갈까 애지중지하는 여인을 귀비 정도는 봉해 줘야지. 자네같이 영악한 여자가 여태 귀비 자리 하나 못 얻고 뭘 했나? 나는 이제부터 자네한테 높임말 쓰고 깍듯이 예를 갖춰야겠네?"

끝없이 이어지는 윤제의 비아냥거림에 인제가 놀랍고 애달픈 눈빛으로 윤제를 바라보며 떨리는 목소리로 말했다.

"십사마마…… 이년을 못 믿으시옵니까? 이년은 변한 것이 하나도 없는 그 옛날의 인제이옵니다! 결코 패륵께 면목없는 짓을 하진 않았사옵니다!"

"내 눈을 똑바로 쳐다 봐!"

"예?"

"내 눈을 똑바로 보라고!"

윤제가 포악스레 고함을 질렀다.

"피하지 말고!"

윤제의 불타는 듯한 눈빛이 교인제를 집어삼킬 듯 노려보았다. 놀라움과 애정, 미련과 아픔, 우울함과 순수함이 담겨 있을 뿐 자신을 배신했을 때 드러냄직한 두려움과 비굴함 같은 건 전혀 찾아볼 수가 없었다. 오랫동안 인제를 뚫어지게 노려보던 윤제가 마침내 고개를 푹 꺾으며 난간 밑의 돌계단에 털썩 주저앉았다.

그 순간, 갑자기 두 손으로 머리를 감싸쥐고 다리 사이에 처박고 그는 마치 화살에 맞은 늑대의 그것을 방불케 하는 처량한 울부짖음을 토해냈다.

"가…… 내 앞에서 사라져 줘! 난 이미 자넬 깡그리 잊었어…… 못 잊어서 이렇게 달려올 거면 애당초 왜 기둥에 머리 박고 죽어버리지 않았어? 왜? 그렇게 떠났으면서 여긴 왜 나타났어? 흑흑흑……."

듣기에 따라서 섬뜩한 윤제의 울음소리를 들은 태감들이 허둥지둥 달려왔다. 그러나 이들은 한데 모여 담모퉁이에서 고개를 내밀어 훔쳐볼 뿐 감히 나설 엄두는 내지 못했다.

"십사마마, 이년은 정말 뵙고 싶었사옵니다."

인제의 두 눈에서 눈물이 샘솟듯 솟구쳤다. 그녀는 윤제의 옆으로 바싹 다가앉으며 흐느꼈다.

"이년이라고 그 동안 왜 죽고 싶지 않았겠사옵니까? 하오나 차마 죽을 수가 없었사옵니다. 폐하께서 이년의 뜻을 따라주시고 지켜봐 주시니, 이년은 언제라도 십사마마를 뵐 수 있다는 희망을 가지고 살아 왔사옵니다. 이년이 만약 정조를 잃었다면 무슨 낯짝으로 십사마마를 그리워하겠사옵니까…….”

윤제는 어느새 눈물을 닦고 멍하니 수면을 바라보았다. 그리고는 말했다.

"난 이제 꿈도, 야망도, 희망도 없는 사람이네. 난 애당초 이런 집에서 태어나지 말았어야 했어!"

그러자 인제가 처연하게 웃어 보이며 그렇지 않다는 듯이 황급히 머리를 가로 저으며 말했다.

"조금만 더 참고 견뎌주시옵소서……. 분명히 해가 뜰 날이 있을 것이옵니다. 이 재앙이 물러가면 십사마마께오선 다시 사람 위의 사람으로 우뚝 일어설 것이옵니다."

그녀는 자신이 입궐해서부터 여태 보고 느꼈던 것이며, 윤제를 향한 옹정의 간절한 부탁도 함께 전했다. 그리고는 덧붙였다.

"여덟째마마의 가노들이 밖에서 말썽만 일으키고 다닌다고 하옵니다. 조정에서는 이미 지의를 내려 세 패륵부의 가노들을 전부 멀리로 유배 보냈다고 하옵니다. 폐하께오선 아우들이 끝까지 뉘우치지 못하고 세상을 시끄럽게 만든다면 어쩔 수 없이 아우의 목을 쳤다는 멍에를 쓰는 한이 있더라도 마지막 길을 택해야겠다고 했사옵니다. 폐하께오선 그냥 해 보시는 말씀이 없으신 분이옵니다. 십사마마께선 여덟째마마랑 처지가 다르시온데, 충분히 가능성이 있사온데 어찌하여 장작을 메고 불 속으로 들어가시려고 하시는 것이옵니까? 이년의 말을 한 번만 귀담아 들어주시옵소서……. 인제가 십사마마를 욕되게 하려고 이러는 것이 아니지 않사옵니까?"

인제의 간절한 호소에 윤제의 마음이 조금씩 흔들리기 시작했다. 옹정은 그냥 겁이나 주려고 칼을 빼드는 사람이 아니라는 것은 윤제도 잘 알고 있는 바였다. 자신은 윤사와 같은 배를 타진 않았을 뿐더러 서로 경계하고 돌아앉아 모름지기 칼을 가는 사이였다고 해야 정확할 것이다. 그러니 괜히 여덟째네 근처에 얼쩡거리다가 칼맞아 죽을 이유도 없지 않은가? 분명히 같은 패거리가 아님에도 옹정에게 굳이 그런 오해를 심어줄 이유가 어디 있을까?

방금 전까지만 해도 전혀 여지를 보이지 않던 윤제가 한참 생각한 끝에 드디어 땅이 꺼지게 한숨을 토해냈다.

"처마가 낮으니 고개를 숙이는 수밖엔 없구나! 눈 딱 감고 한 번 살아보지!"

"그렇게 생각을 바꿔주시니 정말 다행이옵니다."

멀리서 고무용이 이쪽으로 다가오고 있었다. 떠나야 할 시간이 다 된 것이다. 다시금 가슴이 뭉클해진 인제가 목이 메어 말했다.

"머리채가 너무 흐트러져 보이옵니다. 이년이 머리를 한 번 빗어 올리게 해 주시옵소서……. 이제 가면 언제 다시 만날는지…….."

이같이 말하며 인제는 그 옛날처럼 윤제의 머리채를 풀어 빗으로 빗어 내렸다. 빗살이 두피에 닿을 때마다 대단히 시원해 하며 몇 번 더 빗어달라고 졸라대던 윤제였다. 인제는 눈물을 머금고 머리를 몇 번이고 더 빗질을 했다. 그리고는 한데 모아 쥐고 정성껏 머리채를 땋아 내렸다.

그 사이 가까이 다가온 고무용이 속으로 한숨을 내쉬며 윤제를 향해 절을 했다. 그리고는 인제에게 말했다.

"시간이 벌써 이렇게 됐군. 떠날 채비를 하지."

잠깐 동안 시간이 멈춘 듯한 침묵이 흘렀다. 윤제가 멍하니 인제를 바라보며 천천히 일어섰다. 인제가 몸을 낮춰 절을 하며 말했다.
"노비, 이제 그만…… 돌아갈 때가 됐나이다."
"또 올 거지?"
"살아 있다면요! 이년을 기다려 주시옵소서……."
"아니!"
윤제가 갑자기 등을 휙 돌리더니 손사래를 쳤다.
"다신 안 보고 싶어! 오지 마!"

32. 자미진인(紫微眞人)

교인제가 창춘원 담녕거로 돌아왔을 때는 신시(申時) 무렵이었다. 황제폐하는 범화루(梵華樓)에서 대장(大將)으로 보이는 사람과 선(膳)을 같이 하고 있다고 꼬마궁녀 춘연(春燕)이 알려주었다. 그리고 산서성 사투리를 쓰는 젊은이 하나가 자신은 오채현(五寨縣)에서 왔노라며 창춘원 앞에서 태감에게 교인제에 대해 탐문하더라는 것이었다.

윤제와 이별하고 온 슬픔에 잠겨 있던 인제는 처음엔 귀담아듣지 않았으나 누군가 자신을 수소문했다는 말에 흠칫 놀라며 다그쳐 물었다.

"누가 날 찾더라고? 나이는 얼마나 됐고, 이름은 뭐라고 그랬어?"

"이름은 잘 모르겠어요."

아직 어린 춘연이 고개를 살랑살랑 저었다.

"아마 열 여섯 살 정도 된 것 같다며 쌍갑문 문지기 채씨가 알려 주었어요."

이에 인제가 다시 물었다.

"채씨는 그 사람이 무슨 일로 날 찾는지 물어보지 않았대?"

"물었답니다."

춘연이 대답했다.

"성은 고씨(高氏)이고, 전에 언니네 이웃에 살았었대요. 북경에 와서 일하는데, 돈이 다 떨어져 좀 빌려쓰려고 왔었나 봐요. 언니가 있었더라도 궁중 규칙상 못 만났을 거예요. 채씨가 어찌할 바를 몰라 장오가 시위한테 조언을 구했더니, 언니도 알다시피 장오가 아저씨 마음씨가 좋잖아요? 자기 돈 열 다섯 냥을 주어서 보냈대요."

교인제는 더위에 지치고 상심에 치인 몸을 간신히 지탱하고 서서 생각을 더듬어 보았다. 그러나, 아무리 생각해 보아도 문득 자신을 찾아와 돈을 빌릴 정도로 가까운 사람 중에 고씨 성을 가진 사람이 떠오르지 않았다. 집을 떠난 지 7년 세월에 어정쩡하게 옹정과 윤제의 밀고당기는 감정싸움에 휘말려들어 경황없이 지내오느라 고향에 두고 온 부모 생각도 잊은 채 살아온 인제였다. 항상 수심에 잠겨 있던 어머니의 얼굴이 떠오르는 순간 가슴에 바늘이 콕 찔리는 듯한 아픔이 엄습해 왔다. 그러나 사람은 이미 떠나가고 없으니 달리 어찌할 수도 없는 노릇이었다.

인제가 뭔가를 다시 물으려 할 때 저 멀리서 윤상과 방포가 걸어오고, 그 뒤에 검정옷 차림인 젊은이가 따라오는 모습이 보였다. 이 순간만은 아무도 만나고 싶지 않은 인제가 춘연에게 당부했다.

"피곤해서 들어가 쉬어야겠어. 폐하께서 돌아오시면 그렇게 아뢰거라."

 이 말을 남긴 인제는 곧 자신의 방으로 들어와 누웠다. 이리 뒤척 저리 뒤척, 전전반측했다. 하지만 정신은 갈수록 말똥해져만 갔다. 그렇지 않아도 상심에 젖었던 마음은 지금은 어찌 살고 있을지 도무지 감감무소식인 어머니에 대한 그리움으로 마음이 찢어지는 것 같았다. 눈물이 소리 없이 흘러내려 베갯잇을 적셨다.
 한편 3년 동안 청범사에 드러누워 산문(山門)을 한 발짝도 벗어나지 못했던 윤상이 예전처럼 멀쩡한 모습으로 담녕거에 나타나자 모든 시위, 태감, 궁인들은 저마다 신기하고 놀라운 표정을 지었다. 태감 진구가 궁인들을 인솔하여 일제히 무릎을 꿇어 인사하고는 웃으면서 말했다.
 "다시 뵈오니 그 옛날과 다를 바가 없어 보이옵니다. 쇤네들은 날이면 날마다, 밤이면 밤마다 십삼마마의 쾌유를 빌어 왔사옵니다. 아미타불! 건강하신 모습을 다시 뵈니 이 기쁨을 이루 말할 수가 없사옵니다!"
 이에 윤상이 웃으며 답했다.
 "과연 내가 보고 싶어서 쾌유를 빌었겠나? 술이라도 한 잔 먹게 푼돈 던져주는 사람이 나 말고는 없었나 보지? 잘못을 저질러 혼이 나도 누가 선뜻 나서서 말이라도 한 마디 해 주는 사람도 없어서 아쉬웠나 보지?"
 "그런 것도 있지만 정말 뵙고 싶기도 했사옵니다. 십삼마마께서 계시면 주군의 성정도 많이 좋아지시는 것 같아 쇤네들이 훨씬 편했사옵니다."
 막대기를 세워주니 금방 기어오르는 진구가 아첨어린 간사한 웃음을 지어 보이며 말했다.

"사천제독 악종기 장군께서 북경에 들어오셨사옵니다. 폐하께서 연회를 베푸시어 군신동석(君臣同席)을 하고 계시옵니다. 장상과 주상, 그리고 어얼타이 중당께서도 자리해 계시옵니다. 들어가실 거면 쇤네가 달려가 아뢰겠사옵니다. 폐하께서 얼마나 즐거워하실지 상상이 되지 않사옵니다. 그렇지 않아도 모레가 태후마마의 제삿날인지라 폐하께서 법사(法事)와 연극(演劇)을 준비하라고 지시하셨는데, 십삼마마마저 건강을 회복하시어 이렇게 나타나셨으니 정말 경사로운 일이 아닐 수 없사옵니다!"

이같이 말하며 진구의 뱁새눈은 검은 옷을 입은 젊은이를 힐끗 쳐다보았다. 윤상이 웃으며 방포와 검정옷 사내를 향해 말했다.

"방 선생, 가사방, 우린 여기서 기다리지."

이에 가사방이 웃으며 말했다.

"폐하께서는 벌써 연회를 마치시고 몇몇 대신들과 함께 이리로 오고 계십니다."

유학(儒學)의 대가라고는 하지만 가사방의 이능(異能)을 인정하지 않을 수 없는 방포였다. 가사방의 말이 끝나고 나서 한참 후에 과연 장정옥과 악종기가 옹정의 양옆에 서고, 홍력, 홍시, 어얼타이가 바로 뒤에서 따라오는 장면이 시야에 들어왔다. 방포는 적이 놀라운 시선으로 가사방을 힐끔 쳐다보고는 윤상, 가사방과 함께 무릎을 꿇어 영접했다.

옹정이 가사방에게 잠깐 시선을 주더니 희색이 만면하여 말했다.

"십삼아우, 자넨 짐을 만나 꼬박꼬박 참례(參禮)를 올리지 않아도 괜찮다고 짐이 진작에 말해두지 않았던가? 다들 안으로 들게!"

윤상의 일행 셋은 급히 머리를 조아리고는 일어섰다. 윤상이 악종기의 어깨를 두드려 보더니 웃으며 말했다.
"동미(東美, 악종기의 호), 자네는 내가 어릴 적에 볼 때나 지금이나 변함없이 건실해 보이네! 무슨 장생불로약 같은 걸 숨겨놓고 혼자 먹진 않겠지?"
"무슨 말씀을요, 신도 많이 늙었습니다."
악종기가 국화꽃 같은 웃음을 지어 보이며 말했다.
"신은 사천성에 있을 때 십삼마마의 건강을 적이 걱정했었는데, 이렇게 씩씩한 모습을 뵈니 뭐라 형언할 수 없이 기쁩니다! 다만 전보다 조금 수척하고 창백해 보이오니 더욱 보중(保重)하셔야겠습니다!"
이같이 말하며 궁전 안으로 들어간 악종기는 다시 옹정을 향해 대례를 올렸다.
옹정은 기분이 대단히 좋아 보였다. 사람들에게 자리를 내주고 난 옹정이 숨을 길게 내쉬며 말했다.
"오늘은 모처럼 다 모였네. 전엔 어전회의를 소집해도 이 사람이 안 아프면 저 사람이 드러누워 다 모이기가 쉽지 않더니 말일세. 악종기가 그러는데, 사천성에서는 작년에 벼농사가 백년만에 한 번 있을까 말까 한 대풍작을 거두었다고 하네. 그래서 올해는 아예 성조께서 친히 육성해 내신 볍씨를 사천성 전체에 보급하여 올해는 수확이 배로 늘어날 것이라고 하네. 동미는 이제 정예부대에 충족한 군량까지 보장되어 있는 바 서부로 진격하라는 짐의 명령만을 기다리고 있는 셈이지. 짐은 말할 수 없이 즐겁다네."
"사천성은 현재 비축되어 있는 식량만으로도 1년 동안의 군량미는 충분하옵니다."
기품이 넘쳐흐르는 악종기의 얼굴에 홍광이 번뜩였다. 그는 걸상에서 앉은 채 몸을 깊숙이 숙여 보이며 카랑카랑한 목소리로 말했다.

"신은 이세(二世)에 걸친 국은(國恩)을 한 몸에 받고 있사온데, 어찌 감히 군사훈련에 게을리 할 수 있겠사옵니까? 올가을 추수가 끝나면 새로 수확한 햅쌀에 이위에게서 백만 석 정도 지원을 받아 곧바로 서녕으로 이병(利兵)할 수 있을 것이옵니다. 내년 봄에 풀들이 살찔 때 신은 전고(戰鼓)를 울리며 서진(西進)하여 처링 아라부탄…… 이 쥐새끼 같은 놈들을 한 방에 쳐버릴 것이옵니다!"

"오늘은 군사(軍事)를 논하지 말자고."

옹정이 부드럽게 미소를 지어 보였다. 꼬마궁녀 춘연이 건넨 더운 물수건을 왼쪽 턱밑에 갖다대며 옹정이 말했다.

"짐은 아무리 생각해 봐도 십삼아우가 기적처럼 자리를 털고 일어났다는 것이 믿겨지지가 않네. 십삼아우, 이 사람이 자네가 말하던 가 선생인가?"

사람들 틈에 끼어 어정쩡하게 자리를 '하사'받은 가사방은 은근히 좌불안석이던 터라 황제가 자신에 대해 물어오자 그대로 무릎을 꿇으며 머리를 조아렸다.

"빈도는 초야를 휘적대며 다니는 성화치도(聖化治道)의 말류(末流)이거늘, 어찌 폐하께서 '선생'이라 과분한 칭호를 내리시는 것이옵니까."

"음!"

옹정이 그 뜻을 가늠할 수 없는 미소를 지어 보이더니 말했다.

"진짜 대단한 재주를 가진 사람이라면 그게 무슨 대순가? 자네 도호(道號)는 어찌 쓰는가?"

"빈도는 도호가 자미진인(紫微眞人)이옵니다, 폐하."
"허, 도호가 굉장하군!"
그러자 가사방이 연신 머리를 조아리며 답했다.
"빈도는 태어나면서 화개(華蓋)를 범하는 명을 타고났다고 하여 도(道)에 들지 않으면 가씨네 일문 70여 명의 성명(性命)이 위태롭다고 했사옵니다. 그리하여 빈도의 부모는 빈도가 세 살 때 강서성의 용호산(龍虎山)으로 들여보내셨다고 하옵니다. 그렇게 속세와의 인연을 끊으면서 스승께서는 빈도에게 '자미(紫微)'라는 도호를 지어 주셨사옵니다. 빈도는 비록 조그마한 술수는 자신하지만 크게 자부할 정도의 재목은 못 된다고 생각하여 스승님께서 지어주신 도호에 늘 황송해 하며 살아 왔사옵니다."
"자네더러 화개를 범하는 명을 타고났다고 말한 사람이 누군가?"
이에 가사방은 대답 대신 연신 바닥에 머리를 찧어댔다. 대답하기를 원치 않는다는 뜻으로 받아들이며 옹정이 한숨을 내쉬었다.
"말하기 힘들다면 강요하지는 않겠네. 자넨 짐이 지금껏 지켜본 바로는 신통력이 대단한 사람이네. 이위의 기관지병도 고쳐주었고, 이친왕도 그 무시무시한 결핵을 이겨내고 저렇게 멀쩡히 앉아있지 않은가. 두 사람 모두 자네를 크게 인정하여 짐에게 추천해 보냈네."
옹정의 말에 가사방이 숨을 몰아쉬며 대답했다.
"그건 십삼마마와 이 총독께서 조덕(祖德)이 있으시고, 본인들의 수양이 깊으신 데다 폐하의 홍복(洪福)에 힘입어 효험을 본 것이지 어찌 빈도의 공로가 전부라고 할 수 있겠사옵니까!"
악종기는 이 자리에선 "군사를 논하지 말자"던 옹정의 말에 더 이상 자신이 끼어 있을 이유가 없다고 생각하여 틈이 생기자 급히 엎드려 절하며 머리를 조아려 아뢰었다.

"신은 육부에도 다녀와야 하고 긴히 처리해야 할 사소한 일들이 많아서 폐하께서 다른 분부가 안 계신다면 먼저 물러가도록 하겠사옵니다."

이에 옹정이 웃으며 말했다.

"우리가 자네의 군기(軍機)를 방해해선 아니 되지. 그럼 자네는 가 보게. 웬만한 일은 홍력이 알아서 처리할 수 있으니 일일이 짐에게 주할 필요는 없네. 의견일치가 안 되는 사안에 있어선 반복적인 상의가 있어야겠네. 절대 방심해선 안 되네!"

악종기는 연신 머리를 조아려 보이고는 물러갔다.

"그럼에도 짐은 아직 자네를 완전히 믿을 순 없네."

옹정이 갑자기 미소를 거둬들이며 가사방에게 말했다.

"자네의 말처럼 짐이 '홍복'을 지닌 사람이라면 어찌하여 짐의 몸에는 신열(身熱)이 내내 물러갈 줄을 모르며, 왼쪽 턱밑에는 항상 원인 모를 뾰루지가 나 있단 말인가? 형신, 자네는 이런 도술을 믿나?"

이에 장정옥이 손사래를 치며 단호하게 대답했다.

"노신은 전혀 믿지 않사옵니다."

두 손을 땅에 짚고 엎드린 채 고개를 들어 옹정과 장정옥을 번갈아 보던 가사방이 말했다.

"빈도는 용안을 처음 뵈는 순간 담기(膽氣)가 건실하지 못하다고 생각했사옵니다. 폐하께서 술 한 잔만 하사하신다면 빈도는 즉시 폐하의 건강을 찾아 드리겠사옵니다."

자신감이 넘치는 가사방의 이같은 말에 옹정이 크게 기뻐하며 즉시 명령했다.

"고무용, 인제더러 술 한 사발 가져다 이 도사의 담을 키워주라고 하게."

우울한 마음에 침대 위에서 괴롭게 뒤척이던 인제는 춘연, 묵향 등 어린 시녀들이 밖에 미래를 점칠 수 있는 대단한 도사가 옹정제의 접견을 받고 있다는 말에 시녀들과 함께 몰래 다가와 병풍 뒤에서 엿듣고 있었다. 옹정이 자신을 부르는 소리에 인제는 즉시 작은 사발에 술을 따라 두 손으로 받쳐들고 나왔다.

인제에게서 술사발을 받아들던 가사방이 인제를 바라보는 순간 잠시 흠칫하더니 이내 꿀꺽꿀꺽 냉수 마시듯 술잔을 비웠다. 그리고는 옹정을 바라보며 말했다.

"빈도의 무례를 용서해 주시옵소서, 폐하! 자금성과 옹화궁엔 흉흉한 기운이 도처에 머물러 있사옵니다. 원귀(怨鬼)가 앙얼(殃孼)을 내리는 것 같기도 하옵니다. 흉흉한 기운이 정중앙에 있는 황제의 용좌를 집중 공략하니 폐하의 용체가 해를 입지 않고 어찌 견디겠사옵니까? 제(祭)를 지내어 원귀를 몰아내면 자연히 기력을 회복하실 수 있을 것이옵니다."

"원귀라니? 흉흉한 기운은 또 뭐고?"

옹정이 미간을 찌푸린 채 가사방을 뚫어지게 바라보았다.

"소상히 말해 보게. 짐이 누구 억울한 사람이라도 죽였단 말인가? 그 사람은 대체 누구란 말이가?"

이에 가사방이 머리를 저으며 아뢰었다.

"빈도는 천안법력(天眼法力)이 한계가 있사오니 더 소상히 말씀 올릴 수는 없사옵니다. 폐하께서 자금성에 계시는 것은 창춘원에 머무르시는 것보다 안녕하시지 못하시고, 또 창춘원은 승덕에 그 안락함이 미치지 못하며, 승덕은 봉천에 못 따른다고 생각하실 것이옵니다. 폐하께서 과연 그렇게 생각하신다면 빈도의 술수는 정확한 것이옵니다."

옹정은 약간 고개를 들고 생각해 보았다. 과연 그런 것 같았다. 옹정이 다시 물으려 할 때 장정옥이 나섰다.

"자금성은 전명(前明) 때부터 지금까지 수백 년 동안 제왕께서 기거하시던 곳이거늘 무슨 일인들 안 일어났겠고, 그사이 억울하게 간 사람들이 어찌 없겠소? 도사의 말은 안 들은 것보다 못하오. 실로 가소롭기 짝이 없소!"

방포도 껄껄 웃으며 말했다.

"도사가 말한 '흉흉한 기운'이라는 것은 소위 '음기(陰氣)'를 가리키는 것일 텐데, 수백 년 동안의 역사를 지닌 고전(古殿)에 어찌 음기가 조금도 없겠소?"

이쯤하여 가사방은 알 것 같았다. 진짜 재능을 한 수 보여주지 않으면 쉬이 믿을 사람들이 아니라는 것을!

그는 말했다.

"두 분 어른들의 말씀이 대단히 지당하십니다. 폐하, 턱 밑에 났다던 뾰루지는 지금 상태가 어떻사옵니까! 빈도가 당장 치료해 드리겠사옵니다."

옹정이 턱밑에 대고 있던 더운 물수건을 떼어내고는 뾰루지를 만지작거리며 말했다.

"생긴 지 며칠 됐네. 약을 먹고 더운물로 찜질하고 나면 보름 후면 없어질 거네."

그러자 가사방이 고개를 숙인 채 한참 동안 염불하듯 중얼거렸다. 그리고는 더 이상 옹정과는 대화하지 않고 장정옥을 향해 웃으며 말했다.
"장상과 방상 두 분 모두 굉장한 정통 유학자라고 들었습니다. 하지만 사람 사는 이치를 어찌 구설(口舌)만으로 설파할 수가 있겠습니까? 방상께서는 왼쪽 팔꿈치의 뼈가 어긋나 있을 겁니다. 보름 동안 그 통증으로 인해 팔도 들지 못했을 것입니다. 빈도의 말이 틀리지는 않죠?"
"그렇네."
방포의 눈이 갑자기 휘둥그레졌다.
"장상, 큰도련님이 재작년에 말에서 굴러 떨어져 오른쪽 다리가 불편하죠?"
가사방이 무덤덤하게 물었다. 그러자 장정옥이 웃으며 답했다.
"그거야 아는 사람이 한둘이겠소?"
이에 가사방이 시무룩한 표정으로 말했다.
"지금 당장 사람을 댁으로 파견하여 보고 오라고 하십시오. 큰도련님 다리는 정상으로 돌아와 있을 겁니다!"
장정옥이 당치 않다는 듯이 웃으며 말했다.
"나 참, 별 해괴망측한 소리를 다 듣네 그려!"
그러자 옹정이 지시했다.
"진실 여부는 가보면 알겠지. 고무용, 자네가 직접 쾌마를 타고 다녀오게. 돌아오는 대로 즉각 짐에게 보고 하도록!"
"예, 폐하!"
"이는 장상의 가문에서 하늘을 노엽힌 일이 있어 보응을 받은 것입니다."
가사방이 차가운 음성으로 말했다.
"잘 생각해 보십시오, 장상! 누군가에게 불인(不仁)하고 부자

(不慈)했던 일은 없는지?"

순간 장정옥의 가슴이 철렁 내려 앉았다. 이는 잘 생각해 볼 여지도 없는 일이었다. 둘째아들 장매청(張梅淸)이 청루(靑樓)의 가기(歌妓)와 정분이 났다고 하여 결사반대하는 장정옥에 의해 아들도 맞아죽고, 여자도 자살했던 참극이 다시 장정옥의 아직 아물지 않은 상처를 헤집었다. 이는 대외적으로 전혀 알려지지 않은 장정옥의 가장 은밀한 비밀이었다. 그런데 오늘 가사방에 의해 일언지하에 탄로나다니! 장정옥은 일시에 할 말을 잃고 말았다.

가사방이 다시 웃으며 말했다.

"이제 폐하께선 턱 밑을 만져보시고, 방상께선 왼쪽 팔꿈치뼈를 만져보십시오!"

가사방의 일거수일투족을 멍하니 바라보던 두 사람은 가사방의 말을 듣는 순간 말 잘 듣는 어린애처럼 자신들의 환부를 만져보았다.

기적이었다! 턱밑의 뽀루지는 온 데 간 데 없이 사라졌고, 왼팔의 어긋난 뼈도 제자리를 찾아간 듯 전혀 통증이 없고 밋밋했던 것이다!

"과연 신선이로군! 자네, 정말 신선이네!"

옹정이 벌떡 일어나 믿기지 않는다는 표정으로 불가사의한 괴인(怪人)을 바라보았다. 입을 반쯤 벌린 채 눈을 휘둥그레 뜨고 있던 옹정이 한참 후에야 비로소 물었다.

"방 선생은 다른 문제는 없소?"

이에 가사방이 한숨을 지으며 말했다.

"방 선생은 일대 문성(文星)으로서 낙향하여 저술에 전념하는 것이 본인의 희망사항이옵니다. 하오나 본의 아니게 어지러운 속세에 빠져 명리(名利)에 젖어 들었사옵니다. 기계적인 음모가 귀신들의 기휘를 범하였으나 큰 죄악은 저지르지 않았기에 저 정도의 가벼운 불편을 주었을 뿐 다른 이상은 없사옵니다."

가사방의 말을 들으며 방포는 감개가 만천(萬千)했다. 본의 아니게 기문종정(棄文從政)한 것은 사실이었다. 천자(天子)의 포의사우(布衣師友)로서 비록 시랑 직을 달고 있지만 사실은 그 권한이 여느 재상 못지 않은 중신임은 주지하는 바였다. 강희 말년에 북경에 들어온 이래로 황자들간의 보위다툼을 지켜보며 황제를 위해 계략을 세워야 했고, 끊임없이 획책(劃策)을 강구했어야 했다. 그러니 '기계적인 음모'에 가담했다는 말도 과분한 말은 아니었다.

한참 후에 방포가 한숨을 내쉬며 말했다.

"다 맞는 말이오. 나로선 달리 선택의 여지가 없었던 거지."

"신통력이 놀랍긴 하나 짐은 그저 여태 보여준 것이 자그마한 술수에 불과하다고 생각하네."

옹정이 불쑥 이같이 말했다.

"삼청대도(三淸大道)의 취지는 중생을 제도하는 것이야. 지금 곳곳에선 극심한 가뭄으로 몸살을 앓고 있는 실정이네. 기우제를 수없이 지냈어도 그리 효험을 보지 못한다고 하네. 자네가 모든 신통력을 동원하여 비다운 비를 시원스레 쏟게 한다면 그 공덕은 천지신이 감동할 거네!"

그러자 잠시 침묵을 지키고 있던 가사방이 머리를 조아리며 아뢰었다.

"폐하께서 천하 백성을 아끼시는 인덕(仁德)에 저 하늘이 크게 감명받고 있사옵니다. 달리 기우제를 지낼 필요가 있겠사옵니까? 벌서 비가 떨어지온데!"

사람들이 일제히 가사방의 손끝을 따라 창 밖을 바라보았다. 그러나 창문 너머엔 여전히 태양빛이 작렬하고 나뭇잎들이 기운 없이 처져 있을 뿐이었다.

"이 친구, 사람을 놀리나……"

주식이 불쾌한 표정을 지으며 한바탕 가사방을 몰아세우려 할 때였다. 갑자기 서쪽 하늘 저 멀리에서 "꽈르릉!" 하는 우렛소리가 긴긴 여운을 남기며 울려 퍼졌다. 창문이 덜덜 떨고 담벽이 폭삭 주저앉을 것만 같았다.

"비다, 비! 제법 내리겠는데? 저 먹장구름 좀 봐……"

밖에서 태감들이 좋아라 외치며 일부러 후두둑후두둑 떨어지는 비를 맞고 서 있는 게 보였다. 옹정이 퉁기듯 일어나 주렴을 걷고 밖으로 나갔다. 담녕거 붉은 계단 위에서 바라보니 시커먼 먹장구름이 파죽지세로 밀려오며 비를 뿌리기 시작했다.

"폐하! 이 비가 어째 불선(不善)해 보이옵니다."

태감들을 지휘하여 부랴부랴 빨래를 거둬들이던 진구가 말했다.

"까불지 마, 이 얼마나 반가운 비인데!"

옹정이 버럭 고함을 질렀다.

"모든 태감들은 다 나와 비를 맞으라! 물오리가 되더라도 비를 피해선 아니 될 것이다! 두 팔을 벌려 환호성을 지르며 비를 환영하라!"

말을 마친 옹정은 곧 궁전으로 돌아왔다. 그러나 동난각으로 들지 않고 손짓으로 인제를 불렀다. 물을 떠오게 하여 손을 씻고 난 옹정은 향을 사르고 중얼거리며 축문을 외웠다. 그리고는 만면에 웃음을 머금은 채 말했다.
"가 도장, 자네 과연 신선답네!"
그러자 가사방이 엎드려 머리를 조아렸다.
"이는 폐하의 홍복이 하늘을 감화시킨 결과이옵고, 천하 백성들이 왕도(王道)에 호응하여 폐하와 하나가 된 상서로운 기운이 응집되어 비가 되어 내린 것이옵니다. 실로 빈도와는 무관하옵니다."
"사기(邪氣)를 내몰아 병을 치료하고, 미지를 예측하면 곧 비상한 사람이네."
옹정이 웃으며 말을 이었다.
"먼저 백운관(白雲觀)으로 돌아가게. 짐이 곧 은지(恩旨)를 내릴 것이네. 고무용, 태감 두 명을 보내 진인(眞人)을 시중들도록 하게!"
가사방이 물러가고 난 뒤에도 먹장구름은 더욱 무겁게 내려앉았고, 동전 굵기 만한 빗방울은 지칠 줄 모르고 떨어졌다. 궁전 안팎은 황혼 같은 어스름한 색깔에 휩싸였다.
"폐하!"
이젠 물기둥이 되어 쏟아져 내리는 비의 장막에 대나무 잎이 산울림이 되어 고동치는 걸 보며 주식이 말했다.
"가사방은 누가 뭐라고 해도 요인(妖人)에 불과하옵니다. 폐하께오선 절대 그를 중용해서는 아니 되옵니다!"
번개가 번쩍하며 궁전 곳곳을 순식간에 비추고 지나갔다. 우렛소리가 마치 폭죽공장이 폭발한 것 같았다. 사람들은 저마다 몸을 웅크렸다. 그러나 그런 와중에서도 주식의 목소리는 유난히 침착하게 들렸다.

"폐하께서 독실한 불교신자라는 사실부터가 아니 되올 말씀인데, 이젠 황관(黃冠)까지 믿으신다면 그건 심각하옵니다. 사람의 혼을 쏙 빼가는 이런 짓거리들이 춘추시대 이전에라고 없었겠사옵니까? 바로 천하를 다스리고 중생을 구제하며 생민생업(生民生業)에 도움이 안 되기에 성인께서는 존이불론(存而不論)이라고 하시지 않으셨겠사옵니까!"

주식의 말에 윤상이 맞장구를 치고 나섰다.

"스승 어른의 말씀이 대단히 지당합니다. 하오나 중용하지 말라는 것은 결코 기용하지 말라는 것이 아닙니다. 그가 여러 사람의 병을 고치는 것을 보면 하늘이 폐하의 옥체를 그 사람에게 맡기시는 것인지도 모릅니다."

"신은 성조로부터 일찍이 훈회(訓誨)를 받았사옵니다."

장정옥이 입을 열었다.

"선현(先賢)이신 오차우(伍次友) 선생께서는 하늘은 유도(儒道)와 석도(釋道)를 내리셨으나, 유도를 정통으로 여기고 있다고 성조께 간언했다고 하옵니다. 가사방 같은 부류는 인주(人主)께서 배우(俳優)나 태감 정도로 부리시는 것이 적격일 것이옵니다."

옹정은 이미 반질반질해진 턱을 매만졌다. 비의 장막 속을 내다보며 가사방에게 천하의 도관(道觀)을 주지하게끔 중용하려던 마음이 차가운 빗물에 씻겨 싸늘하게 식어버리고 말았다.

이때 어얼타이가 다시 가사방의 중용을 반대하는 의견에 불을 지피고 나섰다.

"솔직히 처음엔 신도 그의 도술에 경탄을 금치 못했사옵니다. 하오나 곰곰이 생각해 보니 우려스러운 점도 있사옵니다. 그가 천기를 꿰뚫는 괴력을 갖고 있어 사람들의 병을 치료해 주는 것 자체는 더할 나위 없이 좋은 일이옵니다. 하오나 병을 고칠 수 있는 사람이라면 없던 병을 줄 수도 있지 않겠사옵니까? 폐하께서 부디 이 점을 유의하셨으면 하옵니다."

"의가(醫家)에서는 우분(牛糞)도 마분(馬糞)도 다 약으로 쓰일 수 있다고 했사옵니다."

방포가 말을 이어나갔다.

"어찌 됐든 이능을 지닌 사람인 것만은 틀림없사옵니다. 경계는 하되 지나치게 의심할 필요는 없겠사옵니다. 배궁사영(盃弓蛇影, 술잔에 비친 활이 뱀처럼 보인다. 즉, 의심스럽게 보면 숨쉬는 것조차 의심스럽게 들린다는 뜻)의 어리석음을 자초해서는 아니 되옵니다. 장춘궁(長春宮)에 원래 기공연습용으로 쓰던 방에 들였다가 필요하면 부르고, 그렇지 않은 날엔 맘대로 시간을 활용하게 하는 것이 무난하지 않겠사옵니까?"

옹정은 방포의 말에 공감하는 듯한 표정이었다.

"그래, 방 선생의 뜻에 따르도록 하지. 어의(御醫)라고 생각하고 곁에 두면 필요할 때가 있지 않겠나."

옹정이 이같이 말하며 오래 전부터 고개를 살며시 흔들며 생각에 잠겨 있는 듯하던 인제에게 물었다.

"인제, 자네 어디 불편한가?"

그러자 교인제가 화들짝 정신을 차리며 두 손을 모아 합장하며 말했다.

"아미타불! 소녀는 어르신들의 말귀를 알아듣지 못해 답답하옵니다. 왜 가 신선 같은 사람을 곁에 두기 싫어하시는지 통 이해가 가지 않사옵니다. 세상이 이렇게 넓고 크오니 가뭄과 장마가 얼마나 빈번하겠사옵니까. 가 신선을 시켜 장마 때는 비를 거둬들이게 하고 가뭄에는 이처럼 비를 내리게 하면 해마다 풍작을 거두고, 폐하께오서도 근심을 덜게 되오니 이보다 더한 경사가 어디 있겠사옵니까!"

인제의 말에 옹정이 웃으며 말했다.

"주문 몇 마디 외운다고 자네 말처럼 천하(天下)가 태평하고 사해(四海)에 풍년이 든다면 황천은 어찌하여 번거롭게 천자며 군신을 두었겠는가? 또한 이렇게 많은 문무관원들에게 공밥을 먹이려고 하겠는가?"

자리한 사람들이 모처럼 만에 활짝 웃었다. 옹정이 다시 정색하며 말했다.

"어찌 됐든 이번 비는 실로 금싸라기 같은 것이었네. 아니면 우린 지금쯤 아마 가뭄으로 인한 피해대책을 세우느라 여념이 없었겠지. 가사방에 대해선 잠시 제쳐두자고. 즉각 명발(明發)해야 할 조유(詔諭)가 몇 가지 있네. 다 자리에 있을 때 홍시. 자네가 먼저 말해 보게. 여러 사람이 참작할 수 있게."

홍시와 홍력은 옹정의 등뒤에서 시립하고 있었다. 강희제 때부터 내려온 황실의 규칙에 의하면 황제가 대신들과 자리를 같이 했을 땐 지의를 받지 않은 이상 황자들은 끼어 들 수가 없게 되어 있었다. 그리하여 가사방에 대해서 논의가 분분할 때도 홍시는 말이 고파서 죽을 지경이었으나 참을 수밖에 없었다. 느닷없이 옹정의 부름을 듣고 홍시가 먼 곳에서 생각을 끌어들이며 상체를 숙이고 아뢰었다.

"그 중 한 건은 아키나와 싸쓰헤, 그리고 윤제, 커룽둬의 죄에 관한 것입니다. 육부와 다른 성들에서는 — 광동성과 복건성에서는 상주문이 올라오지 않고, 서장과 몽고는 원래부터 참의(參議)하지 않았다 — 모두 주장이 올라 왔습니다. 아키나는 결당(結黨)하여 난정(亂政)을 일삼은 죄를 물어 총 스물 여덟 가지 죄가 있고, 커룽둬는 불경죄 다섯 가지가 있습니다. 옥첩을 함부로 꺼내어 돌리고 스스로 제갈량을 자칭하고, 성조께서 하사한 글씨를 별채에 거는 등의 죄입니다. 그 밖에도 커룽둬에겐 기망죄 네 건, 정무를 혼란에 빠뜨린 죄 세 건, 간당죄 여섯 건, 불법죄 네 건, 탐욕죄 열여섯 건 등 모두 마흔 한 건의 죄가 있습니다. 죄명이 뚜렷하고 죄질이 심각하니 더 이상 처벌을 뒤로 미루어선 안 된다고 생각합니다."

"그럼 자네 생각엔 어떻게 처벌하는 것이 좋겠나?"

옹정이 물었다. 그러자 홍시가 좌중을 쓸어보더니 답했다.

"왕법에는 친함이 없다[王法無親]고 했습니다. 부의(部議)에 넘겨진 이상 대청률에 따라야 한다고 생각합니다. 아키나는 주제넘게 보위를 탐내어 수많은 죄를 저질렀으니 능지처참형에 처해야 마땅하다고 생각합니다. 커룽둬는 기군과 난정을 일삼은 사악한 자이나 뚜렷한 찬역(篡逆)의 증거가 없는 바, 요참(腰斬) 제도는 이미 폐하여 없으니 서시(西市)로 끌고 가 명정전형(明正典刑)에 처해야 함이 마땅할 것 같습니다. 하오나 이들은 모두 천가의 골육이고, 황친국척인 점을 감안하시어 형벌을 조금 감해주는 것도 바람직할 것 같습니다. 그리고 아키나와 싸쓰헤, 커룽둬는 참립결(斬立決)에 처하고, 윤제에겐 자살을 권유하는 것이 국법에도 어울리고 대외적으로도 폐하의 드넓은 아량을 널리 알릴 수 있을 것 같습니다."

언성은 나지막했으나 단호하고 이치에 들어맞았다. 사람들은 저마다 섬뜩한 느낌에 사로잡혔다. 밖엔 비바람이 거세게 몰아치고 대나무가 아우성치는 소리가 들려왔다. 그 소리는 마치 귀신이 곡하는 게 저런 것인가를 상상케 했다.

"형벌이 지나치게 무거운 것이 아닌가 생각됩니다."

홍력이 궁전 모퉁이에 시선을 박은 채 말했다.

"아키나가 제위를 노렸던 건 사실이오나 그 옛날의 죄를 들춰내봤자 지금의 조정 대신들 중에서 연루되고도 남을 사람들이 얼마나 많을지 모르옵니다. 그래서 신의 우견으로는 아키나가 성조 때 지었던 죄는 결당난정(結黨亂政)으로 정하고, 옹정제 때 와서는 황제의 정책을 무시하고 인신(人臣)으로서의 예를 갖추지 않았다는 것에 초점을 맞추는 것이 어떨까 합니다. 그리고 커룽둬는 성조께서 붕어하셨을 당시 믿고 맡기신 탁고중신(託孤重臣)임을 감안하여 감금시키는 것으로 처벌하는 것이 적당하지 않을까 합니다. 이는 아들의 짧은 식견이옵니다. 성명하신 폐하의 성재(聖裁)를 기대합니다."

홍시는 어떻게든 이들을 없애야 한다고 생각했다. 특히 커룽둬는 자신의 적잖은 약점을 움켜쥐고 있었기에 더욱 남겨 두어선 안 될 터였다. 그는 전혀 조급한 내색도 없이 여유 만만한 표정을 보이며 홍력의 말을 반박했다.

"부의에 넘겨지기에 앞서 이들은 벌써 집을 압수수색 당한 처지였네. 만약 중벌에 처해지지 않을 거면 부의에 넘기질 않지. 부의에까지 넘겨 떠들썩하게 그 죄를 성토해 놓고, 이제 와서 유야무야하며 풀어준다면 밖에선 우리 조정의 법규를 우습게 알 게 아닌가. 우레가 울었으면 비를 내려야지, 그렇지 않으면 앞으론 어지간히 우렛소리가 대작해도 사람들은 눈 하나 깜빡하지 않을 거야. 이보게 아우, 이를 우려하지 않을 수 없네."

두 형제의 확연한 의견 차이를 확인한 옹정이 이번에는 윤상에게 물었다.

"열셋째, 자넨 어찌 생각하나?"

평생 동안 황자들의 정쟁 속에서 파란만장한 삶을 살아온 윤상은 더 이상 새로운 정쟁에 휘말리고 싶지 않았다. 그러나 홍시가 이번에 3천 가노들을 유배 보내면서도 지척에 있는 황숙인 자신에게는 언급조차 하지 않았다는 사실에 유감을 느끼고 있었던지라 은근히 홍력의 손을 들어주었다.

"그네들은 살아있어도 산 목숨이 아니잖습니까. 죽여 없애려면 파리를 때려잡는 것보다도 쉬울 테니 말입니다. 백관들로 하여금 그들의 죄를 낱낱이 폭로하여 만천하에 공개하는 것으로 이들의 목숨은 이미 끊어졌다고 생각합니다. 굳이 다시 한번 칼에 피를 묻힐 필요는 없을 것 같습니다."

"홍시가 이번에 북경에 남아 있으면서 정무를 처리한 걸 보면 짐은 모두 맘에 들고 흡족하네. 그 중에서 아키나네의 3천 가노를 축출한 것에 높은 점수를 주고 싶네."

간간이 비치는 번갯빛에 옹정의 얼굴이 밝아졌다 어두워졌다 했다.

"비록 상가집 개 신세가 되었어도 입들은 살아 가지고 온갖 악소문의 온상이었지 않은가! 잘 쫓아냈네. 방축령(放逐令)이 내려지자마자 이들의 죄행을 탄핵하는 주장들이 빗발쳤다면서? 그건 많은 이들의 속마음을 대변했다는 뜻으로 풀이할 수 있지 않겠는가?"

그러나 어얼타이는 옹정이 홍시의 이번 행동에 대한 평가가 지나치게 높다고 생각하여 침착하게 주했다.

"그런 주장들에는 진짜도 있지만 가짜도 적지 않다고 봐야 할 것 같사옵니다. 겉으론 그들에게 칼끝을 겨냥하는 척했지만 그것도 일종의 투기일 수가 있다는 점을 간과해서는 아니 될 것이옵니다!"

옹정이 뭐라 입을 열어 말하려 할 때 고무용이 들어섰다. 그는 행색이 황황하여 입을 실룩거리기만 할 뿐 할 말을 찾지 못하는 것 같았다. 이를 본 옹정이 물었다.

"무슨 일인가?"

"둘째마마…… 윤잉이 오늘을 못 넘길 것 같사옵니다. 아직 숨이 넘어간 건 아니옵니다. 그 옆에서 시중들던 태감들이 소식을 전해 왔사옵니다."

옹정이 멍하니 바라보니 비를 흠뻑 맞은 두 사람이 궁전 입구에 서 있었다.

"들라하게."

두 태감이 이름을 말하고 대례를 올리기도 전에 옹정이 다그치듯 물었다.

"윤잉이 많이 안 좋은가?"

"일주일 전부터 위독했사옵니다."

빗물에 젖어 얼굴이 파랗게 질린 태감이 머리를 조아리며 아뢰었다.

"태의원에서 세 명의 의정(醫正)들이 나와서 맥을 보았지만 다들 대한(大限)이 온 것 같다고 했사옵니다……"

옹정이 태감의 말허리를 자르며 다시 물었다.

"그래, 윤잉은 무슨 말은 없던가?"

이에 태감이 급히 머리를 조아리며 말했다.

"눈물을 흘리시면서 두 세자를 하염없이 바라볼 뿐 아무런 당부의 말씀도 없으셨사옵니다. 평소에 베끼다 남은 경서(經書)를 가리키시면서, '내가 죽은 뒤에 이 경서들을 폐하께 전해드려. 폐하께오선 독실한 불교신자라서 이런 책들을 무척 반기실 거네……'라고 하셨다 하옵니다."

태감의 두 눈에서는 빗물 아닌 눈물이 비오듯 흘러내렸다.

"둘째형……."

옹정이 마침내 참지 못하고 흐느꼈다. 눈물이 방울방울 흘러내렸다. 수십 년 동안의 은원(恩怨)이 밀물처럼 밀려왔다……. 더 이상 주저할 시간이 없었다. 그는 울먹이며 숙연한 기분에 잠겨 있는 윤상에게 물었다.

"둘째형이 전에 타고 다니던 수레가 아직 있나?"

"육경궁에 압류당한 채로 있습니다."

윤상은 보기에 옹정만큼은 괴로워하지 않는 것 같았다. 그는 침착하게 아뢰었다.

"하오나 이젠 오래 되어서 좀 손을 봐야 할 것이옵니다."

그러자 옹정이 말했다.

"그저 가는 사람 마음 좀 위로해 주자는 것이네……. 고무용, 육경궁에 지의를 전하여 즉각 딱지를 떼어 수레를 윤잉에게로 옮겨가도록 하게. 반드시 그가 숨이 넘어가기 전에 볼 수 있도록 서두르게. 짐의 지의에 따랐노라고 전하고 장례식은 짐이 태자의 신분에 걸맞게 예를 갖춰줄 거라고 하게!"

"예, 폐하!"

"어서 가 보게!"

옹정이 고함을 치듯 말했다.

"한 시간 내에 처리하지 못하면 자네도 같이 갈 줄 알게!"

"예, 폐하!"

안색이 창백해진 고무용이 급히 머리를 조아리고는 굴러가듯 물러갔다.

옹정이 오래도록 생각에 잠겨 있더니 한숨을 지은 다음에 말했다.

"짐은 안 보는 것이 나을 것 같네. 이 마당에 얼굴을 보면 더 상심할 것 같고, 그가 신하의 신분으로 짐 앞에서 목숨을 거두게 하고 싶지도 않네. 이왕이면 홍력이 다녀오는 게 좋을 테지만 악종기에 관해 좀더 의논을 해야 하니 홍시, 자네가 대신 다녀오도록 하게!"

"지의를 받들겠사옵니다, 폐하!"

홍시는 홍력을 남겨 군사를 논한다는 말에 옹정이 홍력에게 더 비중을 두고 있는 것 같다는 생각이 잠시 들었다. 하지만 천자(天子)를 대신하여 다녀오는 것도 썩 괜찮은 걸음일 것 같아 그는 엎드려 절하며 말했다.

"신은 힘껏 위로하고 오겠사옵니다. 이런 말은 해도 되는지 모르겠사옵니다. '둘째백부님, 아직 맥을 놓지는 마십시오. 좋은 약을 드시면 가망이 없는 것도 아니라고 합니다. 아바마마께서는 백부님께서 건강을 회복하시면 서산으로 모셔 옥천수를 맛보게 하실 거라고 하셨습니다.' 뻔한 거짓말이지만 임종 길이 조금이라도 덜 헛헛하지 않겠사옵니까."

다른 사람들이 듣기엔 홍시의 지력을 의심할 정도로 유치한 소리였지만 옹정은 얼굴에 웃음기를 보이며 말했다.

"그렇게 하게! 어서 가 보게, 옆에서 시중들면서 유언을 남기면 잘 전하도록 하게."

"예, 아바마마!"

궁전 밖으로 뛰쳐나가다시피 한 홍시는 비바람 속에 흐리멍텅한 하늘을 바라보며 길게 숨을 몰아쉬었다. 그리고는 우비를 입고 급보로 비의 장막 속을 걸어나갔다.

33. 비바람은 몰아쳐도

 멀어져 가는 홍시의 뒷모습에서 시선을 거둬들인 옹정은 자리로 돌아왔다. 침대 위에 다리를 포개고 앉아 고개를 숙이고 멍하니 침대 모서리를 바라보는 그의 모습은 금세 몇 년은 더 늙어 보였다.
 장정옥이 나직이 아뢰었다.
 "혼용하고 무능하고 불충불효한 사람이었사옵니다. 사람을 만들어 보려고 선제께서 백방으로 노력하셨지만 결국엔 두 번씩이나 폐위시킬 수밖에 없었던 모습을 옆에서 지켜보며 신은 대단히 괴로웠사옵니다. 그럼에도 폐하께선 옹친왕 시절에 충성을 다해 태자를 섬기지 않으셨사옵니까? 자고로 폐위당한 태자들은 독주를 먹여 죽이든 직접 목을 치든 절대로 좋은 결과가 없었사옵니다. 윤잉은 다행히 성화(聖化)에 목욕하여 선종(善終)을 하게 되었으니 이 얼마나 행운이옵니까! 폐하, 주군께오선 윤잉에게 최선을 다하셨사옵니다. 지나치게 상감에 젖어 계실 필요가 없사옵니다."
 장정옥의 진심어린 한마디에 그제야 옹정이 안색을 달리하며 애써 웃음을 지었다.
 "형신, 자넨 솔직한 얘기를 해 주었네. 짐도 윤잉 때문에 슬퍼서 이러는 것만은 아니네. 돌이켜 보니 천명(天命)의 무상함에 가슴이 섬뜩해져서 그러네. 짐의 몇몇 형제들을 보면 39년 동안의 태자 이력이 무색할 만큼 하루아침에 굴러 떨어져 이렇게 가는 사람이 있는가 하면 보위가 욕심이 나서 발광을 하더니 결국엔 패망하여 엄정한 심판을 기다리고 있는 사람도 있질 않나! 욕심을 낼 게 따로 있지, 제위가 뭐가 그리 좋다고 죽을 둥 살 둥 불나방 신세를 자초하느냐 그 말이지."
 "폐하!"
 군기처에 아직 긴히 처리해야 할 서류가 산더미같이 쌓여 있는 장정옥이 옹정이 '황제로서의 어려움'을 하소연할라치면 날을 새야 하는 줄을 잘 아는지라 급히 말머리를 돌렸다.
 "황천(皇天)은 무친(無親)하니 오로지 덕을 쌓아야 한다고 했사옵니다! 아키나 등은 무덕무량(無德無良)하여 오늘과 같은 재화(災禍)를 자초했으니 그들이 내심 바라던 결과라고 해야 하지 않겠사옵니까. 신의 우견으로는 군신(群臣)들이 이미 그의 죄를 정하였으니 사건은 일단 뒤로 미뤄놓고 지켜보는 것이 어떨까 하옵니다. 싸쓰헤도 한 줄기 실낱같은 희망만은 남겨 주었으면 하옵니다. 후세자손들에게 살아있는 교훈이 되게끔 십분 활용하는 것이 더 뜻이 깊지 않을까 하옵니다. 하오나 목숨을 살려준 폐하의 깊은 뜻도 모르고 계속하여 악랄한 짓을 일삼는 날엔 결국 태묘(太廟)에 고하고 목을 치는 수밖엔 없을 것이옵니다."

사실 달리 뾰족한 수는 없었다. 장정옥의 말이 다른 대신들의 입장을 대변한다는 걸 아는 옹정이 한숨을 내쉬었다.

"형신의 의견에 따르도록 하지. 백 번을 용서했는데, 백 한 번을 지켜보지 못하겠나? 싸쓰헤가 있는 곳의 후스리가 올려온 주장에 의하면 싸쓰헤는 통 음식을 먹을 생각을 않는다고 하네. 아키나도 그렇고. 큰형, 둘째형이 저렇게 된 마당에 짐은 솔직히 여덟째, 아홉째의 목숨까지 빼앗아버리고 싶은 생각은 추호도 없다네."

옹정은 잠시 말을 멈추고 천장을 쳐다보더니 무언가 결심을 한 듯 입을 다물었다.

"그렇다고 형제의 목을 쳐 후세에 잔인한 군주로 낙인찍히는 것이 두려워서 그러는 건 절대 아니네!"

옹정의 눈빛이 더욱 날카로워졌다.

"짐은 아키나네가 환골탈태하는 건 꿈에도 바라지 않네. 그저 더 이상 짐의 인내를 시험하지 말았으면 하는 바람이네. 둘째처럼 하늘이 내린 수명을 다하고 싶으면 조용히 있어줄 테고, 그렇지 않으면 짐은 칼을 빼어드는 수밖에 없겠지!"

자리에 있던 왕공대신들은 누구 하나 피비린내를 원하는 사람이 없었기에 여지를 남겨두는 옹정의 결정에 적이 안심하는 눈치였다.

어얼타이가 앞으로 나섰다.

"중벌에 처하지 않는다면 이 사건에 촉각을 곤두세우고 있는 관원들이나 초야의 정서를 고려하여 잠시 가택연금에 처한다는 뜻을 조정에서 분명히 하셔야 할 것이옵니다. 쫓겨갔던 가노들이 다시 돌아오는 경우는 없을 것이오니, 내무부에서 사람을 파견하여 시중들게 하는 이상 달리 그 무슨 수를 쓸 수도 없을 것이옵니

다."
 그는 잠시 말을 멈췄다. 옹정이 머리를 끄덕이자 용기를 내어 이어서 말했다.
 "아키나네를 잠시 처치하시지 않을 바엔 커룽둬도 좀 느슨하게 은전(恩典)을 베푸시는 것이……."
 하지만 그 이름을 꺼내기가 무섭게 옹정이 말을 잘랐다.
 "커룽둬의 커자도 꺼내지 말게. 그 이름만 들으면 짐은 구역질이 나서 참을 수가 없네!"
 옹정이 혐오스럽다는 표정을 지으며 말을 이었다.
 "장정옥, 자네가 조서 초안을 작성하게. 커룽둬는 명색이 탁고중신이라는 인간이 결코 용사받지 못할 난정과 기군죄를 지었으니 영구히 감금에 처한다!"
 "예, 폐하!"
 "이불은……."
 옹정이 차 한 모금을 마시고는 여전히 비바람이 가시지 않은 창 밖을 바라보며 물었다.
 "어떻게 처리하는 것이 좋겠는가?"
 방포가 가볍게 기침을 하며 장정옥을 바라보았다. 이불이 장정옥이 가장 아꼈던 문생임은 조야(朝野)에서 주지하는 바였다. 장정옥은 난감한 기색을 감추지 못하고 있었다. 누구도 입을 열려 하지 않자 옹정이 웃으며 장정옥을 향해 말했다.
 "형신, 자네가 입장이 난처해 할 건 없네. 자네가 문생들에게 지엄하고, 문생이라 하여 무조건 감싸는 사람이 아니라는 것은 짐이 잘 아네. 이불이 아니라 자네 동생인 장정로가 죄를 지어 요참형에 처해질 때도 자네한테는 전혀 파장이 미치지 않았지 않은가.

하고 싶은 말이 있으면 맘놓고 하게."

"정직하고 청렴하여 썩 괜찮은 친구라고 생각해 왔는데, 이런 일이 생겨 참으로 황당하옵니다."

장정옥이 무겁게 입을 열었다.

"전문경이 칼과 도끼를 양손에 잡고 흔들며 과감히 신정(新政)을 실시하여 휘황찬란한 정적(政績)을 올리는 걸 보더니 갑자기 질투가 난 것일까요? 참 알다가도 모를 것이 사람의 마음이옵니다. 신은 오래 전부터 이불과 양명시, 손가감을 색깔은 조금씩 다르지만 모두 자타가 공인하는 충성파라 믿어마지 않았사옵니다. 무엇이나 오랜 세월 묵수(墨守)하다 보면 기존의 제도나 방식에 익숙해져 그 기틀을 타파한다는 것이 여간 어려운 게 아니라서 폐하의 신정 시행을 앞두고 서로간에 의견충돌이 있는 것쯤으로만 알고 있었지, 그 속에 파벌이 개입되어 있는 줄은 꿈에도 몰랐사옵니다. 지금 형세로 보아 이불이 호붕환우(呼朋喚友)하여 전문경을 모해하고자 음모를 꾀하였다는 설이 지배적이오나 아직은 그 증거가 충분하지는 않다고 생각하옵니다. 이는 신의 솔직한 고백이옵니다."

장정옥의 말을 듣고 난 옹정이 미소를 지었다.

"자네까지 감을 잡지 못하는 걸 보니 과연 그 깊이를 알 수 없는 사람임은 분명하군. 자네가 말한 세 사람은 조금씩 다른 것이 아니라 확연히 다르다네. 양명시는 한 줌의 샘물 같고, 손가감은 삼척폭포 같아 둘 다 그 군자의 심성이 그대로 드러나지. 그러나 이불은 짐의 희노(喜怒)를 파악하여 당치는 않지만 귀는 편안한 말을 곧잘 해 왔다네. 자네 면전에서는 이런 습성이 없었는지 모르겠네? 물론 세 사람은 명예에 남다른 집착을 갖고 있는 면에선 공통분모가 있다고 하겠네. 이불은 전문경을 공격함에 있어서도 겉보기엔 거침없이 당당한 것 같지만 실은 전문경이 정신없이 밀고 나가는 성격 때문에 여기저기 미운 털이 팍팍 박히고 있는 걸 감지하고 나서야 비로소 선수를 쳐 탄핵안을 올렸던 거네. 자신을 향한 짐의 믿음이 있기에 탄핵안만 올리면 금방 자기 손을 들어줄 줄 알았을 테지. 그렇게 신사답지 못하게 구니 짐이 생각할수록 혐오감이 배가 될 수밖에!"

옹정이 이불을 해부하는 과정을 지켜보며 신하들은 자신의 행동을 반추해 보는 계기가 됐다. 다들 옹정의 말에 공감하면서도 추호의 여지도 남겨 두지 않는 것이 조금은 가혹하다고 생각했다.

교인제는 이불을 몇 번 만나본 적이 있었다. 그때마다 번번이 기품이 돋보이면서도 너무 멀어 보이지 않고, 일거수일투족이 모범스러워 보이는 괜찮은 관리로 생각하며 한 번씩 더 쳐다보곤 했었다. 그런 사람을 '풍색(風色)'을 관망하는데 능하다는 이유로 모든 장점을 갈아 엎어버리려 하는 옹정이 듣던 대로 지나치게 가혹한 게 아닌가 하는 생각을 했다.

이때 어얼타이가 말했다.

"곰곰이 생각해 보니 이불이 그런 문제가 있는 사람임은 틀림없는 것 같사옵니다. 하오나 그것만 가지고 죄를 논한다는 것은 증거가 부족해 보이옵니다. 이불이 싸쓰헤를 가해하려 든다는 것도 후스리의 일방적인 견해에 불과할지도 모르는 일이옵니다. 이불은 필경 나라의 중신이옵니다. 쉬이 죄를 묻는다는 것은 나라 안팎이 크게 흔들리고, 그 여진이 오래 갈 것이옵니다. 부디 통촉하시옵소서, 폐하!"

"자네 말대로라면 짐은 깊은 사려도 없이 '쉬이' 대신의 죄를 묻는 혼군(昏君)이란 말인가?"
 옹정이 버럭 화를 냈다.
 "어얼타이, 자네 무슨 말을 그리 하나! 짐이 평소에 이불을 얼마나 아꼈는지 잘 아는 후스리가 무슨 담력으로, 또 무슨 생각으로 자신과는 아무런 알력도 없는 이불을 모함한단 말인가?"
 "후스리는 그런 담력이 없을 수도 있사옵니다."
 어얼타이는 여전히 낯빛 하나 변하지 않고 말했다.
 "하오니 이불을 통해 폐하의 의중을 탐색해 보려고 했는지도 모르옵니다."
 "지금 우린 이불에 대해 논하고 있지 않은가? 왜 엉뚱하게 후스리한테로 초점이 몰리는가? 자네 혹시 후스리와 무슨 갈등이라도 있는 겐가?"
 "신은 후스리를 모르옵니다. 하오나 이불의 사건이 후스리와 관련이 있사오니 그 쪽의 말이라도 더 들어보자는 뜻이옵니다."
 어얼타이가 조관(朝冠)을 벗고 연신 머리를 조아렸다. 그러나 말투는 전혀 주저하거나 주눅든 느낌이 없었다.
 "사건이 불명확하면 진상이 확연히 드러날 때까지 수사가 선행되어야 함은 당연하옵니다. 아키나, 싸쓰헤 같이 큰 죄를 지은 경우도 신중하게 형을 집행하거늘 이불의 사건도 조금 밀어두었다가 다시 보는 것이 어떻겠사옵니까?"
 탕!
 마침내 옹정이 용안을 힘껏 내리쳤다. 얼굴이 벌겋게 달아올라 거친 숨을 몰아쉬며 거센 비바람이 몰아치는 뜰을 손가락으로 가리키며 옹정이 고함을 질렀다.
 "이봐, 충신 어얼타이! 밖으로 굴러 나가서 비 맞고 정신 좀 차려!"

"예, 폐하!"

어얼타이가 갈기를 곧추 세우고 있는 옹정을 힐끗 바라보고는 고개를 떨구고 궁전 밖으로 물러갔다. 그리고는 돌계단 밑에 고인 빗물 위에 털썩 무릎을 꿇었다.

분위기 좋게 차근차근 대화를 나누던 군신간의 의사(議事)가 갑자기 큰소리가 나며 이런 결과를 초래할 줄은 몰랐던 교인제의 놀라움은 가위 충격적이었다. 모난 구석이 없이 둥글둥글하다고 생각했던 어얼타이가 이런 자리에서 황제에게 꼬박꼬박 말대꾸를 한다는 것이 통 이해가 되지 않았다.

따분한 빗소리가 궁전에 가득할 뿐 사람들은 신경을 곧추 세운 채 잔뜩 숨을 죽이고 있었다. 사실 대신들만 어느 정도 분위기를 조성해 주었더라면 윤사네를 엄벌에 처하여 그 후환을 깡그리 없애버렸을 옹정이었다. 그러나 이들은 하나같이 피비린내를 두려워했고, 윤잉처럼 스스로 죽어가길 기다리자는 주장을 하고 있었으니 친혈육간인 옹정으로선 이 일에 있어서 만큼은 주변의 반응에 무게중심을 둘 수밖에 없었던 것이다.

명민한 홍력은 그 때문에 은근히 심기가 불편했던 옹정이 이불에 대해서도 대신들이 미지근한 반응을 보이기 시작하자 어얼타이에게 분풀이를 한 것뿐이라고 생각했다. 방포, 장정옥, 어얼타이는 의견이 일치해 보이고 윤상은 오랫동안 참정하지 않은 관계로 입을 열기가 부담스러울 터였다. 자신이 나서서 이 난감한 장면을 돌려세워야 한다고 생각한 홍력이 조심스레 입을 열었다.

"아바마마, 어얼타이는 아바마마께서 옹친왕 시절부터 곁에 두고 지켜본 신하가 아니옵니까? 그 당시 병부 사관에 불과했던 어얼타이가 한 번은 아바마마의 주장에 반기를 들었지만 아바마마께오선 그 용기가 가상하고 충정이 대단하다시며 높이 평가하셨지 않습니까. 아들은 어얼타이의 충정은 지금도 변함이 없다고 생각합니다. 저렇게 험악한 비바람 속에 오래 방치해 두면 자칫 병이 날 수도 있습니다."

옹정이 거친 숨을 무겁게 내쉬었다. 그리고는 한결 느긋해진 표정으로 말했다.

"들여보내게."

옹정은 보기에 대단히 피곤해 보였다. 이발을 한 지 몇 시간밖에 되지 않아 파랗게 경계를 이루고 있는 앞이마를 만지며 한마디 덧붙였다.

"태감더러 마른 옷가지를 가져다 갈아 입히라고 하게."

말을 마친 옹정이 윤상에게 물었다.

"열셋째, 자네 생각엔 이불을 어떻게 처리하는 것이 바람직할 것 같은가?"

"이불과 같은 경우엔 처벌하기가 수월치 않을 것 같습니다."

몇 년 동안 침상 신세를 져오며 기력이 많이 쇠해진 윤상이 안색이 파리한 채 다소 가쁜 숨을 몰아쉬며 말했다.

"문제는 그가 간신(奸臣)이나 탐관(貪官)과는 전혀 거리가 멀다는 것입니다. 같은 목소리를 내고, 한 구멍으로 숨쉬는 것 같은 관원들에게 둘러싸여 있는 데다 이번에 전문경을 탄핵한 거의 대부분이 이네들이라는 사실에서 이불은 결당이라는 의혹에서 자유로울 수가 없게 된 것입니다. 신은 그 죄를 물어야 마땅하지만 잠시 시간적인 여유를 갖고 천천히 처리하는 것도 한 방법이라고 생각합니다."

결국은 윤상도 다른 신하들과 뜻을 같이 하는 격이었다. 미간을 좁혀 한참을 생각하던 옹정이 웃으며 말했다.

"인주(人主)라고 해서 모든 일에서 다 마음대로 할 수 있는 건 아니군. 그래, 그럼 다수의 의견에 따르도록 하지. 단, 오늘 이 자리에서 논한 모든 내용은 절대로 비밀에 붙여야 하네. 만에 하나 어느 누구일지라도 천기를 누설하는 날엔 짐은 그 기군죄(欺君罪)를 물어 한번 '마음대로' 해볼 거네!"

이때 옷을 갈아입은 어얼타이가 들어오자 옹정이 다시 웃으며 다정한 음성으로 말했다.

"괜찮은가! 다행히 비를 맞은 시간이 짧아 이상은 없겠지? 다 자네더러 잘 되라고 그랬으니 원망하는 마음은 갖지 않았으면 하네."

"그런 건 추호도 없사옵니다. 신이 너무 건방졌사옵니다."

옹정의 따뜻한 한마디에 금세 마음이 녹아내린 어얼타이가 연신 머리를 조아렸다.

"신은 이 고집불통인 성격 때문에 스스로도 곤혹스러울 때가 있사옵니다. 부디 잘 지켜봐 주시옵소서, 폐하. 이불······."

어얼타이가 또다시 그 얘기를 꺼내려 하자 옹정이 단숨에 말허리를 툭 잘라버렸다.

"이불에 대해선 짐이 자네들의 뜻에 따르기로 했네. 내일 후스리를 북경으로 부르게. 그쪽 말을 좀더 들어보고 처리해도 늦진 않을 테니 말일세."

말을 마친 옹정이 고개를 들어 하늘을 올려다보았다. 그리고는 웃으며 윤상에게 말했다.

"자네의 건강 상태로는 아직 이렇게 장시간 앉아있는 건 무리일 텐데 좀 일찍 보내준다는 것이 보다시피 이렇게 됐네. 안색이 처음 들어올 때보다 안 좋아 보이네. 비도 그칠 기미를 보이지 않으니 서둘러 청범사로 돌아가느라 하지 말고 여기 안락의자에 누워 눈 좀 붙이게. 악종기의 일에 대한 상의가 끝나는 대로 이네들은 물러갈 테니, 자넨 빗줄기가 약해지길 기다렸다가 가는 것이 어떻겠는가?"

사실 윤상도 안락의자에 누워 편히 쉬고 싶은 마음뿐이었다. 그러나 곧 머리를 저어 보이며 미소를 지었다.

"성은이 망극하옵니다. 하지만 신은 더 버틸 수 있습니다. 신에 대해선 염려하시지 마시고 의사에만 전념하십시오. 폐하께서 봉천에 계시는 동안 쌓였던 일들이온데, 이 아우 때문에 혹시나 차질을 빚으신다면 아우도 그 책임을 피해갈 수는 없지 않겠습니까."

"악종기는 이번에 짐의 밀조를 받고 왔다네."

옹정이 근엄한 표정을 지으며 말했다.

"육부엔 호부상서 장석정(蔣錫廷)만 빼고 이 사실을 아는 이는 없네. 지금 처링 아라부탄이 파견한 사신 건둔이 북경에 와 있네. 홍력이 그자의 수행원 하나를 매수하여 입수한 소식에 의하면 아라부탄은 중병에 걸려 생명이 길어 봤자 반년이라고 하네. 죽음을 앞두고 강화협정을 체결하러 온 모양인데, 그도 그럴 것이 그쪽에도 각 부락간의 불협화음이 만만찮거든! 손발이 맞지 않다 이거야! 게다가 서장(西藏)과 카얼카 몽고의 움직임을 볼 때 아라부탄으로선 자신에게 유리하리라는 확신이 없는 거지. 사실 서부전선 얘기만 나오면 짐은 울화가 치민다네. 윤제가 강희 60년에 서장으로 진군했었지 않은가. 하지만 자그마한 승리에 만족하여 방심하고 있다가 적을 놓치고 흐지부지해지고 말았었지. 연갱요도 마찬가지로 뤄부 짱단쩡을 코앞에서 놓쳐 후환을 남겨 두었었지 않은가. 좀 듣기 거북한 소리일 테지만 그것들이 똥 싸고 똥구멍을 닦지 않았기에 조정이 오늘날까지 그 비리비리한 몇 놈에 휘둘려 다니는 게 아닌가!"

옹정은 서부에 관한 얘기만 나오면 이토록 흥분하곤 했다. 주식은 옹정이 윤사와 연갱요에 대해 말문이 트일까 은근히 걱정을 했다. 이젠 누구라 할 것 없이 전혀 새롭지 않은 얘기로 장시간 뒤집었다, 엎었다 한다는 것이 지겨웠던 것이다.

그러나 옹정은 피곤한 기색이 역력한 윤상이 신경이 쓰이는 눈치였다. 옹정은 다시 화제를 본론으로 이끌었다.

"세부적인 것은 다음 기회에 논하도록 하고 아라부탄이 보낸 사신 건둔은 짐이 당분간 나서지 않을 테니 주식, 자네가 알아서 처리하도록 하게. 병사(兵事)에 대해선 언급하지 말고, 사신에 대한 적당한 '예'를 갖추는데 초점을 맞추도록 하게."

"예, 폐하!"

주식이 밝은 얼굴로 힘차게 대답했다.

"폐하의 의중을 노신은 알겠사옵니다. 엎드려 신하임을 인정하고 공품을 올리게끔 만들어 보겠사옵니다."

이에 홍력이 말했다.

"주 사부께서는 그네들과 굳이 그 무슨 합의를 이끌어 내느라 노심초사할 것도 없이 시간만 끌어보세요. 아라부탄이 서천(西天)으로 갈 때까지만요."

그렇게 말한 옹정은 스스로 생각해도 잘했다는 생각이 들었는지 감격해 하며 한마디 덧붙였다.

"그렇지. 지쳐서 쓰러질 때까지 질질 끌고 다니다 보면 물 한

비바람은 몰아쳐도 179

사발에도 감격할 것이고, 밥 한 술에도 감지덕지할 게 아닌가. 그때 가면 훨씬 유리하게 조약을 체결할 수도 있겠지."

그제야 옹정의 진정한 의도를 알게 된 대신들은 저마다 흥분하는 눈치였다. 어얼타이가 말했다.

"성조 말년에 소승(小勝)을 거두었으나 성에 차지 않았사옵니다. 연갱요가 비록 크게 개가를 울렸다곤 하지만 우환의 불씨를 남겨두고 있어 여태까지 찜찜했었사옵니다. 그러니 이번 기회엔 완전히 뿌리를 뽑아야겠사옵니다!"

"이 일은 보친왕께서 총지휘를 맡으실 것입니다."

장정옥이 말을 이었다.

"필요하신 모든 것은 저희 군기처에서 적극 협조하여 드리겠사옵니다."

그러자 이번에는 방포가 나섰다.

"신은 어디에도 얽매이지 않는 산질대신(散秩大臣)이오니 악종기 장군을 도와 군량미 공급을 책임져 줄 수도 있사옵니다."

"세무(細務)는 더 이상 상세하게 논할 수 없네."

옹정이 웃으며 말했다.

"홍력과 악종기가 이미 며칠 동안 의논중인 걸로 알고 있네. 내지(內地)에서 군량미 한 근을 운송해 간다고 했을 때 서부까지 가고 나면 스무 근이 소요되고 마는 격이니, 어쨌든 가까운 곳에서 조달하도록 할 것이네. 지금의 급선무는 출전할 병사들을 선발하는 일일세. 하남, 산서, 산동에서 궁마(弓馬)에도 뛰어나고 조총(鳥銃)에도 능한 6천 정예병이 나와야겠네. 그러나 이 일은 병부에서 나서지도 말고 군기처에서 알아서 조용히 처리하도록 하게!"

그러자 장정옥이 급히 대답했다.

"그건 쉬울 것이옵니다. 열하와 경사의 선박영들을 다른 곳으로 옮겨가게 하고 각 성에 하명하여 이들 선박영들의 빈자리를 메울 만한 정예병을 선발하여 보내라고 하면 조용히 빠른 시일 내에 확보할 수 있사옵니다."

그러자 홍력이 말했다.

"그리고 목재도 대량으로 필요하네. 호부, 병부에서 직접 나서기는 불편하니 장상, 어상, 두 분이 신경을 써줘야겠네. 비밀리에 빨리 처리하도록 하게."

"목재 말씀이옵니까? 어찌하여 목재가 대량으로 필요하시온지요?"

어얼타이가 이같이 반문하고는 덧붙였다.

"그리 어려운 일은 아니오나 적절한 이유가 있어야 할 것 같사옵니다."

이에 옹정이 나섰다.

"짐이 창춘원 북쪽에 원명원(圓明園)을 하나 더 지으려고 그러네. 이를 이유로 민간에서 목재를 지원받도록 하게."

"그건 좀……."

주식이 난색을 표했다.

"차마(車馬)를 구입하거나 궁실(宮室) 건축을 하는 데 있어서 필요한 재정은 조정에서 자체적으로 충당하게끔 되어 있사옵니다. 지방 번고(藩庫)의 은이 공개적으로 궁실을 건축하는데 쓰인다면 폐하의 명성에 누가 될 것이옵니다. 어사(御使)들도 입을 봉하고만 있을 것 같지 않사옵니다."

그러자 옹정이 희고 가지런한 이를 드러내며 코웃음을 쳤다.

"성조께선 창춘원을 확장하시고, 열하에 피서산장까지 지으셨어. 짐도 늙어 거동이 불편할 때를 대비하여 거처를 하나 마련해두고 싶어서 그러네, 그런데 큰 지출도 아닌 일에 그것들이 감히 뭐라고 지껄여? 개가 짖는다고 배가 떠나지 않는 걸 봤나? 짐은 전혀 상관하지 않네."

옹정은 손사래를 치며 덧붙였다.

"회의시간이 엿가락처럼 너무 늘어져도 안 좋구만! 오늘은 이만하고 물러들 가게!"

자시(子時)가 가까운 시각이었다. 폭풍취우는 장장 두 시간 동안 이어졌다. 번개와 우렛소리는 지칠 줄 모르고 간간이 계속됐지만 빗줄기는 눈에 띄게 가늘어졌다. 가마 밑바닥 같은 새카만 구름이 여전히 숨막히게 드리워져 있었다.

홍시(弘時)를 태운 교부(轎夫)들은 힘겨운 다리를 끌며 홍시네 집을 향해 움직이고 있었다. 선화(鮮花) 골목이라는 이곳은 북경의 왕부(王府)들이 밀집해 있는 곳으로서, 일반 민가는 없었다. 몇 리 간격으로 우뚝 솟은 왕부들이 눈에 띄었다. 궁궐의 그것을 모방한 담벽들이 바둑판처럼 네모 반듯했고, 좁다란 골목길들이 교차했다. 이같이 비바람이 기승을 부리는 날에도 선박영에서 야경을 나온 병사들이 골목길을 순찰 도는 모습이 보였다.

하루 종일 동에 번쩍, 서에 번쩍 하고 난 홍시는 지친 나머지 들썩거리는 수레에 앉아 어렴풋이 잠이 들어 있었다. 이때 갑자기 가랑비의 장막을 뚫고 어딘가에서 고악소리가 은은히 들려왔다. 눈을 번쩍 뜨고 창문으로 내다보니 불빛이 대낮 같은 곳을 지나고 있었다. 홍시가 고개를 내밀어 물었다.

"허락도 없이 극장엔 왜 왔나?"

"패륵마마!"

수행태감이 급히 창가로 다가와 조심스레 웃어 보이며 말했다.

"극장이 아니옵고 장친왕부이옵니다. 이제 두 집만 더 가면 우리 왕부에 도착하게 되옵니다."

그 말에 홍시가 입을 양옆으로 찢으며 웃었다. 그의 저택은 아직 옹정이 편액을 내리지 않았기에 그저 패륵부일 뿐이었다. 아랫것들이 듣기 좋게 그를 왕이라 칭하며 자기네들끼리는 '왕부(王府)'라는 칭호가 대단히 자연스러웠던 것이다. 불빛을 빌어서 보니 과연 '장친왕부(莊親王府)'라고 강희의 친필 편액이 한 눈에 들어왔다. 홍시는 곧 발을 굴러 수레를 내리게 했다.

밖으로 나오니 아직도 간간이 이어지는 찬비에 몸이 오슬오슬 떨렸다. 덕분에 잠기가 가신 듯 사라진 홍시가 말했다.

"누군 하루종일 뛰어다녀 파김치가 되어 집에 가는데, 십육숙은 팔자도 좋네! 그래서 사람과 사람은 서로 비교하면 안 되는 거야."

홍시가 푸념을 늘어놓으며 빗물을 저벅저벅 밟으며 다가갔다. 문지기방에 들어앉아 있던 왕부의 태감들이 홍시가 들어서자 깜짝 놀라는 눈치였다. 대장격인 왕구(王狗)가 날렵하게 한 쪽 무릎을 꿇어 예를 갖추었다. 그리고는 오관(五觀)을 한 쪽으로 몰아붙여 웃으며 인사를 올렸다.

"셋째마마, 이 시간에 어쩐 일이시옵니까! 거의 두 달 동안 못 뵈었죠, 아마? 뵙고 싶어서 혼났사옵니다!"

그러자 홍시가 웃으며 말했다.

"속에도 없는 소릴 어쩌면 그렇게 감칠맛 나게 하나? 내 소매 속의 은표(銀票)가 그리웠겠지!"

홍시가 이같이 말하며 안주머니를 만져보았다. 5천 냥 짜리 용두은표(龍頭銀票)와 몇 푼 안 되는 자잘한 금 조각 몇 개가 있었다. 은표는 내줄 수 없어 홍시는 금 조각을 왕구에게 던져주었다. 그리고는 물었다.

"이 야심한 밤에 십육숙께서는 연극을 관람하고 계신가?"
"그럼요!"

왕구가 입이 째지도록 웃으며 대답했다.

"저의 주인 외에도 성친왕(誠親王), 다섯째패륵 모두 계시옵니다. 보친왕께서도 오실 거라고 하셨사온데, 일 때문에 못 오시고 몇몇 청객(請客), 막료(幕僚)들만 와 있사옵니다. 폐하께서 기우제를 지내실 때 공연하기로 준비했던 연극이온데, 비가 왕창 내리고 있으니 기우제를 지낼 필요가 없게 됐지 뭡니까? 그래서 저의 주인 장친왕께서 기왕 이렇게 된 바에 이제 태후마마의 제삿날도 다가오니 연극 주제를 바꿔 연습을 좀더 시켜 제삿날에 공연하게끔 주청을 올려 윤허를 받았사옵니다. 하오니 엄격히 따지만 지금은 희자(戲子)들이 연습을 하고 있는 중이옵니다. 녹경당(祿慶堂)의 희자들을 불렀는데요, 주인공은 그 이름도 유명한 갈세창(葛世昌)이라는 거 아니옵니까! 어서 안으로 드시죠!"

홍시가 뜰로 들어서니 등불이 휘황찬란한 방 안에선 여자 목소리를 모방한 남자 희자들의 간드러진 목소리가 귓전을 간지럽혔다. 창문 너머로 들여다보니 곱살하게 생긴 갈세창이 여장을 하고 엉덩이를 흔들며 무대를 누비고 있었다.

새벽 찬이슬에 이불깃 여미며 돌아누우니
꿈속에서 다시 그댈 만났네.

그날 거기서 만나자던 약속 아직 잊지 않았는데,
그대는 어찌하여 나타나지 않나!
새 사람의 용모에 반해서?
그 옛날 혼인할 땐 나도 절색이었거늘!

홍시가 피식 웃으며 계단을 올라 대청으로 들어섰다. 열 몇 개의 궁등(宮燈)이 대낮같이 환하게 밝히고 있는 가운데 갖은 악기와 고악이 한데 어우러져 시끌벅적했다. 아직 화장을 지우지 않은 남녀 희자들이 해바라기씨를 까먹으며 희희낙락하게 떠들고 있는 가운데 여장이 기막히게 어울리는 갈세창이 긴 소맷자락으로 눈물까지 찍어내며 가느다란 목소리로 노래를 부르고 있었다.

사랑은 식어버린 화롯불이요, 내던져버린 가을 부채인데,
저 산이 가로막혀 가고파도 못 가네.
봄이 되면 풀은 저절로 푸르니 그 누가 이별이 슬프지 않으리오.
그대여, 새 사람을 만났더라도 옛 정을 잊진 말아주오.

그 자리에 선 채로 무대를 주시하고 있던 홍시는 순간 깜짝 놀라고 말았다. 뒤에서 배역을 맡아 돌아가고 있는 사람들 중에는 의친왕(毅親王) 윤례의 아들인 홍경(弘慶)과 성친왕 본인도 끼어 있었던 것이다! 장친왕도 무슨 역을 맡은 듯 입술 위에 가짜 수염을 더부룩하게 달고 앉아 유유자적 차를 마시고 있었다.

여러 왕들이 무대 위로 올라가고 진짜 희자들이 아래서 희희낙락 떠드는 진풍경이 벌어지고 있었던 것이다. 홍시는 화가 나기도 하고 우스꽝스럽기도 하여 악기를 담았던 나무상자 위에 털썩 주

저앉고 말았다.
 이때 희자 하나가 홍시를 발견하고는 호들갑을 떠는 바람에 장친왕네도 모두 홍시에게 알은체를 하며 다가앉았다. 모르고 보면 절세미인인 줄 알고 반해버릴 것만 같은 갈세창이 몸동작까지 하느작거리며 끼어 들었다. 홍시가 그 탱탱하게 올라붙은 엉덩이를 툭 치며 말했다.
 "이봐, 세창이! 우리 마누라보다 몸매가 더 매혹적인데? 언제 시간 내서 우리 한번 놀아볼까?"
 홍시가 노골적으로 음란한 농을 걸어오는 터에 갈세창이 간드러지게 웃었다.
 "호호, 셋째마마 귀하신 분이 왜 이러시옵니까! 이렇게 많은 사람들 앞에서……."
 수시로 과장된 행동을 해 보이는 갈세창의 모습에 사람들이 와! 하고 웃음을 터뜨렸다. 이때 성친왕 윤지가 말했다.
 "지금 셋째패륵은 우리 집안살림을 도맡아하고 있는 실세야. 홍력보다 더 권한이 있다고. 아까 그런 부탁은 우리한테 말하는 것보다 셋째패륵한테 청을 드리는 것이 훨씬 낫지!"
 "어려운 일이라도 있나?"
 홍시가 여전히 음란한 눈빛으로 갈세창을 바라보며 부드러운 말투로 물었다.
 "따로 나가서 들어야 하나?"
 그러자 갈세창이 손바닥으로 입을 가리고 수줍게 웃어 보이더니 애교 섞인 목소리로 말했다.
 "너무 그렇게 노골적으로 나오시면 제가 몸둘 바를 모르죠! 실은 저의 사촌동생이 강소성 어느 귀신도 거기선 새끼를 치기 싫어

한다는 곳으로 발령나고 말았지 뭡니까. 그래서 제가 성친왕께 다른 곳으로 보내주십사 하고 청을 드렸더니, 성친왕께서 고맙게도 윤계선 중승께 서찰을 보내셨다고 합니다. 그런데 그 윤 중승이 이제 곧 북경으로 들어오신다고 하오니 패륵마마께서 그 분을 한번 만나주시는 것이 어떨까 해서 말씀드리는 중입니다."

그러자 홍시가 웃으며 물었다.

"그 사촌동생은 어디로 가고 싶어하는데?"

홍시가 관심을 보이자 갈세창은 얼른 끼어 들었다. 홍시의 어깨를 감싸 안고 이리 보고 저리 보고 구역질날 정도로 아양을 떨어대며 말했다.

"상주부(常州府)의 김 어른이 무호(蕪湖) 도대(道臺)로 발령났다고 합니다. 그 자리가 좋을 것 같은데요?"

그러자 홍시가 갈세창의 뺨을 살짝 꼬집어 비틀었다.

"그건 단순히 발령을 원하는 게 아니라 승진을 노리는 거네! 솔직히 말해 봐, 그 '사촌동생'한테서 얼마나 받아먹었어? 하기야 그런 것쯤이야 나한테 오면 식은 죽 먹기지."

갈세창이 벌써 술을 철철 넘치게 따라 손수건으로 받쳐 홍시의 입가로 가져갔다. 그러자 홍시가 여전히 게슴츠레한 눈을 들어 갈세창과 눈을 맞추며 낄낄 웃었다.

연극연습이 끝나고 술자리가 이어졌다. 각 왕부에서 나온 막료들도 우르르 몰려들어 술잔을 부딪치며 부어라 마셔라 웃고 떠들었다. 위계질서 따윈 찾아볼 수도 없었다.

술이 서너 순배 돌아가자 윤록이 홍시에게 물었다.

"그런데, 자네 지금 어디서 오는 길인가? 무슨 일 있었나? 이렇게 한가한 줄 알았으면 진작에 불렀지."

홍시가 좌중을 둘러보았다. 사람들은 자기네들끼리 어울리느라 다른 사람들에겐 신경을 쓰지 않았다. 그제야 홍시가 목소리를 낮춰 지의를 받고 윤잉의 최후를 지켜본 전후 과정을 대충 들려주었다. 그리고는 덧붙였다.

"둘째숙부님이 돌아가셨는데, 우린 술 마시고 연극구경을 하고 이래선 안 되는데……. 절대 아바마마께 제가 여길 다녀갔다는 얘기를 하지 마세요."

그러자 옆에서 다 듣고 난 윤지가 말했다.

"간 사람은 어쩔 수 없지만 산 사람은 먹고 마시고 살아가야 할 거 아닌가? 우리가 연극구경을 하는 것도 지의를 받았기 때문에 상관없네. 솔직한 얘기로 둘째형은 살아있는 것이 죽느니 보다 못했지……. 아! 됐어, 됐어! 괜히 술맛 떨어지게 그런 얘기하지 말자고."

윤지의 말이 떨어지기 바쁘게 옆자리에서 와! 하는 함성과 함께 박수가 터져 나왔다. 막료 하나가 주령(酒令)에서 진 모양이었다. 대접으로 술을 마시든지 아니면 시를 지어 우스운 얘기를 하든지 둘 중 하나를 해야 했다.

그 막료가 홍력이 데리고 있는 이한삼이라는 걸 알아본 홍시가 웃으며 같은 좌석에 앉은 사람들에게 말했다.

"보친왕네 막료예요."

"졌어, 또 졌어!"

홍광이 만면한 이한삼은 술이 거나하게 취한 것 같았다.

"술은 더 마시면 안 되고, 욱…… 내가 시…… 시를 읊어볼게."

이때 윤지, 즉 성친왕부의 막료 하나가 갈세창을 가리키며 말했다.

"이 계집애를 주제로 즉흥시를 짓는 게 어떻겠소."
"아니!"
이한삼이 고개를 절레절레 흔들었다. 그리고는 창가에 있는 일명 계관화(鷄冠花)라 불리는 맨드라미를 가리키며 말했다.
"저 꽃을 주제로 한 번 해볼게."
그는 비틀거리며 자리에서 나와 갈세창을 아래위로 훑어보며 즉흥으로 시를 만들어 읊었다.

붉디붉은 계관화, 저녁놀보다 붉구나.
죽음이 임박해도 애처로이 매달려 있네.
전전반측하며 봄날 아침을 알려도,
이는 원래 꽃이 아니어라!

시를 다 읊고 난 이한삼은 멍하니 서 있는 갈세창의 등을 두드리며 덧붙였다.
"……이건 바로 자네 같은 후정화(後庭花)를 뜻한다네!"
말뜻을 알아차린 사람들이 와! 하고 흐느적거리며 웃었다. 홍주가 크게 웃으며 이한삼에게 말했다.
"계관(鷄冠, 중국에서 '鷄'는 기생을 뜻함)과 후정화…… 참 묘하이! 자네, 넷째패륵부의 막료라고 했나? 내일 우리 집에 놀러오게. 우리 집에도 꽃이 많다네!"
그러자 후정화라는 말이 그리 좋은 뜻은 아니라는 생각이 들었던지 갈세창이 홍시에게 물었다.
"셋째마마, 후정화란 어떤 뜻이옵니까?"
사람들이 또 와! 하고 배꼽을 잡고 뒤로 넘어갔다. 이에 홍시가 갈세창의 엉덩이를 꼬집으며 말했다.
"바로 자네 이 탱탱한 엉덩이를 뜻한다네!"
"엉덩이라고 하면 얼마나 듣기 거북합니까? 같은 값이면 다홍치마라고……."
이한삼이 웃으며 말을 이었다.
"다들 풍아로운 분들인데, 기왕이면 '백옥금단(白玉錦團)'이라고 하는 게 듣기에도 좋죠!"
그러자 갈세창이 드디어 자신을 비웃는 말임을 알아차리고는 거칠게 쏘아붙였다.
"쥐불알 만한 것이 보자보자 하니 까불고 자빠졌어? 주제에 '풍아(風雅)'를 운운하긴!"
이에 이한삼이 껄껄 웃으며 말했다.
"이 사람아, 불알이 뭔가? 엉덩이보다 더 듣기 거북하게! 이왕이면 '붉는 놀 속에 우뚝 선 선녀 방망이'라고 하면 어디 덧나나?"
대청 안은 떠나갈 듯한 웃음바다 속에 잠기고 말았다. 한바탕 지저분한 말로 시간을 죽이고 있을 때 윤잉의 죽음이 내내 마음에 걸렸던 집주인 윤록이 지나치다는 느낌에 고함을 질러 질서를 바로 잡았다. 이 사실이 옹정에게 알려지면 뼈도 못 추릴 판이라는 걸 뒤늦게야 깨달은 사람들은 정색을 하며 태후의 제삿날에 올릴 연극 짜임새에 대해 툭툭 공을 주고받듯 맘에도 없는 의논을 하다가 새벽녘이 다 되어서야 헤어졌다.

34. 악비(岳飛)의 후예

 윤잉이 죽고 나서 사흘째 되던 날 윤계선(尹繼善)과 유홍도(兪鴻圖) 두 사람은 동행하여 북경으로 돌아왔다. 윤계선은 술직차 북경에 불려오는 것이고, 유홍도는 흠차대신으로서 임무를 완수하고 보고 올리러 오는 길이었다.
 두 사람 모두 가족은 북경에 있었지만 유홍도는 흠차의 신분상 먼저 황제를 알현하기 전에는 집으로 돌아갈 수 없었고, 윤계선은 부모가 있는 집으로 그다지 발길이 옮겨지지 않는 모양이었다. 그리하여 두 사람은 북경 근교의 노하역관에 머물기로 했다.
 그러나 저녁을 먹고 나자 갑자기 마음이 변한 윤계선은 집으로 들어가야겠다며 서둘러 출발했다. 윤씨네의 가법이 엄격하다는 소문을 익히 들어온 유홍도는 어마어마한 봉강대리(封疆大吏)도 아비의 매질을 두려워한다는 생각에 별다른 만류없이 저만치 바래다주었다. 결국 유홍도는 여섯 칸 짜리 상방(上房)에 말동무도 없이 혼자 있게 되었다.
 조정에서 관원들이 영접하러 나올 것이라며 예부에서 전해왔다. 그러니 어디 바람 쐬러 나갈 수도 없는 노릇이었다. 무료함을 달래기 위한 궁여지책으로 그는 붓을 들어 그림을 그리기 시작했다. 이때 문 여는 소리가 들려 고개를 돌려보니 자신이 내무부에 있을 때 동료였던 상덕상(尚德祥)이었다. 심심했던 터라 그는 팽개치듯 붓을 내려놓고 반색하며 웃으며 맞았다.
 "덕상, 자네가 어쩐 일인가! 혼자 왔어? 마씨, 김씨, 다 이 동네에 사는 걸로 알고 있는데, 같이 오지 않고? 안 그래도 내가 도착했다는 소식을 들으면 올 줄 알았어."
 "유 어른!"
 상덕상이 얼굴 가득 웃음을 지어 보이며 한 쪽 무릎을 꿇어 예를 갖추었다.
 "유 어른, 이 놈의 인사를 받아주십시오."
 자리에서 털고 일어난 상덕상은 다시 무릎을 꿇으려고 했다. 그러자 당황한 유홍도가 급히 두 손으로 말렸다.
 "꼴값 떨고 있네. 자네, 내 앞에서 꼭 그래야겠어? 전에 같이 술 마시고 뻗어 밖에서 얼어죽을 뻔한 적도 있었잖아! 하기야 우리가 같이 있을 땐 무슨 짓인들 안 했겠어?"
 그는 단향나무 의자를 가리키며 상덕상더러 앉으라는 손짓을 했다. 역승(驛丞)이 건넨 찻잔을 받아 한 모금 마시고 난 상덕상이 웃으며 말했다.
 "어느 산에 오르면 그곳 산 노래를 불러야 한다고, 그때는 그때고 지금은 그대 신분이 다르잖소. 김씨, 마씨는 오늘 못 올 거요. 며칠 전 태자가 죽었잖소. 내무부에 영정을 마련해 놓고 제사를 지낸다고 난리요. 폐하께서도 납신다는데. 난 마침 종이니 향 등이 모자란다고 하여 사러 나왔다가 옆으로 새어버린 거요."

자신 앞에서 굽실거리는 그 옛날의 동료를 바라보며 유홍도도 감개가 새로웠다. 1년 사이에 이네들은 여전히 종이 심부름이나 하며 다리 품을 파는 사무관 그대로지만 자신은 벌써 도찰원(都察院)에서 한 자리를 차지하고 있고, 흠차신분으로 다녀와 술직을 기다리고 있지 않는가! 생각할수록 사람의 앞날이란 예측불허였다! 잠시 생각에 잠겨 있던 유홍도가 웃으며 말했다.

"아무리 처지가 달라졌다고는 해도 한 번 친구는 영원한 친구이지. 사람들이 많을 땐 격식을 갖추더라도 둘만 있을 때까지 그럴 건 없잖아. 내가 자네들 앞에서 잘난 척을 해 봐, 돌아서서 얼마나 욕하겠나!"

"누가 감히 그대를 욕하겠소!"

상덕상이 차를 후루룩 마시며 말을 이었다.

"목말라 죽는 줄 알았소! 어른은 모르겠지만 우린 매일 코를 맞대고 있던 사람이 하루아침에 날아올라 중천에 걸려 있으니 얼마나 부러운지 모른다오! 봉천에서 온 철모자왕들이 '팔왕의정(八王議政)'이니 어쩌네 하며 궁전을 떠들썩하게 만들 당시 유 어른 말고도 마씨도 현장에 있었다며? 마씨가 궁전에서 나오자마자 자기 손으로 자신의 뺨을 죽어라 때리고 있지 뭐요! 왜 그러냐고 물었더니, '이놈의 주둥아리는 평소엔 잘도 재잘거리더니 결정적일 때는 통 말을 듣지 않는다네! 그 자리서 유홍도처럼 하지는 못해도 비슷하게 궁시렁거리기만 했어도 당장 괜찮은 자리 하나 얻어 걸렸을 텐데!' 하며 하소연하는 거 있지? 그래서 내가 '사람은 다 눈, 코, 입 달리고 똑같은 것 같아도 바로 그렇게 다른 것이오.

악비(岳飛)의 후예

말처럼 쉬운 게 어디 있겠소? 홍도는 머리를 떼어 어깨에 메고 팔왕들과 대적한 격인데, 자네는 때려죽여도 그렇겐 못하지!' 그랬다는 면박을 주었다는 거 아니오."

그러자 유홍도가 말했다.

"그 당시 난 결과 같은 건 전혀 염두에 두질 않았소. 그럴 경황도 없었고."

"그러게 역시 인물이 될 사람은 다르지!"

상덕상이 말을 멈추고 몸을 앞으로 숙이며 말했다.

"유 어른, 사실 유 어른께 한 가지 부탁하고 싶은 일이 있는데, 들어줄 수 있을는지 모르겠소?"

이에 유홍도가 대뜸 경계하는 듯한 표정을 지은 채 상덕상을 바라보았다.

"난 어사언관(御使言官)에 불과한데, 무슨 힘이 있다고 그러오."

그러자 상덕상이 껄껄 웃으며 말했다.

"등잔 밑이 어둡다더니, 정작 당사자는 아직 까막눈이구만! 어른은 사천성(四川省) 번대(藩臺)로 발령났다오! 표(票)도 내려왔다니까! 북경성에 소문이 자자하다오!"

"그게 사실이오?"

"그ㅡ럼 사실이지!"

상덕상은 말꼬리를 길게 끌며 확신에 찬 표정이었다.

"보친왕이 그대를 천거했다고 하더구만. 악종기 대장군이 사천성에서 십 몇 만 대군을 거느리고 있는데, 천하제일의 군수중지(軍需重地)엔 그에 걸맞게 유능하고 강직한 사람을 번대로 들여야 한다고 하시며 유 어른 아니면 안 된다고 못을 박았다지 않소!"

상덕상이 다시 목소리를 낮춰 말했다.
"악 장군이 또 서부로 출병하게 됐다오! 두고 보오, 유 어른은 번대 자리에 가만히 앉아만 있어도 재주 좋은 원님 덕에 나팔 불 일이 오죽 많겠소. 이번에 악 군문이 승전고를 울리고 돌아오면 유 어른은 순무 자리는 떼 논 당상이오. 잘하면 총독에까지도 오를 수 있겠소! 전쟁이라는 것은 군향(軍餉) 대결이기 때문에 유 어른은 돈, 명예 두 마리 토끼를 다 잡을 수 있을 것이오……."
상덕상이 눈을 크게 뜨고 두 팔을 잔뜩 펴며 말을 이었다.
"어마어마한 돈더미에 올라앉게 될 것이다, 이 말이오!"
그러자 유홍도가 가벼운 미소를 지어 보이며 말했다.
"자네도 알다시피 난 돈을 좋아하는 사람은 아니잖소."
"그래, 그래! 그건 그렇지! 우리 내무부에서 나만큼 그대를 잘 아는 사람이 어딨겠소? 유 어른은 돈 따윈 쓰레기처럼 취급해 왔잖소!"
상덕상이 즉각 유홍도의 비위를 맞추며 말했다.
"돈을 싫어하는 사람일수록 관운이 따르는 법이오. 이위 총독, 전문경 중승, 어얼타이 중당 등 모두가 돈에는 초연한 모습들이잖소! 문제는 유 어른이 폐하의 신임을 얻은 데다 웬만한 사람은 흉내도 낼 수 없는 충성심에, 돈을 멀리 하는 청빈한 심성에, 나이도 젊고 이 총독이나 전 중승보다 건강하기까지 하니 더할 나위 없는 거목감이 아니겠소? 지금 잘 나가는 관원들을 보면 간이 나쁘거나 결핵 등에 시달리고 있소. 그러니, 아무튼 크게 낙관할 수가 없는 사람들이라고. 이젠 유 어른의 시대가 열렸소!"
유홍도는 일약 용문(龍門)으로 날아든 이래 종일 윤계선이나 이위, 홍력 등 신분이 혁혁한 사람들과 어울리다 보니 상덕상의 저속한 아부가 그리 마음에 들지는 않았다. 그러나 그의 말에 일리는 있었다. 옹정의 '3대 모범'들이 모두 골골대는 것도 사실이었다. 이럴 때야말로 자신이 치고 나갈 때라고 그는 생각했다.

여기까지 생각이 미친 유홍도가 웃으며 말했다.

"듣기 좋은 말도 세 마디라더니, 너무 목마 태워 주니 어지럽군. 그래, 나한테 부탁하고 싶다던 것이 대체 뭔가?"

"혹시 우리 그 '말라깽이' 매형 기억나오?"

상덕상이 덧붙였다.

"……왜 있잖소, 2년 전 정월 8일에 가흥루(嘉興樓)에서 우릴 초대했던…… 이름이 동광흥(董廣興)이라고…… 회남부(淮南府)에서 지부로 있다가 새총 맞고 떨어졌잖소. 셋째패륵께서 사천으로 보내주셨는데, 이번에 북경에 와서 한다는 말이 더 좋은 자리가 났다며 유 어른을 뵙고 청을 드려 보겠노라고 며칠을 기다리다가 갔지 뭐요."

유홍도는 그제야 상덕상이 종이 사러 나왔다가 옆으로 '샌' 이유를 알 것 같았다. 기억을 더듬어 보니 가흥루에서 술자리에 초대받았던 적이 있는 것 같았다. 그 당시 동광흥에 대해서도 악의는 없었던 것 같았다. 입을 열어 말하려 할 때 상덕상이 먼저 말했다.

"지난번에는 얻어먹었으니, 이번에는 한턱 내느라 다들 한 자리에 모였었거든? 당연히 술은 둘째치고 유 어른이 화제가 됐었지. 내무부 82년 역사상 최대의 인물이 났다며 우리가 입을 모으니, 우리 매형이 뭐라고 했는 줄 아오? '대단한 영웅을 2년 전에 미리 모시게 되어서 실로 우리 동씨 가문의 무한한 광영이 아닐 수 없네. 우리 대청에 곽수(郭琇), 장정옥(張廷玉)에 이어 또 일류 인물이 나오는구만!' 하면서 감격해마지 않는 거요!"

그러자 유홍도가 말했다.
"그렇게 말했다니, 실로 몸둘 바를 모르겠소. 과찬이 아닐 수 없소!"
"하도 유 어른, 유 어른 하기에 우리가 데리고 댁의 마님을 찾아뵙고 왔다니까!"
상덕상이 계속하여 주절댔다.
"유 어른댁에 들어서자마자 그 빈한한 살림살이를 보더니 매형이 글쎄, 웬만한 외관(外官)들의 집도 이보다는 낫겠다며 눈물을 펑펑 쏟지 않겠소? 마침 자기가 기반가(棋盤街)에 뜰 세 개 짜리 기와집을 사놓고 있다며 즉석에서 마님을 설득하여 그리로 모셨잖소."
이에 깜짝 놀란 유홍도가 눈을 크게 떠 보이며 말했다.
"어찌 그런 짓을 할 수 있단 말이오! 자네 누구 물 먹일 일 있나? 안돼, 당장 원위치 시키시오!"
"유 어른, 우릴 그렇게 낮춰보지 마오. 유 어른이 공짜로 집을 소유한 게 아니면 되잖소! 어른댁의 큰방에 서화 작품들이 몇 점 내걸려 있었잖소? 우리 매형이 한 점에 적어도 백 냥은 넘게 나가겠다며 몇 점을 가져갔소. 소장하겠노라고. 서화 작품으로 방 한 칸을 바꾼 경우는 서건학(徐乾學) 재상도 그렇고, 이광지(李光地) 재상도 예외는 아니었소. 그럼에도 불구하고 아무렇지도 않았잖소?"
유홍도가 다시 입을 열어 말하려 할 때 밖에서 문안올리는 소리와 함께 역승이 외치는 소리가 들려왔다.
"보친왕께서 납신다!"
그러자 상덕상이 당황한 기색이 역력하여 벌떡 일어서더니 황급히 말했다.

"내일아침 조반 먹고 나서 우리가 마님을 모시고 창춘원 쌍갑문 입구까지 그대를 영접하러 나가겠소. 유 어른이 폐하를 알현하고 내려오면 연회를 베풀어 무사귀환을 축하드리겠소!"

말을 마친 상덕상은 눈치를 힐끔힐끔 보며 물러갔다. 그러나 상덕상은 공교롭게도 이문(二門)에서 홍력과 맞닥뜨리고 말았다. 그는 감히 고개도 쳐들지 못하고 한 쪽에 물러나 공손히 두 손을 모으고 길을 비켜 홍력 일행이 지나갈 때까지 기다렸다.

그사이 영접을 나와 계단 밑에서 무릎꿇고 머리를 조아리던 유홍도는 고개를 드는 순간 깜짝 놀라고 말았다. 옹정황제가 홍력의 등뒤에 서 있었던 것이다!

"폐하!"

크게 한 번 부르고 난 유홍도는 옹정이 편장(便裝) 차림인 걸 발견하고는 신분을 폭로시켜선 안 된다는 생각에 급히 삼궤구고(三跪九叩)의 대례를 올렸다. 그리고는 길게 엎드려 말했다.

"폐하, 보친왕마마, 어서 안으로 드시옵소서!"

옹정이 머리를 끄덕여 보이고는 홍력과 함께 나란히 계단을 올라 방 안으로 들어갔다. 유홍도가 종종걸음으로 따라 들어가 다시 한 쪽 무릎을 꿇어 문안을 올린 후에야 한 쪽에 엎드렸다. 역승이 부랴부랴 얼음물에 담가두었던 수박을 썰어서 내어왔다. 그리고는 잔뜩 숨죽인 채 까치발을 하고 물러갔다. 유홍도가 그제야 입을 열었다.

"폐하, 이렇게 친히 걸음을 하시니 신은 황송하여 어찌할 바를 모르겠사옵니다. 게다가 비까지 퍼부어 후덥지근한 이 날씨에 신은 달리 드릴 말씀이 없사옵니다!"

홍력이 수박 한 조각을 두 손으로 공손히 들고 옹정에게 건네고는 웃으며 말했다.
"폐하께선 윤잉 둘째숙부님의 장례식장에서 창춘원으로 가시던 중 자네들을 위로하기 위해 들르신 거네. 근데 윤계선은 같이 있지 않았나?"
그제야 유홍도가 윤계선이 집으로 들어간 자초지종을 들려주었다. 그리고는 덧붙였다.
"집으로 들어갔으니 다시 역관으로 나오지는 않을 것 같사옵니다."
"일어나서 앉게!"
옹정은 기분이 그리 좋아 보이진 않았다. 미간을 찌푸리며 담담하게 입을 열었다.
"짐은 둘째형의 장례식장에 다녀오는 길이라 마음이 울적하네. 자네와 윤계선이가 북경에 도착했다는 소식을 접하고, 또 손가감이 악종기의 모친을 북경으로 모시고 왔다고 하기에 겸사겸사 해서 들렀네. 자네들은 못 봐도 상관이 없는데, 이 노인만은 짐이 직접 만나보고 싶네."
그러자 유홍도가 급히 아뢰었다.
"신들은 오후에 도착했사옵니다. 아직 손가감은 못 봤사옵니다."
이에 홍력이 말했다.
"탐마(探馬)가 전해온 바에 의하면 손가감 등은 이미 풍대에 와 있다고 하오니 곧 이곳에 도착할 것이옵니다. 병부 무사(武司)로 간 악종기도 곧 올 거라고 했사옵니다."
옹정이 머리를 끄덕여 보이며 유홍도에게 말했다.

악비(岳飛)의 후예 199

"자네, 이번에 강남에 잘 다녀왔네. 청강(淸江) 하독아문에서 주장을 올려왔는데, 자네의 감시 하에 수리한 백 리가 넘는 큰 제방이 무사히 완공되어 백년불우(百年不遇)의 큰 홍수도 거뜬히 물리칠 수 있을 거라고 했네. 그곳은 짐이 다녀와서 제방의 존재 여부가 얼마만큼 큰 역할을 하는지 잘 아네. 자네가 큰 공로를 세웠네! 그리고 자네가 윤계선을 도와 강남에 의창(義倉)을 짓도록 했다며? 각 고을마다 의창을 하나씩 만들게 했고, 대표들을 선발하여 '모범 의창'을 돌며 교육시키기도 했다던데, 참 잘했네……."

옹정은 집안의 가보(家寶)를 꼽듯 유홍도의 공적을 작은 것이라도 빼놓지 않고 치하했다. 유홍도는 천하의 18개 행성의 업무에 불철주야 바쁜 옹정이 자신의 행적에 대해 손금보듯 알고 있다는 사실에 적이 놀랐다!

다시 옹정이 말했다.

"자네의 강직한 인품과 자신의 주장을 떳떳이 펼 수 있는 용기를 높이 사 짐이 어사감으로 점찍어 두었었네. 그러나 이제 보니 그건 닭 잡는데 청룡도 쓰는 격으로, 자네의 능력을 썩히는 수가 있을 것 같아 생각을 바꿔서 자네를 사천성 포정사로 발령낼까 하네. 악종기가 그곳에 주둔하고 있으니, 자네는 순무 쪽의 일도 보고 군수(軍需)나 민정(民政)도 돌보도록 하게. 보친왕이 특별히 추천했으니, 자네는 절대 보친왕의 얼굴에 먹칠하는 일은 없어야 하네, 알겠는가?"

"잘 알겠사옵니다, 폐하!"

엉덩이를 반쯤 걸치고 앉아있던 유홍도가 급히 상체를 숙이며 답했다.

"폐하의 융은(隆恩)과 보친왕마마의 후애(厚愛)는 실로 망극하옵니다! 강남에서의 성과는 모두 이위와 윤계선이 통력하여 협조해 주었기에 가능했사옵니다! 그리고, 이참에 신이 감히 한마디 간언 올리고 싶은 것이 있사옵니다. 폐하의 용체가 과로를 허락하지 않는 줄로 알고 있사오니 앞으로 조유(詔諭)가 계시면 지의를 내려 소인을 대내로 부르셨으면 하옵니다……."

"짐은 마음이 갑갑하여 나왔을 뿐이네."

표정이 우울해 보이는 옹정이 수심에 젖은 채 말했다.

"방금 둘째형 영전에서 향을 사르며 짐은 참 많은 생각을 했다네. 애당초 실덕(失德)을 하지 않았더라면 어찌 오늘 이 지경에까지 이르렀을까 하고 생각하니, 서글프기도 하고 유감스럽기도 했네. 태자도, 황제도 덕을 잃으면 그 종말은 똑같을 거라고 생각하네. 홍시가 임종을 지켜보고 와서 윤잉이 전에 타던 가마를 보더니 말할 기력도 잃은 채 베개에 머리만 부딪치더라고 전하더군……. 그 말을 듣고 짐의 마음이 찢어지는 것 같았네……."

옹정의 두 눈에 눈물이 그렁그렁했다. 벌써 홍시, 윤지, 윤록 등이 장안이 떠들썩하게 연극구경을 했다는 소문을 들어서 알고 있는 홍력이 속으로 '친척들의 슬픔은 여전한데, 타인들은 벌써 고성방가로구나'라는 시구를 떠올리고 있던 중 끝내 눈물을 보이고야 마는 옹정을 위로하려고 입을 열려고 할 때 뜰에서 웅성웅성하는 소리가 들려왔다. 이어서 몇몇 지게꾼들이 짐을 내려놓는 인기척과 사내의 목소리가 들렸다.

"어머님은 북쪽 방에 드시고, 너희들은 옆방에서 시중들도록 하거라. 전 건넌방에 있을 테니 어머님께서는 무슨 일이 있으시면 주저하시지 마시고 절 불러주세요."

하녀인 듯한 여자들의 나지막한 대답과 함께 노부인의 목소리가 들려왔다.

"손 어른, 아무래도 북쪽 방이 손님들이 드나들기엔 더 편할 것 같으니 손 어른이 그 방으로 드시게. 나 같은 늙은이야 덕분에 편히 잘 왔는데, 아무 데서나 하룻밤 나면 어떻겠나?"

홍력이 창문 밖으로 내다보더니 아뢰었다.

"아바마마, 손가감 일행이 도착했나 보옵니다!"

옹정이 창가로 다가가 보니 과연 손가감이 처마 밑 등불 아래에서 가인들을 지휘하여 짐을 옮기고 있었다. 그는 천천히 밖으로 나와 계단을 내려섰다. 그리고는 미소를 지으며 말했다.

"손가감, 자네 오랜만일세!"

"누구?"

어딘가 귀에 익은 목소리에 뒤를 돌아보던 손가감이 순간 크게 놀라며 경악에 찬 시선으로 옹정을 멍하니 바라보았다. 그사이 옹정이 웃으며 말했다.

"이 분이 동미(東美, 악종기의 호)의 모친인가? 자, 자, 우린 상방으로 올라가고, 유홍도네가 하방에 머물도록 하면 되겠네."

이같이 말하며 옹정이 몇 걸음 앞으로 다가가 악종기의 어머니를 부축하고 나섰다. 유홍도가 잰걸음으로 다가가 무슨 영문인지 몰라 뜨악한 표정으로 있는 노인의 한 쪽 팔을 부축했다. 그리고는 천천히 상방으로 올라갔다.

방 한가운데에 있는 의자에 노인을 앉혔을 때 손가감이 따라 들어왔다. 그는 옹정을 향해 삼궤구고의 대례를 올리고 나서 멍하니 자신을 바라보고 있는 노인에게 말했다.

"어머니, 이 분은 폐하십니다!"

순간 노인이 화들짝 놀라며 부들부들 떨리는 손으로 지팡이를 짚었다. 그러나 지팡이를 놓치고 말았다. 하지만 순간적으로 의자에 위태롭게 걸터앉게 된 노인은 있는 힘껏 다시 자리에서 일어났다. 그리고는 땅에 엎드려 연신 머리를 조아리기만 할뿐이었다.
　잠시 후 나지막한 흐느낌 소리와 함께 어느새 눈물범벅이 된 노인이 입을 열었다.
　"폐하, 이 노파의 죄를 어이하옵니까……."
　그러자 옹정이 자상한 미소를 지으며 두 손으로 노인을 부축하여 상석에 앉히려 했다. 한사코 상석에 앉길 거부하는 노인과 옹정 사이에 자그마한 승강이가 벌어졌다. 결국 노인은 상석의 한 모퉁이에 겨우 걸터앉았다. 옹정이 노인을 바라보며 말했다.
　"어르신, 대단한 복상(福相)을 타고 나셨네요. 자상해 보이시고…….올해 고수(高壽)는 어떻게 되시오?"
　"견마치(犬馬齒) 70 하고도 3년을 더 살았사옵니다."
　악종기의 모친이 떨리는 목소리로 대답했다.
　"폐하의 홍복 덕분에 잘 먹고 잘 사니 늙은 것이 눈치도 없이 여태 살아 있사옵니다……."
　"별 말씀을! 아무튼 몇천 리 길을 오시느라 수고가 많았어요."
　"전혀 힘든 줄 몰랐사옵니다! 손 어른이 얼마나 극진히 보살펴 주시는지, 정말 우리 종기가 따라왔다고 해도 그 정도는 아니었을 것이옵니다. 지방관들께서 모두들 다녀가시니 이 노파는 참으로 면목이 없사옵니다."
　옹정이 다시 입을 열어 물으려 할 때 악종기와 윤계선이 들어섰다. 아무것도 모르고 있던 두 사람은 흠칫 하고 멈춰 서서 잠시 어찌할 바를 몰랐다. 그러자 옹정이 웃으며 말했다.

"동미, 손가감이 자네를 대신하여 효자 노릇을 했다네. 자네 톡톡히 고맙다는 인사를 해야겠네!"

"폐하!"

악종기와 윤계선이 일제히 무릎을 꿇었다. 다시 일어나 대례를 올리려 할 때 옹정이 손을 내저어 제지했다.

"그만 일어나게. 짐은 지나가는 길에 자네랑 자네 어머니를 보고 가려고 들렀을 뿐이지 다른 일이 있는 건 아니네. 종기, 자네의 모친이 이토록 정정한 걸 보니 짐이 대단히 기쁘네. 그런데 손가감 자네가 얼굴이 좀 빠진 것 같네? 서둘러 도찰원으로 부임하느라 하지 말고 며칠 푹 쉬게. 이친왕 윤상이 건강이 안 좋은 것만 해도 속이 상한데, 자네들까지 아프면 안 되지. 짐의 진정한 일꾼들을 보면 대개 건강이 안 좋네. 그래서 짐이 너무 부려먹는 게 아닌가 싶어 때론 미안하기도 하네. 윤잉의 49제가 지나면 곧 태후마마의 제사이니, 그때 짐이 연극을 보여줄 거네."

이들은 연신 머리를 조아려 사은을 표했다. 그제야 악종기는 자신의 어머니에게 문안인사를 올렸다. 그러나 악종기의 모친은 무릎을 꿇고 있는 아들을 일으킬 생각은 하지 않고 지팡이를 짚은 채 상기된 표정으로 말했다.

"아들, 엎드린 채 어미 말을 명심해 듣거라. 이 어미의 건강은 묻지 말거라. 폐하의 홍복 덕분에 보다시피 팔팔하지 않느냐!"

"예, 어머니!"

"내가 17살에 너희 악씨 가문에 시집올 때는 강희 12년이었어. 벌써 56년이 흐른 셈이야."

노인의 눈빛이 서늘했다.

"너의 아버지는 돌아가실 때 영태영(永泰營)의 천총(天總)으로 있었어. 영태영 유격(遊擊)인 허충신(許忠臣)이 너의 아비 바로 위의 상사였지. 그런데 그자가 오삼계의 종용을 받아 모반을 일으켰어. 너의 아비는 진정한 사내였어. 몇 안 되는 병사들을 데리고 자신의 군영에서 연회를 베풀어 허충신을 초대하여 그 자리에서 그자를 찔러 서천으로 날려보내고 말았지!"

노인의 눈에 어느새 눈물이 그렁그렁 맺혔다.

"그때 그 무시무시한 장면을 난 영원히 잊을 수가 없어! 어느 누구도 너의 아비가 갑자기 자신의 상사를 찔러 죽일 줄은 몰랐으니까! 허충신의 친병들이 병영을 포위하고 '악씨 일가를 멸문'시켜야 한다며 고래고래 고함을 지르고 난리가 났지! 그 위기일발의 찰나에 너의 아비가 이렇게 말했어. '여자가 부군(夫君)을 따르는 것과 남자가 주인을 섬기는 것은 이치가 같아. 모두 처음부터 끝까지 그 마음 변치 말아야 해. 허충신이 내게 잘못 해준 건 없어. 그러나 내가 그를 죽일 수밖에 없었던 건 그가 대절(大節)을 잃었기 때문이야!' 그날 저녁 우리 열 일곱 식구는 죽으면 같이 죽고, 살면 같이 살자고 굳게 약속했어. 그리고는 용감하게 적들의 포위망을 뚫쳐나갔어. 비바람이 기승을 부리고 몰아닥치는 바람에 적들도 경황이 없었겠지만, 하늘이 도왔는지 우린 적들만 맞닥뜨리면 마구 무찌르고 길만 생기만 무조건 걸음아 날 살려라 하고 도망갔어······."

여기까지 말한 노인은 한숨을 내쉬었다. 사람들은 55년 전의 그 처절했을 가을밤의 일을 떠올리고는 아무도 말이 없었다.

"그때부터 조정에서 부를 때마다 너의 아비는 주저없이 출병하여 목숨 걸고 싸웠었지."

악종기의 모친의 눈빛은 그새 보석처럼 빛나고 있었다.

"관직은 올라갔다 내려갔다 부침이 심했고, 제독이 되고 나서는 파면까지 당했었어. 그 이유는 나도 몰라. 조정의 뜻이었기에 순순히 따랐을 뿐 난 그 이유를 묻지 않았어. 그러나 난 너의 아비가 절대 적들 앞에서 무기력한 적은 없었다고 확신해. 이 어미가 알기론 너의 아비가 몇 번씩 파관당한 건 공로를 탐한 나머지 지나치게 맹렬했던 게 흠이었던 것 같아! 아들아, 넌 지금 너의 아비보다 관직도 더 높고 공로도 더 많이 쌓은 것 같아."

노인은 항상 부드러운 눈빛으로 아들을 바라보더니 말을 이었다.

"이 어미가 부탁하고 싶은 건 우린 이세(二世)에 걸쳐 황은을 한 몸에 받고 있는 가문인 만큼 너의 아비가 성조께 부끄러운 짓을 하지 않았듯이 너도 절대 옹정제를 욕되게 하는 어떠한 짓이라도 저질러선 아니 된다는 거야. '부사종자(夫死從子)'라고 했는데, 그게 무슨 말인지 알아? 네가 충신이면 이 노파도 자랑스런 충신의 어미가 되는 거고, 네가 간신의 딱지를 달면 이 노파는 간신의 어미가 된다 이 말이야. 성조와 당금 폐하 두 마마께서 우리에게 어떻게 망극한 성은을 베풀어 주셨는지는 너도 보고 들어서 잘 알 것이다. 너의 아비가 사천성에서 관직을 맡고 있을 때 성조께서는 너의 조모께서 외로워 하신다며 가마에 태워 사천까지 데려다 주셨더랬지. 그런데 오늘 폐하께오선 사천이 너무 덥다고 하시며 이 늙은이를 북경에까지 데려 오셨으니······."

악종기 모친의 두 눈에선 눈물이 주르륵 흘러내렸다.

"오늘은 인삼, 내일은 녹용 하면서 바리바리 싸들고 다니는 것만이 효도는 아니야. 다만 죄를 짓고는 이 어미를 찾아오지 말거라! 네가 폐하의 기대에 부응하여 힘껏 싸우다 설령 죽는 한이 있더라도 이 어미는 절대 괴로워하지 않을 것이다!"

악종기가 연신 눈물을 흩뿌리며 머리를 조아려 명심하겠노라고 했다. 그리고는 흐느끼며 말했다.

"어머님의 말씀을 구구절절 가슴에 아로새기겠습니다……. 이 아들은 분골쇄신이 되는 한이 있더라도 충효를 다하여 폐하의 성은에 보답할 것이니, 어머니께서는 그만 안심하십시오!"

이쯤하여 장내는 여기저기에서 훌쩍이는 소리로 가득 찼다.

"동미, 그만 일어나게."

가슴이 뭉클하여 눈물이 그렁그렁해진 옹정이 나지막한 목소리로 천천히 입을 열었다.

"짐이 자네의 족보를 찾아보았네. 자네는 악비(岳飛)의 적맥(嫡脈)이었네. 성조께서는 악비를 무성인(武聖人)이라 하여 높이 평가하셨네. 그러나 유감스럽게도 그가 '금(金)'나라에 항거한 적이 있다고 하여 그저 관부자(關夫子)라는 칭호에 그칠 수밖에 없었지."

옹정이 유감스럽다는 표정을 지으며 말을 이었다.

"그러나 성조께선 짐에게 누누이 악비의 대충대의(大忠大義)를 만세의 모범이기에 손색이 없다고 말씀하셨었네. 설령 금나라에 맞서 싸웠다고 해도 그것은 자신이 섬기는 주인에 대한 충성심의 발로라고 하셨네. 당초 짐이 자네를 위원장군(威遠將軍)으로 임명할 때도 호사가들은 자네가 악비의 후예라는 점을 트집잡으며, 자네에게 군사를 맡기는 것은 조정에 불리한 결과를 초래할 것이라고 악담을 서슴지 않았었지. 그 당시 짐은 두 번 다시 그런 말을 못하게끔 따끔하게 혼을 내줬지. 악비가 송(宋)나라를 위해 금에 항거했다면 악종기는 우리 대청을 위해 준거얼을 시원하게 때려줄 것이라고 말이네! 짐이 미리 이런 얘기를 해 두는 것은 자네가 혹시라도 이런 소리를 듣고 괜한 고민에 빠질까 우려하여 미리 예방주사를 놓아두기 위해서네."

옹정의 이같은 말에 악종기가 눈물을 닦으며 말했다.

"신은 가루가 되는 한이 있더라도 성은에 보은할 것을 굳게 맹서하옵니다!"

"가루가 되어 날아가 버리면 안 되지! 금의(錦衣)를 입고 당당히 개선(凱旋)하는 게 제격이지."

옹정이 웃으며 말을 이었다.

"자넨 등뒤에서 쉬쉬하는 소리는 한 귀로 듣고, 한 귀로 흘려보내고 군무에만 전념하면 되네. 시랑(施琅)은 본받되 절대 연갱요(年羹堯)를 닮지는 말게. 시랑은 정성공(鄭成功)의 부장(部將)으로서, 대만을 멸하여 정씨 일가를 복종시켰어. 연갱요에게 만약 자네의 모친 같은 현모(賢母)가 있고, 자네의 반만큼만 충성심이 있었어도 그는 절대 그런 비극적인 종말을 고하지는 않았을 거네. 자네가 진심으로 짐을 위해준다면 짐은 능연각(凌煙閣)에 자네의 자리를 만들어 줄 거네!"

악종기 모자와 대화를 나누면서 어느덧 기분이 한결 맑아진 옹정이 천천히 방 안을 거닐었다. 그리고는 책상 앞으로 다가가 붓을 들었다. 잠시 생각한 옹정은 곧 뭔가를 적어 내려가기 시작했다.

    용맹한 우리 전사 길일 받아 나아가니,
    만리 길에 군량이 즐비하네.
    전장을 종횡무진 누비며 적을 무찌르니 임전무퇴라.
    오만과 자만은 금물!

장검 빛이 서슬 같고, 바람에 흩날리는 저 깃발 용사(龍蛇)의 활개인가.

6월 하늘을 울리는 우렁찬 노랫소리, 개선의 그날은 기필코 오리라!

붓을 내려놓고 난 옹정이 웃으며 말했다.

"워낙 즉흥적인 시흥(詩興)엔 둔감한 데다 정무에 경황이 없다 보니 시사(詩詞)에 갈수록 자신이 없군. 실력을 논하지 말고, 그저 짐이 악종기 자네를 위해 장행(壯行)을 하는 마음이라고만 받아주게!"

그제야 악종기는 옹정이 열심히 적어 내려가던 글이 자신을 위한 것임을 알고는 황송하여 무릎을 꿇었다. 그리고는 연신 머리를 조아려 공손히 받아들고는 감동에 겨워 입술을 부르르 떨었다. 뭔가를 말해야 할 것 같았지만 마땅히 할 말을 찾지 못했다.

옹정이 빙그레 웃어 보이며 시계를 꺼내보더니 말했다.

"자네 모자는 오늘저녁 상방에 묵도록 하게. 그 동안의 회포를 실컷 풀어보게. 짐이 이네들과 서쪽 별채에 가서 얘기를 나누다 갈 테니. 바래다준다는 이유로 나오지 말게. 노인네의 연세가 가볍지 않은지라 멀쩡해 보여도 그렇지 않네. 일찍 쉬도록 하게. 동미, 자네는 이제 곧 서부로 출병하게 됐으니 오늘 이 자리는 짐이 자네를 전송하는 자리가 되네. 내일 홍력이 자네를 위해 따로 연회를 마련할거네. 그리 알게."

나머지 사람들은 옹정을 따라 서쪽 별채로 건너왔다. 옹정이 온돌에 앉고 나머지는 온돌 밑의 걸상에 나란히 앉았다. 옹정은 기분이 좋아진 듯 손수 수박을 썰어 나눠주고는 나머지 작은 조각을 한 입 베어 물고 미소를 지었다.

"편히 앉아서 먹게. 짐은 요즘 들어 계속 피곤이 누적된 데다 둘째형의 죽음 때문에 괴로워서 오늘 기분이 울적했었네. 그러다 자네들을 만나 지금은 훨씬 홀가분해졌네. 계선이 자네는 왜 안 먹나? 자네, 집에 다녀왔다면서? 아비 윤태는 잘 있던가? 다른 가족들도 모두 건강하고?"

빨갛게 익어 군침이 도는 수박을 뚫어지게 바라보는 윤계선의 두 눈엔 눈물이 그렁그렁 맺혀 있었다. 옹정의 말을 전혀 듣지 못한 듯 미동도 하지 않고 멍하니 앉아만 있는 윤계선을 홍력이 팔꿈치로 툭 건드렸다. 그제야 윤계선은 화들짝 놀라며 당황한 표정으로 말했다.

"예? 폐하! 신은 모든 일이 순조롭게 잘 추진되고 있사옵니다······."

어처구니없는 윤계선의 동문서답에 사람들이 모두 웃었다. 홍력이 옹정의 말을 다시 복술하자 윤계선은 황공하여 어찌할 바를 몰라 머리를 조아렸다.

"부디 신의 불경을 용사해 주시옵소서. 신은 악종기와 그 모친의 감격적인 재회에서 헤어나지 못하여 이처럼 커다란 불경을 저지르고야 말았사옵니다."

그는 연신 머리를 조아렸다. 목소리는 떨렸고 숨소리는 거칠었다. 한참 후에야 그는 더듬거리며 말했다.

"집에 갔사오나······ 집에······."

울먹이며 끝내 말을 잇지 못하는 윤계선을 안쓰럽게 바라보던 홍력이 대신 말했다.

"윤태가 문을 열어주지 않았다고 합니다."

"왜?"

대뜸 격한 반응을 보이는 옹정의 얼굴 근육이 순간적으로 경련을 일으켰다.

"아들이 천리 밖에서 집이라고 찾아왔는데, 맨발바람으로 뛰쳐나와서 반겨주진 못할 망정 문을 안 열어 주다니? 말도 안 되는 소리!"

"아니…… 그건 아니옵니다, 폐하!"

쿵!

윤계선은 대답과 동시에 머리를 바닥에 찧었다. 그리고는 울먹이며 뻔한 거짓말을 꾸며댔다.

"가부(家父)께선 봉강대리라는 중책을 맡고 있는 사람으로서 항상 나랏일이 우선이니 내일 폐하를 알현하고 나서…… 그리고 나서…… 만나도 늦지 않다고……."

설령 비슷한 말을 했을지라도 윤태가 이렇게 자상하게 말했을 리는 없다고 사람들은 생각했다. 윤태의 성격을 너무나 잘 아는 홍력이 한숨을 지으며 말했다.

"윤계선이 문전박대를 당한 이유를 알 것 같습니다. 제가 사려가 깊지 못하여 계선이가 자신의 모친에게 보내는 선물을 조용히 전달하지 못한 것이 화근이었지 않나 생각합니다."

그러자 윤계선이 더욱 기겁을 하며 고개를 꺾고 더듬거렸다.

"패륵마마…… 그런 건 절대 아니옵니다…… 제발 그리 말씀하시지 마시옵소서…… 모두 아들로서의 도리를 다하지 못한 신의…… 신의 잘못이옵니다."

"한심한 인간 같으니라고!"

옹정이 집어들었던 수박을 도로 쟁반에 내던졌다. 그리고는 손을 닦으며 잠시 생각하더니 말했다.
"계선이 자네, 일어나게. 애들처럼 선물타령 하는 것이니, 알고 대처하면 되네. 윤태의 생일이 언제인가?"
"폐하……."
윤계선이 황송한 표정을 하며 아뢰었다.
"모레이옵니다. 신이 준비해 온 선물은 역관에 맡겨두었기에 오늘 들고 가지 못했사옵니다……."
윤계선의 눈확이 다시 붉어졌다.
옹정은 윤계선의 난감한 처지를 이해할 수 있을 것 같았다. 아버지를 욕되게 할 수도 없고, 그렇다고 마땅히 변호할 만한 건덕지가 없었던 것이다. 나라를 위해 동량으로 쓰일 거목이 사소한 가정사에 얽매여 고통스러워하게 해서는 안 될 터였다. 옹정이 한숨을 내쉬었다. 그리고는 말했다.
"계선이 자네의 고초를 짐은 알겠네. 아무 말도 하지 말게. 홍력……."
"예, 폐하!"
"자네……."
옹정의 얼굴엔 아무런 표정도 찾아볼 수 없었다.
"자네 지금 계선이를 데리고 윤태네 집에 다녀오게. 대체 어떻게 나오나 보게!"
그러자 윤계선이 황급히 도리질을 하며 다급히 말했다.
"폐하…… 그건…… 절대 아니 되옵니다……."
"안 되긴 뭐가 안 된다는 건가?"
옹정이 버럭 화를 내며 말을 이었다.
"자네 집의 그 사자 같은 주모(主母)를 제압하지 못할까 봐 그러나! 자네들, 일단 출발하게. 짐이 따로 은지(恩旨)를 내릴 것이니. 손가감과 유홍도는 남아 있게. 짐은 오늘 기분 좋은 김에 자네들을 더 붙잡아 두어야겠네. 내일 창춘원에서는 사람들이 많아 이렇게 마음을 터놓고 얘기를 나눌 순 없을 거네."

한편 홍력과 같은 수레에 앉아 집으로 향하는 윤계선의 표정은 밝지가 않았다. 한껏 미간을 찌푸리고 있는 그를 보며 홍력이 웃으며 말했다.

"얼굴 좀 펴게. 일할 때 무섭게 몰아붙이던 그 윤계선이는 어디 갔나? 내가 있으니 윤태가 적어도 채찍 세례를 안기는 일은 없을 거네, 걱정하지 말게!"

"아예 채찍질이라도 했으면 더 후련할 것 같사옵니다."

윤계선의 표정은 씁쓸했다.

"집안에 들어서면 그 숨이 막히는 기분을 모르실 것입니다! 후유…… 폐하께오선 이렇게까지 안 하셔도 되는데…… 사실 폐하와 패륵마마께 따로 아뢰올 말씀이 있었사온데, 당치도 않은 집안일 때문에 큰 일을 그르칠까 우려가 되옵니다."

그러자 홍력이 웃으며 물었다.

"무슨 일인데 지금 말하면 안 되나?"

그러나 윤계선이 한숨을 지으며 말했다.

"밖에 요언이 난무하옵니다."

홍력이 흠칫 놀라며 윤계선을 뚫어지게 바라보았다.

"지금은 간단하게 말씀 올리는 수밖에 없사옵니다. 폐하께서 부당한 방법으로 보위에 올랐다고 하옵니다."

그러자 홍력이 대수롭지 않은 웃음을 흘리며 말했다.

"그런 얘기라면 새삼스러울 것도 없지 않겠나! 커룽둬가 '전위

십사자(傳位十四子)'를 '전위우사자(傳位于四子)'로 고쳐 성조의 유조를 조작했다는, 그런 당치도 않은 소문이야 어제오늘 일이 아니지 않은가?"

"그것뿐만이 아니옵니다."

윤계선이 말했다.

"폐하께서 커룽둬를 감금에 처한 것은…… 커룽둬가…… 폐하에 대해 알아서는 안 될 부분까지 속속들이 알고 있다고 하여…… 죽여서 물증을 없애버리려 한다고 했사옵니다. 그리고 태후께오선 병으로 돌아가신 것이 아니라 폐하께서 지나치게 불경스레 구는 바람에 홧김에…… 대들보에 목을 매어…… 어떤 자들은 기둥에 머리를 박고…… 돌아가셨다고도 하옵니다. 그 이유 때문에 폐하께오선 태후의 묘를 준화(遵化)에 들이지 않으려 했다고…… 무…… 무서워……."

"뭐가 무섭다는 건가?"

"죽어서 성조를 비롯한 조상들을 뵙기가 무서워 그곳에 태후마마의 능(陵)을 앉히지 않으려고 했다는 것이옵니다!"

순간 홍력이 크게 놀라며 몸을 뒤로 벌렁 젖혔다. 밖에는 등불이 휘황찬란한 것이 벌써 윤태의 집에 도착한 모양이었다. 주체할 수 없는 분노가 솟구쳤다. 홍력은 수레가 내려앉을 때까지 어찌할 바를 몰라 했다. 한참 후에야 그가 말했다.

"자네 먼저 내리게. 난 좀 마음을 추스른 후에 내릴 테니."

"넷째마마!"

윤계선이 말했다.

"용서하시옵소서. 이럴 때 말씀 올리는 게 아닌데. 사실 좋은 소식도 있사옵니다. 저와 악종기가 천천히 밀주를 올릴 것이옵니

다."

 이같이 말하며 수레에서 내린 윤계선이 한 쪽에 서서 홍력을 기다렸다. 마름이 다가올 무렵에야 홍력도 마음을 진정하고 수레에서 내렸다.

 "둘째도련님, 다시 오셨군요."

 마름이 호롱불을 쳐들고 두 사람을 한참 뚫어지게 쳐다보더니 웃으며 말했다.

 "둘째도련님, 쇤네가 감히 무례하게 구는 것이 아닙니다. 어르신께서 워낙 심기가 불편하시어 감히 안으로 모시지 못하겠습니다. 지금도 큰마님에게 화를 내고 계십니다! 방금 어르신께서 하명하셨습니다. 둘…… 둘째가 다시 오면…… 돌려보내라고……."

 찰싹!

 말을 끝내기도 전에 마름의 얼굴에 매서운 손바닥이 올라가 붙었다.

 "썩 꺼지지 못해!"

 홍력의 분노가 마침내 활화산처럼 터졌다. 그는 고래고래 고함을 질렀다.

 "윤태더러 보친왕까지 문전박대시킬 거냐고 아뢰거라!"

35. 어머니와 아들

그제야 마름은 상대가 보친왕 홍력인 것을 알고는 허둥지둥 엎드려 무릎을 꿇었다. 그리고는 방아 찧듯 머리를 조아렸다.
"이놈이 눈깔이 멀어서 친왕마마를 알아뵙지 못했사옵니다! 이놈 똥만 처먹고 살다 보니 평생 요 모양 요 꼴이옵니다. 부디 한번만 용서하시옵소서……. 이놈 지금 당장 들어가…… 아뢰겠사옵니다……."
"시끄러워! 어서 일어나!"
마름의 한심한 자기 비하에 홍력이 피식 웃으며 엉덩이를 걷어찼다. 그리고는 물었다.
"윤태, 자리에 누웠어?"
"아, 아…… 직……."
마름이 더듬거리며 말했다.
"어떤 진씨 성을 가진 어른이 방문하셔서 지금…… 화청에서 말씀을 나누시는 중이옵니다……."

"길이나 안내해!"

홍력이 냉랭하게 소리쳤다.

"예, 예, 예……."

마름이 연신 머리를 조아려 대답하고는 뒷걸음쳐 물러가더니 유리등을 들고 왔다. 그리고는 엉거주춤 앞서가며 주절댔다.

"사실 저의 주인께선 속으론 도련님을 대단히 위하시옵니다. 입이 거치셔서 그렇지……. 이쪽으로 오시옵소서. 여기 월동문은 턱이 있사옵니다. 조심하시옵소서, 친왕마마! 저희 주인께오선 타고난 인상이 좀 차가울 따름이옵니다. 누구한테나 마찬가지인 것 같사옵니다. 그래서 이놈은 항상 겁이 나 저만치 물러나 있사옵니다……."

마름이 쉴 새 없이 주절대는 사이에 어느덧 만개한 장미꽃들이 울타리를 이룬 서재가 보였다. 그 옆의 서화청에서 말소리가 들리는 것 같았다. 순간 윤계선이 긴장하며 주춤했다. 그러자 홍력이 차갑게 식어버린 그의 손을 낚아채듯 끌어당겨 잡고는 화청으로 들어갔다. 진세관(陳世倌)과 윤태(尹泰)가 과일 접시를 옆에 놓고 장기를 두느라 여념이 없었다.

"장(將)!"

마침 윤태가 '마(馬)'로 장을 치고 있는 중이었다. 사람이 들어서는 인기척에 그는 짜증스레 말했다.

"내가 말했지, 진 어른이랑 장기를 두고 있으니 동원(東院)에 건너갈 시간이 없다고. 근데 왜 또 와서 시끄럽게 굴어?"

이에 진세관이 장포(長袍) 자락을 들고 다리를 꼬아 앉더니 웃으며 말했다.

"부인의 명이 군령보다 크다면서 그래도 되오? 우리 대청의 방현령(房玄齡, 유명한 공처가)이 어쩐 일이오. 자네 큰마님께 아뢰게. 난 오늘 여기 머물 것이니, 내일아침 일찍 건너가 인사드릴 거라고!"

뚫어지게 장기판을 들여다보고 있던 윤태가 입가로 가져갔던 찻잔을 도로 내려놓으며 짜증 섞인 목소리로 고함을 질렀다.

"이봐 장씨, 차 다 식었잖아…… 어서 바꿔!"

사람이 들어왔어도 고개조차 쳐들지 않고 장기판에 넋을 빼앗기고 있는 두 사람을 보며 홍력이 한심한 표정을 지었다. 그가 막 입을 열어 말하려 할 때 중년부인 하나가 쟁반에 차를 받쳐들고 들어왔다.

순간 윤계선을 발견한 부인이 깜짝 놀라 흠칫하더니 그 자리에 굳어졌다. 윤계선이 털썩 무릎을 꿇으며 떨리는 목소리로 불렀다.

"아버지! 어머니!"

"아니, 패륵마마!"

그제야 알 듯 말 듯한 미소를 짓고 자신들을 지켜보고 있던 홍력을 발견한 진세관과 윤태가 화들짝 놀라며 장기판을 물리치고 땅에 엎드렸다. 그 자리에 못이 박혀 있던 윤장씨(尹張氏)도 쟁반을 받쳐 든 채 무릎을 꿇었다.

윤태가 머리를 조아리며 말했다.

"패륵마마께서 이 밤에 문득 신의 누추한 거처를 찾아주실 줄은 꿈에도 몰랐사옵니다. 오전에 폐하를 모시고 전(前) 태자의 장례식에 다녀오면서 넷째마마를 배알하고 싶었사옵니다. 하오나 다섯째마마로부터 넷째패륵께서 대사(大事)로 인해 대단히 바쁘시다고 듣고는 그냥 올 수밖에 없었사옵니다. 장정옥도 못 봤사옵니

다."

홍력이 다짜고짜 엎드려 훌쩍이는 윤계선의 팔을 잡아당겨 일으켰다. 그리고 나머지 사람들도 일어나라고 명령하고는 자리에 앉았다. 그리고는 말했다.

"방금 창춘원에서 내려오다가 길에서 계선이를 만났네. 십삼마마께 문후올리러 청범사에 다녀오는 길이라고 하더군. 역관으로 돌아간다기에 내가 윤태(尹泰) 한테 책을 빌리러 가는 길인데, 흠차도 아니면서 역관에 엎드려 있을 일이 뭐가 있겠나! 그래서 데리고 왔네. 진세관, 자넨 북경에 언제 왔나?"

홍력이 이같이 말하며 사람들에게 자리할 것을 명령했다.

"신은 오늘 아침에 도착했사옵니다. 지원받기로 했던 은 백만 냥을 번고로 보냈사옵니다."

진세관이 황송한 표정으로 말을 이었다.

"이 총독과 범시첩이 패륵마마께 보내는 편지가 있어 먼저 왕부로 찾아뵈려고 했사오나 길에서 만난 윤태로부터 패륵마마께서 대단히 바쁘셔서 지금은 왕부에 안 계실 거라고 하시기에 이렇게 끌려와 장기를 두고 있던 중이옵니다."

그사이 슬그머니 물러갔던 장씨가 차 넉 잔을 다시 내어 왔다. 홍력부터 순서대로 진세관, 윤태에게 찻잔을 내려놓고 윤계선 앞으로 갔을 때 윤계선이 자리에서 일어나 읍해 보였다. 그리고는 길게 엎드려 두 손으로 찻잔을 받았다. 그러자, 장씨는 좌중을 향해 다소곳이 인사하고는 한 편에 물러나 고개를 숙이고 서 있었다.

홍력이 유심히 살펴보니 나이는 마흔 서너 살 가량 되어 보였다. 하얀 얼굴엔 주름이 가득했고, 입술이 좀 두터운 편이었다. 왼쪽 입술 밑에는 빨간 미인점이 있었다. 청포적삼을 입고 있었지만 깔끔한 느낌이 드는 여인이었다. 윤계선이 장씨 여인에게 깍듯이 예를 갖춰 인사하는 모습을 눈여겨보고 있던 홍력이 뭔가 이상한 느낌이 든 듯 물었다.
"이봐 계선이, 인사가 좀 독특해 보이는데?"
"패륵마마!"
윤계선이 겁에 질린 눈빛으로 윤태를 힐끗 바라보고는 말했다.
"저 분은 신의 생모 장씨이옵니다."
순간 홍력과 진세관은 깜짝 놀랐다. 급히 일어나 장씨를 향해 읍해 보이며 홍력이 일부러 과장된 표정을 지으며 연신 말했다.
"우리가 너무 사려가 깊지 못했소. 너그러운 아량으로 널리 양지해 주길 바라네! 차 나르고 한 쪽에 시립하고 있는 모양이 영락없는 하녀라 전혀 몰랐다는 거 아니오. 부인, 어서 자리에 앉게! 계선이 자네는 어찌 멍청하게 서 있기만 한단 말인가? 어서 어머니에게 의자를 갖다 드리지 않고!"
벌써 자리에서 일어선 윤계선이 황급히 비단방석이 깔린 의자를 윤태 옆에 가져다 놓으며 조용히 말했다.
"어머니…… 잠깐 앉아 쉬세요……."
윤계선의 말이 끝나기도 전에 장씨는 벌써 눈물을 떨구었다. 그녀는 연신 뒷걸음치며 윤계선에게 말했다.
"둘째도련님, 저같이 미천한 년이 낄 자리가 아니지 않습니까?"
순간 윤태의 얼굴이 귀밑까지 달아올랐다. 그는 난감한 웃음을 흘리며 말했다.
"패륵마마께서 자리를 하사하셨으면 앉지 그래!"
그제야 장씨가 남편 윤태를 향해 절을 하고는 의자에 비스듬히 걸터앉았다. 홍력은 짐짓 시선을 다른 데로 돌리고 진세관을 향해 웃으며 말했다.

"자넨 나한테 아뢸 말이 있다고 한 것 같은데, 무슨 일인가?"

"예, 패륵마마."

진세관이 못내 부자연스러운 동작으로 아뢰었다.

"공사(公私)가 불분명한 일이라 말씀 올리기가 좀 그렇사옵니다만 패륵마마께서 기회를 주시니 용기를 내어 아뢰겠사옵니다. 북경에 오기 전 이위 총독께서 7일 동안 휴가를 내어주시어 고향에 다녀왔사옵니다. 저의 고향 해녕(海寧)은 말 그대로 째지게 가난했사옵니다! 같은 강소성이면서도 땅이 많고 풍요로운 북부 지방과는 달리 저희 고향엔 인구에 비해 전답도 부족하고, 달리 개간할 땅도 없는 곳이라 항상 여유없이 빠듯한 삶을 살아오곤 했사옵니다. 게다가 근래엔 원기를 회복할라치면 수재를 입고, 그게 아니면 극심한 가뭄에 허덕이다 보니 쌀값도 천정부지로 뛴 실정이었사옵니다. 백성들이 너무 가여워 이 가슴이 미어지는 것 같았사옵니다."

어느새 진세관의 두 눈에서는 눈물이 흘러내렸다.

"올해도 먹고 살 일도 까마득한데, 부세(賦稅)까지 내야 하니 연신 땅이 꺼져라 한숨만 내쉬고 있었사옵니다. 올해만이라도 세금을 면제시켜 그네들이 숨돌릴 기회를 주셨으면 하고 넷째패륵께 간절히 청을 올리는 바입니다!"

진세관은 자리에서 나와 쿵쿵 소리가 나도록 머리를 조아렸다.

뜻밖이었다. 진세관이 이런 말을 꺼낼 줄은 몰랐다. 사람들도 의외라는 듯 난감한 표정을 지어 홍력을 바라보았다. 그러자 홍력이 이 기회를 빌어 분위기도 완화시킬 겸 웃으며 말했다.

"이 사람이 그런 일 가지고 여태 뜸을 들였나? 백성들을 위한 일이라면 자네가 직접 호부를 찾아도 좋고 아니면 이위, 윤계선이 그 정도 일을 맘대로 처리할 만한 힘도 없을까 봐?"

이에 진세관이 답했다.

"저희 강소성에선 도처에 의창(義倉)을 세우느라 여념이 없사옵니다. 어느 지역이든 막론하고 세금이 한 푼도 줄어서는 안 된다며 이 총독이 엄명을 내렸사옵니다. 이에 협조하지 않는 관리는 무조건 파면시킨다고 했사옵니다. 신이 호부에도 다녀왔사옵니다. 호부에서는 보친왕마마께서 윤허하시지 않으실 거라며 난색을 표하는 바람에 이렇게 직접 보친왕마마께 간청하는 바이옵니다……"

"알았네! 알았으니 그만 괴로워하게."

홍력이 웃으며 말했다.

"내가 자네 손을 들어주지."

이같이 말하며 책상 앞으로 다가간 홍력이 종이 한 장을 올려놓더니 몇 글자를 적어 진세관에게 건네주었다.

"이걸 징량사(徵糧司)에 가져다주면 그네들이 알아서 처리할 거네."

순간 진세관의 얼굴이 한데 오그라들고 말았다. 너무 좋아 어찌할 바를 몰라 했다. 홍력이 책꽂이를 둘러보더니 〈송원학안(宋元學案)〉이라는 책 한 권을 꺼내 소매 속에 집어넣고는 웃으며 말했다.

"나는 그만 가봐야겠네. 진세관, 자네도 볼일 끝났으니 이제 그만 자리를 비켜줘야지! 모처럼 만에 가족끼리 오붓하게 둘러앉아 단란한 한때를 보내게 말이야. 내일모레 윤태, 자네의 생일날 내가 친히 축하해 줄 테니 그리 알고 기다리게!"

윤태가 황송하여 두 손을 맞잡은 채 연신 허리를 굽실거렸다. 표정은 웃는지 우는지 분간할 수가 없었다. 대가족을 이끌고 문 밖으로 나와 바래다주려고 하는 윤태를 홍력이 눌러 앉혔다. 그리고는 손사래를 치며 진세관을 데리고 윤태네 집을 나섰다.

"아버지!"

홍력 일행이 떠나가자마자 다시 한 쪽으로 물러나 시립하고 있는 어머니를 가슴 아프게 바라보며 윤계선이 윤태에게로 돌아서서 읍하고 나서 말했다.

"아버지, 70 대수(大壽)를 즈음하여 아들이 북경으로 솔직오게 된 것은 실로 하늘이 내린 행운이 아닐 수 없습니다. 아들은 대단히 기쁩니다! 이부(吏部)의 마(馬) 당관이 편지를 보내왔는데, 형도 강서성 염도(鹽道)로 발령났다고 합니다. 좋긴 한데 아버님도 고희(古稀)에 드셨고, 큰어머니도 환갑을 바라보는 나이이니 곁에서 보살펴 드릴 사람이 필요하지 않겠습니까? 말을 타면 종을 부리고 싶다고, 사람의 욕심은 끝이 없는 것 같습니다. 그래서 제가 우리 형을 북경에서 가까운 천진(天津)이나 보정(保定)으로 보내주십사 하고 마 당관에게 다시 청을 드렸습니다……."

계선은 자신의 친어머니를 바라보며 말을 이었다.

"마 당관이 그러는데, 천진에 발령낼 수도 있지만 강서성 염도에 비해 훨씬 힘들고 생기는 것도 거의 없다고 합니다. 그러니 아버지께서 큰어머니랑 잘 상의하셔서 어떻게 하는 것이 좋을는지 저한테 알려주십시오. 아들이 급히 달려온 것도 이 때문이었습니다."

윤태의 거북 등 같은 얼굴의 주름살이 조금 펴지는 것 같았다. 그가 말했다.

"너의 효심이 갸륵하구나. 사실 난 너나 네 형이나 똑같이 생각하고 있어. 누구에게 기울고 더 잘해주고 싶고 그런 건 절대 없어. 다만 넌 평보청운(平步靑雲)으로 잘 나가는 반면에 너의 형은 거북 걸음을 하고 있으니, 내가 그게 늘 맘에 걸려서 기분이 우울했던 거야."

아비가 불같은 호령을 내리지 않는 것만으로도 마음이 놓인 윤계선이 주머니 속에서 종이 한 장을 꺼내 두 손으로 받쳐 올리며 말했다.

"이건 아들이 아버님 생신 선물로 올리는 물건 목록입니다."

장씨가 재빨리 목록표를 받아 윤태에게 건네주었다. 모자의 손이 닿는 찰나에 윤계선은 그 손이 델 정도로 뜨겁다는 느낌에 흠칫했다. 그는 다그치듯 물었다.

"작은어머니, 어디 불편하세요?"

윤계선이 장씨에게 관심을 보이자 윤태도 맞장구를 쳤다.

"내가 보기에도 당신 안색이 안 좋아 보여. 힘들면 들어가 쉬어. 다섯째나 누구더러 시중들라고 하면 되니까."

"아닙니다, 괜찮습니다!"

장씨가 급히 도리질하며 말했다.

"방금 뜨거운 찻잔을 만져서 손바닥이 좀 뜨거울 뿐입니다. 다른 동생들은 다 잠이 들었습니다. 제가 시중들겠습니다!"

윤태가 쫓아내기라도 할세라 장씨는 서둘러 더운 물수건을 짜 윤태에게 건네고는 윤태의 등뒤에 숨다시피 물러서서 등을 조심스레 두드리기 시작했다. 그리고는 눈 깜빡하는 그 순간도 놓칠세라 자신의 아들을 뚫어지게 바라보았다. 그 눈에는 눈물이 그렁그렁했다.

윤계선은 애써 모친 장씨의 눈길을 피하며 홍력과 황제가 자신에 대해 가지고 있는 믿음과 기대에 대해 들려주었다. 그리고는 덧붙였다.

"폐하께선 이 아들에 대한 성은이 실로 하늘과 같으십니다. 저의 생모에 대해서도 안부를 전하라고 하시며 유난히 관심을 가져 주셨습니다. 어머니, 언제까지 그러고 서 계실 겁니까……?"

갑자기 어디서 용기가 났는지 그는 다짜고짜 의자 하나를 끌어다 모친 장씨 옆에 놓으며 말했다.

"아버지께서도 어머니가 힘들어 몸져눕는 건 원치 않으실 겁니다. 어서 앉으세요!"

이같이 말하며 윤계선은 고개를 돌려 소리쳤다.

"거기 누구 없어? 두어 명 나와서 어르신 등 두드려 드리고 부채를 부쳐 드려!"

아들 윤계선의 전례 없던 대담한 행동에 놀란 윤태가 버럭 화를 냈다. 그는 밖에서든 집안에서든 예를 대단히 중시하는 사람이었다. 그만큼 밖에선 자신보다 관품이 대여섯 급은 낮은 현승, 현령들을 대할 때도 나름대로 깍듯이 예우했다. 관원들 사이에선 그만큼 자상하고 수양 있는 사람도 드물었다. 그러는 그가 집에만 돌아오면 엄연히 황제 노릇을 했다. 정실부인만 빼고 나머지는 일률적으로 '아랫것' 취급을 해 왔다.

정실부인 범씨(范氏)는 윤태가 강희를 따라 서정 길에 올랐을 때 군량미를 운반하는 길에서 만난, 표국(鏢局)을 운영하는 집안의 딸이었다. 무예가 출중하여 그가 몽고병들에게 포위당해 사경을 헤매고 있을 때 빗발치는 화살 세례를 뚫고 윤태를 업고 나왔었다. 그 사실을 알게 된 강희가 둘을 혼배(婚配)시켰고, 윤태가 아

어머니와 아들

직 2품관에 불과할 때 그녀는 벌써 일품고명부인(一品誥命夫人)으로 봉해졌다.

처음엔 그나마 '평등'한 부부관계가 유지됐으나, 범씨가 아들만 내리 여덟을 낳고 윤태가 첩을 연이어 들이면서 둘 사이의 균형이 무너지기 시작했다. 아끼고 사랑하는 마음은 여전하나 평등은 더 이상 논할 수 없게 되었다. 그리하여 윤태는 조야에 소문이 자자한 '방현령(房玄齡, 당나라의 재상으로서, 저명한 정치가이자 공처가로 유명함)'이 되고 말았던 것이다.

처음엔 윤태도 남달리 명민하고 점잖고 기품있는 둘째아들 계선을 좋아했었다. 그러나 그의 생모 장씨가 일품고명인 범씨와는 천양지차인 낙호(樂好, 천민. 민간의 풍각쟁이) 출신인 데다 공교롭게도 범씨가 낳은 큰아들이 무능한 대명사인 아투(阿鬪, 유비의 아들)로 말썽만 부리니 윤계선은 '잘난 대가'를 톡톡히 치뤄야만 했다. 요즘 들어 윤태로선 심기가 불편할 수밖에 없는 것이 자신이 후작(侯爵)에 봉해진 것과 윤계선이 순무 직을 맡게 된 것이 시점이 겹쳤기 때문에 윤계선의 힘이 작용했다는 것이 보편적인 시각이었기 때문이다.

윤계선은 아직 서른도 안 된 젊은 나이에 승승장구하여 봉강대리(封疆大吏)가 되었지만 범씨가 낳은 큰아들은 50이 다 되는 나이에 남들은 뒷걸음쳐 올라간다는 도대(道臺) 자리에도 못 올라가서 여기저기 아쉬운 소리를 해야 하는 처지였다…….

이런 연유에서 윤태로선 장씨를 더더욱 기를 못 펴게 눌러버릴 수밖에 없었다. 그렇게라도 해서 범씨의 화를 풀어주자는 속셈이었고, 장씨가 아들을 믿고 기고만장할세라 미리 예방주사를 놓는다는 것이었다

그런 윤태가 갑작스레 대담하게 구는 윤계선의 행동을 간과할 리가 없었다. 굴뚝같이 치미는 화를 애써 삭히려 했으나 마침내 냉소하여 장씨에게 말했다.

"자네, 그렇게 좌불안석하여 궁상맞게 굴 건 없네. 자고로 어미는 아들로 인해 귀해진다고 했어. 이제 잘 나가는 아들을 두었으니, 우릴 굽어볼 날만 남았네! 계선, 넌 이제 관직도 높고 바깥바람도 쐴 만큼 쐤으니 이 애비 난처하게 만들 줄도 제법 잘 아는구나!"

"아버지!"

윤계선이 간절하게 불렀다. 그러나 비굴한 모습은 찾아볼 수 없었다. 그는 길게 엎드려 말했다.

"아들은 아버지 앞에서 무례한 행동을 보이는 건 아닙니다. 어머니가 서서 아버지를 시중드는 것에 불만이 있어서 이러는 게 아니라 어머니의 안색이 너무 안 좋아 보여서 앉으시라고 했을 뿐입니다. 아버지께선 항상 어른에게 예를 깍듯이 갖추어야 하지만 경우에 따라선 변통할 줄도 알아야 한다고 이 아들에게 가르침을 주시지 않으셨습니까! 아들이 어머니 대신 무릎꿇어 시중드는 것이 어떻겠습니까?"

순간 윤태는 입에 솜뭉치가 꽉 틀어 막힌 듯 할 말을 잃고 말았다. 정(情)으로나 이치(理致)로 따지나 아들의 말은 흠잡을 데 없는 천의무봉이었던 것이다. 잠시 입을 쩝쩝 다시며 난생 처음 아들에게 당한 무안함을 어찌 되돌려 줄까 생각하던 윤태가 마침내 다시 트집을 잡아 말했다.

"난 네가 너의 어머니를 앉으라고 걸상을 가져다주었다고 해서 이러는 게 아니야. 네 마음이 이상하게 변질돼 있는 것 같아 이러는 거지!"

"아들은 스스로의 양심에 떳떳합니다. 아들은 예전이나 지금이나 결코 변질된 게 없습니다."

"내가 선제(先帝)를 따라 출병하여 피 흘릴 때 넌 태어나지도 않았어. 내가 당금 폐하를 동궁(東宮)에서 모시고 폐하와 더불어 바둑 두고 시를 읊조리며 술잔을 기울일 때 넌 똥오줌도 제대로 못 가리는 코흘리개였어!"

윤태의 말이 칼끝같이 예리했다.

"내가 없이 네가 어찌 세상구경을 했겠으며, 나의 어제가 없었더라면 어찌 오늘날의 네가 있었겠느냐? 너의 아비가 세상의 그 어떤 무슨 꼴을 못 보았으며 무슨 이치인들 한 눈에 간파할 수 없겠느냐? 넌 내가 보친왕이 오늘 걸음을 한 이유를 모를 것 같아? 난 고지식한 네가 보친왕을 데려다 애비 꼴 우습게 만들 줄은 정말 몰랐다……."

이 대목에서 윤태는 갑자기 기침을 하기 시작했다. 장씨와 윤계선이 퉁기듯 일어나 급히 등을 두드려 주고, 가래 뱉을 통을 들이댔다. 그리고는 한편으로는 윤태의 마음을 위로하느라 고심하였다.

그러나 윤태는 이 모자를 받아들이려 하지 않았다. 기침이 조금 멎자 그는 두 사람을 밀어 내쳤다.

"백성들에겐 조정의 왕법에 따라야 하는 의무가 있고, 우리 집엔 우리 나름대로의 가법과 규칙이 있다. 알아서 하거라!"

그는 장씨와 윤계선의 손을 홱 뿌리치며 횡하니 나가버렸다.

"아들아!"

윤태의 발소리가 멀어져 가길 기다렸던 장씨가 윤계선을 덥석 끌어안으며 말했다.

 "너…… 왜 그랬어? 네가 이 어미를 가엾게 여기는 마음은 누구보다 잘 알아. 하지만 똑똑한 애가 왜 그리 바보 같은 짓을 하여 평지풍파를 일으키고 그러니? 어미는 네 곁에서 지켜보고 있는 것만으로도 행복해서 죽을 지경이야. 조금 더 서 있는다고 큰일 나는 게 아니잖니? 네가 매일 집을 지킬 것도 아니고, 곧 남경으로 돌아갈 텐데…… 요 철딱서니 없는 것아……."

 온몸을 떨며 아들의 건실한 어깨에 엎드려 흐느껴 울던 장씨가 갑자기 아들을 와락 끌어안았다. 숨이 막혀 질식할 정도로 꼭 끌어안았다. 마치 조금이라도 놓으면 그냥 날아가 버릴 것 같은 느낌이 들었던 것이다. 한 손으로 아들 윤계선의 등을 토닥이는 어미의 손등이 잔뜩 메말라 있었다.

 윤계선도 눈물을 철철 쏟으며 흐느꼈다.

 "어머니, 어머닌 아들 하나는 기가 막히게 낳으셨어요. 어머닌 학식있고, 용감하고, 재능있는 분신이 있어요. 이젠 이 아들에게 기대세요! 다신 엄마를 울리지 않을 거예요! 저네들이 정 저렇게 나오면 난 아예 어머니를 모시고 갈 거예요. 살면 얼마나 살겠다고, 저네들 종노릇이나 하며 기를 못 펴고 살겠어요!"

 "너의 아버지가 날 보내주겠니?"

 장씨가 여전히 아들의 어깨를 꼭 안은 채 말했다.

 "그 성격을 하루 이틀 겪는 것도 아닌데 뭘."

 "보내주고 안 보내주고는 아버지가 고집부릴 일이 아니에요."

 옹정의 두터운 신임과 배려에 힘입은 윤계선이 단호하게 말했다.

 "반드시 엄마를 남경으로 모시고 갈 거예요. 이러다가 만에 하나 잘못되는 날엔…… 이 아들은 평생 억울해서 못 살 거예요."

모자는 껴안고 울었다. 구슬프게 울었다.

이때 화청 밖에서 급박한 발걸음 소리가 들려오더니 고무용이 헐레벌떡 달려 들어와 말했다.

"윤 어른, 지의가 계십니다."

윤계선이 급히 일어나 어머니 장씨에게 말했다.

"아들이 지의를 받고 오겠습니다."

"아닙니다."

고무용이 가엾은 표정을 지은 채 자신을 바라보는 장씨를 일별하며 말을 이었다.

"윤태 어른과 그 부인 범씨, 장씨도 함께 지의를 받게 돼 있습니다! 앞뜰의 대청에서 지의 전달식이 있을 예정입니다. 어서 건너가십시오!"

말을 마친 고무용은 곧 종종걸음으로 앞장섰다.

눈물자국이 역력한 모자는 경악한 시선으로 서로를 마주보았다. 한참 경황이 없어 어쩔 줄 모르던 장씨가 급히 옷상자를 뒤졌다. 그러자 윤계선이 말했다.

"엄마, 치장하지 않으셔도 고와요. 다 모이라고 한 걸 봐서는 어머니에게도 폐하의 말씀이 계신가 봅니다. 어서 가세요."

말을 마친 윤계선이 곧 장씨를 부축하여 앞뜰로 나갔다. 뜰엔 벌써 등촉(燈燭)이 휘황찬란했고, 내무부에서 나온 관원들이 계단을 가득 메우고 있었다. 가인들이 총출동하여 들락거리며 차며 간식을 나르느라 분주했다. 자꾸만 뒤로 물러나는 어머니를 위로하고 용기를 북돋아 주며 윤계선이 정당으로 들어서니 벌써 향안이 준비돼 있었다.

관포(官袍)며 관모(官帽)를 단정히 차려 입은 윤태와 일품고명부인의 신분을 드러내는 봉관(鳳冠)을 쓰고 화려한 복장을 한 범씨 부인이 그 옆에 자리하고 있었다. 둘 다 보기에 그리 속이 편해 보이지는 않았다. 윤계선 모자가 들어서자 윤태가 담담하게 입을 열었다.

"옆자리에 서거라."

그제야 윤계선은 지의를 전하러 온 사람은 다름 아닌 당금 황제의 열일곱째 아우인 의친왕 윤례임을 알 수가 있었다. 윤태의 등뒤에 아들과 나란히 선 장씨는 이런 장면은 처음인지라 덜덜 떨며 아들에게로 바싹 다가갔다.

"지의를 받을 사람들이 모두 모였사옵니다."

고무용이 윤례에게 한 쪽 무릎을 꿇으며 말했다.

"지의를 낭독해 주시옵소서, 의친왕마마!"

윤례가 머리를 끄덕여 보였다. 그러자 즉각 물러갔던 고무용이 다시 돌아와 금쟁반을 받쳐 올렸다. 쟁반 위엔 눈이 부신 일품고명 복장과 샛노랗게 반짝이는 커다란 금원보(金元寶) 두 개가 나란히 놓여 있었다. 고명복 위엔 금을 녹여 꽃 모양을 장식한 조관(朝冠)이 얹혀 있었다. 조관에는 세 개의 커다란 동주(東珠)가 박혀 있었고, 그 한가운데 앵두크기 만한 붉은 보석이 유유한 빛을 발하고 있었다. 쟁반은 그 자체가 눈이 시릴 정도로 찬란한 빛이 되어 주변의 등촉을 무색케 했다.

가인들은 이 모든 것이 범씨 부인이 평생 다시 없을 광영으로 생각하며 애지중지하는 보배라는 걸 알고 있었다. 그런데 어찌하여 똑같은 것이 또 한 벌 등장하였단 말인가? 이 시각 바깥 낭하에는 하인들과 어멈 등 집안에서 부리는 아랫것들이 3, 4백 명 남짓

모여들어 숨죽이고 지켜보고 있었다.

마침내 윤례가 향안 앞으로 다가가 남쪽을 향해 돌아서더니 큰 소리로 말했다.

"윤태, 윤계선, 범씨, 장씨는 다 함께 지의를 받거라!"

"만세!"

네 사람은 일제히 머리를 조아려 대답했다.

"윤태는 선제 때부터 공적이 탁월하고 짐궁(朕躬)을 보좌하여 매사에 열심히 임하는 중신(重臣)이네."

윤례가 가벼운 기침과 함께 계속 읽어나갔다.

"또한 윤태는 훈자유방(訓子有方)하여 윤계선과 같이 나랏일을 위해서라면 목숨도 두려워하지 않고 주군에 충성하고 백성을 아끼는 훌륭한 아들을 두었으니, 일문(一門)에서 우리 대청의 주석대신(柱石大臣)이 둘씩이나 배출됐다는 것이 실로 대단한 경사가 아닐 수 없네. 그러나 윤계선의 생모 장씨가 없었더라면 윤계선이 있을 수가 없고, 윤계선이 없었더라면 자귀부영(子貴父榮)의 이치에 따른 윤태의 훈명(勳名)도 없었을 게 아닌가? 고로 남편을 묵묵히 내조하고 아들을 이 나라의 기둥으로 우뚝 세운 장씨의 공로는 결코 묻혀져선 안 되겠네. 윤태의 정실 범씨는 이미 일품고명에 봉해져 있는 바 오늘 의친왕 윤례를 파견하여 윤계선의 생모 장씨에게도 똑같이 일품고명의 복색(服色)을 내릴 것이네. 장씨, 자네는 일품고명을 받고 아들 계선이를 따라가게. 부디 짐의 뜻을 어기지 않길 바라네! 이상!"

전혀 뜻하지 않던 대역전에 네 사람은 그 자리에 굳어지고 말았다.

"경하드리오, 윤상(尹相), 범 부인."

윤례가 희색이 만면하여 이번에는 윤계선을 향해 공수해 보이며 말했다.
"경하드리오, 장 부인, 계선 공!"
그러나 네 사람은 여전히 붙박이가 된 듯 그 자리에 굳어져 움직일 줄 몰랐다. 이를 놀랍게 생각하여 윤례가 물었다.
"왜들 이러시나? 설마 봉조(奉詔)하지 않겠단 뜻은 아니겠지? 그럼 나 혼자 주안상 불러 배 터지게 먹고 거나하게 취하여 돌아갈까 보다!"
윤태는 망연자실한 기색으로 주위를 둘러보았다. 세 사람 모두 고개를 떨구고 있었다. 그러나 각자의 속마음을 거울처럼 들여다 볼 수 있는 윤태였다. 그러나 윤태로선 아무리 의연한 모습을 보이려 해도 전혀 예기치 않았던 결과에 도무지 초연할 수가 없었다.
이루 형언할 수 없는 표정을 짓고 경황이 없어 하던 그가 마침내 입을 열었다.
"성은이 망극하옵나이다!"
그제서야 나머지 세 사람도 저마다 머리를 조아려 사은을 표했다.
"이는 커다란 희사(喜事)가 아닐 수 없네. 나도 오늘은 대단히 기쁘네! 자, 내가 준비한 주안상을 올려오게. 여러분들과 더불어 경사로운 날에 술 한잔 하게!"
범씨와 장씨가 쓰러지듯 땅에 엎드려 미동도 하지 않자 윤례가 다가가 장씨를 부축하여 일으켰다. 그러자 눈치 빠른 윤계선이 급히 밀가루 반죽처럼 축 늘어진 범씨를 일으켜 세웠다.
윤태가 주석(主席)에 앉고 두 일품고명이 양옆에 앉은 가운데 윤례가 자리에 앉았다. 윤계선은 금세라도 튀어나올 것만 같은

어머니와 아들 233

격동에 찬 가슴을 가라앉히며 술을 따랐다. 윤태와 범씨는 분노와 시기를 느끼는 동시에 예측불허의 천위(天威)에 대한 두려움으로 가득했다.

반면 전혀 뜻하지 않았던 행운에 장씨는 황공스럽고 희비가 엇갈린 표정이었다. 어색한 술자리가 반시간쯤 이어졌고, 좋으나 궂으나 네 사람 모두 술에 흠뻑 취했다. 거의 인사불성이 되다시피 한 사람들을 각자의 방으로 데려가 잠자리에 들게끔 하고 돌아온 윤계선은 녹초가 되었다. 그러나 그는 술기운을 주체하지 못하고 깊이 잠든 어머니 장씨에게 한참 동안이나 부채를 부쳐주는 걸 잊지 않았다.

그 시각 옹정은 잔뜩 화가 나 있었다. 홍력이 밖에서 들어온 '악소문'을 전해듣고 난 옹정은 즉각 하명하여 홍시와 홍주를 담녕거로 불러들였다.

옹정은 자신의 영원한 '지혜주머니' 방포를 함께 부르고자 했다. 그리고 손가감도 불러 상세한 것을 묻고 싶었다. 그러나 홍력이 앞으로 나서며 막았다.

"이는 아직 소문에 불과합니다. 검증된 것이 없는 만큼 소리소문 내지 마시고 아들이 방 선생을 만났을 때 여쭤보도록 하겠습니다. 하오나 보아 하니 손가감이 이에 관해 따로 밀주를 올릴 생각인 것 같았습니다. 아들 생각엔 일단 홍시, 홍주에게 물어보는 것이 좋을 듯합니다."

"전 넷째형의 말에 찬성입니다."

홍주가 잠기가 몽롱한 두 눈을 비비며 말했다.

"이런 일은 아는 사람이 적을수록 좋습니다. 자칫 우리가 너무 민감한 반응을 보여 괜히 일을 크게 만드는 수도 있습니다. 집안 흉은 밖으로 내보내는 것이 아니라고 했습니다!"

홍주는 이불 속에서 금방 불려나와 깊은 생각도 없이 말하는 것 같았다. 분명히 그가 옹정에게 야단을 맞을 것이라고 생각한 홍시는 속으로 킥킥대고 웃으며 일부러 못 들은 척했다.

옹정은 다른 사람에겐 차갑고 가까이 다가서기 힘든 인상을 풍기지만 유독 막내 홍주에게만은 너그럽고 온화한 편이었다. 그러기에 옹정은 홍주의 말이 귀에 거슬렸지만 그저 한 번 째려보며 꾸짖었다.

"이불 속에서 빼왔다고 그리 허튼 소리냐! 짐이 무슨 남들이 들으면 곤란할 '집안 흉'이 있다는 거야? 이건 누군가 앙심을 품고 조작해 낸 요언일 뿐이야! 전에는 경사(京師)에서만 소문이 나돌았는데, 이젠 백성들 사이에까지 확산됐다 이거지? 그 주동자를 붙잡는 날엔 짐이 반드시 극형에 처할 것이야!"

홍력은 깊이 사색에 잠겨 있었다. 그러자 홍시가 입을 열어 말했다.

"아바마마의 말씀이 천만 지당하옵니다. 이건 결코 뿌리 없는 요언은 아니옵니다. 궁위(宮闈)에서 일어난 일들은 백성들이 맘대로 요리하여 뿌리고 다닐 수 있는 것이 아니옵니다. 폐하께서 이 나라의 일취월장을 위해 진력하시다 못해 이젠 온몸 가득 병까지 얻으셨는데, 심술이 똑바로 박히지 못한 인간들이 백성들 사이에서 이런 해괴한 소문을 퍼뜨리고 다닌다는 것은 실로 통한할 일이 아닐 수 없사옵니다!"

이에 홍주가 즉각 반박을 했다.

"셋째형, 우린 모두가 아바마마의 아들이에요. '통한(痛恨)'한 건 마찬가지 아니겠어요? 지금은 통한을 운운할 게 아니라 적절한 대처방안을 강구해야 할 때잖아요! 태후마마의 선서(仙逝)와 관련된 요언은 분명히 궁중의 태감들이 이빨을 깐 게 틀림없어요. 아니, 이빨을 깠다기보다는 작정을 하고 요언을 날조하고 난정(亂政)과 기군(欺君)을 일삼은 행위라고 보는 것이 더 적절할 거예요!"

"고무용!"

막내 홍주의 말에서 뭔가 계시를 받은 옹정이 크게 소리쳐 불렀다.

"들게."

야반삼경에 옹정이 교인제도 회피시킨 채 자식들을 불러모아 밀의하는 모습은 거의 본 적이 없는 고무용은 큰 지각변동을 예고하는 전조는 아닐까 싶어 밖에서 전전긍긍하고 있었다. 그러던 중 갑자기 자신을 부르는 소리에 화들짝 놀라며 달려들어갔다.

"쇤네, 대령하였사옵니다."

고무용이 이같이 말하며 무릎을 꿇었다.

"음……."

옹정이 갑자기 어디서부터 어떻게 운을 떼야 할지 몰라 잔뜩 굳어진 얼굴을 약간 숙이고 생각하더니 천천히 입을 열었다.

"자넨 비록 육궁의 태감에 불과하여 지위나 관품은 낮지만 조석으로 짐을 시중들어오며 여느 태감들보다 더 중요한 위치에 놓여 있지?"

이에 고무용이 급히 머리를 조아렸다.

"모든 것이 폐하의……."

"됐네!"

옹정이 손사래를 쳐 고무용의 말허리를 툭 잘랐다.
"짐이 대신들을 접견하면서 했던 몇 마디 안 되는 대화내용들이 어떻게 밖으로 유출됐을까?"
옹정의 말뜻을 알아차린 고무용이 황급히 머리를 찧으며 울먹였다.
"쇤네는 성조와 당금 폐하를 가까이에서 시중들어오며 비로소 인간 모양을 갖춘 놈이옵니다. 주군의 규칙과 법도를 누구보다 잘 아는 쇤네가 어찌 감히 세 치 혓바닥을 함부로 놀릴 수가 있겠사옵니까? 가끔 외관들이 접견 순서를 좀 앞당겨 달라고 부탁하는 뜻에서 용돈 조금씩 찔러주는 걸 받은 경우는 있사오나 절대로 달리 고약한 짓을 한 적은 없사옵니다. 이 놈이 담(膽)이 백 개라도 그럴 수는 없사옵니다……. 여기서 시중드는 다른 이들도 쇤네와 같은 생각을 하고 있을 것이옵니다……."
"같은 생각을 하고 있다?"
옹정이 냉소를 터뜨렸다.
"그럼 감숙성 포정사가 호남성으로 전근하게 되었다는 사실을 어찌하여 그 본인이 먼저 알 수가 있단 말인가?"
"아뢰옵니다, 폐하!"
고무용이 곧 울음을 터뜨릴세라 울먹이며 말했다.
"그 일은 벌써 진상이 밝혀지지 않았사옵니까! 그로 인해 태감 진가가 기밀을 유출했다 하여 저 멀리로 유배당하지 않았사옵니까……."
아무런 근거도 없이 순간적으로 불러들인 고무용이었다. 기겁하여 잔뜩 겁에 질려 어찌할 바를 모르는 고무용을 보며 옹정이 피식 웃었다. 그러나, 이내 웃음기를 거둬들이며 말했다.

"요즘들어 궁금(宮禁)이 허술한 것 같고, 문호(門戶) 단속이 부실한 것 같네. 절대 밖으로 나가선 아니 되는 말들이 공공연히 밖에서 먼저 나돌고 있다네! 그렇다고 해서 겁낼 건 없네. 짐도 자네는 아니라는 걸 아네. 그러나 자넨 책임에선 자유로울 수 없네!"

"예! 그렇사옵니다, 폐하……."

고무용이 이마에 돋친 땀을 닦으며 연신 말했다.

"쉰네가 내일아침 일찍 저것들을 불러 따끔하게 훈계하겠사옵니다. 이런 일이 두 번 다시 있을 시엔 대나무 회초리를 안겨 내쫓도록 하겠사옵니다!"

"대나무 회초리라니! 궁위의 기밀을 누설했는데, 고작 회초리로 때려서야 되겠나? 짐은 반드시 그 목을 딸 거네!"

옹정이 이를 악물었다. 그러나 말투는 담담했다.

"며칠 내에 짐이 필히 자신의 본분에 어긋나는 짓을 한 자의 말로를 보여줄 것이니, 그리 알고 썩 물러가게!"

고무용이 물러가고 나서야 홍력이 미간을 좁히며 말했다.

"태감들이 할 일 없이 찻집에서 쉬쉬하는 말들이 날개돋쳐 운남, 사천 쪽으로까지 날아간다는 것은 실로 불가사의한 일이 아닐 수 없습니다. 방금 아우가 했던 말에 지나치게 신경 쓰실 거 없습니다. 일단 멈춰 서서 사태를 관망하는 것이 무엇보다 중요하다고 생각됩니다. 요즘 돌아가는 꼴을 보면 괴이하고 의혹 투성이인 일들이 많습니다. 지나치게 치밀할지언정 절대 소홀해선 안 되겠습니다. 폐하께선 천지를 포용하시는 인주(人主)로서 이런 허튼 소문 따위에 정력을 소모하실 필요가 없습니다."

그는 홍주와 의견이 일치했다. 어떤 일은 지나치게 민감하게 반응하여 해명을 하면 할수록 사태는 원치 않는 쪽으로 더 크게 불거질 위험이 있다는 것이었다.

옹정은 물론 그 깊은 뜻을 알아들었다. 그러나 옹정으로선 아무리 되뇌이지 않으려고 해도 쉽지가 않았다. 문관(文官)이나 무장(武將)들 사이에서 붕당이 만들어져 요언을 퍼뜨리고 다닌다면 붙잡아 하옥(下獄)하고 유배를 보내든지 목을 치든지 하겠지만 백성들 사이에서 요언이 꼬리를 물고 번식한다는 것은 달리 해명할 방법조차 없었던 것이다!

그 중 가장 두려운 것은 어떤 지역에선 벌써 정체불명의 백련교(白蓮敎)라는 것이 흥하여 수 차례 단속을 했음에도 불구하고 기세가 꺾이기는커녕 음성적으로 발전하여 나날이 그 세력이 눈덩이가 굴러가듯 커져만 간다는 것이었다. 벌써 이들에게 호응하는 무리들이 생기고 정체를 알 수 없는 단체들이 우후죽순 생겨나 자칫 순진한 백성들까지 어영부영 도둑들의 무리에 가담하여 희생양이 될 소지가 크다는 것이었다.

이같이 생각하며 옹정이 물었다.

"홍력, 자네 북경에 돌아왔을 때 이위가 장님도사 하나를 소개시켜 준다고 했다더니, 그 친구 지금 자네한테 와 있나?"

"예, 와 있습니다."

손가감에게서 들은 그 무시무시한 요언에 대해 생각하고 있던 홍력은 옹정이 갑자기 자신에게 그것에 대해 물어오자 급히 대답했다.

"지금 아들의 왕부에 머물러 있으면서 아들에게 쿵푸를 교습시키고 있습니다. 그 사람을 불러올까요?"

홍력이 집에서 남녀 고수들을 불러들여 무예를 연습하고 있다는 소문을 미리 들어왔던 홍시는 이를 구실로 삼아 홍력을 몰아붙이려고 했었다. 그러나 이 자리에서 홍력이 솔직히 다 털어놓음으로써 자신이 언젠가 톡톡히 써먹으려고 했던 건더기가 사라지고만 셈이 됐던 것이다.

잠시 생각에 잠겨 있던 옹정이 머리를 저으며 말했다.

"아니, 짐은 당분간은 만나고 싶지 않네. 그러나 이런 사람들을 잘 이용하는 것이 무엇보다 중요하다는 건 사실이네. 진짜 영웅기질을 지닌 협객들은 인정사정 없이 막가는 도둑떼들과도 밀접한 관계를 유지하고 있을 뿐더러 크고 작은 무리들을 이끌고 있는 수령들이라 강호의 소식은 누구보다 더 영통하고 빠를 것이네. 은혜를 내리고 의리를 다하며 도리를 깨우쳐 주고, 조정의 위엄을 상기시켜 준다면 한 번 손잡아 볼 만한 친구들이네. 조정에서 직접 나설 수 없는 일까지 그네들이 도맡아서 해줄 수 있을 거네. 자넨 일단 병부에 하명하여 그 사람에게 당당한 신분을 내리라고 하게. 접견은 나중에 천천히 하지. 그사이 강호에 어떠한 움직임이 있는지를 유심히 살펴보라고 하게."

"예, 폐하!"

옹정의 의중을 완벽하게 읽은 홍력이 재빨리 대답했다.

찻잔을 들어 한 모금 마시고 오래도록 생각에 잠겨 있던 옹정이 말했다.

"이 일을 가볍게 생각하지 말게. 무심코 던진 돌에 사람이 맞아 죽는 법이야. 요언이란 작게는 사람을 다치게 하고 크게 성하면 나라를 망하게 하는 괴력이 있어. 짐은 그래서 요언을 절대 간과하질 않는다네. 홍력, 자네는 군무(軍務)와 전량(錢糧)을 전담하는 대국(大局)을 책임지고 있으니 정국 상황에 유의하는 건 당연지

사일 테지. 홍시는 잡다한 것 같지만 중요한 정무를 보고 있으니, 그 어떤 풍문이 들리더라도 제때에 짐에게 밀주하도록 하게. 막내 홍주는 성격이 좀 덜렁덜렁한 편이고 건강이 안 좋아서 태상사(太常寺), 태복사(太僕寺), 난의위(鑾儀衛), 태의원(太醫院) 등을 관장케 하는 상대적으로 한가로운 일을 맡겼을 뿐이네. 결코 자네더러 늙어 죽을 때까지 이 상태에서만 만족하고 있으라는 게 아니었는데, 어찌 정무엔 전혀 관심도 없이 집에서 엉뚱한 짓거리만 하고 다닌단 말인가? 자네 세 형제는 나름대로 장단점을 다 갖고 있으니, 서로 보완하고 발전하면서 나를 도와 일조를 해야 하지 않겠느냐. 어느 한 쪽으로 저울이 기울지는 않나, 누군 등도 잘 쓰다듬어 주던데 하며 자네들끼리는 은근히 불만이 있겠지만 짐의 골육이 셋밖에 더 되나? 자네들 셋이 단결하고 뭉쳐 울타리를 든든히 해야 미친개도 기어들지 못할 것이고, 집안도둑들도 겁에 질려 몸을 움츠릴 게 아닌가?"

"무슨 말씀이신지 잘 알겠습니다, 아바마마."

셋은 일제히 머리를 조아렸다. 홍주가 말했다.

"아들은 여태 아랫것들에게 너무 격의없이 지내왔습니다. 그러다 보니 양명시나 손가감을 비롯하여 이 사람, 저 사람 씹어대는 말들도 곧잘 듣게 되오나 앞으로는 아바마마의 훈회를 받들어 신경을 쓰도록 하겠습니다."

그러자 얼굴 가득 근엄한 표정을 짓고 있던 홍시가 말했다.

"성조께서 붕어하신 뒤 황위 계승을 두고 요언이 난무한 것은 아들이 보기엔 커룽둬, 저 인간의 작당이 틀림없어 보입니다. 그는 이미 감금돼 있지만 요언은 벌써 날개돋친 듯 퍼지고 있지 않습니까? 이런 자를 절대 가볍게 용서해서는 아니 될 것입니다. 필히 목을 쳐 그에 맹종하던 자들의 간담을 서늘하게 만들어야 합니다."

"전 셋째형 생각에 공감하지 못하겠습니다."

홍주가 짓궂은 표정을 지으며 말했다.

"전 커룽둬를 서둘러 죽일 필요는 없다고 생각합니다. 아바마마께서 보위에 오르신 건 누가 뭐래도 광명정대합니다. 팔숙……아니, 아키나네가 앙심을 품고 이러한 요언을 날조하였을 가능성이 큰데, 커룽둬를 죽이면 엄청난 물증을 잃게 되는 것과 다름없습니다. 살려두어야 합니다."

그러자 홍력이 말했다.

"아우, 자네 말이 맞네. 일깨워주지 않았더라면 깜빡할 뻔했어. 지난번 윤잉 백부님 병문안 다녀오는 길에 커룽둬가 갇혀 있는 곳을 들렀더니 고약한 냄새에 구역질이 나서 가까이 갈 수가 없었어. 간수에게 물어봤더니, 대소변도 안에서 보고 바깥출입이 완전 통제가 돼 있는지라 여름이니 그 냄새가 진동할 수밖에! 이대로 방치했다간 얼마 못 살지도 몰라! 셋째형, 간수들을 교체하여 최소한의 인간노릇은 하게끔 배려해 주세요. 아무리 죄가 큰 범인이라고 하지만 전에는 공로도 세웠었잖아요!"

옹정은 들을수록 석연치 않았다. 그러나 대체 어디가 어떻게 석연치 않은지는 설령 자신의 아들일지라도 속마음을 완전히 털어놓을 순 없었다. 그는 부지런히 차만 마실 뿐 말이 없었다. 표정은 담담해 보이면서도 어딘가 우울해 보였다. 잠시 침묵이 흐르자 홍시가 웃으며 화제를 돌렸다.

"아바마마께선 늘 뜻하지 않는 일을 시도하여 그 어떤 어려움이라도 매끄럽게 풀어내시는 마력이 있습니다. 윤계선네 집에서도 지금쯤은 아마 잔치 분위기일 겁니다!"
 옹정이 그제야 윤계선 모자의 활짝 폈을 얼굴을 떠올리고는 빙그레 웃어 보였다. 세 형제는 다소 우울해 보이던 옹정의 기분을 달래주느라 한참 동안 있는 재주, 없는 재주를 부리다가 자명종이 열 한 번을 쳐서야 편안한 침수를 기원하며 공손히 물러났다.

36. 간신(奸臣)의 배후

그로부터 하루가 지난 6월 18일은 옹정의 생모인 오아씨(烏雅氏)의 제삿날이었다. 날이 희붐히 밝아오자 옹정은 곧 창춘원에서 대내로 향했다. 먼저 수황전(壽皇殿)으로 가서 강희와 오아씨의 좌상(坐像)을 향해 향을 사르고 삼궤구고의 대례를 올렸다. 그리고는 왕생주문(往生呪文)을 세 번 읽고 나서야 고무용, 진구, 교인제 등 궁인들을 데리고 홍덕전(興德殿)으로 가서 미리 대기하고 있던 윤지, 윤록, 윤례에 이어 홍시, 홍력, 홍주, 홍섬, 홍환, 홍효, 홍교 등에 이르기까지 한 무리의 가까운 황친들을 접견했다.

군기처는 정상적으로 정무에 임하라는 옹정의 지의가 있었는지라 미리 들어와 향배를 올리고 물러간 뒤였다. 이 시각엔 주식만 남아 어가를 따라다니며 시중들고 있었다. 거의 모두가 형제간이고 조카들인지라 옹정은 예가 끝나자 곧 각자 편한 대로 하게끔 했다.

이때 어선방의 상녕(常寧)이 들어와 주청을 올렸다.

"어선방의 조선(早膳, 아침 수라)이 준비되었사옵니다, 폐하! 조선을 여기에 모셔야 할지 아니면 양심전으로 모셔야 할지 주청 올리는 바이옵니다."

"짐은 간식을 먹었네."

옹정이 짤막하게 대답했다.

"아직 이른 시각인데, 뭘 그리 서두르나? 음, 그러지 말고 먼저 한 상 차려 수황전의 성상(聖像) 앞에 올리고 나머지는 창음각 무대 동쪽에 차리도록 하게."

상녕이 잠시 어리둥절한 표정으로 있자 옹정이 웃으며 말했다.

"짐은 사연(賜宴, 음식을 내리다)하려고 그러네. 이렇게 많은 사람들을 배 쫄쫄 곯려가며 연극구경 시킬 건가? 배가 고프면 눈에 뵈는 것도 없다네. 다들 불룩한 배를 쓸어내리며 희희낙락 구경해야 명부(冥府)에 계신 태후마마께서도 즐거워하시지. 윤상은 위가 부실하니 어주방에 특별히 부탁하여 소화에 이로운 음식을 만들라고 하게. 주 사부, 오늘 불침번이라고 했는데, 돌아가지 말고 짐을 동무하여 앉아 있어 주게."

이에 주식이 급히 엎드려 사은을 표하고는 몸을 일으키며 아뢰었다.

"태후마마를 조금이라도 더 뵐 수 있게 해 주시어 실로 감지덕지하옵니다! 그 옛날 신이 공부(工部)에 있으면서 황하 보수문제를 소홀히 하였다는 죄를 물어 3년 동안 봉록을 벌봉(罰俸)당한 적이 있었사옵니다. 그 당시 태후마마께오선 선제께 이렇게 말씀하셨사옵니다. '주 선생은 씻은 듯 가난하여 손님이 와도 차마저 끓여낼 수 없는 처지라고 들었사온데, 3년 동안 벌봉을 하시면 어찌 살겠습니까? 국법이 엄연하니 어찌할 바는 없지만 내가 내 주머니라도 털어 쌀 사 먹고 살 수 있게끔 해 주어야 맘이 편할 것 같습니다.' 이같이 말씀하시면서 노신에게 황금 3백 냥을 하사하신 적이 있사옵니다!"

그 옛날의 감격에 목이 메여 주식은 눈물을 흘리며 말을 잇지 못했다. 대쪽같았던 자신의 어머니를 떠올리며 옹정 또한 마음이 슬프고 그리움이 밀물처럼 밀려들었다. 항간에 자신으로 인해 태후가 자살했다는 소문이 나도는 데 대해 옹정은 이를 악물고 분개했으나 달리 어찌할 수도 없는 노릇이었다. 그는 씁쓸한 미소를 지어 보이며 말했다.

"너무 상심하지 말게, 태후께서도 슬퍼하실라."

이때 장오가(張五哥)가 들어섰다. 옹정이 다그쳐 물었다.

"자네의 십삼마마는 왔어?"

장오가도 어느새 환갑을 넘긴 호호백발의 할아버지였다. 젊었을 때 형장으로 끌려가 사형이 집행되는 순간 강희에 의해 극적으로 사면당하여 오늘날까지 묵묵히 본분을 잘 지켜온 충성파의 대명사였다. 윤상과도 사적으로 대단히 깊은 사이였고, 가까이 지내왔다. 윤상이 청범사에서 병상을 지키고 있을 때도 그는 매일 교대시간이 끝나는 대로 찾아가 문안을 올리고 직접 시중들어 왔다. 그 사실을 잘 아는 옹정이었기에 그를 보자마자 윤상에 대해 물었던 것이다.

장오가는 예를 갖춰 인사를 하고는 머리를 저어 한숨을 지으며 아뢰었다.

"십삼마마께선 지난밤에 또 병이 발작했사옵니다. 아직 인사불성이옵니다…… 폐하……."

얼굴 가득 수심에 젖어 고통스런 표정을 짓고 있는 장오가가 말끝을 흘렸다.

"가사방은?"

옹정이 흠칫 놀라며 다그쳤다.

"그래, 가사방은 뭐라고 했나?"

이에 장오가가 말했다.

"이미 백운관으로 사람을 파견했사옵니다. 신은 그이를 기다렸다가 오려고 했사오나 폐하께서 부르실까 염려되어 먼저 왔사옵니다."

옹정이 다시 물었다.

"그럼 태의(太醫)들은 어찌 말하던가?"

장오가가 눈물을 닦으며 말했다.

"태의들은 십삼마마께서 맥박은 어제와 같이 고른 편이나 아직 혼미상태에 계시니 뭐라고 단언하기 어려운 모양이옵니다. 지금도 수시로 맥박을 재고 있사옵니다……."

"그만 가 보게."

맥박이 고르다는 말에 옹정은 크게 위험하지는 않을 거라고 생각하며 다소 안심을 했다.

"짐의 곁에 시중드는 이가 없겠나? 힘들게 양쪽으로 뛰어다니느라 하지 말고 윤상의 곁을 지켜주도록 하게. 자네가 있으면 짐도 안심일세."

옹정의 허락이 떨어지기 바쁘게 벌써 저만치 멀어져 가는 장오가의 건실한 뒷모습을 멍하니 바라보고 있던 옹정이 한숨을 지으며 가볍게 불렀다.

"주 사부."

"예, 폐하!"
"자네 생각엔……."

옹정이 고개를 약간 옆으로 하며 물었다.

"윤상의 병이 누군가 뒤에서 요술을 부려 귀신이 붙게 한 것은 아닐까?"

주식은 '귀신이 붙는다'는 말 자체를 전혀 믿으려 하지 않았다. 그러나 귀신과 관련하여 강희제 때 황자들 사이에서 일어났던 일련의 사실들을 직접 목격하고 가사방의 괴력을 두 눈으로 똑똑히 확인했는지라 감히 아니라고 부정할 수도 없었다. 잠시 생각하여 주식이 말했다.

"성인(聖人)께서도 존이불론(存而不論)이라 하셨거늘, 신은 감히 뭐라 망언을 올릴 수가 없사옵니다. 하오나 사적(史籍)을 찾아보니 그러한 사술(邪術)들이 어느 조대(朝代)에나 끊이지 않은 건 사실이옵니다. 군자와 귀신 사이에 대해선 경이원지(敬而遠之)하고픈 마음뿐이옵니다. 하오나 십삼마마께오선 그 무슨 불공대천(不共戴天, 같은 하늘 아래 살 수 없음)의 원수가 있는 것도 아니고 몇몇 정적이라고 해 봤자 모두 자기 한 몸도 건사하기 힘든 처지에 놓였사온데, 누가 감히 그런 짓을 일삼을 수가 있겠사옵니까? 신 역시 망연하긴 마찬가지옵니다."

"됐네, 지금은 이를 논하지 말자고."

옹정이 시계를 꺼내보더니 말했다.

"아직 신시(申時)도 안 됐네. 정시(正時)가 되려면 멀었으니 짐이랑 함께 출궁하여 산책이나 하지."

"예, 폐하!"

주식이 급히 절을 하며 말했다.

"외람되오나 어디로 걸음을 하실 것이온지요?"
"커룽둬를 보고 오지."
 옹정이 시계를 가슴속에 도로 집어넣으며 담담하게 말했다.

 옹정과 주식은 시위 몇 명만을 데리고 말을 타고 신무문(神武門)을 나섰다. 서쪽을 향해 조금씩 달려 잠시 후 커룽둬의 부저(府邸)에 도착할 수 있었다.
 서쪽 방향으로 앉은 큰 뜰이 있었다. 여느 왕부와 마찬가지 규모와 구조였지만 푸른 기와도 군데군데 칠이 벗겨져 나가 볼성사나웠고, 어디라 할 것 없이 피폐하여 서글프기 이를 데 없었다. 문가에 희미하게 남은 노란 칠만이 이 집 주인의 휘황찬란했던 어제의 영화를 조금이나마 일깨워 주는 것 같았다. 문 밖 계단을 따라가며 울퉁불퉁 높다랗게 쌓은 담벽은 바람조차 불어들기 힘들 것같이 높고 으스스했다. 여름날의 불볕 태양이 죽은 자의 얼굴을 연상케 하듯 담벽을 하얗게 비추고 있었다. 말에서 내려선 옹정은 쪼글쪼글 주름이 잡힌 두 눈을 가늘게 뜨고 담벽 앞에서 서성이는 주식을 향해 물었다.
 "주 사부, 왜 그러나?"
 "옹정 2년에 이곳을 한 번 다녀간 적이 있사옵니다. 황사성(皇史宬)을 수선하게 재정을 지원받을까 하여 찾아왔다가 대문 안으로 들어가지도 못하고 쫓겨났사옵니다. 커룽둬 어른이 바빠서 그런 일에 신경 쓸 수 없으니 직접 호부로 찾아가라고 했사옵니다."
 주식의 얼굴엔 희색인지 비감인지 알 수 없는 표정이 번졌다.
 "그 뒤론 한 번도 이 근방에조차 오지 않았사옵니다. 오늘 다시 찾아보니 실로 감개가 새롭사옵니다……."
 옹정이 미처 입을 열어 말하기도 전에 시위 수륜이 북쪽 측문에서 달려나와 아뢰었다.
 "이곳의 관사태감(管事太監)에게 알렸사옵니다. 북문으로 들어가시옵소서."
 옹정이 머리를 끄덕이며 수륜을 따라갔다. 북으로 몇 발짝 더 가니 과연 담벽에 폭이 네 척(尺) 정도 되어 보이는 동굴이 있었고, 거기에 철문이 달려 있었다. 열려 있는 문으로 들여다보니 의관(衣冠)을 단정히 한 열 몇 명의 태감들이 후끈후끈한 돌바닥 위에 엎드려 땀을 철철 흘리고 있었다. 옹정은 그들에겐 시선 한 번 제대로 주지 않은 채 뜰로 들어섰다. 안에서 지키고 있는 이들은 모두 내무부에서 파견나온 아역들이었다. 황제가 납시었다는 소식을 들은 윗통을 벌거벗고 있던 이들은 공복(公服)을 찾아 입느라 한바탕 전쟁을 치르고는 저마다 땀범벅이 되어 달려나와 무릎을 꿇었다. 그 중 맨 앞장에 선 사무관이 머리를 조아려 아뢰었다.
 "폐하, 커룽둬는 그쪽에 없사옵니다. 쇤네가 안내해 드리겠사옵니다!"
 의문(儀門)으로 들어가려던 옹정이 발걸음을 멈추고는 의아해 하며 물었다.
 "정원(正院)에 없단 말인가? 그럼 정원엔 누가 있나? 자넨 어느 아문의 누구인가?"
 그러자 사무관이 급히 머리를 조아리며 아뢰었다.
 "쇤네는 내무부의 사무관 황전발(黃全發)이라고 하옵니다. 커룽둬는 후원의 마구간에 있사옵니다."

"지금 마구간이라고 했나?"

옹정이 바늘에 찔린 듯 흠칫했다. 그리고는 대뜸 따져 물었다.

"어찌 마구간에 있을 수 있단 말인가? 누가 그리 지시하였는가?"

"원래는 정원에 있었사옵니다."

옹정의 안색이 예사롭지 않자 황전발이 급히 아뢰었다.

"하지만 언젠가 신형사(愼刑司)에서 사람이 나오더니, 커룽둬는 중죄인이라 목을 치지 않은 것만 해도 과분하다며 높이 받들어 모실 일이 있느냐며…… 당장 마구간으로 내쫓으라고 했사옵니다. 쇤네는 정원만 관리하고 마구간은 태복사에서 관장하는지라 어찌할 수가 없었사옵니다. 여긴 모두 세 개의 아문에서 나와 있사옵니다."

"총관(總管)은 누군가?"

"총관은 태복사(太僕寺)에서 나온 왕의(王義)라는 사람이옵니다. 항상 여기 있는 건 아니옵고, 가끔씩 와서 둘러보고 가곤 하옵니다."

옹정은 더 이상 말이 없었다. 주식을 데리고 마구간으로 와 보니 간수들이 벌써 무릎을 꿇고 있었다. 여긴 간수들 모두가 태감들이었다. 뜰에 들어서자마자 악취가 코를 찔렀다. 그러나 말똥 냄새는 아닌 것 같고 비릿비릿한 생선 썩는 냄새와 토한 오물이 한데 섞인 것 같기도 하고, 간간이 음식 찌꺼기가 발효하는 것 같기도 했다.

참기 힘든 악취에 옹정은 머리가 어지러웠다. 어찌할 수 없어 손으로 코를 비틀어 잡고 태감을 따라 전에는 말을 가둬 두었을 철제 난간 앞으로 왔다. 두 개의 구유가 놓여 있었을 정도의 넓이였고, 구유는 벌써 떼어내고 대신 철제난간을 둘렀다. 처마 끝을 따라 유포(油布)가 둘둘 말려 있었다. 비나 눈이 날아들지 않게 막기 위한 수단인 것 같았다.

공간 한가운데의 낮은 탁자에는 잿물을 입히지 않고 구운 항아리와 큰 질그릇 하나, 그리고 젓가락이 놓여 있었다. 기름칠을 하지 않아서 덕지덕지 때가 앉은 걸상은 반지르르 했다. 탁자 위에는 베어먹다 남은 수박이 있었다. 파리떼가 좋아라 하며 새카맣게 들러붙어 인기척을 듣고도 도망갈 생각을 하지 않고 있었다. 안쪽으로 벽면에 작은 나무침대가 붙어 있었고, 침대 머리에는 종이를 덮어놓은 커다란 요강이 있었다. 옹정은 그제야 악취의 발원지를 알 것 같았다. 갈대를 대충 엮어 올려놓은 침대 위엔 목침 하나와 얇은 이불이 어지럽게 구겨져 있었다.

가까이 갈수록 진동하는 악취에 옹정은 몇 번씩이나 멈춰 서서 눈물을 찔끔거리며 치밀어 오르는 구역질을 참았다. 이불만 구겨져 있는 줄 알았던 옹정은 좀더 가까이 가서야 그 속에 한 줌이 되어버린 커룽둬가 새우처럼 웅크리고 있는 걸 발견할 수가 있었다. 조심스레 다가간 옹정이 나지막이 불렀다.

"커룽둬!"

하지만 응답이 없었다.

"커룽둬!"

간수태감이 거칠게 고함을 질렀다.

"귀 먹었어? 폐하께서 납시었단 말이야!"

순간 죽은 듯 굳어있던 커룽둬의 몸이 흠칫 했다. 두 손으로 침대를 짚고 안간힘을 써서 몸을 일으킨 커룽둬는 수염과 머리카락이 주인없는 무덤의 잡초 같았다. 죽은 붕어의 눈깔을 방불케 하는 흐리멍텅한 두 눈으로 철제난간 앞에 붙어 서 있는 옹정과 주식을 유심히 뜯어보던 커룽둬의 수염이 떨렸다. 입을 실룩거리며 뭐라고 중얼대는 것 같았으나 아무 말도 들리지 않았다.

마치 낯선 사람을 쳐다보듯 옹정을 뚫어지게 바라보고만 있던 커룽둬가 마침내 "폐하……!" 하고 짐승의 포효에 가까운 고함을 지르며 미친 듯 침대에서 뛰어내려 철제난간을 덮쳤다. 그리고는 철제난간을 잡은 채 스르르 무릎을 꿇어앉더니 눈물을 철철 쏟으며 울부짖었다.

"폐하, 이 못난 놈이 다시 폐하를 뵙게 되다니요!"

"짐이 자네를 보러 왔네."

한때는 발 한 번 구르면 자금성이 반쪽은 흔들렸다는 '국구(國舅)'와 다시 마주한 옹정의 감개도 이루 형언할 수가 없었다. 미움과 원망, 애석함과 통한, 비애와 서글픔…… 그 느낌을 과연 무엇이라고 이름할 수 있으랴!

그는 커룽둬의 눈빛을 똑바로 바라볼 자신이 없었다. 더 이상 악취도 느끼지 못했다. 옹정은 길게 한숨을 토해내며 명령했다.

"이 철문짝을 열어 젖혀! 마구간 저쪽 뜰에 있는 회자나무 밑에 짐과 주식 어른의 자리를 마련해 놓게."

그러자 열쇠를 구멍에 꽂으려던 태감이 주저하며 말했다.

"저렇게 멀쩡하다가도 가끔씩 미쳐서 날뜁니다. 발광하여 폐하를 해치지는 않을까……."

"이 새끼야, 입 닥쳐! 너야말로 미쳤어!"

커룽둬가 몸을 무섭게 떨며 목소리를 낮춰 으르렁댔다.

"내가 미친 척이라도 하지 않았더라면 너희 같은 새끼들에게 맞아죽은 지도 옛날이겠지!"

옹정이 잠시 놀라는 기색을 보이더니 천천히 고개를 돌려 태감을 바라보았다. 그리고는 급한 걸음으로 마구간을 나와 회자나무 밑으로 다가와 의자에 앉았다.

그사이 커룽둬도 극도의 흥분에서 헤어나 차분한 이성을 찾아갔다. 자신은 이미 더 떨어질래야 떨어질 수 없는 밑바닥에 있는지라 옹정이 문득 자신을 찾아온 데 대한 두려움은 없었다. 그렇다고 그 무슨 커다란 은전(恩典)도 바라지 않았다. 그는 더럽고 구겨진 청포 자락을 잡아 당겨 펴는 시늉을 하고 어지러이 흩어진 머리카락을 뒤로 넘겼다. 그리고는 나무를 깎아 만든 신발을 끌고 옹정에게로 다가가 길게 엎드려 머리를 조아렸다.

"죄신 커룽둬가 폐하께 문후올리옵니다. 부디 폐하의 만수무강을 엎드려 비옵니다!"

"저쪽 바위 위에 걸터앉게."

악취를 풍기고 파리떼가 득실거리는 마구간을 떠나오니 옹정의 표정은 한결 밝아 보였다. 그는 고개를 끄덕이며 커룽둬를 향해 말했다.

"짐이 자네를 보러 왔네. 수룬, 자네 이 뜰에 있는 사람들 모두에게 물러가라 하게! 자네 처지가 이 정도인 줄은 몰랐네. 진작에 찾아왔어야 하는데……."

"죄신은 죽어 마땅한 죄인이거늘 목숨을 살려주신 것만 해도 성은이 망극하거늘 어찌 감히 사치를 바랄 수 있겠사옵니까?"

커룽둬가 말했다.

"다만 신은 폐하께 아뢰올 기밀이 있었사온데, 오늘 폐하를 뵙고 주하게 되었으니 이젠 죽어도 여한이 없을 것 같사옵니다……."

커룽둬의 두 눈에서 눈물이 비오듯 했다.

"짐이 자네에게 죽음은 주지 않을 것이며, 영구감금형에 처한다고 했는데, 자넨 죽음의 공포에서 자유롭지 못한 것 같네? 그리고, 짐에게 주하고 싶다는 일은 무엇인가?"

"이곳의 간수태감들이 죄신을 없애려 하옵니다!"

"누가 감히? ……구타당한 적 있나, 자네?"

"폐하께오선 복분(覆盆) 지하의 암울함을 모르실 것이옵니다! 죄신은…… 벌써 이틀 밤을 연이어 토포대(土布袋)를 메었사옵니다. 폐하께서 납시지 않으셨다면 죄신은 길어야 모레면 필히 숨이 끊겼을 것이옵니다!"

옹정이 대뜸 주식에게로 시선을 돌렸다. '토포대를 메었다'는 것이 대체 무엇을 뜻하는지 알 길이 없었던 것이다. 주식이 서둘러 아뢰었다.

"신은 방포의 〈옥중잡기(獄中雜記)〉를 읽었사옵니다. '토포대를 멘다'는 것은 사형(私刑)을 뜻하는 것으로서, 범인을 포박한 채로 등에 흙을 가득 담은 자루를 얹어 놓는 것이라고 하옵니다. 몸이 허약한 사람들은 지탱하다 못해 그 자리에 폭삭 고꾸라져 다신 일어나지 못하는 경우가 많다고 하옵니다. 그렇게 죽은 사람들은 외상이 전혀 없어 타살 여부를 확인하기가 사실상 불가능하다고 하옵니다."

주식의 설명을 듣고 난 옹정이 버럭 대노하며 고함을 질렀다.

"누구야? 이것들이 과연 무법천지로군!"

"죄신은 잘 모르겠사옵니다……."

커룽둬가 비통에 잠겨 동아줄 자국이 역력한 손목을 내밀어 보이며 말했다.

"죄신의 눈을 가리고 침대 다리에 묶어 두었기에 사람을……

알아볼 수가 없었사옵니다……."

"그래, 짐에게 주하고자 했던 일은 어떤 것인가?"

"조정에 간신(奸臣)이 있사옵니다!"

"누구 말인가?"

"염친왕이 바로 간신이옵니다!"

"아키나 말인가?"

옹정이 실소를 금치 못했다. 그도 그럴 것이 윤사가 붙잡혀 개명 당하기 훨씬 전에 커룽둬는 벌써 자유를 잃은 몸이었기에 소식에 어두울 수밖에 없었다.

"자넨 몰라서 그러는데, 그도 지금은 자네랑 처지가 막상막하라네."

"염친왕 등뒤에 다른 사람이 있사옵니다!"

커룽둬가 의외라는 반응을 보이며 옹정을 향해 말했다.

"그가 붙잡혔다면서 아직 자백을 받아내지 못했단 말씀이옵니까?"

옹정이 자리에서 일어났다. 부채를 부치며 나무 밑에서 한 바퀴 돌며 생각에 잠겨 있던 옹정이 잎이 무성하여 햇볕이 거의 스며들지 못하는 수관(樹冠)을 올려다보며 냉소를 터뜨렸다.

"이 회나무는 못 되어도 8백 년은 됐을 걸? 이 나무를 심을 즈음에 진회(秦檜)라는 구제불능의 간신배가 조야를 혼란에 빠지게 했었는데, 자넨 우리 대청의 진회가 되고 싶은 건가? 자넨 심술이 바로 박히지 않았기에 이 지경에 처하게 됐는데, 아직까지 누굴 더 잡으려 드는가? 자네는 과연 목숨이 붙어있는 게 귀찮은가?"

"죄신이 어찌 감히 망언을 할 수가 있겠사옵니까?"

커룽둬가 낯빛은 여전한 채 읍하며 말했다.

"태후마마께서 선서(仙逝)하셨을 때 염친왕은 역모를 일삼으려 했사옵니다. 그 당시 장정옥이 군기처를 장악하고 군사를 동원할 수 있는 호부(虎部)를 틀어쥐고 있었기에 성사되지 못했을 따름이옵니다. 그 당시 죄신은 이는 멸문지화를 자초하는 위태로운 일인만큼 생각을 고쳐먹으라고 간곡히 말렸사옵니다. 여덟째마마…… 아니, 윤사는 '멸문지화를 당했더라도 내 뒤엔 다른 사람이 있어. 자넨 내가 황제 자리에 앉고 싶어서 이러는 줄 아나? 내가 보위(寶位)에 앉고 싶어서 이러는 건 아니야!'라고 말했사옵니다."

커룽둬가 잠시 숨을 돌리고는 다시 말을 이었다.

"죄신이 옥첩(玉牒)을 몰래 빌려간 것도 윤사의 지령에 따른 것이옵니다. 그 당시 그는 '누군가가 필요로 한다'라고 말했사옵니다. 그리고, 폐하께서 하남성을 순시하고 계실 때도 윤사는 죄신을 불러 '천재일우의 기회'라며 죄신으로 하여금 직권을 남용하여 창춘원을 들이치게끔 했사옵니다. 그때도 죄신은 '대세가 이미 기울었는데, 창춘원을 차지한다고 하여 이 강산을 호령할 수 있을 줄 아느냐'며 강하게 반박했었사옵니다. 그러자 윤사는 '옹정만 아니면 그 누가 보위에 앉든 상관없다'라고 했사옵니다……. 폐하, 신은 난도질당해 죽어 마땅한 죄신이거늘 이젠 파리 목숨보다 못한 지경에 이르렀사옵니다. 그럼에도 누군가가 신을 가해하여 죽여 없애려는 것은 죄신의 입이 두렵기 때문이옵니다!"

커룽둬의 입에서 나온 말들은 옹정이 전혀 모르고 있던 사실이었다. 그는 경악을 금할 수 없었다. 주식도 사색이 되어 있었다.

"스승 어른, 이걸 어찌하면 좋겠나……?"

옹정이 물었다.

"폐하, 결코 간과할 수 없는 사안이옵니다. 신이 깊이 생각하여 주하도록 허락해 주시옵소서."

주식의 머리 속에 번개처럼 스치는 한 사람이 있었다. 그는 저도 모르게 흠칫 떨며 고개를 돌려 커룽둬에게 물었다.

"자네가 그러고도 인신(人臣)이었나? 감금당하기 전에는 조석으로 폐하를 배알하면서 왜 자수하여 죄를 인정하지 못했나?"

커룽둬는 분노의 불기둥이 치솟는 주식의 눈길을 감히 쳐다볼 수가 없었다. 엎드려 고개를 두 팔 사이에 박고 그는 흐느끼며 말했다.

"죄신은 실로 드릴 말씀이 없사옵니다! 당시 태자 윤잉이 두 번째로 폐위당하고 황저(皇儲) 자리가 아직 미정일 때, 황자들의 탈적 경쟁은 극에 달하지 않았사옵니까. 윤사의 세력은 눈덩이처럼 불어나는 반면 당금 폐하께선 거의 고립무원이셨사옵니다. 저의 동씨(佟氏) 일가는 모두 여덟째마마와 가까이 지내오던 터에 숙부 동국유(佟國維)가 신과 밀의하는 자리에서 어떻게든 윤사를 밀어주라고 하시며, 그래야만 우리 일문이 기를 펴고 살 수 있을 거라는 쪽지를 신에게 주셨더랬사옵니다. ……그런데, 어찌하여 그 쪽지가 윤사의 수중에 들어갔는지, 윤사가 이를 미끼로 신을…… 위협하며 자기네들의 도둑배에 타게끔 협박, 강요했던 것이옵니다……. 신은 어려서부터 성조를 섬겨 왔고, 성조께서 이놈을 크게 믿으시어 탁고중신(託孤重臣)이라는 현혁(顯赫)한 위치에까지 올려놓고 승천하셨는데, 이 때려죽일 놈은…… 이 벼락맞아 죽어야 마땅할 놈은…… 성조를 배신하고 말았사옵니다……. 폐하…… 부디 죄신을 명정한 전형(典刑)에 처하시어 후세의 간신들에게 피의 교훈을 삼게 해 주시옵소서!"

띄엄띄엄 겨우 말을 이어나가던 커룽둬가 마침내 엉엉 통곡하며 파도에 휩쓸린 모래성처럼 무너지고 말았다.

환해(宦海)에서 부침을 거듭해 오며 곁눈질로도 대세를 파악할 수 있는 커룽둬였다. 그는 자신을 지키는 태감들의 태도와 표정에서 홍시(弘時)가 자신에게 마수를 뻗쳐 물증을 없애려고 든다는 걸 직감적으로 간파했다. 그리하여 이 기회에 작정하고 일러바쳤으나 홍시의 이름은 직접 거론하지 않았다. 자신이 '윤사당'의 2인자 역할을 해 왔다는 것을 인정한 셈이었다.

비록 옹정으로선 경계하는 마음을 버릴 순 없었지만 더 이상 꿈도 야망도 없이 죽음의 그림자만 달고 다니는 사람으로서 어느 정도의 감정은 진실일 거라고 믿었다. 땅에 길게 엎드려 오열을 토하는 커룽둬의 후줄근한 등허리를 바라보는 옹정의 코끝이 시큰해졌다. 한참 후에야 그는 천천히 입을 열었다.

"물론 자네가 지은 죄를 논할라 치면 짐은 자네를 능지처참(陵遲處斬)에 처하여 국문(國門)에 내걸어야 마땅하지! 그러나 자네에게서 아직은 군부(君父)를 향한 진실을 엿볼 수 있기에 더 이상 추궁하지는 않겠네. 좀 있다 지필(紙筆)을 줄 테니, 자네가 알고 있는 모든 것을 적어 내도록 하게. 반드시 밀봉하여 밀주(密奏)해야 한다는 걸 잊지 말게. 짐이 구태여 설명하지 않아도 잘 알리라 믿네. 혹여라도 육부에 기밀이 새어나가는 날엔 짐이 자넬 구해주고 싶어도 한계가 있다는 걸 알아야 하네. 신중에 신중을 기하게. 이렇게라도 천명을 다하고 싶으면 더 이상 망념에 들뜨지 말고 조용히 있어 주게."

말을 마친 옹정은 곧 자리를 털고 일어났다. 그리고는 시계를 꺼내보더니 수룬을 불러 지시했다.

"자네가 남아서 뒤처리를 하도록 하게. 커룽둬는 마구간으로 돌려보내지 말고 원래 있던 정원에 들게끔 하게. 감금범위 내에선 마음대로 움직일 수 있게끔 조치하게. 그리고 이곳을 간수하는 인원들을 전부 교체하여……."

이 대목에서 잠시 망설이던 옹정이 조언을 청하는 눈길로 주식을 바라보았다.

"폐하!"

옹정의 말을 들으며 미리 속으로 생각을 거듭하고 있던 주식이 말했다.

"커룽둬가 오늘 털어놓은 사실은 엄청난 파장을 몰고올 것이며, 하루이틀 사이에 그 진상을 파악하기가 힘들 것이옵니다. 이곳을 간수하고 있던 인원들은 두 갈래로 나눠서 처리하는 것이 바람직할 것 같사옵니다. 직접 커룽둬의 간수를 맡았던 사람들은 전부 북경 근교의 밀운(密雲)으로 보내어 황장(皇莊)에 가둬서 서로의 죄행을 고발하게끔 불을 지피고, 나머지는 관사태감만 내무부의 감시 하에 있게 할 뿐 모두 아무 일도 없는 듯 원래의 자리로 돌아가 정상적인 업무에 임하도록 하는 것이 어떨까 하옵니다. 커룽둬를 모해하려 했던 범인들의 진상이 파악되는 대로 폐하께 밀주하여 처벌을 상의하는 것이 좋겠사옵니다."

"그래, 그렇게 하지."

옹정이 만족스레 입을 다시며 말했다.

"커룽둬에게 옷을 갈아 입히도록 하게! 아무리 죄수라도 저 꼴이 뭔가! 주 사부, 우린 그만 출발하지!"

두 사람은 말을 타고 천천히 움직이기 시작했다. 옹정이 고삐를 잡고 생각에 잠겨있다가 말했다.

"스승 어른, 잘 궁리해 보게. 커룽둬가 '누군가' 자신을 모해하려고 한다는데, 그 사람이 과연 누구일까? 돌아가서 우리 다시 마주 앉자고."
"예, 폐하!"

옹정과 주식 두 군신이 대내(大內)로 돌아왔을 때는 마침 사시(巳時)가 끝나가고, 오시(午時)가 가까워 오는 시각이었다. 성친왕 윤지를 비롯하여 윤기, 윤조, 윤자, 윤도, 윤우, 윤록, 윤례 등 황숙들이 자리했다. 그 밑으론 홍시, 홍력, 홍주, 홍섬, 홍환 등 70여 명의 직계 황친들, 그리고 서너 명의 희조 때의 옛 친왕들이 창음각 무대의 월대에 모여있었다. 월대 옆에는 한 무리의 부마(夫馬)들이 자리해 있었다.

개중에는 환갑을 넘겨 구부정한 축도 있었고, 젊은 패기가 흘러 넘치는 젊은이들도 있었다. 어림잡아 7, 80명은 족히 될 것 같았다. 형제간에, 사위들간에 이렇게 다같이 모이기는 쉽지 않은지라 모두들 마음에 맞는 사람끼리 모여 앉아 웃고 떠들고 난리법석이 따로 없었다. 이에 비해 병풍 뒤에 있는 황후(皇后)와 빈어(嬪御), 그리고 몇몇 늙은 태비(太妃)들, 수십 명에 달하는 화석공주(和碩公主)들은 있는 듯 없는 듯 조용했다.

"폐하께서 납신다!"
드디어 태감 고무용이 목청을 돋우어 소리 높여 외쳤다. 그러자 소란스럽던 장내는 삽시간에 물을 뿌린 듯 조용해졌다. 사람들은 일제히 숨을 죽이고 무릎을 꿇었다. 무대 위의 희자(戱子)들은 분장을 끝내고 만반의 준비를 마친 상태였다. 악대(樂隊)며 창음각 공봉태감들까지 일제히 무릎을 꿇어 만세를 연호했다.

"오늘은 주식 사부만 손님이니 다들 편한 자리가 됐으면 하네."

옹정이 마땅히 어찌할 바를 몰라 하는 주식의 손을 잡아끌며 웃으며 말했다.

"이네들은 다 스승 어른이 가르쳐 낸 학생들이니 불안해 할 것 없네. 그만 일어나게. 셋째형, 우리 열여섯째, 열일곱째, 그리고 막내랑 스승 어른을 모시고 첫 자리에 앉고 나머지는 미리 배석해 둔 대로 따르면 되네. 이젠 선(膳)을 내어오라고 하게!"

옹정이 말한 막내란 스물 넷째 윤비(允祕)였다. 강희의 막내아들로서, 올해 겨우 열 한 살이었다. 옹정이 즉위하여 6일째 되는 날, 벌써 다른 형들을 제치고 패륵으로 봉해진 윤비는 항렬로 따지면 다섯 번째 연회석에 앉아야 했다. 그런 윤비를 위로 열 몇 명의 형들을 껑충 뛰어넘어 수석(首席)에 앉히자 삽시간에 모든 시선이 윤비에게로 쏠렸다. 질시와 대견함이 교차된 시선을 한 몸에 받으며 어린 윤비는 의연하게 옷차림을 단정히 바로 잡고는 수석으로 건너와 옹정의 면전에서 무릎을 꿇으며 말했다.

"폐하, 이 아우는 감히 폐하의 뜻을 받들기가 난감하옵니다. 이 많은 숙부와 백부님들, 그리고 몇 분의 옛 친왕들을 뒤로 하고 어린 제가 상석에 앉는다는 것이 실로 부담스럽사옵니다. 폐하의 크나큰 배려도 마다할 수 없고 하오니 아우가 여러분들께 술을 따르는 것이 어떻겠사옵니까?"

"역시 자넨 착한 아우야! 어려도 철이 들었단 말이지!"

윤비를 대견스레 바라보는 옹정의 두 눈에는 자상한 빛이 다분했다.

"성조께서 살아계실 때 자넨 홍주보다도 몇 살 어린 나이에 벌써 수석에 앉았었지 않은가. 짐은 정무에 경황이 없어서 그렇지

늘 마음 한 구석엔 자네를 그리워하고 있다네. 자네 공부장을 짐이 훑어보았는데, 큰 진보가 있더군. 자네 생각이 과연 그러하다면 자네가 편한 대로 하게. 차례로 술을 따르고 마지막에 짐의 옆자리로 돌아와 앉게."

자리에 함께 한 사람들 모두 나이에 비해 늠름하고 의젓해 보이는 윤비에게 부러움어린 시선을 보냈다. 그 중에서 윤지만은 옹정이 윤비에 대해 각별할 수밖에 없는 이유를 알고 있었다. 강희의 보위를 승계한 유조에 대해 창춘원에서 의견이 분분하여 한 사람의 말이 향방을 가늠할 수 있을 결정적인 순간에 윤비가 발딱 일어서며 "폐하께선 분명히 넷째황자에게 보위를 물려주신다고 말씀하셨습니다. 제가 똑똑히 들었습니다"라고 말했던 것이다. 그 공로를 모른 척할 리가 없는 옹정이었다.

윤지가 이런 저런 생각에 잠겨 있는 동안 음식을 나르는 태감들의 발걸음이 분주했다. 순식간에 식탁 위엔 진수성찬이 즐비했다. 수석 뒷자리의 정중앙에 모신 태후의 영정 앞에도 상다리가 부러지게 음식이 마련돼 있었다. 뭐니뭐니 해도 그 위에는 주먹만한 크기의 흰 복숭아가 천 개나 쌓여 있어 대단히 볼만했.

음식이 모두 상에 오르자 천천히 자리에서 일어난 옹정은 등뒤에 모셔져 있던 '인황후(仁皇后)'의 영위(靈位)를 향해 세 번 절을 했다. 그리고는 향을 사라 한참 묵도를 하고는 자리로 돌아와 고무용에게 머리를 끄덕여 보였다. 그러자 고무용이 즉각 목청을 돋워 외쳤다.

"연회 시작! 연극 개시!"

징소리, 북소리가 요란한 가운데 무대 위에선 연극이 시작됐다. 역시 여인네의 역할을 맡은 갈세창(葛世昌)이 웬만한 사람 머리

통 만큼 큰 수도(壽桃. 장수를 기원하는 복숭아)를 두 손바닥에 받쳐 들고 태후의 영위로 가서 공손히 바쳤다. 극단의 지휘자가 미끄러지듯 무릎을 꿇어 준비한 연극의 목록이 적힌 종이를 올렸다. 그러자 고무용이 즉시 받아서 다시 옹정에게 받쳐 올렸다.

"음, 많이 준비했군."

옹정이 대수롭지 않은 표정으로 목록을 대충 훑어내리며 아무렇게나 손가락으로 가리켜 선택했다. 그리고는 웃으며 셋째 윤지에게 말했다.

"태후께서는 생전에 꼭 귀신놀음을 하는 연극을 좋아하셨네. 짐은 별로더구만. 셋째형도 하나 고르지."

윤지가 택한 연극 제목은 〈목련구모(木蓮救母)〉였다. 내용인즉 목련이 살아 생전에 인혈(人血)을 마시고, 인육(人肉)을 먹고, 온갖 악업을 저질러 죽어 18층 지옥으로 떨어져 악귀들에게 몹시도 시달리는 어미를 구하기 위해 직접 지옥으로 내려가 악귀들과 목숨을 건 사투 끝에 끝내 어미를 구출해 나온다는 것이었다. 결말은 좋게 끝났지만 오아씨의 제삿날에 '악업(惡業)'이란 두 글자가 아무리 생각해도 어울리지 않은 건 자명한 일이었다. 옹정의 얼굴에 '불쾌' 두 글자가 스치고 지나갔다.

연극이 시작됐다. 옹정은 눈길도 마음도 무대엔 가 있지 않은 것 같았다. 아들들이 모여있는 자리에 시선이 닿는 순간 옹정은 문득 이네들이 물밑에서 추악한 탈적극(奪嫡劇)을 꾸미는 귀신으로 보였다. 바라만 봐도 아찔한 높이에 있던 커룽둬가 윤사에게 약점이 잡혀 그 '도둑배'에 강제적으로 올라탔다고 하는데, 과연 이 '도둑배'는 어디가 최종 목적지일까? 그리고 커룽둬가 누군가 자신을 음해하려 한다고 했는데, 그 '누구'가 과연 누구일까?

옹정은 전혀 연극 따위를 구경하고 있을 심경이 못 되었다. 그런 줄도 모르고 무엇이 그리 재밌는지 뒤로 벌렁벌렁 넘어가며 박수를 쳐대는 훈척(勳戚)들과 고무용의 등뒤에서 고개를 잔뜩 빼들고 넋이 나가 있는 태감들을 보며 옹정은 주체할 수 없는 혐오감이 몰려왔다.

"자네들은 편히 앉아 구경하게."

옹정이 자리에서 일어나며 말했다.

"저기 숙왕(叔王)들과 황고(皇姑)들이 계신데, 짐이 가서 술 한 잔 따르고 오겠네."

옹정이 왼쪽 자리로 다가가자 정친왕, 간친왕, 과친왕 등이 급히 일어나 옹정을 맞이했다.

갈세창이 또 무슨 재주를 부리고 있는지 장내에서 "와!" 하는 함성이 퍼지고, 그것이 귀청을 때렸다. 옛 친왕들에게 술을 따르고 돌아서던 옹정이 2백여 명이 일제히 내지르는 함성에 깜짝 놀란 듯 흠칫했다. 옹정이 홍시, 홍력, 홍주의 곁을 지나자 세 형제는 미리 자리에서 일어나 절을 했다. 옹정이 막 비켜서는 찰나 홍력이 웃으며 말했다.

"갈아무개 실력이 굉장한데? 나이도 많아 보이지 않고……. 저 정도 하려면 적어도 30년은 무대 위에서 놀아야 할 텐데!"

이에 홍주가 대답했다.

"나 참! 연극을 그렇게 많이 보았어도 갈세창 같은 인물을 왜 발견하지 못했을까? 못하는 게 없네요. 만능이야, 만능! 언제 한 번 따로 불러……."

옹정이 지나갔는 줄 알고 고개를 번쩍 쳐든 홍주는 가다 말고 걸음을 멈추고 매섭게 노려보는 옹정과 시선이 마주치는 순간 뚝 말을 삼켜버리고 말았다. "정업(正業)엔 뒷전이고 엉뚱한 짓거리만 하고 돌아다닌다"던 옹정의 훈계를 떠올리며 그는 훌랑 혀를 내밀더니 손바닥으로 자신의 입을 때렸다.

옹정이 아들들에게 불편한 심기를 드러내며 자리로 돌아왔을 때 무대 위에선 갈세창이 다른 배역들이 무색할 정도로 신들린 듯한 연기를 선보이고 있었다. 잘못을 저질러 아비에게 쫓겨다니며 얻어맞는 대목에서 갈세창이 나무판으로 아비의 채찍을 막으며 호들갑을 떨어댔다.

"잘못했어요. 이렇게 빌게요, 아버지…… 절 때려죽이면 아버진들 속이 편하시겠어요? 네?"

아비가 채찍을 떨구며 길게 탄식을 토해내자 아들이 한 술 더 떠서 말했다.

"옹정제가 이치(吏治)를 쇄신(刷新)하여 우리 백성들의 삶도 점점 윤택해지고 있는데, 우리 같이 잘 살아야죠! 폐하께서도 천수연(千叟宴)을 베푸실 텐데, 그때 아버지도 가셔서 복주(福酒) 한 잔 얻어 마셔야죠? 괜히 멀쩡한 아들 때려 죽여서 감방 신세나 지지 말고!"

기분이 그리 명랑하지 않아 표정이 근엄하기만 하던 옹정도 갈세창의 모습에 피식 웃고 말았다.

"자식, 잘 노는데? 은 2백 냥을 상으로 내리거라!"

옹정이 고무용에게 지시했다. 그리고는 덧붙였다.

"지금 달려 내려와 사은을 표하느라 하지 말고 연회가 끝나면 오라고 하게."

고무용이 무대 뒤로 달려가 지의를 전했다. 그러자 희자들은 더욱 신바람이 났다. 장구소리도 더욱 힘차게 들렸다.

미시(未時)가 끝날 무렵에 옹정은 연회를 파할 것을 지시했다. 그는 자리에서 일어서며 주식을 향해 말했다.
 "스승 어른은 피곤할 테니 군기처로 돌아가지 말고 집에 가 쉬게. 내일 창춘원에서 패찰을 건네고. 짐은 홍시 형제들과 함께 관음당(觀音堂)으로 가서 예불을 올리면 되니까."
 갈세창에게 은을 상으로 내리고 뒷수습을 지시하고 있던 홍시 등은 관음당으로 따라나서라는 옹정의 지시를 받고는 하던 일을 멈추고 부랴부랴 옹정을 따라 창음각 뒤편에 있는 관음당으로 향했다.
 옹정이 떠나가자 나머지 사람들은 그제야 안도의 숨을 내쉬며 희희낙락 떠들어댔다. 이때 윤지가 손짓으로 갈세창을 부르더니 말했다.
 "이봐, 갈세창! 자네 친척 일자리가 해결됐어. 고맙다고 인사 안 해?"
 "하고 말고요! 한턱 톡톡히 내야죠!"
 갈세창이 좋아라 달려와 한 쪽 무릎을 꿇었다.
 "이 모든 것이 성친왕과 십육마마의 은혜이옵니다. 연극 시작 전에 셋째패륵께서 미리 귀띔해 주셔서 알고 있었사옵니다. 아니면 몇 시간동안 신들리게 혼자 까불어댈 수가 있었겠사옵니까?"
 이때 윤록이 저쪽에 앉아 있는 이한삼(李漢三)을 발견하고는 웃으며 말했다.
 "자네도 왔었나? 이리 와 보게."
 자신을 향해 반색하는 윤록에게로 달려간 이한삼이 인사를 하고 나자 윤록이 자신의 손가락에 끼고 있던 옥가락지를 빼냈다. 그리고는 이한삼에게 던져주었다.

"자네한테 상으로 내리는 거네!"

이에 이한삼이 짐짓 크게 놀라는 척하며 한 발 뒤로 물러나며 아뢰었다.

"이건 아무나 할 수 없는 기휘품(忌諱品)이거늘, 어찌 이걸 쇤네에게 상으로 내리실 수가 있사옵니까?"

사람들이 모두 더없이 의아스러운 표정을 짓고 있는 가운데 윤록이 대수롭지 않게 말했다.

"어릴 적부터 지금까지 끼고 왔었는데, 기휘품이란 소리는 또 처음 듣네."

"전 북경에 들어와서 북경인들은 복건인들과 마찬가지로…… 남총(男寵)을 좋아한다고 들었사옵니다."

이한삼이 정색하며 말을 이었다.

"여자들은 월경 때 방사(房事)를 피하고, 남자들은 치질이 생겼을 때 방사를 싫어한다고 했사옵니다. 손가락에 이런 반지를 끼고 있는 남자는 자신이 치질을 앓고 있으니 건드리지 말아달라는 뜻을 내비치고 있다고 들었사옵니다. 전 여자를 좋아하는 건전한 사내이온데, 이걸 끼고 있으면 괜한 의심을 받을 것이옵니다……"

이한삼의 말이 끝나기도 전에 사람들은 괴이한 소리를 내며 왁자지껄하며 떠들어댔다. 윤록이 배를 끌어안고 웃음을 터뜨렸다.

"홍력이 어디서 저런 놈을 붙잡아 왔는데, 곁에 두고 있으면 적적하진 않겠어……."

이때 갈세창의 손가락에 끼여져 있는 반지를 가리키며 이한삼이 과장된 몸짓으로 흐느적거리며 깔깔 웃었다.

"여러분, 조심하세요! 갈세창이 치질이래요!"

사람들은 빈자리를 치우다 말고 배를 끌어안고 웃었다. 이때 옹정이 홍시 등을 거느리고 예불을 마치고 다가오는 모습이 보였다. 사람들은 언제 그랬더냐 싶게 저마다 정색하여 자세를 바로잡고 옹정을 맞았다.

37. 요승(妖僧)의 저주

 관음당에서 마음을 차분히 가라앉힌 뒤라서 그런지 옹정은 보기에 훨씬 심기가 편안해 보였다. 자리에 앉아 어린 태감이 받쳐 올린 얼음 조각을 입안에 집어넣으며 옹정은 다른 사람에게도 나눠주도록 지시했다. 그리고는 갈세창을 향해 말했다.
 "자넨 무대가 좁지 않던가? 아무튼 대단한 만능 재주꾼인 것 같네. 태후부처님께서는 생전에 귀신놀음 빼고는 달리 기호가 없으셨네. 그래서 짐이 특별히 이 자리를 마련했던 거네. 짐까지 웃겼으니 자넨 정말 고단수네!"
 "폐하!"
 옹정이 이처럼 자상하고 부드러울 줄은 몰랐던 갈세창이 긴장감에 터질 것 같던 표정을 풀며 연신 머리를 조아렸다.
 "이놈들의 짓거리가 존귀하신 폐하의 법안(法眼)에 드셨다니, 실로 이놈들의 하늘같은 복이 아닐 수 없사옵니다! 태후부처님께서도 불철주야 근정애민(勤政愛民)하시는 폐하께서 금싸라기 같은 시간을 쪼개시어 본인을 위한 이런 자리를 마련하셨다는 것에 대단히 감격하시리라 믿어마지 않사옵니다! 이놈 같은 구류(九流)들이 강호 바닥을 떠돌다 보면 요즘 백성들이 얼마나 복에 겨워 있는지를 온몸으로 느낄 수 있사옵니다. 폐하의 홍복이 하늘을 감화시켜 풍조우순(風調雨順)하는 황금 같은 나날이 이어지고 있사오니, 해마다 풍작이라 도처에 폐하의 장생불로를 기원하는 소리로 하늘땅이 진동하옵니다! 덕분에 이놈도 얼마나 즐거운지 모르겠사옵니다."

옹정은 저도 모르게 크게 웃었다. 얼굴엔 삽시간에 홍광이 환발(渙發)했다. 그는 여태 강희가 살아생전에 자신을 '성효(誠孝)' 두 글자의 본보기라고 치하한 사실을 일생일대의 광영으로 알고 있었다. 갈세창이 무대 위에서 옹정의 이치쇄신을 칭송하고 또 백성들이 배불리 먹고 잘 사는 세상이 도래했노라고 말하자 옹정은 손이 미치지 않는 가려운 등을 다른 사람이 대신 긁어준 것처럼 통쾌하고 즐겁기 이를 데 없었다.

옹정은 크게 기뻐하며 말했다.

"고무용, 저기 접시에 있는 간식을 이 친구에게 하사하게. 희자 노릇하기도 여간 힘든 게 아닐 텐데, 많이 먹고 힘내야지!"

"망극하옵니다!"

갈세창은 온몸에 더운 기운이 불어와 하늘로 붕붕 떠오르는 느낌에 연신 머리를 조아렸다.

"이놈이 무슨 덕을 쌓았다고 이토록 과분한 복이 차려지는지 모르겠사옵니다! 이 간식은 금 조각보다 더 값진 것이오니, 나중에 형제들에게 조금씩 맛보게 하여 폐하의 은총을 다 함께 만끽하게 하겠사옵니다!"

그는 잠시 멈추었다가 다시 말을 이어나갔다.

"소인은 비록 밑바닥에서 허덕이는 인생이긴 하옵니다만 세상 사람들이 하나같이 폐하의 서예솜씨가 왕희지(王羲之)를 능가한다고 칭송이 자자했는지라 폐하께서 심정이 가벼우신 틈에 '복(福)'자를 하사받고 싶사옵니다. 폐하께오서 부디 이놈의 일문구족에 무한한 광영을 내려주셨으면 하옵니다……."

말을 타면 종을 부리고 싶어하는 모든 탐욕스러운 이들처럼 갈세창도 자신의 욕구를 적절히 제어할 줄을 모르는 그런 사람이었다. '福'자를 상으로 내리는 것은 말년의 강희가 해마다 큰명절 때면 공훈이 혁혁한 노신들이나 재상, 그리고 일선에서 물러났어도 묵묵히 빛을 발하고 있는 훈구대신들에게 특별히 내리는 은전(恩典)이었다. 희자가 아니라 일반 대신들도 감히 쉽사리 글자를 하사해 줄 것을 입을 열어 요구할 수는 없는 것이었다. 그러니 한낱 희자에 불과한 갈세창이 칭찬을 두어 마디 들었기로서니 하늘 높은 줄 모르고 이런 무례를 범했다는 사실에 홍주는 가슴이 덜컹 내려앉고 말았다. 홍력과 홍시의 시선도 일제히 옹정에게로 쏠렸다.

미세하게 손이 떨리는가 싶더니 옹정이 이내 웃음을 지으며 말했다.

"그렇게 하지! 성모(聖母)를 추모하는 자리인데, 짐이 한 번 인심을 쓰지!"

말을 마친 옹정은 곧 지필(紙筆)을 준비하게끔 하여 식탁 위에서 커다란 '福'자를 휘둘러 썼다. 그리고는 웃으며 말했다.

"귀신 쫓는데 일조를 할려나? 아무튼 가져가 보게."

이쯤하여 갈세창은 더 이상 옹정의 심기를 건드리지 말고 사은을 표하고 조용히 물러가야만 했었다. 그러나 갈세창은 오리 궁둥이를 뒤뚱뒤뚱 흔들며 물러갈 생각을 하지 않고 바싹 다가들며 다시 입을 열었다.
 "폐하, 외람되오나 혹시 상주부(常州府)의 지부가 누군지 알고 계시옵니까? 바로 소인의 사촌형이옵니다!"
 "음."
 옹정이 낯빛이 갈수록 어두워져 갔고, 입가엔 소름끼치는 웃음이 걸렸다.
 "과연 그러한가?"
 옹정이 묻자 갈세창이 배시시 웃으며 말했다.
 "폐하께오서 대필(大筆)을 한 번만 휘두르시면 그렇게 된다는 말씀이옵니다."
 분위기는 갈수록 험악해져 갔다. 그럼에도 갈세창은 전혀 눈치를 채지 못하는 것 같았다. 이때 홍력의 등뒤에 서 있던 이한삼이 흥분하여 말했다.
 "폐하! 효렴 이한삼이 주군께 한 마디만 간언드리고자 하옵니다. 저 갈아무개는 한낱 희자에 불과한 것이 어찌 감히 나라의 관직에 대해 운운할 수가 있사옵니까?"
 홍주의 손가락에서 반짝이고 있는 보석반지를 보며 고개 숙여 웃음을 몰래 참고 있던 윤지가 갑자기 이한삼의 말에 제동을 걸며 고함을 질렀다.
 "이 한삼, 지금 여기가 자네가 끼어 들 자리인가? 말조심하게!"
 그러자 이한삼이 땅에 엎드려 머리를 조아리고는 정색하며 말했다.

"성친왕마마, 만약 희자가 정무를 운운하고 다닌다면 태감들은 기군(欺君)을 서슴지 않을 것이옵니다. 전 당당한 공생(貢生)으로서 폐하께 간언을 올리는 것이온데, 어찌 그리 말씀을 하시옵니까?"

"간언 한번 잘 했네."

옹정이 이한삼을 뚫어지게 바라보더니 담담한 말투로 말했다. 그리고는 어리둥절하여 사람들의 눈치를 살피느라 여념이 없는 갈세창을 쓸어보고 다시 이한삼을 향해 말했다.

"자네 말이 맞네. 희자들까지 덩달아 춤추게 하면 안 되지. 그 옛날 당나라 개원 연간에 이융기(李隆基)가 얼마나 영명한 사람이었나? 그런 사람이 사소한 것에 소홀히 하더니, 결국 3천 제자가 나라를 말아먹는 천보지란(天寶之亂)을 초래하여 망하지 않았던가! 자넨 어느 부의 막료인가?"

"아뢰옵니다, 폐하! 소인은 보친왕부에서 붓대를 잡고 있는 청객(淸客)이옵니다."

"그럼, 그렇지! 그 주인에 그 노복이라고, 옛말 그른 데 하나도 없구만!"

옹정이 흡족한 표정으로 껄껄 웃었다. 그리고는 갑자기 웃음을 뚝 멈추고 얼음장같이 차가운 눈매로 경황이 없는 갈세창을 한참 동안 노려보더니 물었다.

"자넨 무슨 죄를 지었는지 알겠는가?"

어느새 사색이 된 갈세창은 죽어라 바닥에 머리를 쿵쿵 찧으며 울먹였다.

"소인이 너무 철딱서니가 없어서 그만 폐하의 천안(天顔)을 범하고 말았사옵니다. 폐하께서 자상한 아버지 같으신 김에……"

옹정의 섬뜩한 눈길을 감지한 윤지가 급히 나서서 조심스레 웃어 보이며 말했다.

"이것들은 인간 취급해 주기도 애매한 장난감에 불과하지 않사옵니까? 무대 위에서 원숭이처럼 까부는 것 외에 아는 게 뭐가 있겠사옵니까? 소인배들의 심성이란 가까이 하면 불손해지고, 멀리하면 금방 수군대는 것이옵니다. 미친개가 짖었다고 생각하시고 그만 화를 푸시고 존체를 보존하시옵소서!"

"자네가 왜 이리 몸달아 하나?"

갈세창이 불리해지자 은근히 좌불안석이던 윤지를 아니꼬운 시선으로 바라보고 있던 옹정이 마침내 공개적으로 갈세창을 감싸고 나서는 윤지를 크게 꾸짖었다.

"맹자(孟子)는 '사직은 무겁고, 군주는 가볍다[社稷爲重, 君爲輕]'고 했어! 짐의 몸이 존귀하다면 이 강산의 명운은 더더욱 존귀해! 한낱 노리개에 불과한 희자가 함부로 '복'자를 요구하질 않나, 나라의 관직에 대해 운운하질 않나, 이게 될성부른 자의 짓인가? 이 자를 엄히 처벌하지 않으면 후궁의 태감들이 언젠가는 짐의 자손들에게 '성총을 받는 대신'이 누구냐고 함부로 물어오게 생겼네. 기강을 잃은 나라의 꼴은 말 안 해도 뻔하겠지. 여봐라, 이 자를 끌어내 대곤(大棍)을 안겨라!"

그러자 몇몇 태감들이 독수리가 땅으로 내리꽂혀 병아리를 채어가듯 한 줌이 되어 떨고 있던 갈세창을 짐짝 끌 듯 끌어냈다. 가슴에 껴안고 있던 간식이 담긴 접시를 떨구는 바람에 과자가 여기저기 나뒹굴었다.

감히 소리도 못 지르고 애처롭게 바둥거리며 끌려가는 갈세창을 보며 윤록과 홍주는 옹정에게 말이라도 붙여보고 싶었으나 셋째 윤지가 먼저 혼나는 모습을 지켜보았는지라 감히 입도 뻥긋하지 못했다.

한편 홍시는 갈세창이 자신을 향해 살려달라며 애걸이라도 할까봐 두려운 나머지 낯빛이 진흙색으로 변했고, 가슴은 곧 터질 것만 같이 긴장됐다. 형제들 중에 유독 홍력만은 미소를 머금고 느긋하게 지켜보고 있었다. 나머지 희자들은 공포에 질린 나머지 구석 자리에서 바들바들 떨고 있었다.

정적을 깨고 마침내 셋째 윤지가 비굴해 보이기까지 하는 웃음을 지어 보이며 말했다.

"폐하, 오늘은 태후부처님을 기리는 자리이온데……."

그의 말이 끝나기도 전에 밖에선 떡메를 치는 것 같은 곤장치는 소리와 함께 갈세창의 돼지 멱따는 울부짖음이 궁전 가득 들려왔다. 곤장이 떨어질 때마다 갈세창의 기절하는 목소리가 애처롭다 못해 모골이 송연해졌다.

절도있게 내리꽂히는 곤장소리에 맞춰 흠칫흠칫하던 윤지가 다시 뭐라고 입을 열어 청을 드리려 할 때 고무용이 종종걸음으로 달려들어와 아뢰었다.

"곤장을 얼마나 때릴 것이온지 하명을 부탁드리옵니다, 폐하."

"그것이 목청 하나는 쓸 만하네."

옹정이 코웃음을 쳤다. 그리고는 문득 웃음을 거둬들이며 고개를 홱 돌려 말했다.

"저놈을 때려죽이지 못하면 자네가 대신 죽을 준비나 하게!"

순간 무슨 뜻인지를 알아들은 고무용이 당장 곤장이 자신을 향해 날아오는 것처럼 몸을 웅크리며 사색이 되어 종종걸음으로 물러갔다. 고무용이 곤장꾼들에게 무슨 말을 어떻게 전달했는지는 모르지만 아무튼 "푹!" 하는 소리와 함께 갈세창의 숨이 꼴깍 넘어가는 소리가 섬뜩하게 들려왔다.

사람들은 잔뜩 숨소리를 죽였고, 홍력 또한 옹정이 이토록 험악하게 나올 줄은 몰랐다는 듯 은근히 놀라는 눈치였다.

"나머지 희자들은 죄가 없네. 무대를 재미있게 꾸며 주었으니 상을 내리도록 하게."

옹정이 표정을 바로잡으며 덧붙였다.

"갈세창이 죄를 지었다고 하여 애꿎은 사람들까지 연루시킬 건 없지 않은가. 이네들에게 은 천 냥을 더 상으로 내리도록 하게. 그리고 시체는 날도 더운데, 서둘러 실어다 화장하도록! 아미타불!"

희자들은 경황없이 사은을 표하고는 우르르 몰려가 시체를 둘러쌌다. 옹정은 고무용더러 각 궁전의 총관태감들을 불러 훈계를 듣게끔 지시했다. 그제야 그때까지 무릎을 꿇고 있던 이한삼을 향해 웃으며 옹정이 말했다.

"이보게, 서생! 어서 일어나게. 자네의 간언이 짐에게 큰 계시를 주었다네. 실로 공로가 크네……."

이 대목에서 그는 홍시네 형제들을 힐끗 노려보고는 말을 이었다.

"기왕이면 이런 간언이 짐의 아들들 입에서 나왔더라면 짐은 얼마나 위로가 됐을까! 짐은 자네의 공로는 인정하지만 이로 인해 관직은 내리지 않을 거네. 간언 한 마디 잘했다고 관직을 내리는 것도 인주(人主)로서는 취할 바가 못 되는 일이네. 공생(貢生)이라고 했으니, 열심히 노력하여 전시(殿試)를 보도록 하게. 자네, 그 정도 용기와 자질이면 충분할거네."

이한삼은 갈세창이 남색(男色)을 파는 것도 아니꼬왔는데, 황제의 면전에서 경거망동하기까지 하니 울컥 화가 치밀어 앞뒤도 재지 않고 나섰던 것이다. 이는 원래 간언의 성공 여부를 떠나 황제의 윤허없이 문득 행동하여 용린(龍鱗)을 건드린 죄를 물어야 마땅했다.

감정을 못 이겨 충동적으로 나선 다음 이한삼은 괜히 홍력에게 누를 끼치지는 않을까 은근히 걱정했었다. 그러나 옹정의 긍정적인 반응에 이한삼은 적이 안도하여 급히 절하며 말했다.

"공생은 의분에 찬 나머지 불경을 저질렀사오나 추호도 잘난 척하여 폐하의 점수를 따려는 요행을 품었던 건 절대 아니옵니다. 이 당돌하고 무모한 공생을 널리 용사해주신 성은에 오로지 책을 읽어 수양을 쌓는 것으로 보답하겠사옵니다! 지켜봐 주시옵소서!"

"음!"

옹정이 생각에 잠긴 채로 이한삼을 힐끗 쳐다보았다. 그도 가능성이 무한한 이한삼이 자칫 수양이 부족하여 정(丁)을 맞지는 않을까 우려하여 "독서로 수양을 쌓으라"고 훈계를 내리려던 참이었다. 그런데, 이한삼이 미리 자성하여 옹정의 생각과 일치를 보았다는 그 명민함에 옹정은 속으로 대단히 흡족해 했다.

옹정이 다시 이한삼의 학문을 시험해 보려고 할 때 저쪽에서 태감들이 엉거주춤 줄을 지어 다가오는 모습이 보였다. 옹정은 태감 진구에게 어좌를 중앙으로 조금 옮기도록 명령하고는 그들에게 지시했다.

"태감은 노소를 떠나 모두 무릎을 꿇고 나머지는 지위 고하를 막론하고 전부 일어서게."

옹정이 편안한 자세로 다리를 꼬고 앉아 가볍게 부채를 부치며 목청을 가다듬어 말했다.

"짐은 오늘 살계(殺戒)를 풀었네. 희자 하나를 죽였지. 자네들이 더 잘 알거네, 갈세창이라고."

옹정이 위엄어린 시선으로 주위를 둘러보았다. 잔뜩 웅크린 태감들의 몸은 더욱 수그러들었다.

"옹친왕 시절에 반노(叛奴) 고복(高福)의 목을 친 이래로 짐은 등극하고 나서 육부를 거치지 않고 맘대로 사람을 죽여본 적이 없네."

옹정의 얼굴엔 복잡한 표정이 서려 있었다.

"갈아무개가 뛰어난 희자임은 짐도 인정했네. 그런데 어찌하여 죽였냐고? 왜냐하면 그는 희자인 자신의 본분을 망각하고 함부로 놀았기 때문이네. 자네 태감들도 마찬가지네. 주인의 의식기거(衣食起居)를 깍듯이 시봉하고, 가끔 주인의 기분을 전환시켜 주려고 갖은 노력을 다하는 것이 자네들의 본분이지. 무릇 자신의 본분을 망각하고 약방의 감초 노릇을 하는 자는 모두 갈아무개의 전철을 밟게 될 것이니 그리 알게."

태감들을 엄히 닦아세우려고 작심했던 옹정은 그러나 갑자기 머리가 어지럽고 눈앞의 사물이 겹치기 시작했다. 애써 정신을 가다듬어 가며 옹정이 말했다.

"천지만물에는 모두 '본분(本分)'이라는 것이 엄연히 존재하는 법이네. 짐이 이렇게 용좌에 앉아 있고, 몇몇 왕들은 서 있고, 자네 태감들은 무릎을 꿇어있는 것은 서로간의 경위(涇渭)가 분명한 신분의 차이가 있기 때문이지. 성인(聖人)께서는 이를 '예(禮)'라 정의를 내리셨지. 누구든지 자기가 갖춰야 할 예를 망각하면 곧 성인의 뜻을 거스르는 것이요, 무법천지라고 할 수 있네. 반드시 징벌을 받아 마땅하지. 음…… 요즘 들어서 짐이 이치를 정돈하고 국책에 전념하느라 궁중의 관리를 소홀히 했더니, 머리를 여벌로 준비해 갖고 다니는 자들이 무중생유(無中生有)의 궁위(宮闈) 요언을 날조하고 다닌다지 뭔가. 짐은 안 그래도 재수 없게 걸려드는 태감이 있으면 그 목을 쳐 망언을 살포하고 다니는 자의 최후가 어떤 것인지를 자네들에게 똑바로 보여주려고 했네. 그러던 차에 갈세창이 불나방 신세를 자초한 것이지. 솔직히 짐이 그를 없앤 것은 자네 태감들에게 보여주기 위함이었네. 옛 말에 '닭 잡는 모습을 원숭이에게 보여준다'고 했네. 짐이 보여만 주고 설마 원숭이를 잡진 않을 거라고 생각하는 자가 있다면 지금 당장 시험대에 올라보게! 보정부(保定府)엔 정신(淨身, 남자의 생식기를 자름)하고 입궁을 대기하고 있는 태감 후보들이 줄지어 서 있네! 누가 감히 다시 한 번 망언을 퍼뜨리는 날엔 짐은 알면서 적발하지 않은 자들까지 한꺼번에 목을 칠 것이네!"

옹정의 안색이 갈수록 창백해지고 숨소리가 거칠어지는 걸 보며 홍시는 그가 곧 병이 도질 것이라고 생각했다. 그는 곧 틈을 봐 끼어 들었다.

"아바마마, 저것들은 워낙에 미천한 것들이라 한 번씩 혼을 내주지 않으면 나팔이 구리로 됐는지, 쇠로 만들어졌는지조차 모릅니다! 오늘 아바마마께서 대단히 노곤해 보이십니다. 저것들 때문에 존체를 상하실 이유는 없지 않겠사옵니까? 아들이 보기엔 아바마마께선 먼저 돌아가셔서 누워 계시는 것이 좋을 듯합니다. 저것들은 아들에게 맡겨 주십시오. 감히 오늘의 교훈을 우습게 여기는 자가 있다면 아들이 기름가마에 넣어 튀겨 내겠습니다!"

홍시의 말이 전혀 귀에 들어오지 않는 옹정은 갈수록 그 어지럼증이 더해가고, 가슴은 마치 조롱에 갇혔다 놓여난 산토끼가 풀밭 여기저기를 쏘다니는 것처럼 심하게 뛰었다. 궁궐과 사람들 모두가 빙글빙글 돌아가는 것 같았다.

자리에서 일어서며 옆으로 쓰러질 듯 비틀대는 옹정을 보며 당황한 홍력, 홍주 형제가 달려가 부축했다. 그리고는 영항(永巷)으로 데려다 놓고 몰래 어의(御醫)를 부르고는 옹정을 수레에 앉혀 잠시 양심전으로 향했다.

장소를 바꾸고 나니 옹정은 상태가 좀 나아지는 것 같았다. 솜을 마구 쑤셔 박은 듯 질식할 것만 같던 가슴도 좀 숨이 통하는 것 같았다. 홍시네 형제의 시중을 받아 동난각에 자리를 펴고 누운 옹정은 냉차 두어 모금을 마셨다. 가슴이 한결 청량했고, 안색도 그리 창백하진 않았다. 단지 몸에 열은 나는 반면 땀은 나지 않아 괴로웠다. 더운 물수건을 가져오게 하여 이마에 얹고 옹정이 조용히 지시했다.

"짐이 조용히 쉬고 싶으니 자네들이 여기 우르르 모여 있을 필요는 없네. 홍시, 자네는 어서 운송헌으로 돌아가 보게. 접견을 기다리는 사람들이 많을 텐데, 모습을 드러내지 않으면 또 기상천외한 요언이 난무할 게 아닌가. 홍주, 자네는 청범사로 가서 십삼숙께 문후올리도록 하고. 나랑 자네 십삼숙이 같은 증세를 앓고 있으니, 간 김에 가사방에게 무슨 영문인지도…… 물어보고. 홍력, 자네는 여기 남아서 짐에게…… 시나 한 수 읊어주게……."

옹정은 힘없이 손사래를 쳤다. 사람들이 숙연한 표정으로 물러가자 홍력은 직접 향불을 피우고 마음을 편히 하여 옆에 앉았다. 그리고는 한 수 한 수 시를 읊어나가기 시작했다.

간밤에 불어온 동풍에 베갯머리의 우수는 얼마나 달아났던가!
재잘거리는 새소리에 눈을 떠보니 벌써 창호지가 하얗게 밝아 있구나.
올 때는 봄과 같이 왔는데, 갈 때는 봄도 늙어 서글프구나.
먼길에 방초(芳草)는 여전한데, 돌아올 때도 그 어여쁨이 변치 않았으면.

"아바마마, 이는 증순경(曾舜卿)의 시구였사옵니다……."

가을이 적막하고,
추풍야우(秋風夜雨)에 이별이 슬프다.
이별이 슬픈들 이별을 아니 할 수가 없지 않느냐!
늙은 이 마음 눈물에 젖어 시리구나.
한 번 떠난 고인(故人)은 돌아올 기약이 없어
문득 종이학을 접어 서쪽으로 날려보냈네.
종이학은 잘도 나는데, 고인은 어디 있소?
수촌산곽(水村山郭)이 그 어드메뇨!

옹정이 게슴츠레하게 눈꺼풀을 드리우고 중얼거리듯 말했다.
"이는 손도순(孫道洵)의 〈진루월(秦樓月)〉이라는 시지. 짐도 외울 수 있어…… 너무…… 너무 처량하다. 이번엔 〈시경(詩經)〉 한 수 읊어보게……."
홍력이 옹정의 눈가에 흘러내린 눈물을 손수건으로 살짝 찍어내며 조용히 읊조렸다.

우리의 용감무쌍한 방장(方將)들이 만무(萬舞)하네.
일월중천을 우러러 함성을 지르며 나아간다.
우람차고 늠름한 석인(碩人)들이여,
힘은 호랑이요, 기개는 사자라.
왼손엔 피리요, 오른손엔 꿩의 깃,
드높은 기상은 구중을 불태우니…….

홍력이 계속 읽어나가려고 보니 옹정은 잠든 것 같기도 하고 아닌 것 같기도 했다. 그러나 옹정은 이미 꿈속으로 빠져든 뒤였다.
꿈에 윤지가 찾아와 말했다.
"넷째, 태후께서 자녕궁에 계시니 우리 같이 문후올리러 가세."
"그래, 같이 가지."
옹정이 흐리멍텅한 두 눈을 비비며 침대에서 내려선 다음 신발을 끌고 밖으로 나와 보니 윤지는 어느새 온 데 간 데 없었다. 대신 옆에는 난데없이 이위가 따라오고 있었다. 옹정은 곧 이위에게 물었다.
"자네는 무슨 일로 북경에 왔나? 방금 셋째마마가 지나가는 걸 못 봤나?"
이에 이위가 웃으며 말했다.
"신은 주군을 뵙고 싶어 무작정 찾아왔사옵니다. 취아가 주군께 올리는 신발 두 켤레도 가지고 왔사옵니다. 그 밖에 태후마마의 생신을 경하하여 태후마마껜 오리발바닥절임을 열두 항아리 챙겨 왔사옵니다."
이에 옹정이 웃으며 말했다.

"어째서 맨날 그 나물에 그 밥인가! 이젠 양렴은도 두둑하게 내어주는데, 아직도 궁상을 떨고 그러나?"

이같이 말하며 자녕궁 쪽으로 발걸음을 옮기니 거기엔 마제, 방포, 장정옥 등이 모두 보였다. 연갱요는 궁문 뒤의 돌사자에 바싹 붙어 고개를 빠끔히 내밀 뿐 감히 나오지는 못했다. 그가 이미 죽었다는 걸 잊은 옹정이 냉소하며 말했다.

"무슨 낯짝으로 짐을 보겠다고 그러느냐!"

"폐하!"

숨어 있던 연갱요가 앞으로 나와 무릎을 꿇고 간곡히 아뢰었다.

"신은 하늘에 맹세코 모역을 일삼은 적이 없사옵니다. 커룽둬가 증인이옵니다!"

옹정은 그의 하소연은 아랑곳하지 않고 태후를 만날 일념에 발걸음을 재촉하며 고개도 돌리지 않고 내뱉듯 말했다.

"모역을 일삼지 않았더라도 목을 쳐야 마땅하다면 목을 쳐야 하는 거고, 모역을 일삼았을지라도 용서할 여지가 있으면 짐은 용서한다네!"

이때 갑자기 노색이 완연한 태후 오아씨가 이덕전과 윤제의 부축을 받고 지팡이를 짚고 나와 옹정 자신을 뚫어지게 쳐다볼 뿐 말이 없었다.

자신을 바라보는 태후의 신색(身色)이 그리 달가워 보이지는 않자 옹정은 윤제가 허튼 소리를 하여 태후가 화난 줄로 알고는 자신이 윤지와 함께 가지 않은 걸 후회하며 무릎을 꿇어 문후를 올렸다.

"어머니, 부디 안심하시고 옥체를 보존하십시오. 아들은 불초하지만 어머니에게 불경을 저지른 일은 없습니다. 절대 당치도 않은 요언에 휘둘리지 마십시오."

"누가 자네더러 불경, 불초하다고 했나?"

태후가 먼 곳에 시선을 박고 웃는 듯 마는 듯한 표정을 지으며 말했다.

"모두 커룽둬 그 자가 나쁜 놈이야. '전위십사자(傳位十四子)'라고 분명히 적혀 있는 유조를 '전위우사자(傳位于四子)'라고 고쳤던 게 틀림없어. 자네 잘못은 없네!"

태후의 말이 끝나자 사방에서 괴성을 지르며 귀신들이 미친 듯이 날뛰며 고함을 질렀다.

"거봐, 전위십사자가 확실하다고 하잖아…… 전위십사자야…… 전위십사자라고!"

옹정이 경악한 얼굴로 귀신들 틈에서 시달리고 있을 때 연갱요가 피묻은 혀를 날름대며 달려들어와 말했다.

"과연 네가 찬위(簒位)한 게 사실이구나! 그래, 좋아! 네가 찬위하고도 뻔뻔스레 보위에 앉아있는데, 나라고 못하란 법이 있어?"

옹정이 기겁하며 뒷걸음치니 연갱요는 온 데 간 데 없고 갑자기 갈세창이 송곳 같은 이빨을 드러내고 으르렁대며 마수를 뻗쳐 왔다.

"난 억울해……. 난 억울하게 개죽음 당했단 말이야……. 날 다시 살려줘……."

"장오가!"

참다 못한 옹정이 목청이 터져라 고함을 질렀다.

"더렁태는 또 어디 가서 뒈졌어! 얼른 나와 저것들을 물리쳐…… 힘껏 때려줘……퉤!"

……이때 갑자기 어디선가 홍력의 목소리가 들려왔다.
"폐하! 두려워하지 마세요. 아들이 아바마마를 지켜드릴 거예요……. 잠깐 눈을 떠보세요……."
옹정이 번쩍 눈을 떴다. 서산 너머엔 해가 너울너울 춤추고 궁궐 안은 눈부시게 밝았다. 붉은 계단 밑에서는 장오가와 더렁태가 장검에 손을 얹은 채 늠름하게 지키고 서 있었고, 병풍 저편에는 꼬마 태감들이 시립하고 있는 가운데 고무용이 희미한 소리를 내며 먹을 갈고 있었다. 홍력이 곁에서 자신의 손을 꼭 잡고 있었다. 그제야 옹정은 자신이 방금 악몽에서 헤어났다는 것을 알 수가 있었다.
"아바마마…… 잠시 악몽에 시달렸던 것 같습니다."
홍력이 눈물을 훔치며 말했다.
"아바마마께서 괴로워하시는 모습을 차마 지켜볼 수가 없었습니다. 어의들이 달려와 맥을 짚어보고는 별다른 이상은 없다고 했습니다. 다른 생각일랑 접어두시고 마음을 편히 다림질하십시오."
"짐은 오늘 사람을 잘못 죽인 것 같네. 갈세창이 죽을죄를 지은 건 아닌데……."
옹정이 깊은 한숨을 토해냈다.
"짐은 요즘 들어 부쩍 신경이 날카로워졌네. 죽이지 말아야 할 사람을 죽였으니 짐의 잠자리를 사납게 만드는 건 당연하지 않겠나. 그러나 태감들의 간담을 서늘케 만들려니 피를 보게 하는 수밖에 다른 방법은 없었네……."
홍력이 옹정의 이마 위에 얹혀 있던 수건을 치웠다. 만져 보니 열이 많이 내린 것 같아 물었다.

"더운 물수건을 다시 올릴까요?"

옹정이 머리를 젓자 홍력이 조용히 위로를 했다.

"아바마마께서는 그 자를 없애버리길 참 잘하셨습니다! 그런 상황이었다면 성조께서는 곤장을 안겨 죽이지 않고 도륙을 했을 것입니다……. 절대 잘못된 판단을 하신 건 아닙니다. 설령 조금 지나치셨다고 하더라도 자고로 충신들 중엔 억울한 죽음을 당한 사람들이 많고도 많은데, 그 사람들이 다 주군을 찾아와 도로 살려내라고 조른다면 이 세상은 뭐가 되겠습니까? 이 말은 아들이 오랫동안 속에 간직하고 있던 말이온데, 아바마마께오선 비뚤어진 꼴을 못 보시고 바로 잡으시려는 마음이 지나치게 조급하시어 무리하시는 면도 있는 것 같습니다. 우리 옹정호가 나아갈 길은 멀고도 멉니다. 조금 천천히 움직이는 것이 먼 길을 가기 위해선 필요할 것 같습니다. 아바마마…… 어떤 일이 있어도 존체를 보존하셔야 하옵니다……."

이같이 말하며 홍력은 고개를 떨구고 눈물을 쏟았다.

"짐의 건강이 그리 걱정할 정도는 아니네."

옹정은 "자네가 바로 황저(皇儲)감이네"라고 말해버리고 싶었으나 씁쓸한 미소를 지으며 도로 삼키고 말았다.

"……세 형제 중에서 인품이나 학문이나 모두 자네가 최고이네. 아비에 효도하고, 벗들을 존경하고, 사람에게 인정을 베푸는 자넨 짐이 굳이 흠을 잡자면 늘 '천천히'를 주장하는 것 빼곤 거의 완벽한 사람이네. 성조께서 이미 충분히 '이완'을 하셨기에 짐은 '긴장'하는 수밖에 없다네. 짐이 자네에게 군무를 전담하게 한 의중을 자넨 언젠가는 알게 될 것이네. 정무엔 자네가 이미 익숙해져 있으니까……. 짐에게 군사가 없었더라면 벌써 용좌가 뒤집히고도 남

요승(妖僧)의 저주

음이 있었을 테지……."

옹정은 부드럽고 따뜻한 손으로 홍력의 손등을 어루만지며 다소 우울하고 상심한 표정을 지으며 말했다.

"짐은 요즘 들어서…… 눈만 감으면 귀신에게 시달린다네. 이건 불상스런 징조가 아닐 수 없어. 자네, 예사로이 듣고 그냥 넘기지 말게……."

비감어린 표정을 지어 옹정을 바라보고 있던 홍력이 꼬마태감이 건넨 약사발을 받아 들고 먼저 조금 마셔 맛을 음미해 본 다음에 말했다.

"주사(朱砂)가 너무 많이 들어간 것 같네. 다음부턴 좀 줄이게. 대신 천마(天麻)와 감초(甘草)를 좀더 넣게. 폐하, 약 드실 시간이 됐사옵니다!"

옹정이 눈을 감고 머리를 끄덕이자 홍력이 조심스레 몸을 일으켜 베개에 기대어 앉게 했다. 그리고는 한 술 한 술 떠 넣어 주었다. 한참 침묵이 이어지는 가운데 가벼운 옷자락 스치는 소리와 함께 인제가 들어섰다. 그 뒤로 채운(彩雲), 하고(霞姑) 등 궁녀들이 뒤따랐다. 보친왕이 직접 약을 떠 넣고 있는 모습을 보고 이들은 묵묵히 한 쪽에 물러섰다. 이때 옹정이 눈을 뜨고 인제에게 물었다.

"셋째패륵은 어딨나?"

몇 시간만에 십년은 더 늙어 보이는 옹정의 초췌한 모습을 지켜보며 코끝이 찡해진 인제가 급히 눈물을 닦으며 말했다.

"지의를 받고 정상적으로 정무를 보아야 한다며 운송헌으로 가셨사옵니다. 그런데, 폐하! 어이하여 요즘 들어 자꾸만 몸져누우시는 것이옵니까……."

"별거 아니네……."

인제의 흐느낌에 옹정의 눈이 일순 번쩍 빛났다. 그러나 이내 눈꺼풀을 내리며 말했다.

"짐은 다시 창춘원으로 돌아가야겠네. 여긴 너무 더워……. 자네들은 양쪽으로 왔다갔다할 것 없는데……."

옹정의 온정 넘치는 말에 더욱 상심하여 인제가 말했다.

"창춘원이나 이곳 건청궁이나 모두 상서롭지 못한 기운이 스며들었을지도 모르옵니다. 가사방인가 뭔가 하는 사람이 수화문 밖에서 벌써부터 대기하고 있사옵니다. 나름대로 도통한 법사이오니 주군께서 불러들이시어 행법(行法)을 받아보시는 것이 어떻겠사옵니까."

옹정이 달리 거부반응 없이 머리를 끄덕여 보이자 평소부터 이런 황관(黃冠)들과 어울리길 싫어하는 홍력이 조심스레 웃으며 말했다.

"아들은 저녁에 만나봐야 할 사람들도 있고, 호부의 사관들을 접견하기로 돼 있습니다. 지금은 많이 호전되셨으니 아들은 먼저 가 보겠습니다. 가는 길에 가사방을 불러들이도록 하겠습니다. 그리고 궁문을 닫기 전에 다시 아바마마께 문후올리러 오겠습니다."

그러자 옹정이 손사래를 쳤다.

"뭐니 뭐니 해도 일이 중요하지…… 오늘은 됐네. 달리 문후올리느라 할 거 없네……."

홍력이 물러간 지 얼마 안 되어 홍주가 가사방을 데리고 들어섰다. 가사방은 여전히 검은 옷을 입고 있었고, 머리는 정수리에 또아리를 틀었다. 마치 여자들이 바쁜 나머지 대충 머리를 틀어올린 것 같은 느낌에 궁녀들이 터져 나오는 웃음을 참느라 애쓰는 모습이 보였다. 홍주가 가사방을 안내하여 옹정의 침상 앞에서 예를 갖춰 인사하고는 웃으며 말했다.

"폐하, 십삼숙께오선 다시 기력을 회복하셨습니다. 이 가아무개는 아무래도 재주는 있는 것 같습니다."

"가 신선!"

옹정이 눈을 잠깐 뜨고 가사방을 바라보며 말했다.

"짐은 눈을 감으면 자꾸 귀신이…… 보인다네……. 이 궁전에 무슨 문제라도 있는지…… 어디 봐주게……."

그러자 가사방이 궁전 안을 휙 둘러보더니 웃으며 말했다.

"이 궁을 지을 때 얼마나 많은 고승(高僧)들과 성술우사(星術羽士)들을 불러 이상 유무를 점검했겠사옵니까! 개중엔 빈도를 능가하는 사람들이 많았을 텐데, 궁전 자체에 무슨 문제야 있겠사옵니까! 방금 다섯째패륵으로부터 갈세창에 대해서 들었사옵니다. 입궁시 유심히 살펴본 결과 과연 그의 혼백이 아직 머물러 있었사옵니다. 하오나 궁전 문신(門神)이 막고 있어 나가지 못해 그럴 뿐 나쁜 기운은 뿜지 않았사옵니다. 그리하여 폐하께서 잠시 요사스런 꿈에 시달리셨던 것이옵니다."

그러자 옹정이 짤막하게 응답을 보내며 방금 전의 꿈을 다시 떠올리고는 합장하며 말했다.

"그렇다면 가사방, 자네 어화원에 도량(道場)을 만들어 궁중의 기를 깨끗이 정화하도록 하게……."

그러나, 가사방은 대답이 없었다.

"가 신선!"

가사방이 대답이 없자 옹정이 다시 말했다.

"짐의 대한(大限)이 가까워진 건 아닌가……?"

그러자 가사방이 황급히 고개를 저었다.

"폐하, 그런 건 절대 아니옵니다. 폐하에겐 아직 자기(紫氣)가 모락모락 피어오르고 해가 아직 중천에까지 이르지 않았거늘, 천명은 아직 많이 남아 있사옵니다. 그런 걱정은 놓으시옵소서!"

사실 가사방이 들어서면서부터 정신이 훨씬 맑아진 옹정은 이번에는 아예 벌떡 일어나 앉았다. 그리고는 다그쳐 물었다.

"그렇다면 짐의 병은 뿌리를 뽑을 수 없는 것인가? 몸에 병을 달고 오래 산들 뭘 하겠나?"

가사방이 창 밖을 내다보았다. 그리고는 다시 궁전 입구를 바라보며 옹정에게 답했다.

"오곡을 먹고사는 사람으로서 어찌 병균의 침입에서 완전히 자유로울 수가 있겠사옵니까? 폐하께오선 노심(勞心)이 일반인보다 무거우시기까지 하오니 당연히 몸이 괴로우실 수밖에 없사옵니다. 하오나 한 가지 분명한 것은 폐하의 이 병은 심상(心傷)한 재액(災厄)이 아니옵고 누군가 신통력을 가진 통인(通人)이 작법(作法)하여 위해를 끼치는 것이옵니다!"

"뭐라?"

"누군가 암암리에 폐하를 암해하려 하고 있사옵니다."

"그게 과연 어떤 자인가?"

"그건 잘 모르겠사옵니다."

가사방이 가볍게 머리를 저으며 말을 이었다.

"빈도가 보니 폐하의 주변을 감도는 이상한 기운이 예사롭지 않아 이같이 단언하였사옵니다. 지금은 빈도의 진기(眞氣)가 폐하를 위협하는 괴기(怪奇)한 기운을 압도하고 있으니 폐하께오선 빈도가 들어오기 전보다 훨씬 기력을 회복하신 것이옵니다. 폐하께서 빈도의 말을 검증하시고 싶으시면 지금 빈도가 궁전 밖으로 잠깐 나가 있겠사옵니다. 그러면 폐하께선 금세 느끼실 것이옵니다."

옹정이 머리를 끄덕여 보이자 가사방은 성큼성큼 물러갔다.

처음엔 웃고 있던 옹정은 가사방이 돌아서는 순간 가슴이 철렁 내려앉는 동시에 머리가 아찔해지기 시작했다. 가사방의 발걸음 소리가 마치 심산유곡에서 전해져 오는 것 같이 들렸다. 가슴이 심하게 떨리고 눈앞이 가물가물해졌다. 가사방이 완전히 궁전 밖으로 나갔을 때 옹정의 안색은 샛노랗게 죽어 있었고, 눈빛도 초점을 잃고 흐리멍텅해져 있었다.

사태가 심각하게 돌아가자 교인제, 고무용 등 궁녀, 태감들이 우르르 달려들어 물을 마시게 하고 허리를 받쳐주며 긴박하게 돌아갔다. 그러나 황제의 명령이 없이는 가사방을 다시 부를 수도 없는 일이었다.

잠시 후, 가쁜 숨을 몰아쉬며 눈을 뒤로 희번덕거리던 옹정이 급기야 하명했다.

"가사방 선생을 모셔들이거라……."

가사방이 홀연히 들어서서 옹정을 향해 읍해 보이자 금세 숨이 넘어갈 듯하던 옹정이 거짓말처럼 상태(常態)를 회복했다. 가사방의 말을 믿지 않을래야 않을 수 없게 된 옹정이 이를 악물고 악에 받쳐 말했다.

"어떤 적자(賊子)가 짐에게 이토록 큰 원한을 품어 짐을 사경으로 내모는 것인가! 이…… 이를 어찌하면 좋은가?"

"번승(番僧)이옵니다!"

가사방이 어느새 먹장구름이 뭉게뭉게 모여드는 창 밖의 하늘을 뚫어지게 바라보며 말했다. 그가 안주머니에서 종이 한 장을 꺼내는 걸 보며 옹정이 물었다.
"자네, 혹시 행법(行法)을 하려고 그러나? 행법을 하더라도 궁전 안에서는 삼가 주게. 밖으로 소문이 나돌면 안 좋네. 자네가 짐의 곁을 지켜주고 저네들을 시켜 어원(御苑)에 법대(法臺)를 만들어 주게 하면 안 되겠나?"
"폐하, 빈도는 세상을 제도하고 사람을 구하는 일을 근본으로 삼고 있는 바 법대에 올라 행법하는 것 같은 요망한 짓은 하지 않사옵니다."
가사방의 얼굴은 담담하기 이를 데 없었다.
"빈도는 그저 종이를 태워 천지신명께 여쭤보려고 할뿐이옵니다. 민간으로 떠돌아다니는 것이 업인 사람이 폐하 옆에만 붙어 있을 수는 없지 않겠사옵니까?"
말을 마친 가사방은 곧 종이에 불을 붙였다.
종이 한 장을 태우는데 불꽃이 기둥까지 일구며 치솟는 장면은 가위 장관이었다. 혀를 두어 번 날름거리다 그냥 한 줌의 재로 사라져버리기 십상인 종이는 그러나 불꽃이 쉬이 사그라질 줄 몰랐다. 때론 자줏빛으로, 때론 진한 남색으로 꺼질 듯 하다가도 신명나게 타오르던 불꽃이 한참 후에야 누군가의 입김에 꺼지듯 감쪽같이 꺼져버렸다.
"빌어먹을 요승 같으니라고! 그따위 밀종(密宗)이 그리 중요해?"
가사방이 버럭 고함을 내질렀다. 그리고는 옹정을 향해 절을 하며 말했다.
"폐하께오선 진명천자(眞命天子)이시옵니다. 제아무리 날고

기는 요승일지라도 폐하에게 치명타를 입힐 순 없을 것이옵니다. 빈도 또한 모름지기 덕을 쌓아왔는지라 이 정도 요기(妖氣)는 가볍게 내쫓을 수 있사옵니다. 하오나 이 요승은 간악하기 이를 데 없는지라 반드시 없애버려야 하옵니다. 이 여인……"

가사방이 인제를 가리키며 말했다.

"이 여인만 제외하고 나머지는 전부 궁전 밖으로 물러나게 해주시옵소서. 빈도가 폐하의 정기(正氣)를 빌어 악을 제거하겠사옵니다!"

옹정은 어디서 힘이 솟구쳤는지 나는 것처럼 바닥으로 뛰어내려 벽에 걸려 있던 보검(寶劍)을 내리며 물었다.

"짐이 어떻게 도와주면 되겠나?"

"폐하께오선 만승지존(萬乘之尊)이시옵니다. 이까짓 방외(方外)의 요승들은 허장성세에 강할 뿐 실속은 없사옵니다. 빈도 혼자서도 거뜬히 제거해버릴 수가 있사옵니다."

가사방이 말은 홀가분하게 했지만 적이 긴장되는 듯 안색이 섬뜩할 정도로 창백했다. 미소도 처연하기까지 했다.

"폐하께오선 용상(龍床)에 편히 앉으시어 정신을 가다듬고 마음을 안정하시어 빈도의 작법을 지켜보시옵소서. 마치 연극구경을 하시듯 편하게 구경만 하시면 되겠사옵니다. 우렛소리가 아무리 진동을 해도 그것은 빈도를 향한 것이기에 폐하께오선 전혀 두려워 하시지 마시옵소서."

옹정은 애써 담담한 척하며 〈역경(易經)〉한 부를 뽑아서 들며 인제에게 말했다.

"자네는 이리로 오게! 짐이 〈역경〉을 가르쳐 주겠네."

"바람직한 발상이 아닐 수 없사옵니다!"

가사방이 옹정에게 이같이 말하고는 틀어 올렸던 머리를 풀어 헤쳤다. 그리고는 비녀처럼 꽂고 있던 목검(木劍)을 손에 들고 다시 부적(符籍) 한 장을 태웠다. 불이 번쩍 하는 동시에 부적은 재가 되어 사그러들고 말았다. 가사방이 손가락으로 하늘을 가리키며 왼손에 목검을 치켜들고 고함을 질렀다.
　"옥황상제마마, 칙령을 내려주시옵소서!"
　꽈르릉…… 꽝……!
　갑자기 하늘이 박살나는 듯한 우렛소리가 진동을 했다. 자금성이 부르르 진저리를 쳤다. 광풍이 불어닥치는가 싶더니 콩알만한 빗방울이 후두둑후두둑 떨어지기 시작했다. 궁전을 덮고 있는 모든 유리기와들이 산호(山呼), 해소(海嘯)를 질렀다. 하늘은 숯검정으로 도배한 솥의 궁둥이처럼 새카맣게 변했다. 인제에게 〈역경〉을 가르치겠다는 옹정과 마주 앉은 인제 모두 놀란 나머지 넋이 나가 있었다.
　천지개벽이라도 일으킬세라 무서운 기염을 토해내던 비가 그러나 삽시간에 기세가 약해졌다. 그러자 영항 쪽에서 빗물을 뒤집어 쓴 꼬마태감들이 물에 빠진 병아리 모습을 하고 달려오며 외쳐댔다.
　"태극전(太極殿)이 번개에 맞아 불이 붙었다가 다시 빗물에 꺼졌사옵니다……."
　옹정이 흠칫 놀라 밖을 내다보니 빗물에 첨벙거리며 꼬마태감을 따라잡은 시위 수륜이 다짜고짜 태감의 뺨을 때리며 고함을 질렀다.
　"썩 꺼지지 못해! 지금 태극전이 아니라 태화전에 불이 붙어도 보고 올릴 때가 아니란 말이야!"

옹정이 도로 자리에 돌아오려 할 때 꽈르릉! 하는 우렛소리가 양심전 바로 위에서 대포처럼 터졌다. 깜짝 놀란 인제가 "어머나!" 하며 엉겁결에 옹정의 품으로 파고들었다.

경황이 없었던 옹정이 인제의 두 손을 꼬옥 잡아주며 다독이고 있노라니 그 무엇에 베었는지 순식간에 가사방의 목에서 시뻘건 피가 스며 나왔다.

"빌어먹을 요승 같으니라고!"

가사방이 이를 악물고 엎치락뒤치락 하는 먹장구름을 뚫어지게 노려보았다. 그리고는 가슴 속에서 부적 종이를 꺼내더니 손가락으로 목의 피를 찍어 '태상노군(太上老君)'이라는 네 글자를 적었다. 다시 우렛소리가 진동을 하고 뇌성밀우(雷聲密雨)가 몰려왔다. 두 개의 목탄불 같은 화구(火球)가 흔들흔들 춤추며 구름 속에서 나타났다 사라졌다 하며 가사방에게로 가까이 다가오고 있었다.

다급해진 가사방이 부적에 불을 붙여 목검과 함께 힘껏 내던졌다. 그러자 목검은 활활 타오르는 부적을 태우고 화구를 겨냥하여 쏜살같이 날아가 꽂혔다. 화구가 맥없이 툭 떨어지는 순간 목검은 벌써 구름을 뚫고 어디론가 사라져버리고 말았다. 가사방이 악에 받쳐 소리쳤다.

"요승 같으니라고! 넌 이미 상천(上天)을 단단히 노엽게 했어. 결코 겁수(劫數)를 벗어날 순 없을 것이다!"

가사방의 말이 끝나기 바쁘게 천지가 떠나갈 듯한 우렛소리가 또다시 터졌다. 유리창이 진동을 하는가 싶더니 쩍쩍 금이 길게 갔다. 유리로 된 조벽(照壁, 대문 앞에 병풍처럼 둘러쳐진 벽) 앞에 서 있던 태감 하나가 벼락을 맞았는지 그 자리에서 스르르 쓰러졌다.

"이제 끝났사옵니다."

가사방이 두 손을 마주 비볐다. 어찌된 일인지 그의 표정은 다소 우울해 보였다.

"빈도는 본의 아니게 폐하를 놀라게 하는 죄를 지었사옵니다." 가사방이 옹정을 향해 이같이 말했다.

옹정이 한바탕 떠들고 천천히 물러가는 우렛소리를 들으며 길게 숨을 토해냈다. 이때 더렁태가 달려 들어와 아뢰었다.

"폐하, 태감 규자(葵子)가 번개에 맞아 죽었사옵니다!"

"그런데, 어떡하라고 그러나? 죽었으면 묻으면 되지."

옹정이 대수롭지 않게 말하고는 다시 가사방을 향해 말했다.

"자네의 실력이야 더 말해서 뭘 하겠나. 짐은 직접적인 수혜자인걸. 그런데 자네, 어쩨 심사가 무거운 것 같네?"

"빈도는 목검을 잃었사옵니다."

가사방이 말을 이었다.

"그 목검은…… 빈도의 외사(外師)로부터 받은 것이옵니다. 이제 그 소중한 목검을 잃었사오니, 빈도의 명도 그리 길지는 못할 것 같사옵니다."

"자네 외사도 있었단 말인가? 그럼 자네의 정사(正師)는 어떤 사람인가?"

"빈도의 본문(本門)은 용호산(龍虎山)의 루사원(婁師垣)이옵니다."

가사방이 자신의 기분을 북돋우는 데는 실패한 채 공수하며 대답했다.

"빈도의 스승께오선 빈도가 지나치게 총혜(聰慧)하고 몸동작이 날렵하여 밖에 내돌리면 큰 재앙을 몰고 올 위험이 있다고 하시며 빈도더러 산 속에서 참선만 하라고 하셨사옵니다. 그러던 중 산 밑에서 물을 긷다가 우연히 한 비범한 노인을 만나면서부터 빈도는 신통력을 부여받고 천안(天眼)을 뜨게 되었사옵니다. 사실 빈도가 배운 외법진공(外法眞功)은 본문의 사부님도 쫓아오지 못하는 실력이옵니다. 빈도의 실력이 나날이 향상되자 스승께선 빈도가 산문에 재앙을 몰고 올 것을 우려하시어 고민 끝에 빈도를 환속시켰던 것이옵니다. 빈도는 스승께 무릎을 꿇고 절대 나쁜 짓은 하지 않고 오로지 중생을 구제하는 선한 일만 하여 덕을 쌓겠노라고 맹세했사옵니다."

"대체 오늘의 자네를 있게 한 그 이인(異人)이 누군가? 어디 가면 찾을 수 있겠나?"

이에 가사방이 씁쓸한 웃음을 지으며 머리를 저었다.

"찾을 수 없을 것이옵니다. 그 이름은 황석공(黃石公)이라고 하옵니다."

가사방이 천천히 무릎을 꿇어 머리를 조아리며 말했다.

"여태까지 폐하를 괴롭혀 왔던 요승의 시체가 지금 신무문 밖에 있는 금수하(金水河)에 떠올라 있을 것이옵니다. 폐하께서 사람을 파견하시어 건져낸 다음 잘 묻어주셨으면 하옵니다. 아울러 빈도는 폐하께서 빈도가 고향 산서(山西)로 돌아가 불경 공부에 전념할 수 있도록 윤허해 주셨으면 하옵니다."

이에 옹정이 크게 웃으며 말했다.

"자네, 아직 그 목검 때문에 괴로워하는 것 같은데, 짐이 똑같이 만들어 하사할 거네, 걱정하지 말게. 그리고 고향으로 돌아가느라 할 것 없이 짐이 도관(道觀)을 하나 지어줄 테니, 조정이 필요로

할 때는 조정을 위해 효력(效力)하고 평소엔 깊이 숨어들게끔 짐이 최대한 배려할거네."

"폐하……!"

바로 그때 밖에서 대경실색한 태감의 고함소리가 다급하게 들려왔다.

"신무문 밖에 번개에 맞아 죽은 늙은 중의 시체가 강물에 떠 있사옵니다!"

38. 고혼(孤魂)

 찌는 듯한 무더위도 차츰 물러가고 처량한 매미소리가 멀어져 가는 가운데 옹정 5년의 가을이 성큼 다가왔다. 음력 7월 15일 우란회(盂蘭會, 불교에서 행하는 일종의 법회)에 뒤이어 몇 차례 가을비가 내리더니 기온은 뚝 떨어져 사람들의 옷차림도 달라졌다.
 하남성에서 수재(秀才)들을 동원하여 시험거부에 앞장섰던 장희(張熙)는 학정(學正)이었던 장흥인(張興仁)의 도움으로 현장을 탈출하여 당장 큰 화는 면할 수 있었다. 그는 감히 호남성에 있는 고향으로는 돌아갈 엄두도 내지 못하고 스승인 증정(曾靜)의 뜻에 따라 절강성으로 '동해부자(東海夫子)'인 여류량(呂留良)을 찾아갔다. 그러나 그곳에 도착하여 수소문해 보니 여류량은 죽은 지가 벌써 십 년도 넘는다고 했다. 여씨 일가는 고인의 제자들이 찾아올 때마다 약간의 은과 책은 꼭 들려보내곤 했기에 이번에도 그들은 헛걸음한 장희에게 은 20냥과 〈명월집(明月集)〉이라는 시고(詩稿)를 선물했다.

만만찮은 여독(旅毒)을 겨우 이겨내며 전전반측하여 산동성 태안(泰安)까지 온 장희는 태산(泰山)에 올라 그 일출의 장쾌함을 만끽했다. 문득 그는 스승 증정의 친한 벗인 광청행(曠淸行)이 태안에 있다는 사실을 떠올리고는 부랴부랴 산을 내려와 찾아보았다. 그러나 공교롭게도 다시 헛물을 켜고 말았다. 가인들에 따르면 광청행은 과거에 합격하여 지금은 북경의 셋째패륵부에서 막료로 있다는 것이었다. 물 한 모금도 얻어 마시지 못하고 장희는 내쫓기다시피 했다.

장희가 스승의 명을 받고 '출산(出山)'한 것은 뭔가 큰 일을 해보기 위해서였다. 그는 먼저 강서성 용호산으로 가서 그곳 본문(本門)인 루사원(婁師垣)을 찾아 도(道)에 대해 '한수' 배워보려고 했다. 그러나 루사원은 장희에게 '그대는 아직 속세의 죄악이 끝나지 않았다'라고 핑계를 대며 그를 받아들이려 하지 않았다.

장희가 진퇴유곡에 빠져 있을 때 마침 가사방을 만나 둘은 초면임에도 불구하고 꽤 스스럼없이 이야기를 주고받았다. 그러나 장희가 자신이 '출산'한 목적인 '반청복명(反淸復明)'의 사상에 대해 언급하자 가사방은 흔적도 없이 사라지고 말았다. 그사이 가사방의 진가를 어느 정도 알아낸 장희가 그의 행적을 좇아 강서, 절강, 산동, 직예 등등 있을 만한 곳은 이 잡듯 뒤지고 다녔으나 가사방의 행방은 여전히 묘연했다.

궁여지책으로 그는 하남성에 있는 사촌누이를 찾아가 적(籍)을 바꾸고, 그곳에서 향시(鄕試)를 빙자하여 수재들을 선동하여 '반청복명'의 불을 지펴보려 했다. 그러나 그 역시 전문경에 의해 강보 상태에서 요절당하고 말았던 것이다.

그는 장흥인이 돈을 주며 자신을 떠나보내 주던 그 날, 그 장면을 영원히 잊을 수 없을 것 같았다. 수재들이 시험을 거부했다고 하여 주동자인 진봉오(秦鳳梧)와 장희에게 수배령이 내려진 그날 저녁, 누군가가 찾아와 장 학정(學政, 장흥인)이 보자고 한다며 자신을 납치하듯 끌고 갔다. 그때 장흥인은 어둡고 후미진 비밀 장소에서 전문경과 대적한다는 것은 계란으로 바위를 치는 격일 테니, 당분간 피해 있으라고 했었다.

전문경은 포위망을 좁혀오고, 사태는 한층 긴박하게 돌아갔다. 더 이상 선택의 여지가 없었다. 장희는 허둥지둥 도망쳐 나와 낙엽이 우수수 떨어지는 길목에서 서성거렸다. 북경과 하남성이 갈라지는 길목에서 그는 잠시 방황한 끝에 마침내 결정을 내렸다.

"북경으로 가자."

북경으로 들어가는 길 내내 장희는 술집에서나 객잔에서나 할 것 없이 당금 황제에 대한 요언이 난무하는 걸 피부로 느낄 수 있었다. 옹정이 보위가 탐나 찬탈을 감행했고, 자신과 뜻이 다른 태후며 동생들을 전부 죽여 없앴다는 것이었다. 그 밖에도 어떤 이는 악종기가 비밀리에 군향을 끌어모아 모반을 준비하고 있다고 했다······.

아니 땐 굴뚝에 연기 날 일이 없다고 장희는 생각했다. 그는 스승 증정이 자신에게 했던 말이 문득 떠올랐다.

"지금 천하는 불씨만 닿으면 그대로 불기둥이 치솟아 오를 바싹 마른 장작더미야."

그렇게 말하며 증정은 그더러 북경으로 직접 가 보면 나도는 소문의 진실 여부를 알 수 있을 거라고 했다. 산동성 덕주(德州)에서 직예성 보정(保定)을 거쳐 북경으로 들어오는 길은 천리 정도 되었다. 하지만 날씨도 서늘한 데다 평탄한 역도를 달리다 보니 그는 보름만에 북경에 도착할 수 있었다. 역관에서 하룻밤을 묵고 난 그는 물어물어 마침내 홍시의 셋째패륵부를 찾아왔다.

날이 막 밝기 시작한 새벽녘이었다. 장희가 대문 밖에서 힐끗 안을 들여다보니 몇몇 태감들이 등불을 거둬들이느라 바빴다. 왕부의 대문은 굳게 닫혀 있었고, 열 몇 명의 친병들이 가슴을 잔뜩 내민 채 장검에 손을 얹고 못 박힌 듯 서 있었다. 마지막 순찰을 도는 야경꾼들의 딱따기 소리가 새벽의 정적을 깨고 섬뜩하게 들려왔다.

장희가 조심스레 다가가 막 입을 열어 물으려고 할 때 태감 하나가 퉁명스레 말했다.

"볼일이 있으면 편문(便門)으로 들어가시오. 정문에선 외객(外客)을 접견하지 않소!"

말을 붙여보지도 못하고 퇴짜를 맞은 장희가 북으로 조금 내려가니 꽃으로 장식한 대문이 나타났다. 장사꾼 모습을 한 지저분한 사내들이 장작이며 연탄, 갖가지 야채들을 등에 지고 안으로 운반하느라 대문이 활짝 열려 있었다.

지휘를 맡은 듯한 태감이 돼지를 몰고 들어가는 사내에게 직접 주방으로 몰고 가면 어떡하느냐며 고래고래 고함을 지르고 있었다. 장희가 몇 번씩이나 불러서야 태감이 아래위로 훑어보더니 물었다.

"큰소리로 말해야지, 누구 당신 말에 귀 기울이는 사람 있나?"
"광 막료를 찾아왔다고 말했소."
"어디서 왔소?"

고혼(孤魂) 303

"호남성에서 오는 길이오. 광 막료는 내 스승의 벗이오."

태감이 장희의 차림새나 말하는 태도를 보아 막무가내로 빌붙는 축은 아닐 거란 생각에서인지 안으로 들라는 말도 없이 퉁명스럽게 내뱉었다.

"기다려 보오. 패륵마마께서 곧 나오실 테니."

태감이 횡하니 떠나가자 장희는 소리 없는 한숨을 내쉬며 하마석(下馬石) 앞에 쪼그리고 앉았다. 높고 푸른 가을하늘을 날아오르기 시작하는 기러기떼를 바라보니 문득 고향 생각이 나서 마음이 서글퍼졌다.

새벽 찬이슬을 가르며 어머니는 벌써 들로 나가셨겠지? 형은 뭘 하고 있을까? ……장작을 패고 있을까, 아니면 어머니를 따라 들로 나갔을까? 멀리서 희자(戲子)들이 목청을 트는 소리가 괴성처럼 들려왔다. 장희는 예측할 수 없는 미래에 대한 시름에 잠긴 채 생각나는 대로 시를 지어 읊었다.

> 미련을 버리고자 고개를 홱 돌려 떠나온 길 뒤돌아보니
> 아득히 멀리도 왔구나.
> 인왕(仁王)의 고각(高閣)을 바라보며 바위 위에 앉아
> 두고 온 강남을 그리워하네.

"이 아침에 그 누가 우리 집 대문 앞에서 시를 읊는단 말인가!"

갑자기 등뒤에서 말소리가 들려왔다. 장희가 고개를 들어보니 스무 살을 갓 넘긴 것 같은 젊은이가 말을 끌고 다가오고 있었다. 등뒤엔 한 무리의 호위와 태감들이 뒤따랐다. 장희가 입을 열어 말하려 할 때 아까 그 태감이 배시시 웃으며 젊은이를 향해 말했

다.

"이 사람은 호남성에서 광 막료를 찾아왔다고 하옵니다. 신분을 확인할 길도 없고 하여 안으로 들이지 않았사옵니다……."
"날 찾아왔다고? 호남성에서?"
홍시의 옆에 서 있던 광청행의 두 눈이 반짝거렸다.
"자네, 혹시 증정의 제자 아닌가?"
장희가 고개를 숙여 그렇노라고 응답하자 광청행이 홍시에게 말했다.
"증정에 대해서 제가 패륵마마께 말씀 올린 적이 있지 않습니까? 우리 둘 다 동해부자의 문생이었습니다."
그러자 홍시가 머리를 끄덕여 보이더니 웃으며 말했다.
"그러니 따지고 보면 자네 제자이기도 하네. 이향(異鄕)을 떠돌다 믿고 찾아왔는데 못 만났으니, 수심어린 시를 읊조릴 수밖에. 멀리서 오느라 고생했겠는데, 일단 묵을 방을 내어주고 뱃속 든든하게 밥부터 차려 주도록 하게. 그런 다음 내가 천천히 만나볼 테니."
말을 마친 홍시는 곧 대문 안으로 들어갔다.
광청행은 왕부 정원(正院)의 별채에 살고 있었다. 장희는 그를 따라 한참 이 정원, 저 뜰을 지나서야 겨우 광청행의 방으로 들어올 수 있었다. 그제야 어딘가에 귀속됐다는 안도감에 그는 광청행에게 사제지간의 예를 갖춰 인사하고는 웃으며 말했다.
"후문(侯門)은 바다같이 깊다더니, 과연 그런 것 같습니다. 지금 저더러 다시 대문 밖으로 나가라고 하면 오던 길도 못 찾고 헤맬 것 같습니다."
그러자 광청행이 음식을 내오게끔 명령하고는 돌아와 앉으며 말했다.

"안 그래도 증정한테서 미리 서찰을 받았네. 자네가 하남성에서 겪었던 조우(遭遇)에 대해 벌써 다 알고 있더라고. 지금 넷째패륵이 자네를 잡아들이지 못해 눈에 불을 켜고 있는데, 자넨 북경으로 잠입하다니, 간도 크네!"

"스승님!"

장희의 표정은 담담했다.

"전 결코 스승님께 해를 끼치려고 온 것이 아닙니다. 관부에 넘기시든지, 아니면 노자를 조금 마련해 주시어 보내시든지 양자택일하셔도 괜찮습니다."

그러자 광청행이 장희를 한참 바라보더니 웃으며 말했다.

"배짱 있는 친구로군! 증정의 제자로서 손색이 없는 것 같네. 난 날 찾아온 사람의 등을 떠미는 그런 사람이 아니네. 등잔 밑이 어둡다고, 자네 여기 있으면 오히려 더 안전할 거네. 그러나 증정이 편지에서 자네더러 빠른 기일 내에 돌아오라고 한 것만은 사실이네."

아침상을 물리고 나서 광청행은 증정이 자신에게 보낸 편지를 꺼내 보여주었다. 장희가 읽어보니 내용은 이러했다.

오랜만에 붓을 드니 아우의 얼굴을 보는 것 같네. 손을 꼽아보니 우리가 무릎 맞대고 술잔을 기울인 지도 어언 13년이 흘렀구려! 가끔씩 안부는 주고받았으나 음용(音容)이 그립네. 내 제자 장희가 하남성을 떠나오던 중 노자가 떨어져 고향으로 돌아오지도 못하고 있다고 하니 북경에 가거들랑 노자 좀 챙겨주어 속히 돌려보내도록 하오. 그 은혜 잊지 않겠소.

해서체의 단정하고 깨알같은 글씨는 틀림없는 스승 증정의 필체였다. 장희가 편지를 광청행에게 도로 돌려주며 웃으며 말했다.

"스승님의 뜻이 이러하시다면 전 염치없지만 어르신한테서 노자나 좀 얻어 길을 재촉해야겠습니다······."

장희가 말을 이어나가려 할 때 밖에서 누군가의 말소리가 들려왔다.

"패륵마마께서 광 막료와 손님을 부르셨습니다."

"알았네, 지금 건너간다고 하게."

광청행이 대답과 함께 장희를 향해 말했다.

"패륵마마께선 바깥형세에 대해 궁금하신 모양이네. 물으시는 대로 솔직히 대답하면 되네."

두 사람은 방을 나와 남쪽의 월동문을 통해 화원으로 들어갔다. 과연 홍시가 서재 문 앞에서 손님을 보내고 있었다. 화령(花翎)과 정자(亭子)가 눈부신 두 대신의 곁을 지날 때 광청행이 장희를 한 쪽으로 잡아당겨 비켜 세우며 말했다.

"손 어른, 양 어른, 살펴 가십시오."

두 관원은 들은 척도 않고 스쳐 지나갔다.

홍시를 따라 안으로 들어간 장희가 두리번거리며 사방을 살펴 좌불안석하는 모습을 보이자 홍시가 웃으며 말했다.

"집에 온 것처럼 맘 편하게 먹게. 북경을 벗어나 바깥바람 쐬어 본 지가 하도 오래 돼서 싱그러운 바람을 몰고 온 자네랑 애기 좀 하고 싶어서 불렀네. 손가감과 양명시가 다녀간 뒤끝이라 시간이 어중간하게 남아 있어 자네를 불렀지, 아니면 이런 자투리 시간도 내기가 여간 힘든 게 아니라네."

전형적인 시골 소작농 가문에서 태어난 장희는 성인이 되기 전까지 시골을 벗어나 본 적이 없는 촌뜨기였다. 증정을 스승으로 모시고 공부한 곳도 시골이었고, 이번에 사고를 친 다음부터는 도망을 다니느라 세상구경도 제대로 할 사이가 없었다. 그러던 그가 갑자기 종명정식(鐘鳴鼎食)의 천가(天家)에 발을 들여놓았으니, 그 신기함과 긴장감은 이루 말할 수가 없었다. 어디를 보아도 금빛 찬란한 것이 눈 둘 데를 모르겠고, 고개 숙이고 눈 끝으로 쓸어본 낭하에 시립하고 있는 삼등(三等) 하녀들조차 온통 비단을 두르고 있었으니, 그 위압감에 장희는 손에 땀을 쥘 수밖에 없었다.

질식할 것만 같은 침묵을 깨고 홍시가 먼저 물어오자 그제야 겨우 숨통이 트인 장희가 코 끝의 식은땀을 훔치며 말했다.

"밖엔…… 때마침 지장왕(地藏王)이 오신 날이라고 하여 여인네들이…… 자기네의 전통 명절을 경축하여…… 절을 찾아 향을 사르고…… 선물 꾸러미를 받쳐들고 친정을 찾느라…… 통 정신이 없는 걸로 알고 있사옵니다……."

"그걸 묻는 게 아니네."

긴장한 나머지 심하게 더듬는 장희를 보며 광청행이 껄껄 웃더니 홍시와 장희에게 차를 따라주었다. 그리고는 말했다.

"예를 들면 어느 곳은 수해를 입어 수확을 기대할 수 없다든지, 또 요즘 사람들의 밥상머리에 주로 오르내리는 화제는 어떤 것인지를 얘기해 주면 되네."

그러자 홍시가 웃으며 머리를 끄덕여 보였다.

"민간에선 대사에 대해 어떤 구비(口碑)가 오가는 지가 궁금하다네. 예컨대 악종기, 연갱요, 전문경, 이위…… 이런 사람들에 대한 평가라든지, 아니면 나나 보친왕, 아키나, 싸쓰헤에 대해 쉬쉬하는 소리는 없는가?"

장희가 그제야 홍시의 말귀를 알아들었다. 상대가 상대니 만큼 잠시 주눅이 들었을 뿐 수재들을 선동하여 들고일어날 정도로 대담했던 장희인지라 차츰 진정을 찾아갔다. 차를 두어 모금 마시고 그는 웃음을 머금으며 말했다.

"올해 각 지역은 봄가뭄 때문에 조금 고생을 했을 뿐 대체로 풍작이 예상된다고 하옵니다. 모가 말라죽은 지역은 조정에서 씨앗을 제때에 공급해준 덕분에 일년 농사를 망치지 않을 수 있었다며 칭송이 자자하옵니다……. 그리고 패륵마마께서 말씀하신 몇몇은 모두 나라의 중신들인 만큼 백성들은 배 부르고 등 따스하면 대신들의 흉은 보지 않는 걸로 알고 있사옵니다."

그러자 홍시가 물었다.

"그런데 내 귀엔 이상한 소리가 들리던데? 나랑 보친왕이 보위를 놓고 피 터지게 싸웠다고 말이네. 그런 해괴한 소문 안 도나?"

"그런 말은 못 들었사옵니다!"

장희가 놀라서 멈칫하며 대답했다.

"셋째패륵과 보친왕에 대해 그런 소문은 없고요……."

순간 장희가 자신의 실수를 깨닫고는 급히 찻잔을 집어들었다. 차 한 모금을 마시고 난 그는 서둘러 말머리를 돌렸다.

"이위 총독이나 전문경 중승이 병들어 오락가락 한다는 소문은 나돌고 있사옵니다. 그 밖에도 대단한 신선이 번승(番僧)을 벼락 맞아 죽게 만들었다는……."

"이 친구, 참 재밌는 사람이로군."

홍시가 웃는 듯 마는 듯한 표정을 지으며 말했다.

"교묘하게 동문서답을 하니 말일세! 그럼 폐하에 대한 미사(微

辭)는 없던가? 예를 들면 보위를 찬탈했다든지…… 뭐 그런 거?"
순간 장희는 몽둥이에 뒤통수를 얻어맞은 기분이었다. 삽시간에 안색이 하얗게 질리고 말았다. 그러자 광청행이 말했다.
"셋째패륵이 어떤 분이신데, 자네가 대충 넘어갈 생각을 한단 말인가? 자넨 내 도움을 청하고 싶으면 일단 셋째패륵의 믿음을 얻어야 하네!"
"이봐, 광 막료! 무슨 말을 그리 심각하게 하나? 안 그래도 덜덜 떠는 사람한테!"
홍시가 웃으며 말을 이었다.
"넷째패륵이 진봉오를 거둬 준다는데, 내가 장희 자네를 거둬 주면 안 된다는 법은 없지 않은가? 내가 방금 손가감과 양명시를 불러 지시해 놓았네. 하남성에서 있었던, 수재들의 시험거부 사건은 없던 일로 하라고 말일세. 지금부터 자넨 더 이상 수배를 받고 있는 범인이 아니네."
"셋째패륵께서는 실로 공덕이 무량하시옵니다."
장희가 크게 감동을 받은 나머지 용기를 내었다.
"패륵마마께서 이 하찮은 인간을 이같이 위해 주시는데, 아뢰지 못할 말이 어디 있겠사옵니까?"
그제서야 장희는 길에서 귀동냥한 소문들을 구구절절 들려주었다. 옹정의 즉위를 둘러싼 의혹과 태후의 죽음, 그리고 여덟째, 아홉째, 열째에 대한 옹정의 몰인정함에 대해 얘기하고, 악종기가 역심을 품고 모반의 시기만을 노리고 있다는 소문으로 매듭을 지었다.
장희의 말이 이어지는 동안 홍시는 한 번도 끼어 들지 않았다. 차를 홀짝이며 사색에 잠겨 있기도 하고, 뒷짐을 지고 방안을 거닐기도 하며 장희의 말에 촉각을 곤두세웠다. 그러던 그가 장희의 말이 끝나자 비로소 웃으며 말했다.

"그저 바깥사람들은 밥상머리에서 무슨 얘기들을 하나 들어봤을 뿐이네. 그렇다고 내가 전부 살아있는 입들을 봉해버릴 순 없을 테고! 그래, 악종기 장군에 대해선 다른 소문은 없던가?"

그러자 장희가 대답했다.

"나름대로 좀 신선한 소문이 있긴 하옵니다. 폐하께오서 수 차례 악 장군을 북경으로 부르셨으나, 악 장군은 병권을 빼앗길 것이 우려되어 병을 핑계로 드러누워 있다고 하옵니다. 그가 군량미를 사재기하는 바람에 그 지역의 쌀값이 껑충 뛰었다는 소문도 있사옵니다."

"다른 건 없고?"

홍시가 또다시 물었다.

"예, 없사옵니다."

"내가 이렇게 꼬치꼬치 캐묻는 건 다른 뜻은 없네."

홍시는 빙그레 웃음을 머금고 있었다.

"한 집 식솔을 이끄는 주인은 그 집의 뜨물통이라고 했네. 난 주인으로서 그저 뜨물 냄새가 어떤 것인지를 맡아보고자 했을 뿐이네. 자고로 나라에 변고가 있을 시엔 항상 요언이 먼저 나돌곤 하지. 예를 들면 폐하께서 즉위하실 때도 커룽둬가 선제의 유조(遺詔)를 고쳤다는 당치도 않은 요언이 기승을 부렸었지 않은가! 만주글과 한자로 되어 있는 국서(國書)를 무슨 수로 고친다는 건지. 그러나 떠도는 소문이라고 모두 근거가 없는 건 아니네. 악종기는 악비의 후예이니, 그로선 당연히 후과가 두려울 수밖에 없지······."

홍시는 "군무는 절대로 비밀에 붙여야 한다"던 옹정의 훈계를 떠올리고는 입을 다물었다. 이때 가인 하나가 밖에서 고개를 빠끔히 내밀었다가 쏙 들어가는 걸 발견한 홍시가 대뜸 불러 세웠다.

"이봐 하호재, 일이 있으면 들어올 것이지 어디서 배워먹은 막된 짓이야? 내가 시킨 일은 어찌 됐어?"

하호재(夏浩財)는 홍시의 명을 받고 원래 커룽둬를 지키고 있던 태감들의 향방을 알아보러 갔다 오는 길이었다. 옹정이 다녀온 뒤로 그곳의 간수들은 모두 바뀌었고, 이젠 투리천이 관장하고 있었다. 그리고 커룽둬 주변에 있던 간수들은 모두 북경 근교의 밀운으로 보내졌다. 때문에 원래 밀운 황장(皇莊)에 있었으므로 그곳 사정에 밝은 하호재가 몰래 염탐하러 갔던 것이다.

사람들이 있어 조심스럽긴 했으나 홍시가 물어오니 대답하는 수밖에 없었다.

"다녀왔사옵니다. 물어물어 찾아내어 다그쳤더니, 자기네들은 커룽둬를 해치려고 한 적이 없다고 한사코 잡아떼었사옵니다. 하기야 개도 급하면 담을 넘는다고, 커룽둬가 꾸며낸 자작극일지도 모르옵니다!"

"그래도 명색이 나라의 중신이었는데, 이 지경이 되다니 실로 통한한 일이 아닐 수 없군!"

홍시가 속으로 은근히 안도하며 겉으론 크게 한숨을 지으며 말했다.

"기회를 봐서 폐하께 주하여 모두 커룽둬의 허튼 소리에 불과하니, 간수들을 다시 불러오는 방향으로 애써 봐야지."

홍시의 말이 끝나기 바쁘게 문지기 태감 하나가 종종걸음으로 들어와 아뢰었다.

"고무용 태감이 패륵마마께 밀지(密旨)를 전하러 왔사옵니다!"

홍시가 벌떡 일어나며 지시했다.

"들라하라."

그러자 광청행이 급히 넋이 나가 있는 장희를 잡아끌고 내방(內房)으로 회피했다.

신기하고도 흥분한 장희는 북경에 와서 구경 한 번 멋지게 하고 가는 것만으로도 큰 것을 건졌노라고 생각했다. 병풍 틈새에 눈을 밀착하고 내다보니 감령정자(藍翎亭子)를 단 중년 태감이 들어섰다. 그러자 홍시가 서두르며 말했다.

"내가 옷을 갈아입을 동안만 기다려 주게!"

"그럴 거 없사옵니다."

고무용이 숫오리 같은 소리를 내며 웃었다.

"예를 갖추지 않으셔도 괜찮사옵니다."

그러나 홍시는 무릎을 꿇었다. 그리고는 나지막한 목소리로 말했다.

"아들 홍시, 성유(聖諭)를 경청하겠사옵니다!"

"아키나가 생명이 위급하다고 한다."

성유를 전하는 고무용의 표정이 담담했다.

"홍시, 자네가 병문안을 다녀오도록 하라."

홍시가 머리를 조아리고 일어나자 고무용이 덧붙였다.

"폐하께오선 필경 형제간이니, 입장 때문에 셋째마마를 대신 다녀오라고 하셨사옵니다. 커룽둬를 대하듯 소홀하게 대해선 아니 된다고 했사옵니다. 태의(太醫)도 유능한 사람을 부르고, 약도 좋은 걸로 써 천명을 다하게끔 힘을 쓰라고 하명하셨사옵니다.

그리고 그가 한 말이면 듣기 좋은 말이든 귀에 거슬리는 말이든 모두 밀주하라고 하셨사옵니다……. 밖에 갖가지 요언이 난무하는 만큼 셋째마마더러 신중하게 대처하고, 모든 것을 비밀에 붙이라고 하셨고…… 싸쓰헤가 이미 죽었다고 하시며 괴로워하셨사옵니다!"

고무용이 말하는 동안 연신 알았노라고 대답하던 홍시가 싸쓰헤가 죽었다는 말을 듣는 순간 고개를 번쩍 쳐들었다. 고무용을 바라보는 그의 눈빛이 이채로웠다. 홍시는 곧 미소를 지으며 말했다.

"무슨 말인지 알겠어. 싸쓰헤는 죽을 때까지도 폐하에겐 도움이 안 되는군. 하필이면 폐하께서 친형제간을 사지(死地)로 내몬다며 소문이 무성한 마당에 죽을 건 뭔가! 아무튼 아키나를 잘 돌보라고 내가 지시할거네."

그러자 고무용이 말했다.

"폐하께오선 이불 어른이 싸쓰헤를 죽인 걸로 의혹을 품고 계시옵니다! 이불 어른은 안 그래도 전문경과의 사이도 대단히 껄끄러운 판에 지켜보면 제법 볼 만할 것이옵니다!"

"거기 누구 없냐!"

홍시가 문 밖을 향해 고함을 쳤다.

"고 태감에게 황금 50냥을 내어주거라!"

고무용이 홍시의 배웅을 받으며 물러가기를 기다려 광청행과 장희 두 사람은 급히 밖으로 나왔다.

"옷을 갈아입어야겠어."

고무용을 보내주고 돌아온 홍시가 말했다.

"조양문(朝陽門)으로 가봐야겠어."

광청행이 막 하녀들을 부르려고 하자 홍시가 말렸다.
"나 혼자 갈아입을 것이니 부르지 말게. 몰래 다녀와야 하니까 소문내면 안 돼. 자네 둘은……."
그가 장희를 바라보며 말했다.
"옷장 속에 청포(靑袍)가 있으니 갈아입고 날 따라 나서게."
그러자 광청행이 놀라는 얼굴로 말했다.
"저희들은 아문의 공인(公人)은 아니온데, 괜찮겠습니까?"
"사람들에게 많이 알려지지 않은 얼굴이라 더 안전하지 않겠나."
홍시가 옷을 갈아입으며 말했다.

그 시각 윤사는 마지막 숨을 몰아쉬고 있었다. 워낙 기력이 쇠잔할 대로 쇠잔해버린 그가 한사코 음식을 거부해 왔던 것이다. 그도 그럴 것이 태어나서부터 이제껏 지존(至尊)의 위치에서 항상 한 무리의 태감, 시녀들의 시중을 받으며 살아온 그가 하루아침에 자신의 친동생에 의해 사랑하는 가족들조차 병든 자신을 두고 떠나게끔 강요받았으니, 그 충격은 이루 말할 수 없을 터였다.
그는 옷을 입은 채로 방 안에 누워 있었다. 동서로 창문이 훤했고, 침대도 높아 그 위에 누워 있노라면 동쪽으로 우뚝 솟은 은안보전(銀安寶殿)까지 한 눈에 안겨왔다. 서쪽으로는 화원의 경관을 감상할 수 있고, 창문 아래로는 호수가 있어 침대에 엎드린 채로 낚싯대를 드리울 수도 있게 돼 있었다. 커룽둬의 처지와는 비교가 안 될 정도로 주변 여건은 훌륭했다. 여긴 염친왕부에서도 하인들이 묵던 곳이었다. 그가 이곳을 택한 건 넓기도 했지만 견물생심(見物生心)이라는 말이 있듯이…… 다른 곳은 싫었기 때문이었다…….

 그는 두 눈을 크게 뜨고 창 밖에 펼쳐진 호수를 바라보았다. 호숫가의 버드나무는 때가 되니 어김없이 누렇게 늙어 수면 위에 배를 띄우고 한 줄기 찬바람에 진저리치며 뒤집히곤 했다. 그 옛날엔 마름이 하인들을 데리고 낙엽이 떨어진 저 호숫가를 빗자루로 쓸고, 호수에 떨어진 낙엽들을 건져내느라 여념이 없었다. 그땐 운치를 몰라도 너무 몰랐던 것 같았다. 푹신한 낙엽을 밟으며 가을 정취에 젖어 걸어보는 것이 얼마나 낭만적인데, 하필이면 그 낙엽을 깨끗이 쓸어버리지 못해 닦달을 했을까? 그는 처음으로 자신의 결벽증을 비웃었다.
 윤사가 이런저런 생각에 잠겨 있는 동안 홍시는 이미 광청행과 장회를 데리고 방 안에 들어와 서 있었다. 이젠 한 줌이 되어 후줄근해진 그 옛날의 멋지고 풍류스럽던 팔숙을 바라보는 홍시는 마음이 서글프기 이를 데 없었다. 그는 목이 메어 나지막이 불렀다.
 "숙부님!"
 마른 오이처럼 쭈글쭈글한 얼굴을 소리나는 쪽으로 느릿느릿 돌려 한참 후에야 홍시를 바라본 윤사가 이내 스르르 눈을 감아버렸다.
 "팔숙!"
 홍시가 얼굴 가득 처연한 표정을 담은 채 다가갔다.
 "조카가 지의를 받고 숙부님을 뵈러 왔습니다."
 윤사가 힘겹게 몸을 뒤척이더니 홍시를 향해 입술을 실룩거리며 말했다.
 "단정홍(丹頂紅, 극약)이냐? 공작담(孔雀膽, 극약)이냐? 목을 매고 죽으라면 여긴 대들보가 너무 낮아 안 돼, 나 혼자서는 매달릴 기운도 없고."

"무슨 그런 말씀을 하십니까, 숙부님?"

홍시가 섬뜩할 정도로 담담한 윤사의 말에 오싹해 하며 애써 웃음을 지으며 말했다.

"절대 그런 일은 없을 것입니다. 폐하께오선 숙부님의 건강을 염려하고 계십니다. 폐하께서 직접 걸음하시기 불편하시니 절 보내신 거 아닙니까."

그 말을 들은 윤사는 가소롭다는 듯이 웃었다.

홍시가 사발을 들어보니 연근 죽이 반쯤 남아 있었다. 그는 사람을 불러 지시했다.

"차 좀 끓여 내어오게. 그리고 내가 가져온 떡도 검사가 끝났으면…… 가져와야지."

태감이 알겠노라며 연신 굽실거리며 물러갔다.

홍시는 숟가락으로 찻물을 떠 호호 불어가며 직접 윤사의 입에 떠 넣어 주었다. 그리고는 윤사가 평소에 좋아하던 떡을 조금씩 뜯어 입에 넣어주며 고개도 돌리지 않고 등뒤에 있는 태감에게 말했다.

"설령 여덟째마마가 사형장까지 가는 한이 있더라도 자네들은 끝까지 시중들어야 하며, 마지막 순간까지 아랫것으로서의 예를 깍듯이 갖춰야 하네! 이것들이 보자보자 하니까 어디서 돼지 같이 미련한 촌년들만 붙여 놓고, 바닥도 안 쓸고 탁자에도 먼지가 이게 뭐야? 어때, 한 번 혼나고 싶어?"

홍시가 찻물이 반쯤은 남은 찻잔을 엎드려 덜덜 떨고 있는 태감에게 내던졌다. 그리고는 고개를 돌려 "퉤!" 하고 침을 얼굴에 뱉어버렸다. 그래도 성에 차지 않는 듯 일어나 발로 걸어차며 고함을 질렀다.
"기어서 일어나! 똑바로 들어, 내일부턴 세 조로 나뉘어 주야로 시중들어. 감히 내 명을 거역했다간 내가 수천 리 밖으로 유배보내 버리는 수가 있어!"

처음 홍시를 겪는 장희는 자상한 이면에 감춰져 있는 그 서슬에 적이 놀라는 눈치였다. 홍시가 다시 윤사에게 떡을 먹여주며 물었다.

"맛이 어떠세요? 좋으면 내일 사람을 시켜 더 보내드릴게요. 오늘은 급히 오느라 조금밖에 못 챙겨 왔어요."

"내게도 내일이 있나?"

윤사가 쓰러져가는 목소리로 말했다.

"어제와 오늘을 다 빼앗기고 이젠 길의 끝자락에 몰렸는데, 내게 '내일'이 있냐고?"

"숙부님……!"

"잘 들어."

윤사의 얼굴에 희미한 미소가 번졌다. 마치 스러져가던 불꽃이 바람이 불어오자 다시 미약하게 타오르는 것처럼 윤사의 목소리가 방금 전보다 커진 것 같았다.

"난 오늘날 이렇게 된 걸 전혀 후회하지 않아. 그리고 자네 아바마마를 용서해 줄 마음도 전혀 없어. 그가 내가 죽을까 봐 염려하는 건 자신을 위해서라는 걸 모르는 내가 아니야. 아우를 죽였다는 악명이 두렵거든……. 그에게서 명정전형(明正典刑)을 바란다는 것은 더 이상 사치일 테니 이렇게 죽어가는 수밖엔 없겠구나……. 정국의 안정을 찾는 데는 그가 이겼을지 모르지만 인정 싸움에서는 우린 비겼어……."

갑자기 가래가 끓어오르는가 싶더니 윤사의 몸이 빳빳해지기 시작했다. 안색이 새카맣게 변하고 동공이 빠지기라도 한 듯 두 눈이 움푹하게 꺼졌다. 금세라도 숨이 넘어갈세라 괴로워하는 윤사를 보며 홍시가 다급히 말했다.
 "제가 이곳의 부덕한 태의들을 다 쫓아내고, 태의원의 의정(醫正)을 불렀어요. 지금 달려오고 있을 거예요. 조금만 참으세요······."
 홍시가 이같이 말하며 광청행과 장희를 물러가게 했다.
 "팔숙, 달리 하실 말씀이 있으세요?"
 "자네는 어떻게든 병권(兵權)을 잡아야 하네. 병권이 없으면 자네 넷째아우에게 당해낼 길이 없네."
 홍시의 두 손을 꼭 잡고 홍시를 바라보는 윤사의 눈빛엔 마지막 남은 열망과 기대가 서려 있었다.
 "그 당시 서녕에 있던 자네 십사숙 윤제가 병권을 틀어쥐고 북경에만 있었더라도 상황은 달라졌을 거네! 병권이 그렇게 무서운 거야."
 홍시의 손을 잡고 있던 윤사의 손이 맥없이 풀리고 숨소리도 더욱 미약해져만 갔다.
 홍시는 조심스레 윤사를 자리에 뉘이고는 밖으로 나왔다. 벌겋게 달아오른 얼굴을 쓸어내리며 윤사의 말을 곰곰이 되새겨 보았다.
 그는 윤사가 담력이 부족하여 천재일우의 기회를 놓친 줄로만 알고 있었다. 그러나 오늘 보니 그건 아니었다. 문제는 그에겐 병권이 없었던 것이 치명적이었다. 다시 생각해 보니, 옹정이 잡다한 정무는 자신에게 밀어주고 홍력에겐 전량과 병권을 내주는 것이 달리 깊은 뜻이 있었던 것이다!

　몇몇 태의들이 허둥지둥 달려오는 모습을 본 홍시가 어서 들어가 보라는 손시늉을 했다. 그리고도 한참 동안 멍하니 생각에 잠겨 있던 그는 마침내 장희와 광청행을 향해 말했다.

　"그만 가지."

　그날 저녁, 나름대로 인망이 높아 큰 꿈을 꾸어 왔던, 그래서 일생 동안 옹정을 괴롭히는데 정력을 소진해 왔던 강희황제의 여덟째 아들 윤사는 어둑어둑한 촛불 아래에서 차가운 초승달을 바라보며 그의 파란만장하고 다사다난했던 삶을 마감했다. 죽을 때까지도 그의 눈은 크게 떠 있었고, 그가 죽은 뒤에도 오래도록 그의 추종자들은 몰래 그를 위한 제사를 지내 떠도는 고혼(孤魂)을 위로했다고 한다. 그러나 필경 그의 죽음으로 인해 원기를 크게 상했던 '여덟째당'은 마침내 역사 속으로 깨끗이 사라지고 말았다……

〈제⑩권에서 계속〉